한국
현대문학
전집
14

감자

김동인 단편선

감자

김동인 단편선 · 정호웅 엮음

현대문학

학교 교육에서 문학 교육이 차지하는 비중은 대단히 크다. 초등학교, 중학교, 고등학교 국어 과목 안에 '문학'이 한 영역을 차지하고 있으며, 고등학교에서는 심화 학습으로 문학 과목을 배운다. 문학 교육의 비중은 갈수록 커져 가고 있어 '2009년 개정 교육과정'에서는 문학 1과 문학 2로 과목이 확대되었다.

게다가 인문학 교육의 중요성이 강조됨에 따라 대학 교육에서 문학 교육의 위상이 갈수록 높아지고 있음은 모두가 아는 사실이다. 인간과 세계의 진실을 정신과 감각의 차원에서 통합적으로 파악하고자 하는 문학에 대한 넓고 깊은 이해가 중요함은 새삼 말할 필요도 없다. 모든 학문의 바탕이며 동시에 종합인 문학에 대한 올바른 인식이 확산되면서 그동안 실용 학문에 밀려 주변부를 맴돌았던 문학 교육이 다시금 제자리를 찾아 교육의 중심으로 돌아오고 있다. 따라서 지금이야말로 문학 교육에 더 많은 관심을 기울여야 할 때다.

새로운 현실은 새로운 문학 전집을 요청한다. 문학 교육의 중요성이 갈수록 더 강조되고 문학 교육의 위상이 갈수록 높아지는 새로운 현실의 요청에 응하여 여기 〈한국현대문학전집〉을 펴내고자 한다.

우리는 몇 가지 원칙에 따라 이 전집을 엮고자 하였다. 〈한국현대문학전집〉의 편집 원칙은 다음과 같다.

첫째, 국문학계에서의 연구 성과에 근거하여 한국현대소설사를 일구어온 대표 작가의 대표작들을 엄선하여 수록함으로써 이들 대표 작가 개개인의 문학 세계와 한국현대소설사의 구체적 전체상을 담아낸다.

둘째, 문학 교육의 비중이 갈수록 높아지는 현실에 따라 문학 교육 과정에서 중시되고 있는 작품들을 수록한다. 문학 교육 과정에서 중시되는 작품들은 곧 한국현대소설사에 솟아 있는 우수한 작품들이니 이는 첫 번째 원칙과 통한다.

셋째, 작가의 최종 수정판을 수록하는 것을 원칙으로 하되, 명백히 잘못된 부분은 다른 판본과의 대조를 통해 수정함으로써 비평적 정본을 제시한다.

넷째, 전문 연구자의 해설을 붙여 독자가 해당 작가의 문학 세계를 깊이 이해할 수 있도록 한다. 해설인 '소평전小評傳'은 작가의 삶과 문학 세계에 대한 비평적 개괄과 수록 작품들에 대한 정밀한 분석 두 부분으로 구성한다.

다섯째, 작품들 뒤에 그 작가의 문학 세계를 이해하는 데 도움이 될, 그 작가와 관련된 수필 또는 비평문을 '인상기'로 두세 편 수록한다.

〈한국현대문학전집〉이 학교의 문학 교육 현장을 비롯한 문학 생활의 공간 곳곳에서 학생들에게 그리고 문학을 사랑하는 모든 사람들에게 널리 읽히기를 바란다.

2011년 여름
〈한국현대문학전집〉 편집위원 김윤식, 정호웅, 서경석, 김경수

일러두기

1. 작품 수록 순서는 발표 연대를 기준으로 하였다. 각 작품의 말미에 그 구체적인 시기를 밝혀두었다.
2. 이 책은 현행 한글맞춤법에 따르는 것을 원칙으로 하였다. 다만 방언이나 구어체 표현, 의성어, 의태어 등은 작품을 이해하는 데 어려움이 없는 한 그대로 두었으며 특히 대화문에서는 원래 표기를 최대한 살렸다.
3. 외래어는 현행 외래어 표기법을 따르되 작품 분위기에 영향을 미치는 어휘는 가능한 한 그대로 두었다.
4. 대화나 인용은 " ", 생각이나 강조는 ' '로 표시하였다. 또한 책 제목은 『　』, 단편 소설이나 시 등은 「　」, 잡지나 신문 등은 《　》, 영화나 연극, 노래 등은 〈　〉로 통일하였다.
5. 뜻을 파악하기 어려운 어휘에 대해서는 뜻풀이를 달아 독자들의 이해를 도왔다.

인형 조종술의 세계
— 김동인의 문학

정호웅

1. 근대문학 개척자의 50년 삶

김동인은 1900년 평양에서 기독교 장로인 대지주 김대윤과 그의 두 번째 아내인 옥玉씨 사이에서 태어났다. 김대윤은 서북 지방이 낳은 선각의 지식인 안창호, 이승훈 등과 교유하였던 열린 정신, 진취적 정신의 소유자였다. 김동인은 그를 "당신은 좀 나이 지나치시기 때문에 제일선에 나서서 활동은 못 하였지만 한국의 한 지성의 덩어리"(「3 · 1에서 8 · 15」)라 회고하였는데 그 '지성'은 서구의 근대 문명을 적극적으로 수용하여 조선 사회의 근대적 전환을 도모했던 그의 개방적이고 진취적인 정신을 압축해놓은 말이었다.

김대윤의 엄청난 재산과 그 같은 개방적, 진취적 정신의 자궁에서 우리 근대사에 우뚝한 두 인물 김동원, 김동인 형제가 자라났다. 김동원金東元은 안창호와 함께 평양 대성학교 운영에 깊이 관여했으며, 105인 사건과 흥사단 사건에 연루되어 각각 6년형, 3년형을 선고받았던 우국지사로서 대한민국의 초대 국회 부의장을 지낸 인물이다. 그리고 우리가 지금 다루고자 하는 김동인은 한국 근대소설의 개척자 가운데 한 사람으로서 문학사에 높이 솟아 있다.

김동인은 기독교 학교인 평양 숭덕소학교를 졸업하고 숭실중학을 거쳐 1914년 일본으로 건너가 도쿄학원 중학부, 메이지학원 중학부, 가와바타 미술학교 등에서 공부하였다. 일본에서 공부하는 동안 김동인은 문학에 관심을 가지게 되었고 내처 그 길을 달려 1951년 1·4후퇴의 혼란 가운데 홀로 죽기(1951년 1월 5일)까지 문학 일로를 걸었다.

　　김동인은 3천 석 유산을 아버지로부터 물려받았는데 당시 돈으로 10만 원에 해당하는 엄청난 재산이었다. 당시에 나온 잡지(《태서문예신보》,《창조》)의 한 권 가격이 30전이었음을 미루어 어느 정도였는지 짐작할 수 있을 것이다. 자기 마음대로 처리할 수 있는 엄청난 재산을 갖게 된 김동인은 동인지《창조》를 발간하였다. 1919년 2월 1일이었다. 편집 겸 발행인은 김동인의 소학교 동기인 시인 주요한, 인쇄소는 도쿄, 판매소는 서울 소재의 한 서점과 평양 소재의 두 서점으로 되어 있다. 이러한 사실은《창조》의 동인인 주요한, 김동인, 전영택, 김환, 최승만 가운데 경기도 출신인 최승만을 제외하고는 모두 서북 출신이라는 사실과 함께 이 동인지의 거점이 평양이라는 사실을 말해준다.《창조》는 평양이 낳은 문학 동인지였던 것이다.

　　김동인은《창조》에서 비로소 신문학이 발족하였다고 당당하게 주장하고, 처녀작 「약한 자의 슬픔」을 들고 "사천 년 조선에 신문학 나간다"(「문단 삼십 년의 자취」)라고 외치며 이인직과 이광수를 잇는 작가로 자신을 내세웠다. 김동인의 선구자적 자부심을 떠받친 것은 '참예술'을 한다는 것이었다. 그런 자부심을 앞세워 김동인은 필경筆耕에 몰두하였고, 문학사에 빛나는 우수한 작품들을 줄 이어 내놓았다. 자신의 문학론을 담은 글을 발표하고 염상섭과 논쟁을 벌이는 등 평론 활동도 열심히 하였다.

　　김동인은 새로운 국문체 개척에 많은 공을 들여 큰 성과를 내었다. 「조선근대소설고」, 「춘원 연구」, 「문단 삼십 년의 자취」, 「문단 삼십 년의 회고」, 「여의 문학도 삼십 년」 등의 평론에서는 물론이고 자전적 소설인 「망국인기」 등에서 김동인은 반복하여 자신의 노력과 성과를 되돌아보고 자찬하였다. 구어체 문장의 완성, 과거형 서술형 사용, 3인칭 대명사 '그'의 사용 등이 그것인데 김동인을 이를 두고 "1에서 10까지가 모두 신발명이요, 신창안"이었으며 "조선 소설도小說道의 한 지표"(「망국인기」)가 되었다고 평가하였다. 그러나 한 김동인 연구자의 지적대로 "그의 과장된 주장과는 달리, 문체의 변화는 그 이전부터 진행되어왔고, 오히려 그의 노력이 대부분 일본어를 기준으로 삼은 것이었기에 한국어의 독자성을 훼손하고 언문일치의 방향을 왜곡"*한 점도 부정할 수 없다. 그럼에도 불구하고 과거형 서술형 사용, 3인칭 대명사 '그'의 의식적 사용 등을 통해 구어체 문장을 정립하고자 노력한 김동인의 공로는 높게 평가되어야 한다.

1926년 김동인은 파산한다. 그 많은 재산이 방탕한 생활과 사업 실패 때문에 거덜나고 만 것이다. 그리고 아내의 가출, 재혼 등 험한 고개를 몇 차례 넘으며 김동인은 문학의 길에 들어설 때의 초심과 자부심을 잃고 "양심, 자존심을 죄 쓰레기통에 집어넣고 전혀 독자 본위로"(「처녀 장편을 쓰던 시절」) 쓴 장편 『젊은 그들』을 비롯하여 독자의 취향을 따르는 통속소설가의 길로 접어들고 만다. 김동인은 이를 '훼절'이라 하여 "수절하던 과부가 생활 문제로 하는 것"(「처녀 장편을 쓰던 시절」)에 비유하였고, 털이 '순백純白'한 것을 "몹시 사랑하고 아껴서, 절대로 진흙밭이나 털을 더럽힐 곳은 통행을 안 하"던 흰 담비〔白貂〕가 어쩌다가 실수로 털을 더럽히면 자포자기하여 "스스로 더러운 곳에 함부로 뒹굴어 온통 전신을 더럽"

* 최시한, 「허공의 비극」, 『김동인 단편선 감자』, 문학과 지성사, 2004, 422쪽.

(「처녀 장편을 쓰던 시절」)히는 것에 비유하였다. 그런 뒤 마구잡이로 써낸 역사소설들, 그가 운영한 잡지《야담野談》등에 발표한 야담들을 무더기로 쏟아내었다.

그 훼절과 자타락自墮落의 소용돌이 속에 갇힌 김동인은 마침내 북지황군위문단北支皇軍慰問團의 일원으로 북중국을 다녀왔고 친일 어용문학 단체인 조선문인보국회朝鮮文人報國會의 간사가 되기에 이르렀다. 어느 날 문득 해방이 찾아왔다. 김동인은 이광수의 생애를 압축한 단편 「반역자」, 자신의 친일 행위를 변호하는 「망국인기」 등의 작품으로 해방 공간에 드높았던 친일 행위 비판의 목소리에 맞서고자 하였다. 그리고 전쟁이 일어났다. 골수에까지 병이 든 김동인으로서는 감당할 수 없었으니 피란도 가지 못하고 홀로 남아 한겨울 냉방에 누워 버티다 최후를 맞았다. 1951년 1월 5일이었다.

2. 인형 조종술의 창작방법

30년을 넘는 긴 작가 생활 내내 김동인을 이끈 것은 자신이 참예술가라는 자부심이었다. 스스로 참예술가임을 내세울 때는 물론이거니와 통속문학에 빠져 '훼절'을 탄식할 때조차 참예술을 지향하는 참예술가 의식은 시퍼렇게 살아 있었다. 김동인의 참예술론을 요약하면 이러하다. 사람은 누구나 극도의 에고이즘을 가지고 있는데 그것이 자신에 대한 참사랑을 낳는다. 그 참사랑이 사람으로 하여금 "하느님이 지은 세계에 만족하"지 못하게 하고 "자기를 위하여 자기의 세계인 예술을 창조"하도록 이끈다. 하느님이 지어놓은 세계에 만족하지 못한 사람은 국가, 가정을 만들었다. 그러나 이것들에도 만족하지 못한 사람은 더 나아가 "자기 일개인의 세계이고도 만인이 함께 즐길 만한 세계—예술"을 만들었다. 이처럼

'자기의 통절한 요구'가 만들어낸 예술은 그러므로 "인생의 무이無二한 성서聖書요, 인생에게는 없지 못할 사랑의 생명"이라는 절대적인 의미를 갖는다.(「자기의 창조한 세계」)

김동인의 참예술론의 중심에 놓인 것은 세계의 창조자인 '하느님'과 대결하는 창조자로서의 작가이다. 김동인의 '자아주의' 또는 '에고이즘'은 이처럼 작가의 창조 욕망과 관련된 것으로 한 개인이 자신의 개성을 존중하여 지키고 실현하고자 하는 것을 뜻하는 통상적 의미와는 무관하다.

창조자로서의 작가를 강조하는 김동인의 참예술론은 "문학은 문학이지 다른 것이 아니다"(「문단 삼십 년의 자취」)라는 명제에서 분명한 그의 순수문학론과 함께 작가를 한갓 계몽적 교사로 인식하는 이광수류의 계몽주의적 문학론, 작가를 정치적 선전선동의 기수로 인식하는 프로문학의 정치주의적 문학론, 작가를 돈을 벌기 위해 대중에게 흥밋거리를 제공하는 존재로 인식하는 상업주의적 문학론 등과는 물론이고, 하늘[天]의 이치[道]를 찾아 작품 속에 담아 전하는 매개자로 인식한 근대 이전 우리 문학을 지배한 재도적載道的 문학론과도 날카롭게 구별되는 것으로 전에 없던 새로운 예술론이었다. 김동인이 자신이 추구하는 문학을 두고 '사천 년 조선에 신문학'이라 한 것은 헛말이 아니었다.

그러나 작가를 신에 맞서는 창조자로 설정하고 새로운 세계의 창조를 겨누는 김동인의 참예술론은 대단히 위험하다. 새로운 세계의 창조에 들려 객관 현실의 지반에서 벗어나 몽상의 세계로 비약할 수 있는 위험성이 크기 때문이다. 김동인의 참예술론은 실제로 그 방향으로 나아갔으니 이른바 인형 조종술의 창작방법론이 이에 떠올랐다. 톨스토이와 도스토예프스키의 문학을 대조하면서 김동인은 톨스토이가 "범을 그리노라고 개를 그린 화공과 한가지로, 참인생과는 다른 인생을 창조"하였지만 그가 그린 인생에 만족하고 "그 인생을 자유자재로, 인형 놀리는 사람이 인형 놀리듯 자기 손바닥 위에 놓고 놀렸"기에 훨씬 위대하다고 보았다. 김동인은 나아가 "그가 창조한 인생은 가짜든 진짜든 그것은 상관없다. 예술에서는 이런 것의 구별을 허락지 않는다"(「자기의 창조한 세계」)라고 단정하여 말하였다. 새로운 세계의 창조와 그것의 놀리기가 중요하지 객관적으로 실재하는 현실과 같으냐 다르냐는 중요하지 않다는 파격적인 생각인 것이다.

작가가 지어낸 허구의 세계인 작품 세계가 '가짜든 진짜든' 상관없다는 생각을 중심에 품고 있는 김동인의 이 창작방법론을 가장 잘 보여주는 작품은 「광화사」이다. 중첩된 액자 형식으로 된 이 작품의 첫 부분과 중간 부분에 작가가 직접 등장하여 이 작품이 작가의 공상이 만들어낸 완전한 허구의 세계임을 밝혀놓았다.

샘물!

저 샘물을 두고 한 개 이야기를 꾸미어볼 수가 없을까. 흐르는 모양도 아름답거니와 흐르는 소리도 아름답고 그 맛도 아름다운 샘물을 두고 한 개 재미있는 이야기가 여의 머리에 생겨나지 않을까. 암굴을 두고 생겨나려던 음모 살육의 불쾌한 공상보다 좀더 아름다운 다른 이야기가 꾸미어지지 않을까.

여는 바위틈에 꽂았던 스틱을 도로 뽑았다. 그 스틱으로써 여의 발아래 바위를 가볍게 두드리면서 한 개 이야기를 꾸미어보았다.

완전한 허구의 세계를 공상하여 만들어낸 작가가 추구하는 것은 온갖 음모, 그 뒤를 잇는 살육, 모함, 방축放逐으로 점철된 이조 오백 년의 역사처럼 추악한 현실 세계 너머 존재하는 탈현실적, 추상적 아름다움이다.

소경 처녀의 눈에 그 아름다움이 존재한다고 생각하여 그것을 그림 속에 담고자 하는 주인공을 내세워 작가는 그 아름다움을 좇고 있는 것인데 객관 현실에서 완전히 벗어나 완전한 허구를 만들어내도록 이끄는 인형 조종술의 창작방법이 이를 가능하게 하였다. 인형 조종술의 창작방법으로 해서 비로소 가능하게 된 김동인의 이 같은 아름다움의 추구는 '추악한 현실 세계/탈현실적, 추상적 아름다움'의 이분법 위에 놓여 있는데, 이는 현실의 추악성에 대한 근본적인 비판(부정) 의식을 드러내고 아름다움이 최고의 가치를 지닌다는 유미주의를 뚜렷하게 드러내 보인다. 그러나 현실 세계를 뭉뚱그려 '추악'한 것으로 파악하는 단순하기 짝이 없는 현실 인식 위에 서 있기에 그 현실 비판(부정)의 정당성, 그 유미주의의 설득력을 얻는 데는 크게 미치지 못한다.

'방화, 사체 모욕, 시간屍姦, 살인' 등 온갖 죄의 행위를 통해 얻은 영감으로 아름다운 곡을 창작하는 작곡가의 행로를 따라 전개되는 「광염 소나타」의 앞머리에도 어김없이 작가가 등장하여 그 작곡가의 행로가 완전한 허구임을 밝힘으로써 이 또한 인형 조종술의 창작방법에 따라 만들어진 것임을 드러내놓았다. 인형 조종술의 창작방법으로 지은 이 작품이 말하고자 하는 바는 작품 마지막에 나온다. "천 년에 한 번, 만 년에 한 번 날지 못 날지 모르는 큰 천재를, 몇 개의 변변치 않은 범죄를 구실로 이 세상에서 없이하여버린다 하는 것은 더 큰 죄악"이라는 것이다. 이 파천황의 반윤리적 유미주의는 '변변치 않은 범인―희생되어도 무방한 대상/천재―보호와 추앙의 대상'의 이분법 위에 구축된 반생명적인 성격의 것으로, 김동인의 오만한 천재주의가 그의 정신을 얼마나 황폐한 지경에까지 몰아갔는가를 잘 보여준다.

3. 인간 모멸주의

김동인은 인형 조종술의 창작방법으로 지은 「광염 소나타」, 「광화사」를 통해 극단적인 현실 부정의식, 반생명주의, 천재주의 등에 근거한 과격한 유미주의를 깃발처럼 내걸었다. 그 유미주의는 "미美는 미다. 미의 반대의 것도 미다. 사랑도 미이나 미움도 또한 미이다. 선도 미인 동시에 악도 또한 미다. 가령 이런 광범한 의미의 미의 법칙에까지 상반되는 자가 있다면 그것은 무가치한 존재다"라는 논리를 가진 '악마적 사상'(「조선근대소설고」)이었다. 객관 현실의 구속에서 자유로울 수 있는, 오로지 상상을 통해 만들어낸 완전한 허구의 세계에서야 실현 가능한 사상이기에 이런 사상을 그리는 데 인형 조종술은 대단히 효과적인 창작방법이었다. 그러나 객관 현실에서 벗어난 순전한 상상의 세계를 계속해서 다루는 것에는 한계가 있는 것, 순전한 상상의 세계를 다룬 작품은 이 두 편에 지나지 않는다. 이 책에 실린 작품 가운데 「광염 소나타」와 「광화사」를 제외한 모든 작품은 현실의 세계를 다룬 것이다.

김동인의 첫 발표 작품인 「약한 자의 슬픔」은 약하기에 짓눌리고 상처 입는 한 여성의 삶을 그린 작품이다. 이 작품에서 '약함'은 두 가지 의미를 갖는다. 하나는 주인공인 강 엘리자베트가 '상것'(두 번 나온다)이라는 것. 이는 이 작품 속 인물들의 의식과 행동이 전근대적 신분관에서 자유롭지 못하며 전근대적 신분 질서의 산물인 사회·경제적 지위에 의해 구속받고 있음을 뜻한다. 다른 하나는 "하고 싶은 일은 자유로 해라. 힘써서 끝까지! 거기서 우리는 사랑을 발견하고 진리를 발견하리라!"라는 '강한 자'의 강령을 따르지 못하고 "내가 하고 싶어한 것"을 하나도 하지 못한 것을 의미한다. 주인공은 앞의 '약함'에서 벗어나 자신을 능욕한 강한 인간 남작에 맞서 법정 싸움을 벌이고 뒤의 '약함'에서 벗어나 강한 자의 강령을 좇아 실천하는 새로운 삶의 길로 나아가리라 다짐한다. 이렇게 살피면 이 작품은 김동인 특유의 자아주의를 전환기 한국 사회의 현실과 관련지어 제시하고자 한 소설임을 알 수 있다. 김연실이란 신여성의 의식과 그 의식의 실천으로서의 분방한 사생활이 얼마나 얕고 좁은가를 냉소적으로 파헤치고 있는 「김연실전」은 이 점에서 「약한 자의 슬픔」과 반대쪽에 놓이는 작품이라 할 수 있다.

"하고 싶은 일을 자유로 하라"는 선언적 강령의 내용은 추상적 이념이라는 점에서 「광염 소나타」, 「광화사」의 주인공들이 추구하는 아름다움과 동질적이다. 추상적 이념을 설정해놓고 그것을 좇아 내달리는 인물은 그러나 김동인의 다른 소설에서는 거의 보이지 않는다. 김동인 소설의 인물들은 대체로 허약한 인간 존재를 구속하는 동물적 욕망, 사회·역사적 현실의 폭력, 시간이나 운명과 같은 무형의 그 무엇에 내재된 섬뜩한 파괴력 등에 갇히거나 짓밟히는 보잘것없는 존재에 지나지 않는다.

「태형」을 보자. 이 작품은 김동인의 직접 체험을 다룬 작품이다. 형 동원이 보낸 어머니 옥씨의 위독함을 알리는 거짓 전보를 받고 김동인이 일본에서 귀국한 것은 1919년 3월 5일이었고, 동생 동평의 요청에 따라 3·1운동 격문을 지어준 일로 잡혀간 것은 3월 26일이었다. 이때부터 김동인은 미결수로서 100일 동안 감옥살이를 하였는데 그때의 체험을 다룬 것이 「태형」이다. 이 작품의 핵심은 인간의 본성에 대한 날카로운 통찰이다. 극한 상황 속에 놓이면 인간의 본성이 여지없이 드러나게 마련이다. 극도의 비정한 이기를 노출하고 마는 '나'와 감옥 속 죄수들을 통해 김동인은 인간의 이 같은 본성을 날카롭게 들춰내었던 것인데, 이는 김동인 문학의 한 핵심인 인간 모멸주의와 관련된 것이다. 인간이란 보잘것없는 존재에 불과하다는 김동인의 인간 모멸주의는 때로 수많은 사람의 희생

위에 절대의 향락을 누렸던 진시황을 동경하는 황폐한 영웅주의(「배따라기」)로도, 인간이란 무형의 힘에 의해 조종당하는 한갓 어릿광대일 뿐이라는 운명론적 허무주의(『태평행』)로도, 인간이란 시간의 절대적 힘에 의해 마모되고 마침내는 파멸되는 길을 내처 걷는 무력한 존재일 뿐이라는, 인간의 창조성 부정의 사상(「잡초」)으로도 변주되어 나타난다. 「감자」를 통해 김동인의 인간 모멸주의에 대해 좀더 자세히 살펴보기로 하자.

방대한 김동인 문학을 대표하는 작품으로 평가받는 「감자」는 마침내 죽음에 이르고 마는 주인공 복녀의 전락 과정을 뼈대로 한 소설이다. 복녀가 걷는 그 전락의 길은 가난이란 것이 얼마나 폭력적인가를 보여주는 길이며, 돈과 성의 욕망에 들려 마침내는 죽음에 이르고 마는 복녀를 통해 인간이란 욕망의 덫에 갇혀 그 욕망에 깃든 마성에 의해 자신도 모르는 사이에 유린되곤 하는 보잘것없는 존재임을 드러내는 길이기도 하다.

그러나 복녀의 여로와 함께하지만, 동시에 그 여로 밖에 자리한 그녀의 남편을 지나쳐서는 안 된다. 극도로 게으른 인물인 그는 자신의 게으른 삶을 유지할 수만 있다면 무슨 일이든 서슴치 않을 무서운 존재이다. 타인의 시선에 반응하고 뒤돌아 자신의 안팎을 점검하는 정신 기제인 자의식이 전적으로 결여된 인물 성격인 것이다. 말하자면 그는 당대 한국 사회와 그 구성원들의 삶을 지배했던 윤리 체계와 가치 체계의 밖에 존재한다. 당대의 한국 남성에게 요구되었던 가장의 책무를 전혀 돌아보지 않았기에 복녀가 매춘으로 나아갔고 마침내는 비참한 종말을 맞게 되었다는 점에서 그는 복녀의 여로에 깊이 관련되어 있지만, 설사 그가 다른 성격을 지녔다고 해서 복녀의 여로가 크게 달라지지는 않았을 것이라는 점에서 복녀의 여로와 무관한 존재이기도 하다. 이 같은 인물 성격으로 인해 그는 복녀의 여로와 무관한 개성으로 이 작품의 중심 서사 밖에 놓여 있기도 한 존재인 것이다.

　김동인은 인간이란 본래 선한 존재이며, 자신의 힘으로 스스로를 실현하는 주체성의 존재이고, 역사와 사회가 가르치고 요구하는 가치들을 위해 자신의 욕망을 제약할 수도 있는 고귀한 존재라는 통념을 벗어난 작가였다. 이 점에서 그는 주자학 질서를 따라 살았던 전대의 작가들과는 다른 자리에 서 있었다. 그렇기에 김동인은 윤리 체계와 가치 체계의 밖에 존재했던 이 같은 인물 성격을 볼 수 있었고, 통념을 근거로 그를 평가하지 않을 수 있었던 것이 아닐까. 이에 이르면 우리는 복녀의 여로에 담긴 의미들과 복녀 남편의 개성이 「감자」를 구성하는 중심 요소들이라 말할 수 있다. 양자는 관련되어 있기도 하지만 동시에 서로 무관하기도 하다. 양자 사이의 '관련/무관련'의 묘한 관계가 이 작품의 단순 해석을 가로막는 중층성의 비밀인 것이다.

　둔하고 무식한 여급 다부꼬의 전락 과정을 차가운 필치로 그려낸 「대탕지 아주머니」 또한 "인간이거니 인간 사회라 하는 것이 역시 무의미하고 싱거운 일을 또다시 거듭하고 또 거듭하"고 있을 뿐이라는 김동인의 인간 모멸주의를 뚜렷이 드러내 보인 작품이다. 세상에 대해, 필연적으로 파멸하게끔 결정되어 있는 자신의 운명에 대해 무지한 다부꼬는 세상 사람 모두를 대변하는 존재이다. 둔하고 무지하기에 현실성 없는 미련한 기대로 버티는 다부꼬와 세상 사람은 조금도 다르지 않다. 아내가 낳은 아이가 자기 자식이 아닐 수도 있다는 사실에 전전긍긍하며, 겨우 자신의 발가락과 아이의 발가락이 닮았다는 것으로 모든 것을 덮고 자신을 위안하고자 하는 「발가락이 닮았다」의 M은 진실에 대한 두려움 때문에 거짓에 자신을 가두는 인물이라는 점에서 마찬가지로 김동인의 인간 모멸주의를 증명하는 존재이다.

4. 허무주의

김동인 스스로 말하였듯이 《창조》의 동인들은 《창조》 이후 하나같이 방탕의 길로 들어섰다. 그중에서도 김동인은 남달랐으니 일 년에 두세 번의 이른바 '동경 산보'(「문단 삼십 년의 자취」)를 통해 울증을 풀고, 여러 기생을 거치며 젊음을 탕진했다. 「병상만록」, 「의사원망기」, 「혼수 5일」등의 수필과 「몽상록」, 「가신 어머님」 등의 소설에 핍진하게 그려져 있는 극에 달한 중증의 불면증에 시달리는 김동인의 모습에서 그가 어떤 처지에까지 떠밀렸는지를 확인할 수 있다. 이 막다른 상황에서 김동인의 정신에 내재해 있던 허무주의가 분출해올라 김동인 문학을 뒤덮게 된다.

「대동강은 속삭인다」가 김동인의 이 같은 허무주의를 가장 잘 보여준다. 고통의 현실이 두려워서, 불안한 심경을 다스리기 위해 아예 뭍에는 오르지도 않고 대동강에 띄운 마상이 위에서 지내던 1926, 7년경 김동인은 대동강을 발견하였다. '첫 멱[初浴]'을 대동강 물로 하였으며 언제나 대동강과 더불어 살아왔지만 발견하지 못하였던 '장청류長淸流의 대동강'을 발견한 것이다. '쓸쓸하고 아픈 회포'도 호소하면 씻어주고, 굽어보노라면 '모든 수심과 괴로움'까지 사라지게 만드는 그 대동강 앞에서 모든 것은 무無화되고 만다. 다만 '평범한 물의 흐름'일 뿐인 대동강이 무엇이기에 그런 엄청난 힘을 갖는 것일까? 이 작품의 두 번째 토막인 '무지개'와 세 번째 토막인 '산 넘에'는 무지개를 좇든 그것을 포기하든, '산 넘에'로 떠나든 떠나지 아니하든 똑같다는 것을 말하고 있는데 이를 통해 대동강이 시간의 표상임을 알 수 있다. 시간의 흐름만이 엄연할 뿐, 그 속에서 영위되는 인간의 삶은 겉모양은 제각각이지만 다 똑같으며, 그러므로 특별한 의미를 지니지 못한다는 것이다.

김동인의 이 같은 허무주의는 김동인의 30년대 중단편의 두드러진 특징인, 시간의 압도적 힘과 그 앞에 선 인간의 무력함이라는 주제, 그것과 결부된 운명론 그리고 파멸과 전락의 구조를 통해 뚜렷이 확인할 수 있다. 그러나 김동인의 허무주의가 30년대 들어 갑자기 나타난 것은 아니다.「배따라기」를 검토할 차례이다.

한 어촌에 두 형제가 이웃하여 살았다. 다만 한 가지, 빼어나게 예쁜 형의 아내와 아우의 사이가 너무 좋은 것이 형의 마음을 불편하게 할 뿐, 우애가 남다른 데다 아무 부족한 것이 없으니 그들은 행복했다. 그 행복은 그러나 운명의 가혹한 장난 때문에 오래가지 못했다. 한 마리 쥐의 '마침 그때'의 출현이 그것이다. 그리하여 행복은 한순간 형체도 없이 파괴되었다. 운명의 압도적인 힘 앞에 인간이란 무력하기 짝이 없는, 보잘것없는 존재라는 것, 이것이 이 조그만 삽화에 담긴 핵심이다. 거듭해 나오는 탄식과도 같은 '운명' '숙명'이란 말이 이를 확인케 한다. 형수의 빼어난 미모와 개성적인 성격, 아우와 형수의 남다른 관계, 형의 질투심 등은 이야기 전개의 설득력을 확보하기 위해 설정된 것으로 부차적인 의미만을 지닐 뿐이다.

이 같은 운명론과 운명 앞에서의 인간의 무력함이란 주제는 초기 김동인 문학의 한 중요 요소였다. "소년 삼백을 배를 태워 불사약을 구하려 떠나보내며, 예술의 사치를 다하여 아방궁을 지으며, 매일 신하 몇천 명과 잔치로써 즐기며, 이리하여 여기 한 유토피아를 세우려던 시황은, 몇 만의 역사가가 어떻다고 욕을 하든 그는 참말로 인생의 향락자이며, 역사 이후의 제일 큰 위인이라고 할 수가 있다"라고 진시황을 칭송하는 외화外話의 서술자가 지닌 극도의 향락주의적 인생관 또한 운명의 절대적 힘과 그 앞에서의 인간의 무력함을 알게 된 데서 비롯된 허무 의식의 발현이었다.

김동인 문학의 허무주의는 그 속에 오이디푸스 콤플렉스를 품고 있는

데, 오로지 '어머니의 사랑의 아름다운 얼굴'을 그림으로 표현하고자 하는 열망을 좇는 「광화사」의 주인공, 세상을 떠난 어머니를 그리워하는 「몽상록」의 병든 아들이 이 사실을 잘 보여준다. 허무주의자 김동인은 절대미, 절대선, 절대진의 존재인 어머니의 품에 안김으로써 허무의 심연에 갇혀 고통스러운 스스로를 위무하고자 한 것인지 모른다.

해방 후 김동인이 쓴 소설 가운데 주목할 만한 것은 「망국인기」와 「반역자」다. 「망국인기」는 우리 근대소설의 정립에 자신이 기여한 바가 매우 크며 일제 강점기 막바지 조선어의 존립이 위태로울 때 조선어를 지키기 위해 자신이 얼마나 큰 노력을 기울였는가를 힘주어 강조하는 내용의, 그러니까 자화자찬의 작품이다. 그 내용의 사실 여부를 떠나 김동인의 개성적인 자기애自己愛가 잘 드러나 있다는 점, 자신의 친일 행위에 대한 반성적 자의식이 전혀 개입되어 있지 않다는 점 등을 지적할 수 있다. 「반역자」는 이광수의 일생을 다룬 모델 소설이다. 주인공 이름이 오이배로 되어 있는데 이광수의 호 가운데 하나가 외배〔孤舟〕였다. 보기에 따라 거물 친일파 이광수의 친일 행위에 대한 냉소적 야유라 볼 수도 있고, 친일 행위를 포함한 이광수의 삶 전체에 대한 동정적 옹호라 볼 수도 있다. 다른 글에서 "춘원을 위하여 변해기辨解記를 쓸 사람"(「춘원과 나」)이 자신이라고 한 것으로 보아 동정적 옹호일 가능성이 높다고 보는 게 온당할 듯하다.

단편소설

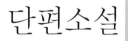

약한 자의 슬픔

1

    가정교사 강 엘리자베트는 가르침을 끝낸 다음에 자기 방으로 돌아왔다. 돌아오기는 하였지만 이제껏 쾌활한 아이들과 마주 유쾌히 지낸 그는 찜찜하고 갑갑한 자기 방에 돌아와서는 무한한 적막을 깨달았다.

    '오늘은 왜 이리 갑갑한고? 마음이 왜 이리 두근거리는고? 마치 이 세상에 나 혼자 남아 있는 것 같군. 어찌할꼬. 어디 갈까, 말까. 아, 혜숙이한테나 가보자. 이즈음 며칠 가보지도 못하였는데.'

    그의 머리에 이 생각이 나자, 그는 갑자기 갑갑하던 것이 더 심하여지고 아무래도 혜숙이한테 가보아야 될 것같이 생각된다.

    "아무래도 가보아야겠다."

    그는 중얼거리고 외출의를 갈아입었다.

    '갈까? 그만둘까?'

    그는 생각이 정키 전에 문밖에 나섰다. 여학생 간에 유행하는 보법步法으로 팔과 궁둥이를 전후좌우로 저으면서 엘리자베트는 길로 나섰다.

    그는 파라솔을 받은 후에 손수건을 코에 대어서 쏘는 듯한 콜타르 냄새를 막으면서 N통, K정 등을 지나서 혜숙의 집에 이르렀다.

그리 부자라 할 수는 없지마는, 그래도 경성 중류민의 열에는 드는 혜숙의 집은 굉대(宏大)하지는 못하지만 쓸쓸하고* 정하기는 하였다.

그 집의 방의 배치를 익히 아는 엘리자베트는 들어서면서 파라솔을 접어서 마루 한편 끝에 놓은 후에,

"너무 갑갑해서 놀러 왔다 애."

하면서 혜숙의 방으로 뛰어 들어갔다. 그는 들어서면서, 혜숙이가 동모(同某) S와 무슨 이야기를 열심으로 하다가 자기 온 것을 알고 뚝 그치는 것을 알았다.

'S는 원, 무엇하러 왔노.'

그는 이유 없는 질투가 마음에서 끓어나오는 것을 깨달았다.

'흥, 혜숙이는 S로 인하여 나한테 놀러도 안 오는구만. 너희끼리만 잘들 놀아라.'

혜숙이가 한 번도 자기에게 놀러 와본 때가 없으되 엘리자베트는 이렇게 생각하였다.

"아, 엘리자베트 왔니. 우린 이제껏 네 이야기 하댔지. 그새 왜 안 왔니?"

혜숙이와 S는 동시에 일어나면서, 혜숙이는 엘리자베트의 왼손, S는 바른손을 잡고 주좌(主座)에 끌어다 앉히었다.

엘리자베트는, 아직 십구 세의 소녀이지만 재주와 용자(容姿)로 모든 동창들에게 존경과 일종의 시기를 받고 있었다. 그는 재주로 인하여 아직 통학 중이지만 K남작의 집에 유(留)하면서 오후에는 그 집 아이들에게 학과의 복습을 시키고 있었다.

---

* 수준이나 정도가 기대 이상이다.

"내 이야기라니 무슨? 내 숭들만 실컷 보고 있었니?"

엘리자베트는, 앉히는 자리에 앉으면서 억지로 성난 것을 감추고 농담 비슷하니 물었다.

혜숙과 S는 의논하였던 것같이 잠깐 서로 낯을 향하였다가 웃음을 억지로 참느라 입을 비죽하니 하고 머리를 돌이켰다.

"내 이야기라니 무슨?"

"네 이야기라니. 저— 그만두자."

혜숙이가 감춰두자 엘리자베트는 더 듣고 싶었다. 그는 차차 노기를 외면에 나타내게 되었다.

"내 이야기라니 무엇이야 얘? 안 가르쳐주면 난 가겠다."

"네 이야기라니. 저—."

혜숙이는 아까와 같은 말을 한 후에 S와 또 한 번 마주 향하여 보았다.

"그럼 난 간다."

하고 엘리자베트는 일어서려 하였다.

"얘, 가르쳐줄라. 참말은 네 이야기가 아니고 저— 이환利煥 씨 이야기."

말이 끝난 뒤에 혜숙이는 또 한 번 S와 낯을 향하였다.

혜숙의 말을 들은 엘리자베트는 노기와 부끄러움과 모욕을 당했다는 감을 함께 머금고 낯을 붉히고 머리를 숙였다.

엘리자베트가 매일 통학할 때에 N통 꺾어진 길에서 H의숙義塾 제모를 쓴 어떤 청년과 만나게 되었다. 만나기 시작한 지 닷새에 좀 정답게 생각되고, 열흘에 그를 만나지 못하면 섭섭하게 생각되고, 이십 일에 연애라하는 것을 자각하고, 일 삭* 만에 그 청년의 이름을 탐지하였다. '그도 나

---

* 개월.

를 생각하겠지' 하는 생각과 '웬걸, 내게는 주의도 안 하더라' 하는 생각이 그 후부터는 항상 그의 마음속에서 쟁투하고 있었다. 연애를 하는 사람은 아무도 그렇거니와 엘리자베트도 연애—짝사랑[片戀]이던—를 안 후부터는 벗들과 함께 있을 때는 아무렇지도 않지만, 혼자 있을 때는 염세의 생각과 희열의 생각이 함께 마음속에서 발하여 공연히 심장을 뛰놀리며 일어섰다, 앉았다, 밖에 나갔다, 들어왔다, 일도 없는데 이환이와 만나게 되는 길에 가보았다, 이와 같이 날을 보내게 되었다. 그러다가 아무에게도 통사정할 사람이 없는 엘리자베트는 혜숙에게 이 말을 다 고백하였다.

이와 같은, 사람의 비밀을 혜숙이는 S에게 알게 하였다 할 때는 그는 성이 났다.

처녀가 학생에게 사랑을 한다 하는 것이 그에게는 부끄러웠다.

둘—혜숙과 S—이서 내 흉을 실컷 보았겠거니 할 때에 그는 모욕을 당했다 생각하였다. 혜숙과 S가 서로 낯을 보고 웃을 때에 이 생각이 더 심하였다.

그리고, 이와 같은 비밀을 혜숙에게 고백하였다 할 때에, 엘리자베트는 자기에 대하여서도 성을 안 낼 수가 없었다.

'이건 자기를 믿고 통사정을 하였더니 이런 말을 광고같이 떠들춘단 말인가. 이 세상에 믿을 만한 사람이 누구인고? 아, 부모가 살아 계시면……'

살아 있을 때는, 자기를 압박하는 것으로 유일의 오락을 삼던 부모를 빨리 죽기를 기다리던 그도, 부모에게 대하여, 지금은 유일의 믿을 만한 사람이고 유일의 의뢰할 만한 사람이라는 생각이 났다. 그리고 혜숙에게 대하여서는 무한한 증오의 염이 난다.

그러면서도, 그는 한 바람을 품고 있었다. 이것—이환과 자기의 새*—이것이 이제 화제가 되는 것을 그는 무서워하고 피하려 하면서도 그것이 화제가 되기를 열심으로 바라고 있다. 좀더 상세히 알고 싶었다.

자기 말을 듣고 엘리자베트가 성을 낸 것을 빨리 알아챈 혜숙이는, 화제를 바꾸려고 학과 이야기를 시작하였다.

"너 기하 숙제 해보았니? 난 암만해두 모르겠두나."

'아차!'

엘리자베트는 속으로 고함을 쳤다. 그의 희망은 끊어졌다.

'내가 성을 낸 것을 알고 혜숙이는 이렇게 돌려다 대누나.'

하면서도 성을 억지로 감추고 낯에 화기를 나타내고 대답하였다.

"기하? 해보지는 않았어도 해보면 되겠지."

"그럼 좀 가르쳐주렴."

기하책을 갖다 놓고 셋은 둘러앉아서 기하를 토론하기 시작하였다. 한 이십 분 동안 기하를 푸는 새에 엘리자베트의 머리에는 혜숙과 S의 우교友交에 대한 시기도 없어지고, 혜숙에게 대한 증오도 없어지고, 동창생에 대한 애정과 동성에 대한 친밀한 생각만 나게 되었다.

복습을 필한 후에 셋은 잠깐 무언으로 있었다. 그동안 혜숙은 무슨 말을 할 듯 할 듯하면서도 다만 빙긋 웃기만 하고 말은 못 발하고 있었다.

'무슨 말이든 빨리 하렴.'

엘리자베트는 또 갑자기 희망을 품고 심장을 뛰놀리면서 속으로 명령하였다.

엘리자베트가 듣고 싶어하는 것을 보고 혜숙이는 안심한 듯이 말을 시

---

* 사이.

작한다.

"얘— 얘—."

이 말만 하고 좀 말하기가 별別한 듯이 잠깐 말을 멈추었다가 또 시작한다.

"이환 씨느으으은 S의 외사촌 오빠란다."

이 말을 들은 엘리자베트는 갑자기 마음이 무거워지는 것을 깨달았다. 그 가운데는 부끄러움도 섞여 있었다. 갑자기 이환이와 직접 대면한 것같이 형용할 수 없는 별한 부끄러움이 엘리자베트의 마음을 지나갔다. 그러면서도 그는 좀더 똑똑히 알려고,

"거짓말!"

하고 혜숙이를 쳐다보았다.

"거짓말은 왜 거짓말이야. S한테 물어보렴. 이 애 S야, 그렇지?"

엘리자베트는 머리를 S편으로 돌려서 S의 대답을 기다렸다. 이환이가 S의 외사촌이라는 것은 팔구 분은 믿으면서도⋯⋯.

S는 다만 웃고 있었다.

'모욕당했다. 집으로 가고 말아야지.'

엘리자베트는 이렇게 속으로 고함을 치고도 일어나지는 않았다. 그는 S에게서 이환의 소식을 듣고 싶었다. 그리고 '오빠도 너를 사랑한다더라'란 말까지 듣고 싶었다.

"응, 그렇지 애?"

하는 혜숙의 소리에 S는 그렇단 대답만 하였다. 그리고 의미 있는 듯한 웃음을 머금고 엘리자베트를 들여다보았다.

'S의 웃음. 의미 있는 듯한 웃음. 무슨 웃음일꼬? 거짓말? 이환 씨가 S의 오빠라는 것이 거짓말이 아닐까? 아니! 그것은 참말이다. 그러면 무슨

웃음일꼬? 이환 씨는 나 같은 것은 알아도 안 보나? 아! 무엇? 아니다. 그
도 나를 사랑한다. 그리고 S에게 고백하였다. 아, 이환 씨는 날 사랑한다.
결혼! 행복!'

그는 자기에게 이익한 데로만 생각을 끌어가다가 대담하게 되어서 머
리를 들면서, 결심한 구조口調로 말을 걸었다.

"얘, S야."

"엉?"

경멸하는 듯이 S는 대답하였다. 이 소리에, 엘리자베트의 용기가 대부
분은 꺾어졌다.

"너⋯⋯."

그는 차마 그 뒤는 말을 발하지 못하여 우물우물하다가 예상도 안 한
딴말을 묻고 말았다.

"기하 다 했니?"

"기하라니? 무슨?"

S는 대답 겸 물어보았다.

"내일 숙제."

"이 애 미쳤나 부다."

엘리자베트는 왜인지 가슴에서 똑 하는 소리를 들었다. S는 말을 연속
하여 한다.

"이제 우리 하지 않았니?"

"응?⋯⋯ 참⋯⋯ 다 했지⋯⋯."

S는 '다 알았소이다' 하는 듯이 교활한 웃음을 머금고 엘리자베트의 그
리스 조각을 연상시키는 뺨과 목의 윤곽을 들여다보았다.

'모욕을 당했다.'

엘리자베트는 또 이렇게 생각지 않을 수 없었다.

'집으로 가고 말아야지.'

이 생각을 할 때에 그는 아까 집에서 혜숙의 집에 가야겠다 생각할 때에, 참지 못하게 가고 싶던 그와 동 정도로 집으로 돌아가고 싶었다.

그는, 어쩔 수 없이 가고 싶은 고로,

"난 간다."

소리만 지르고, 동무들이 "왜 가니?" "더 놀다 가렴" 등 소리는 귓등으로도 듣지 않고 팔과 궁둥이를 저으면서 나섰다.

2

늦은 봄의 저녁빛은 따듯하였다.

도회의 저녁은 더 번잡하였다.

시멘트 인도는 무수히 통행하는 사람의 발로 인하여 처르럭처르럭 때가닥때가닥 하는 소리를 시끄럽도록 내면서도 평안히 누워 있었다.

어떤 때는 사람의 위를 짧게 비추었다, 사람이 다 통과한 후에는 도로 길게 비추었다 하는, 자기와 함께 나아가는 자기 그림자를 들여다보면서 엘리자베트는 본능적으로 발을 움직였다.

'아! 잘못하였군. 그 애들은 내가 나선 다음에 웃었겠지. 잘못하였어? 그럼 어찌하여야 하노? S를 얼려야지. 얼려? 응. 얼린 후엔 들어야지. 무엇을. 무엇을? 그것을 말이지. 그것이라니? 아— 그것이라니? 모르겠다. 사탄아 물러가거라. S가 이환 씨의 누이이고. S가 혜숙의 동무이고. 또 내동무이고. 이환 씨는 동무의 오빠이고. 사람이 다니고. 전차. 아이고 무엇이 무엇인지 모르게 되었다. 왜 웃는단 말인가? 왜? 우스우니깐 웃지. 무

엇이 우스워. 참 무엇이 우스울까?'

그는 또 한 번 웃었다. 그렇지만, 이 웃음은 기뻐서 웃는 것도 아니고 즐거워서 웃는 것도 아니다. 다만 우스워서 웃는 것이다. 그가 왜 우스운지 그 이유를 해석하려고, 혼돈된 머리로 생각하면서, 발은 본능적으로 차차 집으로 가까이 옮겨놓았다.

꾸부러진 길을 돌아설 때에, 그는 아직껏 보고 오던 자기 그림자를 잃어버린 고로 잠깐 멈칫 섰다가, 또 한 번 해석지 못한 웃음을 웃고 다시 걷기 시작하였다.

그가 집에 들어설 때는, 다섯 시 반 좀 지난 후 K남작은 방금 저녁을 먹고 처와 아이들이 저녁을 먹을 때이다. 조선의 선각자로 자임하는 남작은, 내외의 절飾과 안방 사랑의 별은 폐하였지만 남존여비의 생각은 아직껏 확실히 지켜왔다.

엘리자베트는, 먹기 싫은 밥을 두어 술 먹은 후에 자기 방으로 돌아와서 아직 어둡지도 않았는데 전등을 켜고 책궤상 머리에 가 앉았다.

아무 작용도 아니하는 눈을 공연히 멀거니 뜨고, 책상을 오르간으로 삼고 〈다뉴브〉 곡을 뜯으면서, 그는 머리를 동작시키고 있었다. 웃음. S. 이환. 결혼. 신혼여행. 노후의 안락. 또는 거기는 조금도 상관없는 다른 공상이 속속들이 그의 머리에 왕래하였다.

끝없이 나는 공상을 두 시간 동안이나 한 후에, 이제껏, 희미하니 아물아물 기어가는 것같이 보이던 벽의 흑점이 똑똑히 보이기 시작할 때에, 그는 자리를 펴고 자고 싶은 생각이 났다.

아까 저녁 먹을 때에 남작의,

"오늘 밤에는 회會가 있는 고로 밤 두 시쯤 돌아오겠다."

는 말을 들은 엘리자베트는, 별로 안심이 되어 자리를 펴고 전 나체가 되어 드러누웠다.

몇 가지 공상이 또 머리에서 왕래하다가 그는 잠이 들었다.

한참 자다가, 열한 시쯤, 자기를 흔드는 사람이 있는 고로 그는 눈을 번쩍 떴다. 전등 아래, 의관을 한 남작이 그를 들여다보고 있었다. 엘리자베트는 갑자기 잠이 수천 리 밖에 퇴산退散하는 것을 깨달았다. 그는 남작의 자기를 들여다보는 눈으로, 남작의 요구를 깨달았다. 하고 겨우 중얼거렸다.

"부인이 아시면?"

'아차!'

그는 속으로 고함을 쳤다.

'부인이 모르면 어찌한단 말인가?…… 모르면?…… 이것이 허락의 의미가 아닐까? 그러면 너는 그것을 싫어하느냐? 물론 싫어하지. 무엇? 싫어해? 내 마음속에, 허락하려는 생각이 조금도 없냐 아…… 허락하면 어쨌냐? 그래도…….'

일순간에 그의 머리에 이와 같은 생각이 전광과 같이 지나갔다.

"조용히! 아까, 두 시에야 돌아오겠다고 하였으니깐 모르겠지요."

남작은 말했다.

이제야 엘리자베트는 아까 남작이 광고하듯이 지껄이던 소리를 해석하였다. 그러고, 두 번째 거절을 하여보았다.

"부인이 계시면서두……?"

'아차!'

그는 또 속으로 고함을 안 칠 수가 없었다.

'부인이 없으면 어찌한단 말인가?…… 이것은 허락의 의미가 아닐까……?'

남작은 대답 없이 엘리자베트를 뚫어지게 들여다보고 있었다.

"왜 그리 보세요?"

그는 남작의 시선을 피하면서, 별한 웃음—애걸하는 웃음—거러지의 웃음을 웃으면서 돌아누웠다.

'아차!'

그는 세 번째 고함을 속으로 발하였다.

'이것은 매춘부의 웃음, 매춘부의 행동이 아닐까……?'

몇 번 거절에 실패를 한 엘리자베트는 마지막에는 자기에게 대하여서도 정이 떨어지게 되었다. 그는 뉘게 대하여선지는 모르면서도 모르는 어떤 자에게 골이 나서, 몸을 꼬면서 좀 날카롭게, 그래도 작은 소리로 말했다.

"싫어요 싫어요."

남작은 역시 대답이 없었다.

엘리자베트는, 갑자기 방 안이 어두워지는 것을 알았다. 남작이 불을 끈 것이다. 그 후에는 남작의 의복 벗는 소리만 바삭바삭 났다.

엘리자베트는 정신이 아득하여지고 말았다.

정신이 아득하여진 엘리자베트는, 한참 있다가 거기서 직수면 상태로 들어서 푹 잠이 들었다가, 다섯 시쯤, 동편 하늘이 좀 자홍색을 띠어올 때에 무엇에 놀란 것같이 움쭉하면서 눈을 떴다.

회색 새벽빛을 꿰어서, 먼트고메리 회사제 벽지가 눈에 드는 동시에, 그의 머리에는 남작이 생각났다. 곁에 사람의 기척이 없는 고로 남작이 돌아갔을 줄은 확신하면서도, 만일 있었다면 하는 의심이 나는 고로, 그는 가만가만 머리를 그편으로 돌렸다. 거기는 남작이 베느라고 갖다 놓았던 책이 서너 권 놓여 있었다.

'그럼 저편 쪽에 있지. 저편 쪽 벽에 꼭 붙어 서서, 날 놀래려고 준비하고 있지.'

엘리자베트는 흥미 절반, 진정 절반으로 이런 생각을 하고 갑자기 남작이 숨기 전에 발견하려고 머리를 돌리켰다. 거기는 차차 흰빛으로 변하여 오는 새벽빛에 비친 벽지의 모양만 보였다.

'어느 틈에 또 다른 편으로 뛰었군!'

하면서 그는 남작을 잡느라고 이편저편으로 머리를 획획 돌리다가,

'일어나야 순순히 나올 터인가 원.'

하면서 벌떡 일어나 앉아서 의복을 입기 시작하였다. 속곳, 바지로서 버선까지 신는 동안에, 그의 머리에는 남작을 잡으려는 생각은 없어지고 엊저녁 기억이 차차 부활키 시작하였다.

'내 속이 왜 그리 약하단 말인고? 정신이 아득하여질 이유가 어디 있어? 아무래도 그렇게 되겠으면 정신이나……. 아— 지금 남작은 무엇하고 있노.'

그는 자기가 남작에 대하여서도 애정을 가지게 된 것을 깨달을 때에, 차라리 놀랐다. 마음속에서는 또 적막의 덩어리가 뭉쳐나왔다. 그는 무한 울고 싶었다. 그는 시계를 보았다. 아직 다섯 시 십삼 분이다.

'울 시간이 넉넉하지.'

이 생각을 할 때에 그는 참지 못하고 꼬꾸라져서 흘쿡 느끼기 시작하였다.

'남작은 아내가 있는 사람이다. 아내가 있는 사람에게…… 내 전정前程*

---

* 앞길.

은 어떠할까…….'

울음이 끝나기까지 한참 운 그는, 눈물이 자연히 멎은 후에 머리를 들었다. 아침 햇빛은 눈이 시도록 방 안을 들이쪼이고 있었다.

밝은 햇빛을 본 연고인지 실컷 운 연고인지, 엘리자베트는, 오랫동안 벼르던 원수를 갚은 것같이 별로 속이 시원한 고로, 일어서서 세수를 하러 갔다.

세수를 한 후에 그는, 거기서 잠깐 주저치 않을 수가 없었다. 밥을 먹으러 가나. 안 가나. 밥은 먹어야겠고. 거기는 남작이 있겠고…….

그러다가 그는, 필사적 용기를 내고 밥을 먹으러 갔다. 거기는 남작은 없었지만 그는 부인과 아이들에게도 할 수 있는 대로 낯을 안 보이게 하고 밥을 먹었다. 그런 후 자기 방에 와서 이부자리를 간지피고 책보를 싸 가지고 학교로 향하였다.

정문 밖에 나선 그는, 또 한 번 주저치 않을 수가 없었다. 이 길로 가나. 저 길로 가나. 이 길로 가면 이환이를 만나겠고. 저 길로 가면 대단히 멀고.

그의 마음속에는 쟁투가 일어났다. 자기에게 대하여 애정을 나타내지도 않는 이환의 앞을, 복수 겸으로 유유히 지나갈 때의 자기의 상쾌를 그는 상상하여보았다. 이환이는 그 일을 모르겠지만, 이렇게 하는 것이 엘리자베트에게는 한 쾌락—만약 엘리자베트에게 복수할 마음이 있다 하면—에 다름없었다. 그렇지만 그는 이환이를 사랑하였다. 문자 그대로 '자기 몸과 동 정도로 그를 사랑'하였다. 이러한 엘리자베트는 그런 참혹한 일을 행할 수가 없었다.

'이 길로 갈까? 저 길로 갈까?'

그는 생각이 정키 전에 어느덧 먼 길—안 만나게 되는 길—편으로 발을 옮겨놓았다.

학교에서도 엘리자베트는 성가신 일일을 보내고 하교 후 곧 집으로 돌아왔다.

3

단조하고도 복잡한 엘리자베트의 생활은 여전히 연속하여 순환되고 있었다. 아침 깨어서는 학교에 가고. 하학 후에는 아이들과 마주 놀고. 자고─다만 전보다 변한 것은 평균 일 주 이 회의 남작의 방문을 받는 것이라.

대개는, 엘리자베트가 예기한 날 남작이 왔다. 남작이 오리라 생각한 날은, 엘리자베트는 열심으로 남작을 기다렸다. 그렇지만 그 방은 남작 부인의 방과 그리 멀지 않은 고로 남작이 와도 그리 말은 사귀지* 못하였다. 엘리자베트는 그것으로 남작이 와 있을 동안은 너무 갑갑하여 빨리 돌아가기를 기다렸다. 하지만 일단 남작이 돌아가고 보면 엘리자베트는, 남작이 좀더 있지 않는 것을 원망하고 무한한 적막을 깨달았다.

만약 엘리자베트가 예기한 날 남작이 오지를 않으면 그는 어찌할 줄 모르게 속이 타고 질투를 하였다.

그렇지만, 이보다 더 큰 고통이 엘리자베트에게 있었다. 때때로 이환의 생각이 나는 것이다. 그런 때는,

'자기도 나를 생각지 않는데, 내가 그러면 뭘 한가.'

'내가 자기와 약혼을 했댔나.'

---

* '사귀지'의 옛말.

등으로 자기를 위로하여보았지만, 대개는 '변해辯解'를 '미안未安'이 쳐 이겼다. 그럴 때는 문자 그대로 '심장을 잘 들지 않는 칼로 베어내는 것' 같았다. 그렇게 되면 그는 꼬꾸라져서 장시간의 울음으로 겨우 자기를 위로하곤 하였다.

그는 부인에게 대하여서도 미안을 감感하였다.

"남편을 가로앗았는데 왜 미안치를 않을까."

그는 때때로 중얼거렸다.

그러는 새에도, 학교에는 열심으로 상학上學하였다. 학교에도 무한한 혐오의 정과 수치의 염이 나지마는, 집에 있으면 더 큰 고통을 받는 그는 일종의 위안을 얻느라고 상학하였다.

그동안 시절은 바뀌었다. 낮잠 잘 오고 맥이 나는 봄 시절은, 비 많이 오는 첫여름으로 변하였다.

4

엘리자베트와 남작의 첫 관계가 있은 후, 다섯 번 일요일이 찾아왔다.

오후 소아 주일학교小兒主日學校 교사인 엘리자베트는 소아 교수와 예배를 필한 후에 아이들 틈을 꿰면서 예배당을 나섰다.

벌겋고 누런 장마 때 저녁 해는 절벅절벅하는 길을 내리쪼이고 있었다. 북편 하늘에는 비를 준비하는 검은 구름이 걸려 있었다.

엘리자베트가 예배당 정문을 나설 때에,

"너 이즈음 학교에 왜 다른 길로 다니니?"

하는 혜숙의 소리가 그의 뒤에서 났다.

엘리자베트는 돌아보지도 않고 속으로 다만,

'다른 길로 학교엘 다녀? 다른 길로 학교엘 다녀?'

하면서 집으로 향하였다. 남작 집 정문을 들어서려 하다가 그는 우뚝 섰다. 혜숙의 말이 이제야 겨우 해석되었다.

'응 다른 길로 학교엘 다닌다니 내가 다른 길로 학교에를 다닌다는 뜻이로군.'

그는 별한 웃음을 웃고 자기 방으로 향하였다.

자기 방에 들어서서 책보를 내어던지고 앉으려 하다가 그는 또 한 번 꼿꼿이 섰다. 사지가 꼿꼿하여지는 것을 깨달았다. 십여 초 동안 이와 같이 꼿꼿이 섰던 그는 그 자리에 꼬꾸라졌다. 그의 가슴에서는 무슨 덩어리가 뭉쳐서 나오다가, 목에서 잠깐 회전하다가 그 덩어리가 코와 입으로 폭발하곤 한다. 그럴 때마다 눈에서는 눈물이 푹푹 쏟아지고 가슴은 싹싹 베어내는 것같이 아팠다.

그에게는, 두 달 동안 몸이 안 난 것이 생각이 났다. 잉태! 엘리자베트에게 대하여서는 이것이 '죽으라'는 명령보다도 혹독한 것이다.

그는 잉태가 무섭지는 않았다. 그렇지만, 그의 미래―희미하고 껌껌한 그의 '생' 가운데, 다만 한줄기의 반짝반짝하게 보이는 가는 광선―이러한 미래를 향하고 미끄러져서 나아가던 그는 잉태로 인하여 그 미래를 잃어버렸다. 그 미래는 없어졌다.

엘리자베트의 울음은 이것을 깨달은 때에 나오는 진정의 울음이다. 심장 복판 가운데서 나오는 참눈물이다.

이렇게 한참 운 그는 눈물주머니가 다 마른 후에 겨우 머리를 들고 전등을 켰다. 눈이 붉어지고 눈두덩이 부은 것을 스스로 깨달을 수가 있었다. 그는 자기 배를 내려다보았다. 그의 눈에는 보통보다 곱 이상이나 크게 보였다.

'첫배는 그리 부르지 않는다는데. 게다가 달 반밖에는 안 되었는데.'

하고 그는 다시 보았다. 조금도 부르지를 않았다.

'그래도 안 부를 수가 있나?'

하고 그는 또다시 보았다. 보통보다 삼 곱이나 크게 보였다.

쾅쾅 하는 아이의 발소리가 이럴 때에 엘리자베트의 방으로 가까이 온다. 엘리자베트는 빨리 어두운 편으로 향하였다. 문이 열리며 여덟 살 된 남작의 아들이 나타나서, 엘리자베트에게 저녁을 재촉하였다. 저녁을 먹으러 가기가 싫은 엘리자베트는 안 먹겠다고 대답할 수밖에는 없었다.

아이가 돌아간 뒤에 엘리자베트는 중얼거렸다.

"꼭 좋은 때 울음을 멈추었군. 좀더 울었더면 망신할 뻔했다."

조금 후에 부인은 친절하게 죽을 쑤어다가 그에게 주었다. 죽을 먹고 죽 그릇을 돌려보낸 후에, 아까 울음으로 얼마 속이 시원하여지고 원기까지 좀 회복한 엘리자베트는 남작과 이환 두 사람을 비교하기 시작하였다. 그는 마음속에 두 사람을 그린 후에 어느 편이 자기에게 더 가깝고 더 사랑스러운고 생각하여보았다. 사랑스럽기는 이환이가 더 사랑스럽지만, 가깝기는 아무래도 남작이 더 가까운 것같이 생각된다.

이와 같은 결단은 그의 구하는 바를 채우지를 못하였다. 그는, 사랑스러운 편이 더 가깝고 가까운 편이 더 사랑스럽기를 원하였다. 그렇지만 사랑과 가까움은 평행으로 나가서 아무 데까지 가도 합하지를 않았다. 그는 평행으로 나가는 사랑스러움과 가까움이 어디까지나 나가는가를 알려고, 마음속에 둘을 그려놓고 그 둘을 차차 연장시키면서, 눈알을 굴려서 그것들을 따라가기 시작하였다.

둘은 종시 합하지 않았다. 끝까지 평행으로 나갔다. 사랑스러움과 가까움은, 끝까지 분립分立하여 있었다.

여기 실패한 엘리자베트는 다시 다른 생각으로 그것을 보충하리라 생각하였다.

사랑스러운 편이 자기에게 더 정다울까 가까운 편이 더 정다울까, 그는 생각하여보았다. 어떻든, 둘 가운데 하나는 정다워야만 된다고, 그는 조건을 붙였다. 그렇지만 엘리자베트는 여기서도 만족한 결론을 얻지 못하였다.

아까 생각과 이번 생각이 혼돈되어 나온 결론은 다른 것이 아니다. '사랑스러운 편이, 물론 자기에게 더 가깝다'는 것이다.

'그렇게 되면, 정다운 편은 어느 편인고?'

그는 생각하여보았지만, 머리가 어지러운 것이 완전한 해결을 얻지 못하게 되었다.

엘리자베트는 속이 답답하여졌다.

자기에게는 '사랑스러움'과 '가까움'이 온전히 분립하여 있는 것을 안 엘리자베트는, 어느 편이 자기에게 더 정다울지를 알지 못하게 되었다. 둘이 동 정도로 정답다 하는 것은, 엘리자베트 자기가 생각하여보아도 있지 못할 일이다. 남작과 이환 새에는 어떤 차이가 있었다.

두 번째 생각도 실패로 돌아갔다.

두 번이나 실패를 한 엘리자베트는, 이번은 직접 당인當人으로 어느 편이 자기에게 더 정답게 생각되는가 자문하여보았다.

이환이가 더 정답다 생각할 때에도 마음에 얼마의 가책이 있고, 그러니 남작이 더 정답다 생각할 때에는 더 큰 아픔이 마음에서 일어난다. 그는 억지로 생각의 끝을 또 다른 데로 옮겼다.

엘리자베트는 맨 처음 생각을 다시 하여보았다. 이번도, 사랑스러움은 이환의 편으로 갔다.

'이환이가 더 사랑스럽고, 사랑스러운 편이 자기에게 더 가까우니까, 이환이가 자기에게 물론 더 가깝다. 따라서, 정다움도 이환의 편으로 간다.'

그는 억지로 이렇게 해결하였다.

이렇게 해결은 하였지만, 또 한 의문이 있었다.

'그러면, 가깝던 남작은 어찌되는가.'

그는 생각하여보았다. 맨 첫 번과 같이 역시 남작은 자기에게는 더 친밀하게 생각되었다. 그럼 이환이는……?

이환에게 대한 미안이 마음속에 떠올라오기 시작하였다. 그는 속이 타서 팔을 꼬면서 허리를 젖혔다. 그때에 벽에 걸린 캘린더가 그의 시선과 마주쳤다. 캘린더는 다른 사건을 엘리자베트의 머리에 생각나게 하였다. 이 절박한 새 사건은 이환의 생각을 머리에서 내어쫓기에 넉넉하였다. 오늘 밤에는 남작이 오리라 하는 생각이다. 이 생각이 엘리자베트에게 잉태를 생각나게 하였다. 남작이 오면 모든 일―잉태와 거기 대한 처치―을 다 말하리라 엘리자베트는 생각하였다. 그리고, 남작에게 할 말을 생각하기 시작하였다.

말은 짧지마는, 이 말을 남작에게 하는 것은 엘리자베트에게 큰 부끄러움에 다름없었다. 그는 자기에게 부끄럽지 않고 남작이 알아들어야 된다는 조건 아래서 할 말을 복안하여보았다. 한 번 지어서 검열한 후 교정을 가하고 두 번 하고 세 번 네 번 하여보았지만 자기 뜻대로 되지를 않았다.

이렇게 한참 생각할 때에 문이 열리며 남작이 들어왔다. 엘리자베트의 복안은 남작을 보는 동시에 쪽쪽이 헤어지고 말았다. 그는 다만, 남작에게 매어달려 통쾌히 울고, 남작이 아프도록 한번 꼬집어주고 싶었다. 남작의 '아이고' 소리 '이 야단났구면' 소리를 듣고 싶었다. 그는 이 생각을 억제하느라고 손으로 〈해변의 곡〉을 뜯기 시작하였다.

둘은 전과 같이 서로 마주 흘겨만 보고 있었다.

엘리자베트에게는 싸움이 일어났다.

'말할까 말까. 할까. 말까. 어찌할꼬.'

이러다가 갑자기 무의식히,

"선생님."

하고 남작을 찾은 후에 자연히 머리가 수그러지는 것을 깨달았다. 남작은 찾았는데 그 뒷말을 어찌할꼬. 이것이 엘리자베트의 마음에 일어난 제일 큰 문제이다. 〈해변의 곡〉을 뜯던 손도 어느 틈에 멎었다. 엘리자베트는 자기가 어디 있는지도 똑똑히 의식지 못하리만큼 마음이 뒤숭숭하였다. 낮도 훌끈훌끈 단다.

"네?"

남작은 대답하였다.

남작이 대답한 것을 엘리자베트는 속으로 원망하였다. 남작이 엘리자베트 자기가 부른 소리를 못 들었으면 좋겠다 하는 희망을 엘리자베트가 품는 동시에 남작은 엘리자베트의 부름에 대답을 한 것이다.

엘리자베트는 나가지도 못하고 물러서지도 못할 지경에 이르렀다. 자기가 부르고 남작이 대답을 하였으니 설명을 하여야겠고 그러니 그 말을 어찌하노? 그러다가 그는 갑자기 울기 시작하였다.

'이 울음에서 얼마의 효과가 나타나리라.'

엘리자베트는 울면서 생각하였다.

"왜 그러오."

남작은 놀란 소리로 물었다.

"아―아 어찌할까요?"

"무엇을?"

엘리자베트는 대답 대신으로 연속하여 울었다.

한참이나 혼자 울다가 그는 입술을 꼭 물었다. 아까 대답을 못 한 자기를 책망하였다.

남작이 '왜 그러는가' 물을 때가 대답하기는 절호의 기회인 것을, 그 기회를 비게 지나 보낸 엘리자베트는 자기를 민하다* 생각하지 않을 수가 없었다. 그리고 다시 그런 기회를 기다려보았지만, 남작은 아무 말 없이 가만히 있었다.

'좀더 심히 울면 남작이 무슨 말을 하겠지' 생각하고, 엘리자베트는 좀 더 빨리 어깨를 젓기 시작하였다.

"아 왜 그러오."

남작은 이것을 보고 물었다.

엘리자베트는 대답을 또 못 하였다.

'무엇이라고 대답할꼬' 생각하는 동안에 기회는 지나갔다. 이제는 대답을 못 하겠고 아까는 대답을 못 하였으니 다시 기회를 기다려보자 엘리자베트는 생각하고, 기회를 다시 기다리기 시작하였다.

'그러니 이번 물을 때에는 무엇이라 대답할까?'

엘리자베트는 울면서 생각하여보았다.

이때에 남작의 세 번째 물음이 이르렀다.

"아 왜 그런단 말이오?"

"잉태."

대답을 한 후에 엘리자베트는 자기의 용기에도 크게 놀랐다. 이 말이 이렇게 쉽게 평탄하게 나올 것이면, 아까는 왜 안 나왔는고 하는 생각이

---

* 미련하다.

엘리자베트의 머리에 지나갔다.

"잉태!?"

남작은 놀란 목소리로 엘리자베트의 말을 다시 하였다. 제일 어려운 말—잉태란 말을 하여 넘기고, 남작의 놀란 소리까지 들은 엘리자베트는, 갑자기 용기가 몇 배가 많아지는 것을 깨달았다. 그 뒷말은 술술 잘 나왔다.

"병원에— 가서— 떨어쳤으면…… 어…….."

남작은 대답이 없었다. 남작이 대답을 안 하는 것을 본 엘리자베트는 마음속에 갑자기 한 무서움이 떠올라왔다. 난 모른다 하고 돌아서지나 않을 터인가? 이것이 엘리자베트에게는 제일 무서움에 다름없었다. 훌쩍훌쩍 소리가 더 빨리 나오기 시작하였다.

이것을 본 남작은 성가신 듯이 물었다.

"원 어찌하란 말이오? 그리 울면."

"어떻게든…… 처치……."

엘리자베트는 겨우 중얼거렸다. 남작의 성낸 말을 들은 때는 엘리자베트의 용기는 다 도망하고 말았다.

"처치라니, 어떤?"

"글쎄…… 병원……."

"벼엉원?…… 응!…… 양반이 그런……."

엘리자베트는 '그러리라' 생각하였다.

'그래도 남작이라고 존경까지 받는 사람이 낙태 일로 병원이라니.'

그는 갑자기 설움이 더 나왔다. 가는 소리를 내어 울기 시작하였다.

이것을 본 남작은 좀 불쌍하게 생각났던지 정답게 말하였다.

"우니 할 수 있소? 자 어떻게 하잔 말이오?"

이 말을 들은 엘리자베트는 일변 기쁘고도 일변은 더 섧고 억지도 쓰고 싶었다. 그는 날카롭게 말했다.

"모르겠어요 몰라요. 전 아무래도 상것이니깐."

"그러지 말구. 어쩌잔 말이오?"

"몰라요 몰라요. 저 같은 것은 사람이 아니니깐."

"조용히! 저 방에서 듣겠소."

"들어두 몰라요."

엘리자베트는 소리를 내어 울기 시작하였다.

"에—익!"

하고 남작은 벌떡 일어섰다.

엘리자베트도 우덕덕 정신을 차리고 머리를 들었다. 그는 정신이 없어졌다. 자기 뇌를 누가 빼어간 것같이 마음속이 텅텅 비게 되면서 퉁퉁거리며 걸어 나가는 남작의 뒷모양을 눈이 멀거니 보고 있었다.

남작이 나가고 문을 닫는 소리가 엘리자베트의 귀에 들어올 때에, 그의 머리에는, 한 생각이 번갯불과 같이 번쩍 지나갔다.

한참이나 멀거니 그 생각을 하고 있다가 또 엎디며 울기 시작하였다. 아까 실컷 운 그는 이번에는 눈물은 안 나왔지만, 가슴에서, 배에서, 머리에서 나오는 이 참울음은 눈물을 대신키에 넉넉하였다. 그가 아까 혜숙의 말의 의미와 나온 곳을 이제야 겨우 온전히 깨달았다.

'내가 다른 길로 다니는 것을 혜숙이가 어찌 알까? 어찌 알까? 혜숙이는 이것을 알 수가 없다. 이환! 그가 알고 이것을 S에게 말하였다. S는 이것을 혜숙에게 말하였다. 혜숙은 이것을 내게 물었다. 그렇다! 이렇게밖에는 해석할 수가 없다. 무론 그렇지! 그러면 그도 내게 주의를 한 거지? 이 말을 S에게까지 한 것을 보면 그도— 내게…… 그도— 내게…… 그

도…… 남작. 남작은 내 말을 듣고 도망하였지. 아니 도망시켰지. 아니 도
망했지. 남작은…… 남작의…… 이환 씨. 전에 본 S의 웃음. 응. 그 전날
그는 S에게 고백하였다. 그것을 고것이, 고것들이. 고, 고, 고것들이……
어찌되나. 모두 어찌되나. 나와 남작, 나와 이환 씨. 이환 씨와 S. S와 남
작. S. 혜숙이. 남작과 이환 씨. 모두 어찌되나?'

　그의 차차 혼돈되어가는 머리에도 한 가지 생각은 꼭 들러붙어서 떠나
지를 않았다. 그는 이환이를 사랑하였다. 이환이도 그를 사랑하였다. (엘
리자베트는 이것을 의심치 않게 되었다.) 그렇지만, 그들에게는 서로 사랑을
고백할 만한 용기가 없었다. 그것으로 인하여, 그들은, 각각 자기 사랑은
짝사랑〔片戀〕이라 생각하였다. 그것을 짝사랑이라 생각한 엘리자베트는
그렇게 쉽게 몸을 남작에게 허락하였다. 그리하여, 그의 사랑—거반 성립
되어가던 그의 사랑—신성한 동애童愛—귀한 첫사랑은 파괴되었다. 육肉
으로 인하여 사랑은 파멸되었다. 사랑치 않던 사람으로 인하여 참애인을
잃었다. 엘리자베트의 울음에는 당연한 이유가 있었다.

　'모, 모, 몸으로 인하여…… 참사랑……을…… 아― 이환 씨…… S와
혜숙이. 고것들도 심하지. 우우 왜 당자에겐…… 그 이…… 그― 그 이야
기를 안 해…… 남작이. 아― 잉태.'

　일단 멎어가던 그의 울음이 이 생각이 머리에 지나갈 때에 또다시 폭발
하였다. 눈물도 조금씩 나기 시작하였다.

　이와 같이 한참 운 그는, 두 번째 울음이 멎어갈 때에 맥이 나면서 그
자리에 엎던 채로 잠이 들었다.

5

하루 종일 벼르기만 하고 올 듯 올 듯하면서도 오지 않던 비가 이튿날 새벽부터는 종시 내리붓기 시작하였다.

서울 특유의, 독으로 내리붓는 것 같은 비는, 이삼 정T 앞이 잘 보이지 않도록 좔좔 소리를 내며 쏟아진다.

서울 장안은 비로 덮였다. 비로 싸였다. 비로 찼다.

그 비 가운데서도 R학당에서는 모든 과목을 다 한 후에 오후 두 시에 하학하였다.

엘리자베트는 책보를 싸가지고 학교를 나섰다.

그가 혜숙의 곁을 지나갈 때에 혜숙이가 찾았다.

"애 엘리자베트야!"

"응?"

대답하고 엘리자베트는 마음이 뜨끔하였다.

'혜숙이는 모든 일을 다 알리라.'

그는 이와 같은 허황한 생각을 하였다.

"너 이즈음 왜 우리 집에 안 오니?"

"분주하여서……."

엘리자베트는 거짓말을 하면서도 안심을 하였다.

'혜숙이는 모른다.'

"무엇이 분주해?"

혜숙이가 물었다.

"그저 이 일두 분주하구 저 일두 분주하구…… 분주 천지루다."

엘리자베트는 이와 같은 거짓 대답을 하면서도 그의 마음속에는 한 바람이 있었다. 그는 달 반이나 못 간 혜숙의 집에 가보고 싶었다. 혜숙이가 억지로 오라면 마지못하여 가는 체하고 끄을려가고 싶었다.

혜숙이는 엘리자베트의 바람을 이루어주지를 않았다. 아무 말도 안 하였다.

엘리자베트는 혜숙의 주의를 끌려고 혼잣말 비슷이 중얼거렸다.

"너무 분주해서……."

"분주할 일은 없겠구만……."

혜숙이는 이 말만 하고 자기 갈 길로 향하였다.

엘리자베트는 혜숙의 행동을 원망하면서 마지못하여 집으로 향하였다.

엘리자베트의 자존심은 꺾어졌다. 혜숙이가 엘리자베트 자기를 꼭 혜숙의 집에 끌고 가야만 바른 일이라 생각한 엘리자베트의 미릿생각〔豫想〕은 헛데로 돌아갔다. 그렇지만 혜숙을 원망하는 것은 부끄러운 일이라 엘리자베트는 생각하였다.

'내가 혜숙이를 위해서 났나?'

엘리자베트는 이렇게 자기를 위로하여보았지만, 부끄러운 일이든 무엇이든 원망은 원망대로 있었다. 이러다가,

'내가 혜숙이로 인하여 이 지경에 이르지 않았는가? 그것을……'

할 때에 엘리자베트의 원망은 다른 의미로 바뀌었다. 그는 혜숙의 집에 못 간 것이 다행이라 생각하였다. 그러는 가운데도 가고 싶은 생각이 온전히 없어지지 않았다. 그의 마음속에서는 '가고 싶은 생각'과 '가서는 안 된다는 생각'이 다투기 시작하였다. 본능적으로 길을 골라 짚으면서, 비가 오는 편으로 우산을 대고 마음속의 싸움을 유지하여가지고 집에까지 왔다. 그는 우산을 놓고 비를 떤 다음에 자기 방에 들어왔다.

멀끔히 치워놓은 자기 방은 역시 전과 같이 엘리자베트에게 큰 적막을 주었다. 방이 이렇게 멀끔할 때마다 짐짓 여기저기 널어놓던 엘리자베트

도 오늘은 혜숙의 집에 갈까 말까 하는 번민으로 인하여 그렇게 할 생각
도 없었다. 그는 책상머리에 가 앉았다.

책상 위에는 어떤 낯선 종이가 한 장 엘리자베트를 기다리고 있었다.
엘리자베트는 빨리 종이를 들었다. 가슴이 뛰놀기 시작한다…….

'원 무엇인고……?'

그는 종이를 들고 한참 주저하다가 눈을 종이 편으로 빨리 떨어쳤다.

'오후 세 시 S병원으로.'

남작의 글씨로다 엘리자베트는 생각하였다. 남작에 대한 애경愛敬의 생
각이 마음속에 떠올라오기 시작하였다. 이 글 한 줄은 엘리자베트로서 남
작에 대한 원망과 혜숙의 집에 갈까 말까의 번민을 다 지워버리기에 넉넉
하였다.

'역시 도망시킨 것이로군.'

그는 어젯밤 일을 생각하고 속으로 중얼거렸다. 어젯밤에 남작에게 병
원에 데려다 달라고 청하기는 하였지만 갑자기 남작 편에서 꺾어져서 오
라 할 때에는 엘리자베트는 못 가겠다 생각하였다. 이 '부정'은 엘리자베
트로서 무의식히 일어서서 병원으로 향하게 하였다. 그는 '못 가겠다 못
가겠다' 속으로 중얼거리면서 문밖에 나서서 내리붓는 비를 겨우 우산으로
막으면서 아랫동*이 모두 흙투성이가 되어서 전차 멎는 곳[停留場]까지 갔
다. 그는 자기가 어디로 가는지 똑똑히 알지 못하였다. 꿈과 같이 걸었다.

엘리자베트는 멎는 곳에서 잠깐 기다려서, 오는 전차를 곧 잡아탔다.
비가 너무 와서 밖에 나가는 사람이 적었던지 전차 안은 비교적 승객이
없었다. 이 승객들은 엘리자베트가 올라탈 때에 일제히 머리를 새 나그네

편으로 향하였다. 엘리자베트는 빈자리를 찾아 앉아서 차 안을 둘러보았다. 그는 자기 편으로 향한 모든 눈에서, 노파에게서는 미움, 젊은 여자에게서는 시기, 남자에게서는 애모를 보았다. 이 모든 눈은 엘리자베트에게 한 쾌감을 주었다. 그는 노파의 미워하는 것이 당연하다 생각하였다. 젊은 여자의 시기의 눈은 엘리자베트에게 이김의 상쾌를 주었다. 남자들의 애모의 눈이 자기를 볼 때에는 엘리자베트는 약한 전류가 염통을 지나가는 것같이 묘한 맛이 나는 것이 어째 하늘로라도 뛰어 올라가고 싶었다. 그는 갑자기 배가 생각난 고로 할 수 있는 대로 배를 작게 보이려고 움츠러뜨렸다.

차장이 와서 엘리자베트에게 돈을 받은 후에 땅 소리를 내고 도로 갔다.

남자들의 시선은 가끔 엘리자베트에게로 날아온다. 그들이 몰래 보느라고 곁눈질하는 것도 엘리자베트는 다 알고 있었다. 남자들이 자기를 볼 때마다 엘리자베트는 자기도 그 편을 보아주고 싶었다. 치만 종시 실행은 못 하였다.

이럴 동안 전차는 S 병원 앞에 멎었다. 엘리자베트는 섭섭한 생각을 품고 전차를 내렸다. 어떤 시선이 자기를 따라온다 그는 헤아렸다. 비는 보스럭비*로 변하였다.

수레**에서 내린 그는 마음이 무거워지는 것을 깨달았다. 그는 집으로 돌아가고 싶었다. 병원에는 차마 못 들어갈 것같이 생각되었다. 집 편으로 가는 전차는 없는가 하고 그는 전차 선로를 쭉 보았다. 그의 보이는 범위 안에는 전차가 없었다. 할 수 없이 그는 병원으로 들어가서 기다리는

* 보슬비.
** '전차'를 가리킨다.

방(대합실待合室)으로 갔다.

고지기(수부受付)*한테 가서 주소 성명 연세 들을 기입시킨 후에 방을 한번 둘러볼 때에 엘리자베트의 눈에는 한편 구석에 박혀 있는 남작이 보였다. 엘리자베트는 다른 곳에서 고향 사람이나 만난 것같이 별로 정다워 보이는 고로 곧 남작의 곁으로 갔다. 그렇지만 둘은 역시 말은 사괴지 아니하였다. 엘리자베트는 눈이 멀거니 벽에 붙어 있는 파리떼를 보고 있었다. 몇 사람의 순번이 지나간 뒤에 사환아이가 나와서,

"강 엘리자베트 씨요."

할 때에 엘리자베트는 우덕덕 일어섰다. 가슴이 뚝뚝 하는 소리를 내었다.

'어찌하노.'

그는 속으로 중얼거리면서 무의식히 사환아이를 따라서 진찰실로 들어갔다. 남작도 그 뒤를 따랐다.

석탄산과 알코올 냄새에 낯을 찡그리고 엘리자베트는 교자에 걸어앉았다.

의사는 무슨 약병을 장난하면서 머리를 숙인 채로 물었다.

"어디가 아프시오?"

엘리자베트는 대답을 못 하였다. 제일 어찌 대답할지를 몰랐고, 설혹 대답할 말을 알았대도 대답할 용기가 없었고, 용기가 있다 하더라도 부끄러움이 '대답'을 허락지 않을 터이다.

"그런 것이 아니라—."

남작이 엘리자베트의 대신으로 대답하려다가 이 말만 하고 뚝 그쳤다.

의사는 대답을 요구치 않는 듯이 약병을 놓고 청진기를 들었다. 엘리자

---

* 접수를 받는 사람.

베트는 갑자기 부끄러움도 의식지를 못하리만큼 머리가 어지러워지기 시작하였다. 그의 눈은 보지를 못하였다. 그의 귀는 듣지를 못하였다. 그의 설렁거리는 마음은 다만 '어찌할꼬 어찌할꼬' 하는, 엘리자베트 자기도 똑똑히 의미를 알지 못할 구句만 번갈아 하고 있었다.

의사는 엘리자베트에게로 와서 저고리 자락을 열고 청진기를 거기 대었다. 의사의 손이 와 닿을 때에 엘리자베트는, 무슨 벌레를 모르고 쥐었다가 갑자기 그것을 안 때와 같이 몸을 옴쭉하였다. 그러면서도 엘리자베트는 의사의 손에서 얼마의 온미溫味를 깨달았다. 이성의 손이 살에 와 닿는 것은, 엘리자베트와 같은 여성에 대하여서는 한 쾌락에 다름없었다. 엘리자베트가 이 쾌미를 재미있게 누리고 있을 때에 의사는 진찰을 끝내고 의미 있는 듯이 머리를 끄덕거리며 남작에게로 향하였다. 남작은 의사에게 눈짓을 하였다.

어렴풋하게나마 이 두 사람의 짓을 본 엘리자베트는 이제껏 연속하고 있던 '어찌할꼬' 뒤로 무한 큰 부끄러움이 떠올라오는 것을 깨달았다. 그러는 가운데도 그는 희미하니 한 가지 일을 생각하였다.

'내가 대합실에 가서 기다리고 있으면, 뒷일은 남작이 다 맡겠지.'

그는 일어서서 기다리는 방으로 나왔다. 그 방에 있던 모든 사람의 눈은 일제히 엘리자베트의 편으로 향하였다. 모두 내 일을 아누나 엘리자베트는 생각하였다. 아까 전차에서 자기에게로 향한 눈 가운데서 얻은 그 쾌미는, 구하려도 구할 수가 없었다. 이 모든 눈 가운데서 큰 고통과 부끄러움만 받은 그는 한편 구석에 구겨 앉아서 치마 앞자락을 들여다보기 시작하였다. 거기는 불에 타진* 조그마한 구멍 하나가 엘리자베트의 눈이

---

* 꿰맨 데가 터지다.

오기를 기다리고 있었다. 그는 이 구멍이 공연히 미워서 손으로 빡빡 비비다가 갑자기 별한 생각이 나는 고로 그것을 뚝 그쳤다.

'이 세상이 모두 나를 학대할 때에는 나는 이 구멍 안에 숨겠다.'

그는 생각하였다. 이럴 때에 그 구멍 안에는 어떤 그림자가 움직이기 시작하였다. 첫 번에는 흐릿하던 것이, 차차 똑똑히까지 보이게 되었다.

때는 사 년 전 '춘삼월 호시절', 곳은 우이동. 피고 우거지고 퍼진 꽃 사이를 벗들과 손목을 마주 잡고 웃으며 즐기며 또는 작은 소리로 곡조를 맞추어서 노래를 부르며 희희낙락 다니던 자기 추억이 그림자로 변하여 그 구멍 속에 나타났다. 자기 일행이 그 구멍 범위 밖으로 나가려 할 때에는 활동사진과 같이 번쩍 한 후 일행은 도로 중앙에 와 서곤 한다.

엘리자베트의 눈에는 눈물이 핑 돌았다.

그때의 엘리자베트와 지금의 엘리자베트 사이에는 해와 흙의 다름이 있다. 그때에는 순전한 처녀이고 열렬한 분홍빛 탄미자歎美者이던 그가 지금은……? 싫든지 좋든지 죽음의 갈흑색의 '삶' 안에서 생활치 않을 수 없는 그로 변하였다.

'때'도 달라졌다. 십 년 동안 평화로 지낸 지구는, 오스트리아 황자皇子의 죽음으로 말미암아 러시아가 동원을 한다. 도이치가 싸움을 하련다, 잉글리시가 어떻다, 프랑스가 어떻다, 매일 이런 이야기가 신문에 가득가득 차게 되었다.

엘리자베트의 주위도 달라졌다. 그의 모든 벗은 다 쪽쪽이 헤어졌다. R은 동경서 미술 공부를 한다. 또 다른 R은 하와이로 시집을 갔다. T는 여의가 되었다. 그 밖에 아직 공부하는 사람도 몇이 있기는 하지마는 대개는 주부와 교사가 되었다. 주부 된 벗 가운데는 벌써 두 아이의 어머니 된 사람까지 있다. 그들 가운데 한둘밖에는, 지금은 엘리자베트를 만나도 서로 모른 체하고 말도 안 하고 심지어 슬슬 피하게까지 되었다.

그러는 가운데 혜숙이―그는 엘리자베트의 어렸을 때부터의 벗이다. 둘은 같은 소학에서 졸업하고 같이 R학당에 입학하였다가 엘리자베트가 부상父喪에 연속하여 모상母喪으로 일 년 학교를 쉬는 동안에 혜숙이도 연담緣談으로 일 년 쉬게 되고, 엘리자베트가 도로 상학케 될 때에 혜숙이도 파혼으로 학교에 다니게 되었다. 혜숙이는 엘리자베트에게는 유일의 벗이다. 불에 타진 구멍 속에 나타난 그림자 가운데서도 엘리자베트는 혜숙이와 제일 가까이 서서 걸었다.

추억의 눈물이 엘리자베트의 치마 앞자락에 한 방울 뚝 떨어졌다.

눈물로써, 슬프고 섧고 원통하고도 사랑스럽고 즐겁고 회포 많은 그 그림자가 가리어진 고로, 엘리자베트는 눈물을 씻고 다시 그 구멍을 들여다보았다. 그 구멍에는, 참예술적 활인화活人畵, 정조情調로 찬 그림자는 없어지고 그 대신으로 갈포* 바지가 어렴풋이 보인다. 엘리자베트는 소름이 쭉 끼쳤다. 자기가 지금 어디를 무엇하러 와 있는지 그는 생각났다.

엘리자베트는 머리를 들고 방을 둘러보았다. 어떤 목에 붕대를 한 남자와 어떤 아이를 업고 몸을 찌긋찌긋하던 여자가 자기를 보다가 자기 시선과 마주친 고로 머리를 빨리 돌리는 것밖에는 엘리자베트의 주의를 받은 자도 없고 엘리자베트에게 주의하는 사람도 없다. 그는 갑갑증이 일어났다. 너무 갑갑한 고로 자기 손금을 보기 시작하였다. 손금은 그리 좋지 못하였다. 자식금도 없고 명금도 짧고 부부금도 나쁘고 복福금 대신으로 궁窮금이 위로 빠져 있었다.

이 나쁜 손금도 엘리자베트의 마음을 괴롭게 하지 못하였다. 그의 심리

---

* 칡 섬유로 짠 베.

는 복잡하였다. 텅텅 비었다. 그는 슬퍼하여야 할지 기뻐하여야 할지 알
지 못하였다. 그 가운데는, 울고 싶은 생각도 있고 웃고 싶은 생각도 있고
뛰놀고 싶은 생각도 있고 죽고 싶은 생각도 있었다. 이 복잡한 심리는 엘
리자베트로서 아무 편으로도 치우치지 않게 마음이 텅텅 빈 것같이 되게
하였다.

이제 자기에게는 절대로 필요한 약이 생긴다 할 때에 그는 기쁘지 않을
수가 없었다.

자기의 경우를 생각할 때에 그는 슬퍼하지 않을 수가 없었다.

혜숙이와 S를 생각할 때에…….

엘리자베트가 손금과 추억 및 미릿생각들을 복잡히 하고 있을 때에 남
작이 와서 그에게 약을 주고 빨리 병원을 나가고 말았다.

약을 받은 뒤에 엘리자베트는 마음이 두근거리기 시작하였다. 그는 약
을 병째로 씹어 먹고 싶도록 애착의 생각이 나는 또 한편에는 약에게 이
위에 더없는 저주를 하고 태평양 복판 가운데 가라앉히고 싶었다. 그러
는 가운데도 그에게는 집으로 돌아가고 싶은 생각이 났다. 그는 일어서
서 몰래 가만히 기지개를 한 후에 허둥허둥 병원을 나서서 전차로 집에
까지 왔다.

6

저녁 먹은 뒤에 처음으로 약을 마실 때에 엘리자베트에게는 한 바라는
바가 있었다. 그의 조급한 성격과 미래에 대한 희망이 낳은 바람은 다른
것이 아니다. 약의 효험이 즉각으로 나타났으면…… 하는 것이다.

이 바람은 벌써 차차 엘리자베트의 머리에 공상으로서 실현된다.

그는 생각하여보았다.

이제 남작 부인이 죽는다. 그때에는 엘리자베트는 남작의 정실이 된다.

'조선 제일의 미인, 사교계의 꽃이 이 나로구나.'

엘리자베트는 눈을 번뜩거리며 생각한다.

이환이는 어떤 간사한 여성과 혼인한다. 이환의 아내는 이환의 재산을 모두 없이한 후에 마지막에는 자기까지 도망하고 만다. 그리고 이환이는 거러지가 된다. 어떤 날 엘리자베트 자기가 자동차를 타고 어디 갈 때에 어떤 거러지가 자동차에 치인다. 들고 보니 이환이다.

'그렇게 되면 어찌되나.'

엘리자베트는 스스로 물어보고 깜짝 놀랐다. 자기의 사랑의 전부가 어느덧 남작에게로 옮겨왔다.

그는 자기의 비열을 책망하는 동시에 아까 그런 공상에 대한 부끄러움과 증오 놀람 절망 들의 생각이 마음에 떠올랐다. 그 가운데도 가느나마 그에게는 희망이 있다. 앞에 때가 있다. 약의 효험은 얼마 후에야 나타난다더라 엘리자베트는 생각하고 촬촬 오는 장맛비 소리에 귀를 기울이고 자기 바람의 나타남을 기다리고 있었다. 그렇지만 바람은 종시 그 밤은 나타나지를 않았다.

이튿날, 하기시험 준비 날, 엘리자베트는 시험 준비도 안 하고 하루 종일 누워서 약의 효험을 기다리고 있었다. 약의 효험은 그날도 안 나타났다.

사흘째 되는 날도 효험은 없었다. 시험하러 가지도 않았다.

이렇게 대엿새 지난 후에 엘리자베트는 자기 건강상의 변화를 발견하였다. 모든 복잡하고 성가신 일로 말미암아 음식도 잘 안 먹고 잠도 잘 안 오던 그가, 지금은 잠도 잘 오고 입맛도 나게 된 것을 깨달았다. 그때야 그는 그것이 낙태제落胎劑가 아니고 건강제인 것을 헤아려 깨달았다. 그렇지만 약은 없어지도록 다 먹었다.

마지막 번 약을 먹은 뒤에 전등을 켜고 엘리자베트는 생각하여보았다. 병원 사건 이후로 남작은 한 번도 저를 찾아오지 않았다. 엘리자베트는 '그것이 당연한 일이라' 생각하였다. 그리 근심도 아니 났다. 시기도 아니 하였다. 다만 오지 않아야만 된다, 그는 생각하였다. 왜 오지 않아야만 되는가 자문할 때에 그에게 거기 응할 만한 대답은 없었다. 이 '오지 않는다'는 구는 엘리자베트로서 자기가 근 두 달이나 혜숙의 집에 안 갔다는 것을 생각하게 하였다.

'이러다는 이환 씨 생각이 나겠다.'

이와 같은 생각이 나는 고로 그는 곧 생각의 끝을 다른 데로 옮겼다. 이와 같이 이 생각에서 저 생각, 또 다른 생각 왔다 갔다 할 때 문이 열리며 남작 부인이 낯에는 '어찌할꼬' 하는 근심을 띠고 들어왔다.

"어찌 좀 나으세요?"

"네, 좀 나은 것 같아요."

대답하고 엘리자베트는 자기가 무슨 병이나 앓던 것같이 알고 있는 부인이 불쌍하게 생각났다.

부인은 말을 할 듯 할 듯하면서 한참이나 우물거리다가,

"그런데요."

하고 첫말을 내었다.

"네."

엘리자베트는 본능적으로 대답하였다.

부인의 낯에는 '말할까 말까' 하는 표정이 똑똑히 나타나 있었다. 그러다가 입을 또 연다.

"아까 복손이(남작의 아들 이름) 어른이 들어와 말하는데요……."

엘리자베트는 마음이 뜨끔하였다. 부인은 말을 연속한다.

"선생님은 이즈음 학교에도 안 가시고 그 애들과도 놀지 못하신다구요. 게다가 병까지 나셨다구, 얼마 좀 평안히 나가서 쉬시라고, 자꾸 그러래는수."

부인의 낯에는 말한 거 잘못하였다 하는 표정이 나타났다.

말을 다 들은 엘리자베트는 벌떡 일어섰다. 그는 무엇이 어찌되는지는 모르고 무의식히 자기 행리行李를 꺼내어 거기에 자기 책을 넣기 시작하였다. 그의 손은 본능적으로 움직였다.

엘리자베트의 행동을 물끄러미 보던 부인은 물었다.

"이 밤에 떠나시려구요? 어디로?"

엘리자베트는 우덕덕 정신을 차렸다. 그의 배에서는 뜻 없이 큰 소리의 웃음이 폭발하여 나온다. 놀라는 것같이, 우스운 것같이. 부인도 따라 웃는다.

한참이나 웃은 뒤에 둘은 함께 웃음을 뚝 그쳤다. 엘리자베트는 웃음 뒤에 울음이 떠받쳐 올라왔다. 자연히 가는 소리의 울음이 그의 목에서 나온다.

이것을 본 부인은 갑자기 미안하여졌던지 엘리자베트를 위로한다.

"울지 마십쇼. 얼마든 여기 계세요. 제가 말씀 잘 드릴 테니……."

"아니, 전 가겠어요."

"어디, 갈 곳이 있어요?"

"갈 곳이……."

"있어요?"

"예서 한 사십 리 나가서 오촌모五寸母가 한 분 계세요."

"그렇지만…… 이런 데 계시다가…… 촌……."

부인의 눈에도 이슬이 맺힌다.

"제가 말씀…… 잘 드릴 것이니…… 그냥 계시지요."

"아니야요. 저 같은 약한 물건은 촌이 좋아요, 서울 있어야……."

부인의 눈에서는 눈물이 한 방울 뚝 떨어진다.

"서울 몇 해 있을 동안에…… 갖은 고생 다 하고…… 하던 것을 부인께 서 구해주셔서……."

부인의 눈에서는 눈물이 뚝뚝 치마 앞자락에 떨어진다.

"참 은혜는…… 내일 떠나지요."

엘리자베트는 눈물을 씻고 머리를 들었다.

"내일!? 며칠 더 계시……."

"떠나지요."

"이 장마 때……."

"……."

"장마나 걷은 뒤에 떠나시면……."

"그래두 떠나지요."

7

이튿날 아침 열 시쯤 엘리자베트가 탄 인력거는 서울 성 밖에 나섰다.

해는 떴지마는 보스럭비는 보슬보슬 내리붓고 엘리자베트의 맞은편에 는 일곱 빛이 영롱한 무지개가 반원형으로 벌리고 있다.

비와 인력거의 셀룰로이드 창을 꿰어서 어렴풋이 이 무지개를 바라보 면서, 엘리자베트는 뜨거운 눈물을 뚝뚝 떨어뜨리고 있었다. 어젯밤에,

남작 부인에게 자기 같은 약한 것에게는 촌이 좋다고 밝히 말하기는 하였지만, 그래도 반생 이상을 서울서 지낸 엘리자베트는 자기 둘째 고향을 떠날 때에 마음에 떠나기 설운 생각이 없지 못하였다.

뿐만 아니라 서울에 자기 사랑 이환이가 있고 자기에게 끝없이 동정하는 남작 부인이 있지 않으냐, 엘리자베트는 부인이 친절히 준 돈을 만져 보았다.

이렇게 서울에게 섭섭한 생각을 가진 엘리자베트는 몸은 차차 서울을 떠나지만 마음은 서울 하늘에서만 떠돈다. 어젯밤에 밤새도록 잠도 안 자고 내일은 꼭 서울을 떠나야 한다고 생각하여, 양심이 싫다는 것을 억지로 그렇게 해결까지 한 그도, 막상 서울을 떠나는 지금에 이르러서는, 만약 자기가 말할 용기만 있으면 이제라도 인력거를 돌이켜서 서울로 향하였으리라 생각지 않을 수가 없었다. 치만 그에게는 그리할 용기가 없었다. 아니, 제일 말하기가 싫었고 인력거꾼에게 웃기우기가 싫었다. 그러는 것보다도, 그는 말은 하고 싶었지만, 마음속의 어떤 물건이 그것을 막았다. 그는 입술을 악물었다.

인력거는 바람에 풍겨서 한편으로 기울어졌다가 이삼 초 뒤에 도로 바로 서서 다시 앞으로 나아간다. 장마 때 바람은 윙! 소리를 내면서 인력거 뒤로 달아난다.

엘리자베트의 머리에는, 갑자기 '생각날 듯 생각날 듯하면서 채 생각나지 않는 어떤 물건'이 떠올랐다. 그는 생각하여보았다. 한참 동안 이것저것 생각하다가 남작, 그는 가렵고도 가려운 자리를 찾지 못한 때와 같이 안타깝고 속이 타는 고로 살눈썹*을 부들부들 떨었다. '남작'이 자기

* '속눈썹'의 방언.

생각의 원몸에 가까운 것 같고도 채 생각나지 않았다.

'남작이 고운가 미운가. 때릴까 안을까. 오랠까 쫓을까.'

그는 한참이나 남작을 두고 이리저리 생각하다가 탁 눈을 치뜨면서 주먹을 꼭 쥐었다. 이제야 겨우 그 원몸이 잡혔다.

"재판!"

그는 중얼거렸다.

그렇지만 남작을 걸어서 재판하는 것은 엘리자베트에게는 큰 문제에 다름없었다. 남작 부인에게 얻은 위로금이 재판 비용으로는 넉넉하겠지만, 자기를 끝없이 측은히 여기는 부인에게 남편이 잘못한 일을 알게 하는 것은 엘리자베트에게는 차마 못 할 일이다. 이 일을 알면 부인은 제 남편을 어찌 생각할까, 엘리자베트 자기를 어찌 생각할까. 남작 집안의 어지러움—엘리자베트는 한숨을 후 하니 내쉬었다. 그것뿐이냐, 서울에는 자기 사랑 이환이가 있다. 만약 재판을 하면 그 일이 신문에 나겠고, 신문에 나면 이환이가 볼 것이다. 이환이가 이 일을 알면 자기를 어떻게 생각할까, 또 몇백 명 동창은 어떻게 생각할까, 세상은 어떻게 생각할까.

"재판은 못 하겠다."

그는 중얼거렸다.

그렇지만 남작의 미운 짓을 볼 때에는, 엘리자베트는 가만있지 못할 것 같이 생각된다. 자기는 남작으로 인하여 모든 바람과 앞길을 잃어버리지 않았느냐. 자기는 남작으로 인하여 바람과 앞길 밖에 사랑과 벗과 모든 즐거움까지 잃어버리지 않았느냐. 그런 후에 자기는 남작으로 인하여 서울과는 온전히 떠나지 않으면 안 되지 않게 되었느냐. 이와 같은 남작을……이와 같은 죄인을…….

"아무래도 재판은 하여야겠다."

그는 다시 중얼거렸다.

그러면서도 그는 자기로도 재판을 하여야 할지 안 하여야 할지 똑똑히 해결치를 못하였다. 하겠다 할 때에는 갑甲이 그것을 막고, 못 하겠다 할 때에는 을乙이 금하였다.

'집에 가서 천천히 생각하자.'

그는 속이 타는 고로 억지로 이렇게 마음을 먹고 생각의 끝을 다른 데로 옮겼다.

이 생각에서 떠난 그의 머리는 걷잡을 새 없이 빨리 동작하였다. 그의 머리는 남작에서 S, 이환, 혜숙, 서울, 오촌모, 죽은 어버이들로 왔다 갔다 하였다. 한참 이리 생각한 후에 그의 흥분하였던 머리는 좀 내려앉고 몸이 차차 맥이 나면서 그것이 전신에 퍼진 뒤에 머리와 가슴이 무한 상쾌하게 되면서 눈이 자연히 감겼다. 수레의 흔들리는 것이 그에게는 양상*스러웠다.

졸지도 않은 채 깨지도 않고 근덕근덕하면서 한참 갈 때에 우르륵 우레 소리가 나므로 그는 눈을 번쩍 떴다. 하늘은 전면이 시커멓게 되고 그 새에서는 비의 실이 헬 수 없이 많이 땅에까지 맞닿았다. 비 곁에 또 비 비 밖에 비 비 위에 구름 구름 위에 또 구름이라 형용할 수밖에 없는 이 짓은, 엘리자베트에게 큰 무서움을 주었다.

'저 무지한 인력거꾼 놈이……'

그는 온몸을 부들부들 떨었다.

사면은 다만 어두움뿐이고 그 큰 길에도 사람 다니는 것 하나도 보이지 않다. 툭툭툭툭 하는 인력거의 비 맞는 소리, 물 괸 곳에 비 오는 소리,

---

* '양광'의 방언. 분에 넘치는 호강.

외앵 하고 달아나는 장마 때 바람 소리, 인력거꾼의 식식거리는 소리, 자기의 두근거리는 가슴 소리 ─ 엘리자베트의 떨림은 더 심하여졌다.

그는 떨면서도 조그만 의식을 가지고 구원의 길이 어디 있지나 않은가 하고 셀룰로이드 창을 꿰어서 앞을 내어다보았다. 창을 꿰고 비를 꿰고 또 비를 꿰어서 저편 한 이십 간 앞에 조그마한 방성 하나가 엘리자베트의 눈에 띄었다.

"아!"

그는 안심의 숨을 내어쉬었다.

'저것이 만약?'

그는 갑자기 생각난 듯이 눈을 비비고 반만큼 일어서서 뚫어지게 내어다보았다. 가슴은 뚝뚝 소리를 낸다…….

어렴풋이 보이는 그 방성에 엘리자베트는 상상을 가하여 보기 시작하였다. 앞집만 보일 때에는 상상으로 뒷집을 세우고 그것이 보일 때에는 또 상상의 집을 세워서 한참 볼 때에 그 방성은 자기의 오촌모가 있는 마을로 엘리자베트의 눈에 비쳤다.

엘리자베트는 털썩 주저앉았다. 온몸이 흥분하여 피곤하여지고 가슴이 뛰노는 고로 서 있을 힘이 없었다. 가슴과 목 뒤에서는 뚝뚝 소리를 더 빨리 더 힘 있게 낸다.

가뜩이나 더디게 걷던 인력거가 방성 어구에 들어서서는 더 느리게 걷는다…….

엘리자베트는 흥분한 눈으로 가슴을 뛰놀리면서 그 방성을 보았다. 길에 사람 하나 없다. 평화의 이 촌은 작년보다 조금도 달라진 것이 없다. 작년에 보던 길 좌우편에만 벌려 있던 이십여 호의 집은 역시 내게 상관 있나 하는 낯으로 엘리자베트를 맞는다.

그 방성 맨 끝, 뫼 바로 아래 있는 엘리자베트의 오촌모의 집에 인력거는 닿았다. 비의 실은 그냥 하늘과 땅을 맞맨 것같이 보이면서 힘 있게 쪽쪽 내리쏟는다.

엘리자베트는 인력거에서 내렸다.

세 시간 동안이나 앉아서 온 그의 다리는 엘리자베트의 자유로 되지 않았다. 그는 취한 것같이 비틀비틀하며 마치 구름 위를 걷는 것같이 허둥허둥 낮은 대문을 들어섰다. 비는 용서 없이 엘리자베트의 머리에서 가는 모시 저고리 치마 구두로 내리쏟는다.

대문 안에 들어선 엘리자베트는 어찌할지를 몰라서 담장에 몸을 기대고 우두커니 서 있었다.

그때에 마침 때 좋게 오촌모가 무슨 일로 밖에 나왔다.

"아주머니!"

엘리자베트는 무의식히 고함을 치고 두어 발자국 나섰다.

오촌모는 늙은 눈을 주름살 많은 손으로 비비고 잠깐 엘리자베트를 보다가,

"엘리자베트냐."

하면서 뛰어와서 마주 붙들었다.

"어떻게 왔냐? 자 비 맞겠다. 아이구 이 비 맞은 것 봐라. 들어가자. 자, 자."

"인력거가 있어요."

하고 엘리자베트는 땅에 발이 닿지 않는 것 같은 걸음으로 허둥허둥 인력거꾼에게 짐을 들여오라 명하고, 오촌모와 함께 어둡고 낮고 시시한, 냄새나는 방 안에 들어왔다.

"전엔 암만 오래두 잘 안 오더니, 어찌 갑자기 왔냐?"

오촌모는 눈에 다정한 웃음을 띠고 물었다.

엘리자베트는 진리 있는 거짓말을 한다.

"서울 있어야 이젠 재미두 없구 그래서……."

"으응!"

오촌모는 말의 끝을 높여서 엘리자베트의 대답을 비인非認한다.

"네 상에 걱정 빛이 뵌다. 무슨 걱정스러운 일이라도 있냐?"

'바로 대답할까.'

엘리자베트가 생각하는 동시에 입은 거짓말을 했다.

"걱정은 무슨 걱정이요. 쯧."

엘리자베트는 혀를 가만히 찼다. 왜 거짓말을 해…….

"그래두 젊었을 땐 남모르는 걱정이 많으니라."

'대답할까.'

엘리자베트는 갑자기 생각했다. 가슴이 뛰놀기 시작한다. 치만 기회는 또 지나갔다. 오촌모는 딴말을 꺼낸다.

"그런데 너 점심 못 먹었겠구나. 채려다 주지, 네 촌밥 먹어봐라. 어찌 맛있나."

오촌모는 나갔다.

"짐 들어왔습니다."

하는 인력거꾼의 소리가 나므로 엘리자베트는 나가서 짐을 찾고 들어와 앉아서, 밖을 내어다보았다.

뜰 움푹움푹 들어간 데마다 물이 고였고 물 고인 데마다 비로 인하여 방울이 맺혀서 떠다니다가는 없어지고, 또 새로 생겨서 떠다니다가는 없어지곤 한다. 초가집 지붕에서는 누렇고 붉은 처마물이 그치지 않고 줄줄 흘러내린다.

한참이나 눈이 멀거니 뜰을 바라보고 있을 때에 오촌모가 밥과 달걀, 반찬, 김치 등 간단한 음식을 엘리자베트를 위하여 차려 왔다.

엘리자베트는 점심을 먹은 뒤에 또 뜰을 내어다보기 시작하였다. 뜰 한편 구석에는 박 넌출이 하나 답답한 듯이 웅크러뜨리고 있었다. 잎 위에는 빗물이 고여 있다가 바람이 불 때마다 잎이 기울어지며, 고였던 물이 땅에 쭈루룩 쏟아지는 것이 엘리자베트의 눈에 똑똑히 보였다. 그 잎들 아래는 허옇고 푸른 크다만 박 하나가 잎이 바람에 움직일 때마다 걸핏걸핏 보였다.

박 넌출 아래서 머구리*가 한 마리 우덕덕 뛰어나왔다. 본래부터 머구리를 무서워하던 엘리자베트는 머리를 빨리 돌렸다. 머구리에게 무서움을 가지는 동시에 엘리자베트의 머리에는 아까 걱정이 떠올랐다.

그는 낯을 찡그리고 한숨을 후 내어쉬었다.

이것을 본 오촌모는 물었다.

"왜 그러냐? 한숨을 다 짚으면서…… 네게 아무래두 걱정이 있기는 하구나."

엘리자베트는 마음이 뜨끔하였다. 그러면서도, 이 기회 넘겼다가는…….

"아주머니!"

그는 흥분하고 떨리는 소리로 오촌모를 찾았다.

"왜, 왜 그러냐? 이야기 다 해라."

"서울은 참 나쁜 뎁디다그려……."

엘리자베트는 울기 시작하였다.

---

* '개구리'의 방언.

"자, 왜?"

"하—아!"

엘리자베트는 울음이 섞인 한숨을 쉬었다.

"아 왜 그래?"

"아— 어찌할까요."

"무엇을 어찌해. 자 왜 그러느냐?"

"난 죽고 싶어요."

엘리자베트는 쓰러졌다.

"딴소리한다. 왜 그래? 자 이야기해라."

오촌모는 어른다.

엘리자베트는 끊었다 끊었다 하면서 무한 간단하게 자기와 남작의 새를 이야기한 뒤에, 재판하겠단 말로 말을 끝내었다.

"너 같은 것이 강가姜家 집에……."

엘리자베트의 말을 들은 오촌모는 성난 소리로 책망하였다.

괴로운 침묵이 한참 연속하였다. 아주머니의 책망을 들을 때에 엘리자베트는 울음소리까지 그쳤다.

한참 뒤에, 오촌모는 엘리자베트가 불쌍하였던지 이제 방금 온 것을 책망한 것이 미안하였던지 말을 돌린다.

"그래두 재판은 못 한다. 우리는 상것이고 저편은 양반이 아니냐?"

아직 채 작정치 못하고 있던 엘리자베트의 마음이 이 말 한마디로 온전히 작정되었다. 그는 아주머니의 말을 우쩍 반대하고 싶었다.

"재판에두 양반 상놈이 있나요?"

"그래두 지금은 주먹 천지란다."

엘리자베트는 눈살을 찌푸렸다. 양반 상놈 문제에 얼토당토않은 주먹을 내어놓는 아주머니의 무식이 그에게는 경멸스럽기도 하고 성도 났다. 그렇지만 그 말의 진리는 자기의 지낸 일로 미루어보아도 그르달 수가 없었다. 그래도 재판은 꼭 하고 싶었다.

"그래두 해요!"

"그리 하고 싶으면 하기는 해라마는……."

"그럼 아주머니!"

"왜."

"이 동리에 면소가 있나요?"

"응 있다. 무엇하려구?"

"거기 가서 재판에 대하여 좀 물어보아 주시구려……."

"싫다야…… 그런 일은."

"그래두…… 아주머니까지…… 그러시면……."

엘리자베트의 낮은 울상이 되었다. 이것이 불쌍하게 보였던지 오촌모는 면서기를 찾아갔다.

이튿날 엘리자베트는 남작을 걸어서, 정조 유린에 대한 배상 및 위자료로서 오천 원, 서생아庶生兒 승인, 신문상 사죄 광고 게재 청구 소송을 경성 지방법원에 일으켰다.

8

늘 그치지 않고 줄줄 내리붓던 비는 종시 조선 전지全地에 장마를 지웠다.

엘리자베트가 있는 마을 뒷뫼에서도 간직하여두었던 모든 샘이 이번 비로 말미암아 터져서 개골가에 있는 집 몇은 집채같이 흘러 내려오는 물로 인하여 혹은 떠내려가고 혹은 무너졌다.

매일 흰 물방울을 안개같이 내면서 왉왉 흘러 내려가는 물을 보면서 엘리자베트는 몇 가지 일로 느끼고 있었다. 그 가운데는 반성도 없지 않았다.

이번 이와 같이 큰 재판을 일으킨 것이 엘리자베트의 뜻은 아니다. 법률을 아는 사람이 "그리하여야 좋다"는 고로 엘리자베트는 으쓱하여서 그리할 뿐이다. 그에게는 서생아 승인으로 넉넉하였다.

"에이 썅."

그는 만날 이 일이 생각날 때마다 혀를 차며 중얼거렸다.

서울을 떠난 것도 그의 느낌의 하나이다. 차라리 반성의 하나이다. 오촌모는 "에이구 내 딸 에이구 내 딸"하며 크다만 엘리자베트의 궁둥이를 두드리며 사랑하였고, 엘리자베트는 여왕과 같이 가만히 앉아서 모든 일을 오촌모를 부려먹었지만, 그것만으로 그는 만족지를 못하였다. 그는 낮고 더럽고 답답하고 덥고 시시한 냄새나는 촌집보다 높고 정한 서울집이 낫고, 광목 바지 입고 상투 틀고 낯이 시꺼먼 원시적인 촌무지렁이들보다 맥고모자에 궐련 물고 가는 모시 두루마기 입은 서울 사람이 낫다. 굵은 광당포 치마보다 가는 모시 치마가 낫고, 다 처진 짚신보다 맵시 나는 구두가 낫다. 기름머리에 맵시 나게 차린 후에 파라솔을 받고 장안 큰거리를 팔과 궁둥이를 저으면서 다니던 자기 모양을 흐린 하늘에 그려볼 때에는, 엘리자베트는 자기에게도 부끄럽도록 그 그림자가 예뻐 보였다.

장마는 걷혔다.

장마 뒤의 촌집은 참 분주하였다. 모를 옮긴다 김을 맨다 금년 추수는 이때에 있다고, 각 집이 모두 늙은이 젊은이 할 것 없이 나서서 활동을 한다. 각 곳에서 〈중양가重陽歌〉의 처량한 곡조, 〈농부가〉의 웅장한 곡조가 일어나서 뫼로 반향하고 들로 퍼진다.

자농自農 밭 몇 뙈기와 뒤뜰에 터앝*을 가진 엘리자베트의 오촌모의 집도 꽤 분주하였다. 자농 밭은 삯을 주어서 김을 매고 터앝만 오촌모 자기가 감자와 파 이종을 하기로 하였다.

　뻔뻔 놀고 있기가 무미도 하고 갑갑도 한 고로, 엘리자베트는 아주머니를 도와서 손에 익지 않은 일을 하고 있었다.

　첫 번에는 일하기가 죽게 어려웠지마는, 좀 연습된 뒤에는 땀으로 온몸이 젖고 몸이 곤하여진 뒤에 나무 그늘 아래서 상추쌈에 고추장으로 밥을 먹고 얼음과 같은 찬 우물물을 마시는 것은 참 엘리자베트에게는 위에 없는 유쾌한 일이 되었다. 첫 번에는 심심 꼬기로 시작하였던 일을 마지막에는 쾌락으로 하게 되었다.

　그러는 새에도 틈만 있으면 그는 집 뒤 뫼에 올라가서 서울을 바라보고 한숨을 짓고 있었다.

　보얀 여름 안개로 둘러싸여서 아침 햇빛을 간접으로 받고 보얗게 반짝거리는 아침 서울, 너무 강하여 누렇게까지 보이는 여름 햇빛을 정면으로 받고 여기저기서 김을 무럭무럭 내는 낮 서울, 새빨간 저녁놀을 받고 모든 유리창은 그것을 몇십 리 밖까지 반사하여 헬 수 없는 땅 위의 해를 이루는 저녁 서울, 그 가운데 우뚝 일어서 있는 푸른 남산, 잿빛 삼각산, 먼지로 싸인 큰거리, 울긋불긋한 경복궁, 동물원, 공원, 한강, 하나도 엘리자베트에게 정답게 생각 안 나는 것이 없고, 느낌 안 주는 것이 없었다.

　'아— 내 서울아, 내 사랑아

　나는 너를 바라본다

---
* 집의 울타리 안에 있는 작은 밭.

붉은 눈으로 더운 사랑으로……
아침 해와 저녁놀, 잿빛 안개
흩어진 더움 아래서, 나는 너를
아― 나는 너를 바라본다.
천 년을 살겠냐 만 년을 살겠냐.
내 목숨 다하기까지, 내 삶 끝나기까지,
나는 너를 그리리라.'

처량한 곡조로 엘리자베트는 부르곤 하였다.

엘리자베트는 한 자리를 정하고 뫼에 올라갈 때에는 언제든지 거기 앉아 있었다. 뒤에는 큰 소나무를 지고 그 솔 그늘 아래 꼭 한 사람이 앉아 있기 좋으리만 한 바위가 하나 있었다. 그것이 엘리자베트의 정한 자리다.

그 바위 두어 걸음 앞에서 여남은 길 되는 절벽이 있었다.

이 절벽을 내려다볼 때마다 그의 마음속에는 한 기쁨이 움직였다.

종시 재판 날이 왔다.

9

재판 전날, 엘리자베트는 오촌모와 함께 서울로 들어와서 재판소 곁 어떤 객줏집에 주인을 잡았다.

서울을 들어설 때에 엘리자베트는, 한 달밖에는 떠나 있지 않았으되 그렇게 그리던 서울이므로 기쁨의 흥분으로 몸이 죽게 피곤하여져서 부들부들 떨면서 객줏집에 들었다.

'혜숙이나 만나지 않을까, 이환 씨나 만나지 않을까, S 혹은 부인이나

혹은 남작이나 만나지 않을까.'

그는 반가움과 무서움과 바람으로 머리를 푹 숙이고 곁눈질을 하면서 아주머니와 함께 거리들을 지나갔다. 할 수 있는 대로는 좁은 길로⋯⋯.

그는 하룻밤 새도록 모기와 빈대와 흥분, 걱정 들로 말미암아 잠도 잘 못 자고, 이튿날 낮이 뚱뚱 부어서 제시간에 재판소에 들어왔다.

아주머니는 방청석으로 보내고 자기 혼자 원고석原告席에 와 앉을 때에는, 엘리자베트는 자기도 어찌되는지를 모르도록 마음이 뒤숭숭하였다. 염통은 한 분分 동안에 여든일곱 번이나 뛰놀고 숨도 한 분 사이에 스무 번 이상을 쉬게 되었다. 땀은 줄줄 기왓골에 빗물 흐르듯 흘러서 짠물이 자꾸 눈과 입으로 들어온다. 서울 들어오느라고 새로 갈아입은 엘리자베트의 빙사* 저고리와 바지허리는 땀으로 소낙비 맞은 것보다 더 젖게 되었다.

삼 분쯤 뒤에 그는 마음을 좀 진정하여 장내를 둘러보았다.

방청석에는 아주머니 혼자 낯에 근심을 띠고 눈이 둥그레져 서 있었고 피고석에는 남작이 머리를 저편으로 돌리고 있었다.

남작을 볼 때에 그는 갑자기 죄송스러운 생각이 났다.

'오죽 민망할까. 이런 데 오는 것이 남작에게는 오죽 민망할까? 내가 잘 못했지, 재판은 왜 일으켜? 남작은 나를 어찌 생각할까? 또 부인은⋯⋯?'

그는 이제라도 할 수만 있으면 재판을 그만두고 싶었다. 짐짓 자기가 남작에게 져주고 싶기까지 하였다.

그는 머리를 좀더 돌이켰다. 거기는 남작의 대리인인 변호사가 엄연히 앉아 있었다. 만장을 무시하는 낯으로 자기 혼자만이 재판을 좌우할 능력

---

* '빙사氷紗'의 잘못된 표현으로 보인다. 빙사는 비늘 모양의 무늬가 있는 비단.

이 있다는 낯으로 변호사는 빈 재판석을 둘러보고 있었다.

변호사를 볼 때에 엘리자베트는 남모르게,

"아!"

하는 절망의 소리를 내었다. 자기의 변론이 어찌 변호사에게 미칠까, 그의 머리에는 똑똑히 이 생각이 떠올랐다. 남작에 대한 미움이 마음속에 솟아나왔다. 자기를 끝까지 지우려고 변호사까지 세운 남작이 어찌 아니 꼽지를 않을까. 그는 외면한 남작을 흘겨보았다.

판사, 통변, 서기 들이 임석하고 재판은 시작되었다. 규정의 순서가 몇이 지나간 뒤에 원고의 변론할 차례가 이르렀다. 규정대로 사는 곳과 이름 들을 물은 뒤에 엘리자베트는 변론하여야 하게 되었다. 엘리자베트는 벌떡 일어서서 묻는 말에는 대답하였지만 변론은 나오지를 않았다. 재판소가 빙빙 도는 것 같고 낯에서는 불덩이가 나올 것 같았다. 그러다가,

'이래서는 안 되겠다. 용기를 내어야지.'

생각할 때에 얼마의 용기는 회복되었다.

그는 끊었다 끊었다 하면서 자기의 청구를 질서 없이 설명하였다.

"더 할 말은 없나?"

엘리자베트의 말이 끝난 뒤에 주석 판사가 물었다.

"없어요."

엘리자베트는 말이 하기 싫은 고로 겨우 중얼거리고 앉았다.

'겨우 넘겼다.'

엘리자베트는 앉으면서 괴로운 숨을 내어쉬면서 생각하였다.

피고의 변론할 차례가 되었다. 변호사는 일어서서 웅장한 큰 소리로, 만장을 누르는 소리로, 장내가 웅웅 울리는 소리로 말하기 시작하였다.

원고의 말은 모두 허황하다. 그 증거가 어디 있는가? 있으면 보고 싶

다. 잉태하였다 하니 거짓말인지도 모르거니와, 설혹 잉태하였다 하여도 그것이 남작의 자식인 증거가 어디 있는가? 자기 자식이니까 떨어뜨리려고 병원에 데리고 갔다 원고는 말하지만, 주인이 자기 집의 가정교사가 병원에 좀 데려다 달랄 때 데려다 줄 수가 없을까? 피고가 자기 일이 나타날까 저퍼서* 원고를 내어쫓았다 원고는 말하지마는 다른 일로 내어보냈는지 어찌 아는가? 원고는 당시에는 학교에도 안 가고 가정교사의 의무도 다하지 않고 게다가 탈까지 났으니, 누구가 이런 식객을 가만두기를 좋아할까? 어떻든 원고에게는 정신 이상이 있는 것을 잊어서는 안 된다.

엘리자베트는 변호사가 "원고의 말은 허황하다" 할 때에 마음이 뜨끔하였다. "남작의 자식인지 어찌 알까" 할 때에 가슴에서 '툭' 하는 소리를 들었다. 병원 이야기가 나올 때에 머리가 어지러워지는 것을 깨달았다. 그 후에는 어찌되는지 몰랐다. 청각은 가졌지만 듣지는 못하였다. 다만 둥둥 하는 사람의 말소리가 한 백 리 밖에서 나는 것같이 들렸을 뿐이고 아무것도 의식지를 못하였다. 유도柔道에 목 끼운 때**와 같이 온몸이 양상스러워지는 것이 구름을 타고 하늘을 떠다니는 것 같았다.

그가 바른 의식 상태로 들기 비롯한 때는 판사가 "더 할 말이 없느냐"고 물을 때이다.

판사의 묻는 말을 똑똑히 알아듣지 못하고 또 말하기도 싫은 엘리자베트는 다만,

"네."

하고 대답할 수밖에는 없었다. 그런 뒤에는 그의 눈앞에는 검은 물건이

---

* 두려워서.
** 목 졸린 때.

왔다 갔다 움직움직하는 것만 보였다. 무엇인지는 똑똑히 알지 못하였다.

한참 있다가 판결은 났다. 원고의 주장은 하나도 증거가 없다. 그런 고로 원고의 청구는 기각한다.

이 말을 겨우 알아들은 엘리자베트는 가슴에서 두 번째 '툭' 하는 소리를 들었다. 그 뒤에는 정신이 아득하여지고 말았다.

몇 시간 동안을 혼미 상태로 지낸 후에 겨우 정신이 좀 드는 때는 그는 이상한 방 안에 앉아 있었다. 껌껌한 그 방은 사면 침척鍼尺 두 자밖에는 안 되었다. 뿐만 아니라 그 방은 들썩들썩 움직인다.

'흥 재미있구나!'

그는 생각하였다.

그렇지만 이와 같은 한가한 생각이 그의 머리에 오랫동안 머물지를 못하였다. 높이 세 치, 길이 다섯 치쯤 되는 조그만 구멍으로 자기 아주머니가 보일 때에 엘리자베트는 펄떡 정신을 차렸다. 그때야 그는 자기 있는 곳은 보교步轎 안이고, 벌써 아주머니의 집에 다 이르렀고, 아까 판결받은 것이 생각났다.

보교는 놓였다.

엘리자베트는 우덕덕 보교에서 뛰어내리다가 꼬꾸라졌다. 발이 저린 것을 잊고 뛰어내리던 그는 엎드러질 수밖에는 없었다.

"에구머니!"

아주머니는 엘리자베트가 또다시 기절을 한 줄 알고 고함을 치며 뛰어왔다.

엘리자베트는 '죽어라' 하고 발이 저린 것을 참고 일어서서 뛰어 방 안에 들어와 꼬꾸라졌다.

그는 울음도 안 나오고 웃음도 안 나왔다. 다만,

'야단났구만, 야단났구만.'
생각만 하였다.

그렇지만 어디가 야단나고 어떻게 야단났는지는 그는 몰랐다. 다만, 어떤 큰 야단난 일이 어느 곳에 있기는 하였다.

오촌모가 들어와 흔드는 것도 그는 모른 체하고 다만 씩씩거리며 엎디어 있었다.

'야단, 야단.'

그의 눈에는 여러 가지 환상이 보인다. 네모난 사람, 개, 우물거리는 모를 물건, 뫼보다도 크게도 보이고 주먹만 하게도 보이는 검은 어떤 물건, 아주머니, 연필—이것이 모두 합하여 그에게는 야단으로 보였다.

오촌모가 펴준 자리에 누워서도 그는 이런 그림자들만 보면서 씩씩거리며 있었다.

10

이튿날 아침.

엘리자베트는 눈을 번쩍 뜨고 방 안을 둘러보았다. 아주머니는 방 안에 없었다. 부엌에서 덜겅거리는 고로 거기 있나 보다 그는 생각하였다.

전에는 그리 주의하여 보지 않았던 그 방 안의 경치에서 병인의 날카로운 눈으로 그는 새로운 맛있는 것을 여러 가지 보았다.

제일 눈에 뜨이는 것은, 담벽 사면에 붙인 당지들이다. 일본 포속布屬들에서 꺼내어 붙인 듯한 그 당지들을 엘리자베트는 흥미의 눈으로 하나씩 하나씩 건너보았다.

그다음에 보인 것은 천장 서까래 틈에 친 거미줄들이다. 엘리자베트는 그 가운데 하나를 자세히 보았다. 그가 보고 있는 동안에 윙 하니 날아오던 파리가 한 마리 그 줄에 걸렸다. 거미줄은 잠깐 흔들리다가 멎고 어디 있댔는지 보이지 않던 거미가 한 마리 빨리 나와서 파리를 발로 움킨다. 파리는 깃을 벌리고 도망하려 애를 쓰기 시작하였다. 거미줄은 대단히 떨렸다. 그렇지만 조금 뒤에 파리는 죽었는지 거미줄의 흔들림은 멎고 거미 혼자서 발발 파리를 두고 돌아다닌다. 엘리자베트는 바르륵 떨면서 머리를 돌이켰다.

'저 파리의 경우와…… 내 경우가, 어디가 다를까? 어디가……?'

엘리자베트가 움직 할 때에 파리가 한 마리 윙 나타났다. 그 파리가 날기를 기다리고 있었던지 다른 파리들도 일제히 웅— 날았다가 도로 각각 제자리에 앉는다…….

엘리자베트는 눈을 감았다. 상쾌한 졸음이 짜르륵 엘리자베트의 온몸에 돌았다. 엘리자베트는 승천昇天하는 것 같은 쾌미를 누리고 있었다.

이때에 오촌모가 샛문을 벌컥 열며 들어왔다.

엘리자베트는 눈을 번쩍 떴다. 오촌모는 들어와서 물에 젖은 손을 수건에 씻은 뒤에 엘리자베트의 머리곁에 와 앉았다.

"좀 나은 것 같으냐?"

"무엇 낫지 않아요."

"어디가 아파? 어젯밤 새도록 헛소릴 하더니……."

"헛소리까지 했어요?"

엘리자베트는 낯에 적적한 웃음을 띠고 묻는 대답을 하였다.

"그런데 어디가 아픈지는 일정하게 아픈 데가 없어요. 손목 발목이 저리저릿하는 것이 온몸이 다 쏘아요. 꼭…… 첫몸할 때…….'

"왜 그런고…… 원."

"왜 그런지요……."

잠깐의 침묵이 생겼다.

"앗!"

좀 후에 엘리자베트는 작은 소리로 날카로운 부르짖음을 내었다. 낮에는 무한 괴로움이 나타났다.

"왜 그러냐!?"

오촌모는 놀라서 물었다.

"봤다가는 안 되어요."

엘리자베트는 억지로 웃으면서 말했다.

"그럼 보지 않을 것이니 왜 그러냐?"

"묻지두 말구요!"

"묻지두 않을 것이니 왜 그래?"

"그럼 안 묻는 거인가요?"

"그럼 그만두자…… 그런데 미음 안 먹겠냐?"

"좀 이따 먹지요."

엘리자베트는 괴로운 낮을 하고 팔과 다리를 꼬면서 앓는 소리를 내고 있다가 참다못하여 억지로 말했다.

"아주머니 요강 좀 집어주세요."

오촌모는 근심스러운 낮으로 물끄러미 엘리자베트를 들여다보다가 말없이 요강을 집어주었다.

엘리자베트는 요강을 타고 앉았다. 나올 듯 나올 듯하면서도 나오지 않는 오줌은 그에게 큰 아픔을 주었다. 한 십 분 동안이나 낮을 무한 찡그리고 있다가 내어놓을 때는 그 요강은 피오줌으로 가득 찼다.

"피가 났구나!"

오촌모는 놀란 소리로 물었다.

"……네."

"떨어지려는 것이로구나."

"그런가 봐요."

말은 끊어졌다.

엘리자베트의 마음은 무한 설렁거렸다. 그 가운데는 저픔과 반가움이 섞여 있었다.

"깨를 어떻게 먹으면 올라붙기는 한다더라만……."

잠깐 후에 아주머니가 말을 시작했다.

"그건 올라붙어 무엇해요."

엘리자베트는 낯을 찡그리고 대답하였다.

"그래도 낙태로 죽는 사람두 있너니라……."

엘리자베트는 대답을 하려다가 말이 하기 싫은 고로 그만두었다.

말은 또 끊어졌다.

엘리자베트는 '죽어두 좋아요'라고 대답하려 하였다.

'죽으면 뭘 하나.'

그는 병적으로 날카롭게 된 머리로 생각하여보았다.

'내게 이제 무엇이 있을까? 행복이 있을까? 없다. 즐거움은? 그것도 없다. 반가움은? 물론 없지. 그럼 무엇이 있을까? 먹고 깨고 자는 것뿐— 그 뒤에는? 죽음! 그 밖에 무엇이 있을까? 아무것도 없다. 그것뿐으로도 살 가치가 있을까? 살 가치가 있을까? 아, 아! 어떨까? 없다! 그러면? 나 같은 것은 죽는 편이 나을까? 물론. 그럼 자살? 아!'

'자살? (그는 사지를 부들부들 떨었다.) 모르겠다. 살아지는 대로 살아보자. 죽는 것도 무섭지 않고, 사는 것도 싫지도 않고—.'

이때에 오촌모가 말을 시작했다.

"내가 가서 물어보고 올라."

"그만두세요."

그는 우덕덕 놀라면서 무의식히 날카롭게 말하였다.

"그래두 내 잠깐 다녀오지."

아주머니는 일어서서 밖으로 나갔다.

아주머니가 나간 뒤에 그는 또 생각하여보았다.

내 근 이십 년 생애는 어떠하였는가? 앞일은 그만두고 지난 일로……근 이십 년 동안이나 살면서, 남에게, 사회에게 이익한 일을 하나라도 하였는가? 벗들에게 교과를 가르친 일—이것뿐! 이것을 가히 사회에 이익한 일이라 부를 수가 있을까? (그는 입술을 부들부들 떨었다.)

응! 하나 있다! '표본!' (그는 괴로운 웃음을 씩— 웃었다.) 이후 사람을 경계할 만한 내 사적! 곧 '표본!' 표본 생활 이십 년…… 아…….!

그러니 이것도 내가 표본이 되려서 되었나? 되기 싫어서도 되었지. 헛데로 돌아간 이십 년, 쓸데없는 이십 년, '나'를 모르고 산 이십 년, 남에게 깔리어 산 이십 년. 그동안에 번 것은? 표본! 그동안에 한 일은? 표본!

그는 피곤하여진 고로 눈을 감았다. 더움과 추움이 그를 쏘았다. 그는 추워서 사지를 보들보들 떨면서도 이마와 모든 틈에는 땀을 줄줄 흘리고 있었다. 아래는 수만 근 되는 추를 단 것같이 대단히 무거웠다.

괴로움과 한참 싸우다가 오촌모의 돌아옴이 너무 더딘 고로 그는 그만 잠이 들었다.

자는 동안에 여러 가지 그림자가 그의 앞에서 움직였다. 네모난 사람이 어떤 모를 물건을 가지고 온다. 그 뒤에는 개가 따라온다. 방성 뒷산에서 뫼보다도 큰 어떤 검은 물건이 수없이 많이 흐늘흐늘 날아오다가, 엘리자베트가 있는 방 앞에 와서는 주먹만 하게 되면서 그의 품속으로 뛰어 들어온다. 하나씩하나씩 다 들어온 다음에는 도로 하나씩하나씩 흐늘흐늘 날아 나가서 차차 커지며 뫼만 하게 되어 도로 산 가운데서 쓰러져 없어진다. 다 나갔다가는 도로 들어오고 다 들어왔다가는 도로 나가고, 자꾸 자꾸 순환되었다. 엘리자베트는 앓는 소리를 연발로 내며 이 그림자들을 보고 있었다.

이렇게 무서운 그림자를 한참 보고 있을 때에,

"얘 미음 먹어라."

하는 오촌모의 소리가 나는 고로 눈을 번쩍 떴다.

그는 미음 그릇을 들고 들어오는 아주머니를 관찰하기 시작하였다.

'저런 큰 그릇을 원 어찌 들고 다니노? 키도 댓 자밖에는 못 되는 노파가……'

오촌모가 미음 그릇을 놓은 다음에 엘리자베트는 그것을 먹으려고 엎디었다. 아픔이 온몸에 쭉 돌았다…….

"숟갈이 커서 어찌 먹어요?"

그는 놋숟갈을 보고 오촌모에게 물었다. 그는, '숟갈이 커서 들지를 못하겠다'는 뜻으로 한 말이다.

"어제두 먹던 것이 커?"

엘리자베트는 안심하고 숟갈을 들었다. 그것은 뜻밖에 크지도 않고 무겁지도 않았다. 그는 곁에 놓인 흰 가루를 미음에 치고 먹기 시작하였다.

"아이고 짜다."

그는 한 술 먹은 뒤에 소리를 내었다.

"짜기는 왜 짜? 사탕가루를 많이 치구……."

병으로 날카롭게 된 그의 신경은 그의 자유로 되었다. 마치 최면술에

피술자被術者가 시술자施術者의 명령을 절대로 복종하여, 단 것도 시술자가 쓰다 할 때에는 쓰다 생각하는 것과 같이 그의 신경도 절대로 그의 명령을 좇았다. 흰 가루를 소금이라 생각할 때에는 짜게 보였으나 사탕가루라 생각할 때에는 꿀송이보다도 더 달았다. 그렇지만 그의 신경도 한 가지는 복종치를 않았다. 아픔이 좀 나았으면 하는 데는 조금도 순종치를 않았다.

미음을 먹는 동안에 오촌모가 투덜거렸다.

"스무 집이나 되는 동리 가운데서 그것 아는 것이 하나두 없단 말인가 원……."

"무엇이요?"

엘리자베트는 미음을 삼키고 물었다.

"그 올라붙는 방문 말이루다. 원 깨를 어짼대든지……."

엘리자베트는 성이 나서 대답을 안 하였다.

미음을 다 마신 다음에 돌아누우려다가 그는,

"읽!"

소리를 내고 그 자리에서 꼬꾸라졌다. 어디가 아픈지 똑똑히 모를 아픔이 온몸을 쿡 쏘았다. 정신까지 어지러웠다.

"어찌? 더하냐?"

"물이 쏟아져요."

엘리자베트는 똑똑한 말로 대답하였다.

"어째?"

"바람이 부는지요?"

"애 정신 채레라."

엘리자베트는 후덕덕 정신을 차리면서,

"내가 원 정신이 없어졌는가?"

하고 간신히 천장을 향하고 누웠다. 천장에는 소가 두 마리 풀을 뜯어 먹고 있었다. 엘리자베트는 무서워서 부들부들 떨기 시작하였다. 두 마리의 소는 싸움을 시작했다.

'떨어지면……?' 생각할 때에 한 마리는 그의 배 위에 떨어졌다. 일순간 뜨끔한 아픔 뒤에는 아무렇지도 않았다.

"앍" 소리를 내고 그는 다시 천장을 보았다. 소는 역시 두 마리지만 이번은 춤을 추고 있다.

"표본 생활 이십 년!"

그는 중얼거리고 담벽을 향하여 돌아누웠다. 거기서는 남작과 이환과 돼지와 파리가 장거리 경주를 하고 있었다.

'흥! 재미있다. 누구가 이길 터인고?'

그는 생각하였다.

조금 있다가 그는 생각난 듯이 수군거렸다.

"표본 생활 이십 년!"

11

그가 눈을 아무 데로 향하든지 어떤 그림자는 거기 벌려 있었다. 그가 자든지 깨든지 어떤 그림자는 거기서 움직였다. 이렇게 엘리자베트는 사흘을 지냈다.

그러는 동안 다함이 없는 철학이 감추어져 있는 것 같고도 아무 뜻이 없는 헛말같이도 생각되는 말구가 흔히 무의식히 그의 머리에 떠올랐다.

'표본 생활 이십 년!'

그는 이 말을 여러 번 거푸하였다.

이렇게 사흘째 되는 저녁, 복거리* 낮보다도 더 훈훈 타는 저녁, 등과 사지 맨끝에서 시작하여 짜르륵 온몸에 도는 추위의 쾌미를 역증으로 받으면서 잠과 깸의 가운데서 돌던 엘리자베트는 오촌모의 소리에 놀라 흠칫하면서 깨었다.

"왜 그리 앓는 소리를 하냐? (혼잣말로) 탈인지 무엇인지 낫지두 않구."

"아— 유— 죽겠다아— 하아—."

엘리자베트는 눈을 감은 채로 아주머니의 소리 나는 편으로 돌아누우면서 신음했다. 그렇지만 그에게는 아프리라 생각하는 데서 나온 아픔밖에는 아픔이 없었다.

"왜 그래? 참 앓는 너보다두 보는 내가 더 속상하다. 후!"

오촌모도 한숨을 쉰다.

"아이구 덥다!"

오촌모는 빨리 부채를 집어서 엘리자베트를 부치면서 말했다.

"내 부쳐줄 것이니 일어나서 이 오미잣물을 마셔봐라."

오미자라는 소리를 들은 그는 귀가 버썩하였다. 어렸을 때부터 오미자를 좋아하던 그는 이불 속에서 꿈질꿈질 먹을 준비를 시작하였다. 오늘은 그의 머리는 똑똑하여졌다. 그림자가 안 보였고 아픔도 덜어졌다.

오촌모는 자기도 한 숟갈 떠 먹어본 뒤에 권한다.

"아이구 달다. 자 먹어봐라."

엘리자베트는 눈을 뜨고 엎디어서 오미잣물을 마셨다. 새큼하고 단 가운데도 말할 수 없는 아름다운 냄새를 가진 오미잣물은 병인인 엘리자베트에게 위에 없는 힘을 주었다. 그는 단숨에 한 사발이나 되는 물을 다 마

---

* '복달임'의 방언. 복날이 들어 지나치게 더운 철.

셔버렸고 도로 누웠다.

"맛있지?"

"네."

"그런데 어떠냐, 아프기는?"

엘리자베트는 다만 씩 웃었다. 다 큰 것이 드러누워서 다 늙은 아주머니를 속상케 함에 대한 미안과, 크다만 것이 '읽음' 않은 부끄러움이 합하여 낳은 웃음을 그는 다만 감추지 않고 정직하게 웃은 것이다.

"오늘은 정신 좀 들었냐? 며칠 동안 별한 소릴, 어더런 소릴 하던지?…… 응!…… 응! 무얼 '표분 생울 이십 년'이라던지?"

"표본 생활 이십 년!"

엘리자베트는 생각난 듯이 무의식히 소리를 내었다.

"응! 그 소리 그 소리!"

오촌모도 생각난 듯이 지껄였다.

"아이 덥다!"

엘리자베트는 이불을 차 던지고 고함을 쳤다.

"응, 부쳐주지."

어느덧 부채질을 멈추었던 오촌모는 다시 부치기 시작했다.

속에서 나오는 태우는 듯한 더움과 밖에서 찌르는 무르녹이는 듯한 더위와 사늘쩍한 부채 바람이 합하여, 엘리자베트의 몸에 쪼르륵 소름이 돋게 하였다. 소름 돋을 때와 부채의 시원한 바람의 쾌미는 그에게 졸음이 오게 하였다. 그는 구름 타고 하늘에 올라가는 맛으로 잠과 깸의 가운데서 떠돌고 있었다.

몇 시간 지났는지 몰랐다. 무르녹이기만 하던 날은 소낙비로 부어내린다. 그리 덥던 날도 비가 오면서는 서늘하여졌다. 방 안은 습기로 찼다.

구팡*에 내려져서 튀어나는 물방울들은 안개비와 같이 되면서 방 안으로 몰려 들어온다.

그는 눈을 번쩍 떴다. 어느덧 역한 냄새 나는 모기장이 그를 덮었고 그의 곁에는 오촌모가 번뜻 누워서 답답한 코를 구르고** 있었다. 위에는 불티를 잔뜩 앉히고 그 아래서 숨찬 듯이 할락할락하는 석유 램프는 모기장 밖에서 반딧불같이 반짝거리며 할딱거리고 있었다.

'가는 목숨으로라도 살아지는껏 살아라.'

그 램프는 소곤거리는 것 같다.

엘리자베트는 일어나서 요강을 모기장 밖에서 들여왔다.

한참 타고 앉았다가 "악" 소리를 내고 그는 엎드러졌다. 가슴은 뛰놀고 숨도 씩씩하여졌다. 마음은 무한 설렁거렸다. 맥도 푹 났다.

한참 엎디어 있다가 그는 생각난 듯이 벌떡 일어나서 요강을 내어놓고 번갯불과 같이 빨리 그 속에 손을 넣어서 주먹만 한 핏덩이를 하나 꺼내었다.

'내 것.'

그의 머리에 번갯불과 같이 이 생각이 지나갔다.

그의 머리에는 모순된 두 가지 생각이 일어났다.

'내 것.'

참자식에 대한 사랑이 그 핏덩어리에게 일어났다.

'이것 때문에……'

그는 그 핏덩이에 대하여 무한한 미움이 일어났다.

---

* '댓돌'의 방언. 처마 끝으로 물이 떨어지는 곳에 놓아둔 돌.
** '골다'의 방언.

'이것도 저 아니꼬운 남작의 것, 나는 이것 때문에······.'

이 두 가지 생각의 반사 작용으로 그는 핏덩이를 힘껏 단단히 쥐었다. 거기는 미움이 있고 사랑이 있었다.

그는 그 핏덩이를 씹어 먹고 싶었다. 거기도 미움이 있고 사랑이 있었다.

그는 그것을 쥔 채로 드러누웠다. 맥이 나서 앉아 있을 힘이 없었다.

드러누운 그에게는 얼토당토않은 딴생각이 두어 가지 머리에 났다. 이것도 잠깐으로 끝나고 잠이 들었다.

이삼 푼의 잠이 그를 스치고 지나간 뒤에 그는 눈을 번쩍 뜨면서 무의식히 중얼거렸다.

"표본 생활 이십 년!"

그다음 순간 그에게는 별한 생각이 머리에 떠올랐다.

'약한 자의 슬픔!'

'천하에 둘도 없는 명언이루다.'

그는 생각하였다.

그는 이 문제를 두고 논문 비슷이, 소설 비슷이 하나 지어보고 싶은 생각이 났다. 그는 생각하여보았다.

자기의 설움은 약한 자의 슬픔에 다름없었다. 약한 자기는 누리*에게 지고 사회에게 지고 '삶'에게 져서, 열패자劣敗者의 지위에 이르지 않았느냐?! 약한 자기는 이환에게 사랑을 고백지 못하고 S와 혜숙에게서 참말을 듣지 못하고 남작에게 저항치를 못하고 재판석에서 좀더 굳세게 변론치를 못하여 지금 이 지경에 이르지 않았느냐?!

'그렇지만 이것은 밖이 약한 것이다. 좀더 깊이, 안으로!'

---

* 세상.

그는 생각하였다.

자기의 아직까지 한 일 가운데서 하나라도 자기에게서 나온 것이 어디 있느냐? 반동反動 안 입고 한 일이 어디 있느냐? 남작 집에서 나온 것도 필경은 부인이 좀더 있으라는 반동에서 나온 것이 아니냐? 병원 안에 들어간 것도 필경은 집으로 돌아올 전차가 안 보임에 있지 않으냐? 병원으로 향한 것도 그렇다. 재판을 시작한 것은? 오촌모가 말리는 반동을 받았다! 모든 일이 다 그렇다!

"이십 세기 사람이 다 그렇다!"

그는 힘 있게 중얼거렸다.

"어떻든…… 응! 그렇다! 문제는 '이십 세기 사람'이라고 치고, 첫 줄을 '약한 자의 슬픔'으로 시작하여 마지막 줄을 '현대 사람의 다의 약함'으로 끝내자."

그는 자기 짓던 글을 생각하고 중얼거렸다.

'표본 생활 이십 년이란 구는 꼭 넣어야겠다.'

그는 생각하였다. 그리고 글을 속으로 생각하기 시작하였다.

이리 짓고 저리 지어서, 이만하면 완전하다 생각할 때 그는 마지막 구를 소리를 내어서 읽었다.

"현대 사람 다의 약함!"

그런 다음에는 그의 머리에 한 공허가 생겼다. 그 공허가 가슴으로 퍼질 때에 그는 맥이 나고 발끝과 손끝에서 그 공허가 일어날 때에 그는 눈을 감았다. 눈이 무한 무거워졌다. 그 공허가 온몸에 퍼질 때에 그는 '후—' 숨을 내어쉬면서 잠이 들었다.

12

"저런! 원 저런!"

이튿날 아침 엘리자베트에게 어젯밤 변동을 듣고 눈이 둥그레져서 그 핏덩이를 들여다보며 오촌모는 지껄였다.

엘리자베트는 탁 그 핏덩이를 빼앗아서 이불 아래 감춘 뒤에 낯을 붉히며 이유 없이 씩 웃었다.

"어떻든 네 속은 시원하겠다. 밤낮 떨어지면 떨어지면 하더니—."

오촌모는 비웃는 듯이 입살을 주었다.

아깟번에 웃은 엘리자베트는 이번에도 웃지 않으면 안 되게 되었다. 그는 억지로 입과 눈으로만 일순간의 웃음을 웃은 뒤에 곧 낯을 도로 쭉 폈다. 그리고 미안스러운 듯이 오촌모의 낯을 들여다보았다. 오촌모의 낯에는 가련하다는 표정이 똑똑히 보였다.

'역시 가련한 것이루구나!'

그는 속으로 고함을 쳤다.

'그것도 내 것이 아니냐!?'

어머니가 자식에게 가지는 육친의 정다움이 엘리자베트의 마음에 일어났다. 그는 몰래 손을 더듬어서 겁적겁적하고 흐늘거리는 그 핏덩이를 만져보았다.

'어디가 엉덩이구 어디가 머리 편인고?'

하고 그는 손가락으로 핏덩이를 두드리고 쓸어주고 있었다. 차디찬 핏덩이에서도 엘리자베트는 다스한 맛이 올라오는 것을 깨달았다.

'사람이란 이런 것이루다.'

그는 생각하였다.

물끄러미 한참 그를 들여다보던 오촌모는 도로 전과 같은 사랑의 낯이 되며 생각난 듯이 말했다.

"잊었댔다. 오늘은 장날이 되어서 서울 잠깐 들어갔다 와야겠다. 무엇 먹고 싶은 것은 없냐? 있으면 말해라. 사다 줄 거니……."

"없어요."

엘리자베트는 팔딱 정신을 차리며 무의식히 중얼거렸다. '서울' 소리를 듣고 그는 갑자기 가슴이 뛰놀기 시작하였다.

'저런 노파가 다 서울을 다니는데 내가 어찌……'

그는 오촌모를 쳐다보면서 생각하였다. 그러다가 갑자기 오촌모를 찾 았다.

"아주머니!"

"왜?"

"서울 들어가세요?"

그의 목소리는 흥분으로 떨렸다.

"응."

엘리자베트는 비쭉하여졌다. 오촌모의 "응"이란 대답뿐은 그를 만족시 키지 못하였다. '응, 들어가겠다'든지 '응, 다녀올란다'든지 좀더 친절히 똑똑히 대답 안 한 오촌모가 그에게는 밉게까지 보였다.

그렇지만 그의 정조情調는 그의 비쭉한 것을 뚫고 위에 올라오기에 넉 넉하였다. 그는 좀더 힘 있게 떨리는 소리로 오촌모를 찾았다.

"아주머니!"

"왜?"

오촌모는 또 그렇게 대답하였다.

"나두 함께 가요!"

"어딜?"

"서울!"

"딴소리한다. 넌 편안히 누워 있어얀다."

오촌모의 낯에는 무한한 동정이 나타났다.

"그래두…… 가구 싶어요!"

그의 눈에는 눈물이 고였다.

"내 다 구경해다 줄 거니 잘 누워 있거라. 너 다 나은 다음에 한번 들어가 실컷 돌아다니자. 그래두 지금은 못 간다."

"길 다 말랐어요?"

그는 뚱딴짓소리를 물었다.

"응, 소낙비니간 땅 위로만 흘렀지 속은 안 뱄더라."

"뒤뜰 호박두 익었지요 인제. 메칠 동안 나가보지두 못해서……"

그의 목소리는 자못 떨렸다.

"아까 가보니간 아직 잘 안 익었더라."

잠깐 말은 끊어졌다. 조금 뒤에 엘리자베트는 떨리는 소리로 말했다.

"아— 서울 가보구……."

"걱정 마라. 이제 곧 가게 되지."

"아주머니!"

"왜 그러냐?"

"그 애들이 아직 날 기억할까요?!"

"그 애덜이라니?"

"함께 공부하던 애들이요."

"하하! (한숨을 쉬고) 걱정 마라. 거저 걱정 마라. 내가 있지 않냐? 인젠 그깟 것들이 무엇에 쓸데가 있어? 나하구 이렇게 편안히 촌에서 사는 것이 오죽 좋으냐! 아무 걱정 없이…… 지난 일은 다 꿈이다, 꿈이야! 잊구

말어라."

'강한 자!'

엘리자베트는 속으로 고함을 쳤다.

'아주머니는 강한 자이고 나는 약한 자이고…… 그 사이에 무슨 차별이 있을꼬?!'

"내 다녀올 것이니 편안히 누워 있거라."

오촌모는 말하면서 봇짐을 들고 나간다.

"무얼 사다 줄꼬 원. 복숭아나 났으면 사다 줄까. 우리 딸을……."

엘리자베트는 자기 생각만 연속하여 하였다. 스스로 알지는 못하였으나 어떤 회전기廻轉期 위기 앞에 선 그는 산후産後의 날카로운 머리를 써서 꽤 똑똑한 해결을 얻을 수가 있었다.

그렇다! 나도 시방은 강한 자이다. 자기의 약한 것을 자각할 그때에는 나도 한 강한 자이다. 강한 자가 아니고야 어찌 자기의 약점을 볼 수가 있으리요?! 어찌 알 수가 있으리요?! (그의 입에는 이김의 웃음이 떠올랐다.) 강한 자라야만 자기의 약한 곳을 찾을 수가 있다.

약한 자의 슬픔! (그는 생각난 듯이 중얼거렸다.) 전의 나의 설움은 내가 약한 자인 고로 생긴 것밖에는 더 없었다. 나뿐 아니라, 이 누리의 설움, 아니 설움뿐 아니라 모든 불만족, 불평 들이 모두 어디서 나왔는가? 약한 데서! 세상이 나쁜 것도 아니다! 인류가 나쁜 것도 아니다! 우리가 다만 약한 연고인밖에 또 무엇이 있으리요. 지금 세상을 죄악 세상이라 하는 것은 이 세상이, 아니! 우리 사람이 약한 연고이다! 거기는 죄악도 없고 속임도 없다. 다만 약한 것!

약함이 이 세상에 있을 동안 인류에게는 싸움이 안 그치고 죄악이 안 없어진다. 모든 죄악을 없이하려면은 먼저 약함을 없이하여야 하고, 지상

낙원을 세우려면은 먼저 약함을 없이하여야 한다.

만일 약한 자는, 마지막에는 어찌되노? ……이 나! 여기 표본이 있다. 표본 생활 이십 년 (그는 생각난 듯이 웃으면서 중얼거렸다.) 나는 참 약했다. 일 하나라도 내가 하고 싶어서 한 것이 어디 있는가! 세상 사람이 이렇다 하니 나도 이렇다, 이 일을 하면 남들은 나를 어찌 볼까 이런 걱정으로 두룩거리면서 지냈으니 어찌 이 지경에 이르지 않았으리요! 하고 싶은 일은 자유로 해라. 힘써서 끝까지! 거기서 우리는 사랑을 발견하고 진리를 발견하리라!

'그렇지만 강한 자가 되려면은……!'

그는 생각하여보았다.

'내가 너희에게 새 계명을 주노니 사랑하라!' (그는 기쁨으로 눈에 빛을 내었다.) 그렇다! 강함을 배는 태胎는 사랑! 강함을 낳는 자는 사랑! 사랑은 강함을 낳고, 강함은 모든 아름다움을 낳는다. 여기, 강하여지고 싶은 자는, 아름다움을 보고 싶은 자는, 삶의 진리를 알고 싶은 자는, 인생을 맛보고 싶은 자는 다 참사랑을 알아야 한다.

만약 참 강한 자가 되려면은? 사랑 안에서 살아야 한다. 우주에 널려 있는 사랑, 자연에 퍼져 있는 사랑, 천진난만한 어린아이의 사랑!

'그렇다! 내 앞길의 기초는 이 사랑!'

그는 이불을 차고 벌떡 일어나 앉았다. 그의 앞에는 끝없는 넓은 세계가 벌여 있었다. 누리에 눌리어 살던 그는 지금은 그 위에 올라섰다. 그의 입에는 온 우주를 쳐 누른 기쁨의 웃음이 떠올랐다.

—《창조》, 1919. 2~3.

배따라기

좋은 일기이다.

좋은 일기라도, 하늘에 구름 한 점 없는—우리 '사람'으로서는 감히 접근 못 할 위엄을 가지고, 높이서 우리 조그만 '사람'을 비웃는 듯이 내려다보는, 그런 교만한 하늘은 아니고, 가장 우리 '사람'의 이해자인 듯이 낮추 뭉글뭉글 엉기는 분홍빛 구름으로서 우리와 서로 손목을 잡자는 그런 하늘이다. 사랑의 하늘이다.

나는, 잠시도 멎지 않고 푸른 물을 황해로 부어내리는 대동강을 향한, 모란봉 기슭 새파랗게 돋아나는 풀 위에 뒹굴고 있었다.

*

이날은 삼월 삼질, 대동강에 첫 뱃놀이하는 날이다. 까맣게 내려다보이는 물 위에는, 결결이 반짝이는 물결을 푸른 놀잇배들이 타고 넘으며, 거기서는 봄 향기에 취한 형형색색의 선율이, 우단*보다도 부드러운 봄 공기를 흔들면서 날아온다. 그리고 거기서 기생들의 노래와 함께 날아오는 조선 아악雅樂은 느리게, 길게, 유창하게, 부드럽게, 그리고 또 애처롭게,

---

* 벨벳.

모든 봄의 정다움과 끝까지 조화하지 않고는 안 두겠다는 듯이, 대동강에 흐르는 시커먼 봄물, 청류벽에 돋아나는 푸르른 풀 어음*, 심지어 사람의 가슴속에 봄에 뛰노는 불붙는 핏줄기까지라도, 습기 많은 봄 공기를 다리 놓고 떨리지 않고는 두지 않는다.

봄이다. 봄이 왔다.

부드럽게 부는 조그만 바람이, 시커먼 조선 솔을 꿰며, 또는 돋아나는 풀을 스치고 지나갈 때의 그 음악은, 다른 데서는 듣지 못할 아름다운 음악이다.

아아, 사람을 취케 하는 푸르른 봄의 아름다움이여! 열다섯 살부터의 동경東京 생활에, 마음껏 이런 봄을 보지 못하였던 나는, 늘 이것을 보는 사람보다 곱 이상의 감명을 여기서 받지 않을 수 없다.

평양성 내에는, 겨우 툭툭 터진 땅을 헤치면 파릇파릇 돋아나는 나무새기**와 돋아나려는 버들의 어음으로 봄이 온 줄 알 뿐 아직 완전히 봄이 안 이르렀지만, 이 모란봉 일대와 대동강을 넘어 보이는 가나안 옥토를 연상시키는 장림長林에는 마음껏 봄의 정다움이 이르렀다.

그리고 또 꽤 자란 밀보리들로 새파랗게 장식한 장림의 그 푸른 빛. 만족한 웃음을 띠고 그 벌에 서서 내다보는 농부의 모양은 보지 않아도 생각할 수가 있다.

구름은 자꾸 하늘을 날아다니는 모양이다. 그 밀 위에 비치었던 구름의 그림자는 그 구름과 함께 저편으로 물러가며, 거기는 세계를 아까 만들어 놓은 것 같은 새로운 녹빛이 퍼져나간다. 바람이나 조금 부는 때는 그 잘

---

* '움'의 방언으로, 풀이나 나무에 새로 돋아나는 싹.
** '나물'의 방언.

자란 밀들은 물결같이 누웠다 일어났다 일록일청一綠一靑으로 춤을 춘다. 그리고 봄의 한가함을 찬송하는 솔개들은, 높은 하늘에서 동그라미를 그리면서 더욱더 아름다운 봄에 향기로운 정취를 더한다.

"다스한 봄정에 솟아나리다. 다스한 봄정에 솟아나리다."

나는 두어 번 소리 나게 읊은 뒤에 담배를 붙여 물었다. 담뱃내는 무럭무럭 하늘로 올라간다.

하늘에도 봄이 왔다.

하늘은 낮았다. 모란봉 꼭대기에 올라가면 넉넉히 만질 수가 있으리만큼 하늘은 낮다. 그리고 그 낮은 하늘보담은 오히려 더 높이 있는 듯한 분홍빛 구름은 뭉글뭉글 엉기면서 이리저리 날아다닌다.

나는 이러한 아름다운 봄 경치에 이렇게 마음껏 봄의 속삭임을 들을 때는 언제든 유토피아를 아니 생각할 수 없다. 우리가 시시각각으로 애를 쓰며 수고하는 것은, 그 목적은 무엇인가. 역시 유토피아 건설에 있지 않을까. 유토피아를 생각할 때는 언제든 그 '위대한 인격의 소유자'며 '사람의 위대함을 끝까지 즐긴' 진나라 시황秦始皇을 생각지 않을 수 없다.

우리가 어찌하면 죽지를 아니할까 하여, 소년 삼백을 배에 태워 불사약을 구하려 떠나보내며, 예술의 사치를 다하여 아방궁을 지으며, 매일 신하 몇천 명과 잔치로써 즐기며, 이리하여 여기 한 유토피아를 세우려던 시황은, 몇만의 역사가가 어떻다고 욕을 하든, 그는 참말로 인생의 향락자이며 역사 이후의 제일 큰 위인이라고 할 수가 있다. 그만한 순전한 용기 있는 사람이 있고야 우리 인류의 역사는 끝이 날지라도 한 '사람'을 가졌었다고 할 수 있다.

"큰사람이었다."

하면서 나는 머리를 흔들었다.

이때다, 기자묘 근처에서 무슨 슬픈 음률이 봄 공기를 진동시키며 날아오는 것이 들렸다.

나는 무심코 귀를 기울였다.

〈영유 배따라기〉다. 그것도 웬만한 광대나 기생은 발꿈치에도 미치지 못하리만큼, 그만큼 그 〈배따라기〉의 주인은 잘 부르는 사람이었다.

비나이다, 비나이다.
산천후토 일월성신 하나님전 비나이다.
실낱 같은 우리 목숨 살려달라 비나이다.
에—야, 어그여지야.

여기까지 이르렀을 때에 저편 아래 물에서 장고 소리와 함께 기생의 노래가 울리어오며 〈배따라기〉는 그만 안 들리게 되었다.

나는 이 년 전 한여름을 영유서 지내본 일이 있다. 〈배따라기〉의 본고장인 영유를 몇 달 있어본 사람은 그 〈배따라기〉에 대하여 언제든 한 속절없는 애처로움을 깨달을 것이다.

영유, 이름은 모르지만 ×산에 올라가서 내다보면 앞은 망망한 황해이니, 그곳 저녁때의 경치는 한 번 본 사람은 영구히 잊을 수가 없으리라. 불덩이 같은 커다란 시뻘건 해가 남실남실 넘치는 바다에 도로 빠질 듯 도로 솟아오를 듯 춤을 추며, 거기서 때때로 보이지 않는 배에서 〈배따라기〉만 슬프게 날아오는 것을 들을 때엔 눈물 많은 나는 때때로 눈물을 흘렸다. 이로 보아서, 어떤 원의 아내가 자기의 모든 영화를 낡은 신같이 내어던지고 뱃사람과 정처 없는 물길을 떠났다 함도 믿지 못할 말이랄 수가 없다.

영유서 돌아온 뒤에도 그 〈배따라기〉는 내 마음에 깊이 새기어져 잊으려야 잊을 수가 없었고, 언제 한번 다시 영유를 가서 그 노래를 한 번 더 들어보고 그 경치를 다시 한 번 보고 싶은 생각이 늘 떠나지를 않았다.

*

　장고 소리와 기생의 노래는 멎고 〈배따라기〉만 구슬프게 날아온다. 결결이 부는 바람으로 말미암아 때때로는 들을 수가 없으되, 나의 기억과 곡조를 종합하여 들은 〈배따라기〉는 이 대목이다.

> 강변에 나왔다가
> 나를 보더니만
> 혼비백산하여
> 꿈인지 생시인지
> 와르륵 달려들어
> 섬섬옥수로 부쳐잡고*
> 호천망극하는 말이,
> "하늘로서 떨어지며
> 땅으로서 솟아났나
> 바람결에 묻어 오고
> 구름길에 쌔여** 왔나"
> 이리 서로 붙들고 울음 울 제
> 인리隣里 제인諸人이며
> 일가친척이 모두 모여

---

* '부여잡고'의 방언.
** '싸여'의 방언.

여기까지 들은 나는 마침내 참지 못하고 벌떡 일어서서 소나무 가지에 걸었던 모자를 내려 쓰고, 그곳을 찾으러 모란봉 꼭대기에 올라섰다. 꼭대기는 좀더 노랫소리가 잘 들린다. 그는, 〈배따라기〉의 맨 마지막, 여기를 부른다.

밥을 빌어서
죽을 쑬지라도
제발 덕분에
뱃놈 노릇은 하지 마라
에―야 어그여지야

그의 소리로써 방향을 찾으려던 나는 그만 그 자리에 섰다.

"어딘가? 기자묘? 혹은 을밀대乙密臺?"

그러나 나는 오래 서 있을 수가 없었다. 어떻든 찾아보자 하고, 현무문으로 가서 문밖에 썩 나섰다. 기자묘의 깊은 솔밭은 눈앞에 쫙 퍼진다.

"어딘가?"

나는 또 물어보았다.

이때에 그는 또다시 〈배따라기〉를 시초부터 부른다. 그 소리는 왼편에서 온다.

왼편이구나 하면서, 소리 나는 곳을 더듬어서 소나무 틈으로 한참 돌다가, 겨우, 기자묘치고는 그중 하늘이 넓고 밝은 곳에 혼자서 뒹굴고 있는 그를 찾아내었다. 나의 생각한 바와 같은 얼굴이다. 얼굴, 코, 입, 눈, 몸집이 모두 네모나고 그의 이마의 굵은 주름살과 시커먼 눈썹은 고생 많이 함과 순진한 성격을 나타낸다.

그는 어떤 신사가 자기를 들여다보는 것을 보고 노래를 그치고 일어나 앉는다.

"왜? 그냥 하지요."

하면서 나는 그의 곁에 가 앉았다.

"머……."

할 뿐 그는 눈을 들어서 터진 하늘을 쳐다본다.

좋은 눈이었다. 바다의 넓고 큼이 유감없이 그의 눈에 나타나 있다. 그는 뱃사람이라 나는 짐작하였다.

"고향이 영유요?"

"예, 머, 영유서 나기는 했디만 한 이십 년 영윤 가보디두 않았시요."

"왜, 이십 년씩 고향엘 안 가요?"

"사람의 일이라니 마음대로 됩데까?"

그는, 왜 그러는지, 한숨을 짓는다.

"거저, 운명이 데일 힘셉디다."

운명의 힘이 제일 세다는 그의 소리는 삭이지 못할 원한과 뉘우침이 섞여 있다.

"그래요?"

나는 다만 그를 건너다볼 뿐이다.

한참 잠잠하니 있다가 나는 다시 말하였다.

"자, 노형의 경험담이나 한번 들어봅시다. 감출 일이 아니면 한번 이야기해보소."

"머, 감출 일은……."

"그럼, 어디 들어봅시다그려."

그는 다시 하늘을 쳐다보았다. 그러나 좀 있다가,

"하디요."

하면서 내가 담배를 붙이는 것을 보고 자기도 담배를 붙여 물고 이야기를 꺼낸다.

"닞히디두 않는 십구 년 전 팔월 열하룻날 일인데요."

하면서 그가 이야기한 바는 대략 이와 같은 것이다.

*

그의 살던 마을은 영유 고을서 한 이십 리 떠나 있는, 바다를 향한 조그만 어촌이다. 그의 살던 조그만 마을(서른 집쯤 되는)에서는 그는 꽤 유명한 사람이었다.

그의 부모는 모두 열댓 세 났을 때 돌아갔고, 남은 사람이라고는 곁집에 딴살림하는 그의 아우 부처와 그 자기 부처뿐이었다. 그들 형제가 마을에서 제일 부자이고 또 제일 고기잡이를 잘하였고 그중 글이 있었고 〈배따라기〉도 그 마을에서 빼나게 그 형제가 잘 불렀다. 말하자면 그 형제가 그 동네의 대표적 사람이었다.

팔월 보름은 추석 명절이다. 팔월 열하룻날 그는 명절에 쓸 장도 볼 겸, 그의 아내가 늘 부러워하는 거울도 하나 사올 겸, 장으로 향하였다.

"당손네 집에 있는 것보다 큰 것이오. 닞디 말구요."

그의 아내는 길까지 따라 나오면서 잊지 않도록 부탁하였다.

"안 닞어."

하면서 그는 떠오르는 새빨간 햇빛을 앞으로 받으면서 자기 마을을 나섰다.

그는 아내를 (이렇게 말하기는 우습지만) 고와했다. 그의 아내는 촌에는 드물도록 연연하고도 예쁘게 생겼다. (그는 나에게 이렇게 말하였다.)

"성내(평양) 덴줏골(갈보촌)을 가두 그만한 거 쉽디 않갔시요."

그러니까 촌에서는, 그리고 그 당시에는 남에게 우습게 보이도록 그 내외의 새는 좋았다. 늙은이들은 계집에게 혹하지 말라고 흔히 그에게 권고하였다.

부처의 새는 좋았지만—아니 오히려 좋으므로 그는 아내에게 샘을 많이 하였다. 그리고 그의 아내는 시기를 받을 일을 많이 하였다. 품행이 나쁘다는 것이 아니라, 그의 아내는 대단히 천진스럽고 쾌활한 성질로서 아무에게나 말 잘하고 애교를 잘 부렸다.

그 동네에서는 무슨 명절이나 되면, 집이 그중 정결함을 핑계 삼아 젊은이들은 모두 그의 집에 모이고 하였다. 그 젊은이들은 모두 그의 아내에게 "아즈마니"라 부르고, 그의 아내는 "아즈바니 아즈바니" 하며 그들과 지껄이고 즐기며, 그 웃기 잘하는 입에는 늘 웃음을 흘리고 있었다. 그럴 때마다 그는 한편 구석에서 눈만 힐근거리며 있다가 젊은이들이 돌아간 뒤에는 불문곡직不問曲直*하고 아내에게 덤벼들어 발길로 차고 때리며, 이전에 사다 주었던 것을 모두 걷어올린다. 싸움을 할 때에는 언제든 곁집에 있는 아우 부처가 말리러 오며, 그렇게 되면 언제든 그는 아우 부처까지 때려주었다.

그가 아우에게 그렇게 구는 데는 이유가 있었다. 그의 아우는, 시골 사람에게는 쉽지 않도록 늠름한 위엄이 있었고, 만날 바닷바람을 쏘였지만 얼굴이 희었다. 이것뿐으로도 시기가 된다 하면 되지만, 특별히 아내가 그의 아우에게 친절히 하는 데는, 그는 속이 끓어 못 견디었다.

그가 영유를 떠나기 반년 전쯤—다시 말하자면 그가 거울을 사러 장에 갈 때부터 반년 전쯤 그의 생일날이었다. 그의 집에서는 음식을 차려서

---

* 옳고 그름을 따지지 않다.

잘 먹었는데, 그에게는 괴상한 버릇이 있었으니, 맛있는 음식은 남겨두었다가 좀 있다 먹고 하는 것이 습관이었다. 그의 아내도 이 버릇은 잘 알터인데 그의 아우가 점심때쯤 오니까, 아까 그가 아껴서 남겨두었던 그 음식을 아우에게 주려 하였다. 그는 눈을 부릅뜨고 '못 주리라'고 암호하였지만 아내는 그것을 보았는지 못 보았는지 그의 아우에게 주어버렸다. 그는 마음속이 자못 편치 못하였다. '트집만 있으면 이년을……' 그는 마음먹었다.

그의 아내는 시아우에게 상을 준 뒤에 물러오다가 그만 그의 발을 조금 밟았다.

"이년!"

그는 힘껏 발을 들어서 아내를 냅다 찼다. 그의 아내는 상 위에 거꾸러졌다가 일어난다.

"이년, 사나이 발을 짓밟는 년이 어디 있어!"

"거 좀 밟아서 발이 부러졌쉐까?"

아내는 낯이 새빨개져서 울음 섞인 소리로 고함친다.

"이년! 말대답이……."

그는 일어서서 아내의 머리채를 휘어잡았다.

"형님! 왜 이리십니까."

아우가 일어서면서 그를 붙잡았다.

"가만있거라, 이놈의 자식."

하며 그는 아우를 밀친 뒤에 아내를 되는대로 내리쩷었다.

"죽일 년, 이년! 나가거라!"

"죽에라, 죽에라! 난, 죽어도 이 집에선 못 나가!"

"못 나가?"

"못 나가디 않구. 뉘 집이게……."

이때다. 그의 마음에는 그 '못 나가겠다'는 아내의 마음이 푹 들이박혔다. 그 이상 때리기가 싫었다. 우두커니 눈만 흘기고 있다가 그는,

"망할 년, 그럼 내가 나갈라."

하고 그만 문밖으로 뛰어나와서,

"형님, 어디 갑니까."

하는 아우의 말에는 대답도 안 하고, 곁동네 탁주집으로 뒤도 안 돌아보고 가서, 거기 있는 술 파는 계집과 술상 앞에 마주 앉았다.

그날 저녁 얼근히 취한 그는 아내를 위하여 떡을 한 돈어치 사가지고 집으로 돌아왔다.

이리하여 또 서너 달은 평화가 이르렀다. 그러나 이 평화가 언제까지든 계속될 수가 없었다. 그의 아우로 말미암아 또 평화는 쪼개져나갔다.

오월 초승부터 영유 고을 출입이 잦던 그의 아우는, 오월 그믐께부터는 고을서 며칠씩 묵어 오는 일이 많았다. 함께, 고을에 첩을 얻어두었다는 소문이 퍼졌다. 이 소문이 있은 뒤는 아내는 그의 아우가 고을 들어가는 것을 벌레보다도 더 싫어하고, 며칠 묵어나 오는 때면 곧 아우의 집으로 가서 그와 담판을 하며 심지어 동서 되는 아우의 처에게까지 못 가게 하지 않는다고 싸우는 일이 있었다. 칠월 초승께 그의 아우는 고을에 들어가서 열흘쯤 묵어 온 일이 있었다. 이때도 전과 같이 그의 아내는 그의 아우며 제수와 싸우다 못하여, 마침내 그에게까지 와서 아우가 그런 못된 데를 다니는 것을 그냥 둔다고, 해보자 한다. 그 꼴을 곱게 보지 않았던 그는 첫마디로 고함을 쳤다.

"네게 상관이 무에가? 듣기 싫다."

"못난둥이. 아우가 그런 델 댕기는 걸 말리디두 못하구!"

분김에 이렇게 그의 아내는 고함쳤다.

"이년, 무얼?"

그는 벌떡 일어섰다.

"못난둥이!"

그 말이 채 끝나기 전에 그의 아내는 악 소리와 함께 그 자리에 거꾸러졌다.

"이년! 사나이에게 그따위 말버릇 어디서 배완!"

"에미네 때리는 건 어디서 배왔노! 못난둥이."

그의 아내는 울음소리로 부르짖었다.

"샹년 그냥? 나갈, 우리 집에 있디 말구 나갈."

그는 내리찧으면서 부르짖었다. 그리고 아내를 문을 열고 밀쳤다.

"나가디 않으리!"

하고 그의 아내는 울면서 뛰어나갔다.

"망할 년!"

토하는 듯이 중얼거리고 그는 그 자리에 주저앉았다.

그의 아내는 해가 져서 어두워져도 돌아오지 않았다. 일단 내어쫓기는 하였지만 그는 아내의 돌아옴을 기다리고 있었다. 어두워져서도 그는 불도 안 켜고 성이 나서 우들우들 떨면서 아내가 돌아오기를 기다렸다. 그러나 그의 아내의 참 기쁜 듯이 웃는 소리가 그의 아우의 집에서 밤새도록 울리었다. 그는 움쩍도 안 하고 그 자리에 앉아서 밤을 새운 뒤에, 새벽 동터올 때 아내와 아우를 죽이려고 부엌에 가서 식칼을 가지고 들어와서 문을 벌컥 열었다.

그의 아내로서 만약 근심스러운 얼굴을 하고 그 문밖에 우두커니 서서 문을 들여다보고 있지 않았다면, 그는 아내와 아우를 죽이고야 말았으리라.

그는 아내를 보는 순간 마음에 가득 차는 사랑을 깨달으면서, 칼을 내던지고 뛰어나가서 아내의 머리채를 휘어잡고, 이년 하면서 들어와서 뺨을 물어뜯으면서 함께 이리저리 자빠져서 뒹굴었다.

그런 이야기를 다 하려면 끝이 없으되 다만 '그' '그의 아내' '그의 아우' 세 사람의 삼각관계는 대략 이와 같았다.

각설—

거울은 마침 장에 마음에 맞는 것이 있었다. 지금 것과 대보면 어떤 때는 코도 크게 보이고 입이 작게도 보이는 것이지만, 그 당시에는, 그리고 그런 촌에서는 둘도 없는 귀물이었다.

거울을 사가지고 장을 본 뒤에 그는 이 거울을 아내에게 주면 그 기뻐할 모양을 생각하며, 새빨간 저녁 햇빛을 받는 넘치는 듯한 바다를 안고, 자기 집으로, 늘 들러오던 탁주집에도 안 들러서 돌아왔다.

그러나 그가 그의 집 방 안에 들어설 때에는 뜻도 안 하였던 광경이 그의 눈에 벌이어 있었다.

방 가운데는 떡상이 있고, 그의 아우는 수건이 벗어져서 목 뒤로 늘어지고 저고리 고름이 모두 풀어져가지고 한편 모퉁이에 서 있고, 아내도 머리채가 모두 뒤로 늘어지고 치마가 배꼽 아래 늘어지도록 되어 있으며, 그의 아내와 아우는 그를 보고 어찌할 줄을 모르는 듯이 움쩍도 안 하고 서 있었다.

세 사람은 한참 동안 어이가 없어서 서 있었다. 그러나 좀 있다가 마침내 그의 아우가 겨우 말했다.

"그놈의 쥐 어디 갔니?"

"흥! 쥐? 훌륭한 쥐 잡댔구나!"

그는 말을 끝내지도 않고 짐을 벗어던지고 뛰어가서 아우의 멱살을 그러잡았다.

"형님! 정말 쥐가—."

"쥐? 이놈! 형수하고 그런 쥐 잡는 놈이 어디 있니?"

그는 아우를 따귀를 몇 대 때린 뒤에 등을 밀어서 문밖에 내어던졌다. 그런 뒤에 이제 자기에게 이를 매를 생각하고 우들우들 떨면서 아랫목에 서 있는 아내에게 달려들었다.

"이년! 시아우와 그런 쥐 잡는 년이 어디 있어!"

그는 아내를 거꾸러뜨리고 함부로 내리찧었다.

"정말 쥐가…… 아이 죽겠다."

"이년! 너두 쥐? 죽어라!"

그의 팔다리는 함부로 아내의 몸 위에 오르내렸다.

"아이, 죽갔다. 정말 아까 적으니(시아우)가 왔기에 떡 먹으라구 내놓았더니—."

"듣기 싫다! 시아우 붙은 년이, 무슨 잔소릴……."

"아이, 아이, 정말이야요. 쥐가 한 마리 나……."

"그냥 쥐?"

"쥐 잡을래다가……."

"샹년! 죽어라! 물에래두 빠데 죽얼!"

그는 실컷 때린 뒤에, 아내도 아우처럼 등을 밀어 내어쫓았다. 그 뒤에 그의 등으로,

"고기 배때기에 장사해라!"

하고 토하였다.

분풀이는 실컷 하였지만, 그래도 마음속이 자못 편치 못하였다. 그는

아랫목으로 가서 바람벽*을 의지하고 실신한 사람같이 우두커니 서서 떡
상만 들여다보고 있었다.

한 시간…… 두 시간…….

서편으로 바다를 향한 마을이라 다른 곳보다는 늦게 어둡지만, 그래도
술시成時쯤 되어서는 깜깜하니 어두웠다. 그는 불을 켜려고 바람벽에서
떠나서 성냥을 찾으러 돌아갔다.

성냥은 늘 있던 자리에 있지 않았다. 그래서 여기저기 뒤적이노라니까,
어떤 낡은 옷뭉치를 들칠 때에 문득 쥐 소리가 나면서 무엇이 후덕덕 뛰
어나온다. 그리하여 저편으로 기어서 도망한다.

"역시 쥐댔구나."

그는 조그만 소리로 부르짖었다. 그리고 그만 그 자리에 맥없이 덜썩
주저앉았다.

아까 그가 보지 못한 때의 광경이 활동사진과 같이 그의 머리에 지나
갔다.

아우가 집에를 온다. 아우에게 친절한 아내는 떡을 먹으라고 아우에게
떡상을 내놓는다. 그때에 어디선가 쥐가 한 마리 뛰어나온다. 둘(아우와
아내)이서는 쥐를 잡노라고 돌아간다. 한참 성화시키던 쥐는 어느 구석에
숨어버린다. 그들은 쥐를 찾느라고 뒤룩거린다. 그럴 때에 그가 집에 들
어선 것이다.

"샹년, 좀 있으믄 안 들어오리…….”

그는 억지로 마음먹고 그 자리에 드러누웠다.

그러나 아내는 밤이 가고 날이 밝기는커녕 해가 중천에 올라도 돌아오

---

* 방 옆을 둘러막은 둘레의 벽.

지를 않았다. 그는 차차 걱정이 나서 찾아보러 나섰다.

아우의 집에도 없었다. 동네를 모두 찾아보아도 본 사람도 없다 한다.

그리하여, 낮쯤 한 삼사 리 내려가서 바닷가에서 겨우 아내를 찾기는 찾았지만 그 아내는 이전 같은 생기로 찬 산 아내가 아니요, 몸은 물에 불어서 곱이나 크게 되고, 이전에 늘 웃음을 흘리던 예쁜 입에는 거품을 잔뜩 문, 죽은 아내였다.

그는 아내를 업고 집으로 돌아오기까지 정신이 없었다.

이튿날 간단하게 장사를 하였다. 뒤에 따라오는 아우의 얼굴에는,

"형님, 이게 웬일이오니까."

하는 듯한 원망이 있었다.

장사를 지낸 이튿날부터 아우는 그 조그만 마을에서 없어졌다. 하루 이틀은 심상히 지냈지만, 닷새 엿새가 지나도 아우는 돌아오지 않았다. 그래서 알아보니까, 꼭 그의 아우같이 생긴 사람이 오륙 일 전에 뭣산 자 보따리를 하여 진 뒤에 시뻘건 저녁해를 등으로 받고 더벅더벅 동쪽으로 가더라 한다. 그리하여 열흘이 지나고 스무 날이 지났지만 한번 떠난 그의 아우는 돌아올 길이 없고, 혼자 남은 아우의 아내는 매일 한숨으로 세월을 보내게 되었다.

그도 이것을 잠자코 보고 있을 수가 없었다. 그 불행의 모든 죄는 죄 그에게 있었다.

그도 마침내 뱃사람이 되어, 적으나마 아내를 삼킨 바다와 늘 접근하며 가는 곳마다 아우의 소식을 알아보려고, 어떤 배를 얻어 타고 물길을 나섰다.

그는 가는 곳마다 아우의 이름과 모습을 말하여 물었으나, 아우의 소식은 알 수가 없었다.

이리하여 꿈결같이 십 년을 지내서 구 년 전 가을, 탁탁히 낀 안개를 꿰며 연안延安 바다를 지나가던 그의 배는, 몹시 부는 바람으로 말미암아 파선을 하여, 벗 몇 사람은 죽고, 그는 정신을 잃고 물 위에 떠돌고 있었다.

그가 겨우 정신을 차린 때는 밤이었다. 그리고 어느덧 그는 뭍 위에 올라와 있었고 그를 말리느라고 새빨갛게 피워놓은 불빛으로 자기를 간호하는 아우를 보았다.

그는 이상히도 놀라지도 않고 천연하게 물었다.

"너, 어딯게 여기 완?"

아우는 잠자코 한참 있다가 겨우 대답하였다.

"형님, 거저 다 운명이외다."

따뜻한 불기운에 깜빡 잠이 들려다가 그는 화닥닥 깨면서 또 말했다.

"십 년 동안에 되게 파랬구나."*

"형님, 나두 변했거니와 형님두 몹시 늙으셨쉐다."

이 말을 꿈결같이 들으면서 그는 또 혼혼히 잠이 들었다. 그리하여 두어 시간, 꿀보다도 단 잠을 잔 뒤에 깨어보니, 아까같이 새빨간 불은 피어 있지만 아우는 어디로 갔는지 없어졌다. 곁의 사람에게 물어보니까, 아우는 형의 얼굴을 물끄러미 한참 들여다보고 있다가 새빨간 불빛을 등으로 받으면서 터벅터벅 아무 말 없이 어둠 가운데로 스러졌다 한다.

이튿날 아무리 알아보아야 그의 아우는 종적이 없어지고 알 수 없으므로 그는 하릴없이 다른 배를 얻어 타고 또 물길을 떠났다. 그리하여 그의 배가 해주에 이르렀을 때, 그는 해주 장에 들어가서 무엇을 사려다가 저편 맞은편 가게에 걸핏 그의 아우 같은 사람이 있으므로 뛰어가서 보니

---

* '파리하다'의 방언. 몸이 마르고 혈색이 나쁘다.

그는 벌써 없어졌다. 배가 해주에는 오래 머물지 않으므로 그의 마음은 해주에 남겨두고 또다시 바닷길을 떠났다.

그 뒤 삼 년을 이리저리 돌아다녔어도 아우는 다시 볼 수가 없었다.

그리하여 삼 년을 지내서 지금부터 육 년 전에, 그의 탄 배가 강화도를 지날 때에, 바다를 향한 가파로운 뫼켠*에서 바다를 향하여 날아오는 〈배따라기〉를 들었다. 그것도 어떤 구절과 곡조는 그의 아우 특식으로 변경된, 그의 아우가 아니면 부를 사람이 없는, 그 〈배따라기〉이다.

배가 강화도에는 머무르지 않아서 그저 지나갔으나, 인천서 열흘쯤 머무르게 되었으므로, 그는 곧 내려서 강화도로 건너가 보았다. 거기서 이리저리 찾아다니다가 어떤 조그만 객줏집에서 물어보니, 이름도 그의 아우요 생긴 모습도 그의 아우인 사람이 묵어 있기는 하였으나, 사나흘 전에 도로 인천으로 갔다 한다. 그는 곧 돌아서서, 인천으로 건너와서 찾아보았지만, 그 조그만 인천서도 그의 아우를 찾을 바가 없었다.

그 뒤에 눈 오고 비 오며 육 년이 지났지만, 그는 다시 아우를 만나보지 못하고 아우의 생사까지도 알 수가 없다.

*

말을 끝낸 그의 눈에는 저녁 해에 반사하여 몇 방울의 눈물이 반득인다.

나는 한참 있다가 겨우 물었다.

"노형 계수는?"

"모르디요. 이십 년을 영유는 안 가봤으니깐요."

"노형은 이제 어디루 갈 테요?"

"것두 모르디요. 덩처가 있나요? 바람 부는 대로 몰려댕기디요."

---

* 산비탈.

그는 다시 한 번 나를 위하여 〈배따라기〉를 불렀다. 아아, 그 속에 잠겨 있는 삭이지 못할 뉘우침, 바다에 대한 애처로운 그리움.

노래를 끝낸 다음에 그는 일어서서 시뻘건 저녁 해를 잔뜩 등으로 받고 을밀대로 향하여 더벅더벅 걸어간다. 나는 그를 말릴 힘이 없어서 멀거니 그의 등만 바라보고 앉아 있었다.

그날 밤, 집에 돌아와서도 그 〈배따라기〉와 그의 숙명적 경험담이 귀에 쟁쟁히 울리어서 잠을 못 이루고, 이튿날 아침 깨어서 조반도 안 먹고 기자묘로 뛰어가서 또다시 그를 찾아보았다. 그가 어제 깔고 앉았던, 풀은 모두 한편으로 누워서 그가 다녀감을 기념하되, 그는 그 근처에 보이지 않았다. 그러나, 그러나 〈배따라기〉는 어디선가 쟁쟁히 울리어서 모든 소나무들을 떨리지 않고는 안 두겠다는 듯이 날아온다.

"모란봉牡丹峰이다. 모란봉에 있다."

하고 나는 한숨에 모란봉으로 뛰어갔다. 모란봉에는 사람이 하나도 없다. 부벽루浮壁樓에도 없다.

"을밀대다."

하고 나는 다시 을밀대로 갔다. 을밀대에서 부벽루를 연한, 지옥까지 연한 듯한 골짜기에 물 한 방울을 안 새이리라고 빽빽이 난 소나무의 그 모든 잎잎은 떨리는 〈배따라기〉를 부르고 있지만, 그는 여기도 있지 않다. 기자묘의, 하늘을 향하여 퍼져나간 그 모든 소나무의 천만의 잎잎도, 그 아래쪽 퍼진 천만의 풀들도, 모두 그 〈배따라기〉를 슬프게 부르고 있지만, 그는 이 조그만 모란봉 일대에서 찾을 수가 없었다.

강가에 나가서 알아보니 그의 배는 오늘 새벽에 떠났다 한다.

그 뒤에 여름과 가을이 가고 일 년이 지나서 다시 봄이 이르렀으되, 잠깐 평양을 다녀간 그는 그 숙명적 경험담과 슬픈 〈배따라기〉를 남겨두었을 뿐, 다시 조그만 모란봉에 나타나지 않는다.

　모란봉과 기자묘에 다시 봄이 이르러서, 작년에 그가 깔고 앉아서 부러졌던 풀들도 다시 곧게 대가 나서 자줏빛 꽃이 피려 하지만, 끝없는 뉘우침을 다만 한낱 〈배따라기〉로 하소연하는 그는, 이 조그만 모란봉과 기자묘에서 다시 볼 수가 없었다. 다만 그가 남기고 간 〈배따라기〉만 추억하는 듯이 기념하는 듯이 모든 잎잎이 속삭이고 있을 따름이다.

—『발가락이 닮았다』, 수선사, 1948.

태형

— 옥중기獄中記의 일절

"기쇼오(기상)!"

잠은 깊이 들었지만 조급하게 설렁거리는 마음에, 이 소리가 조그맣게 들린다. 나는 한순간 화닥닥 놀라 깨었다가 또다시 잠이 들었다.

"여보, '기쇼'야. 일어나오."

곁의 사람이 나를 흔든다. 나는 돌아누웠다. 이리하여 한 초, 두 초, 꿀보다도 단 잠을 즐길 적에 그 사람은 또 나를 흔든다.

"잠 깨구 일어나소."

"누굴 찾소?"

이렇게 나는 물었다. 머리는 또다시 나락奈落의 밑으로 미끄러져 들어간다.

"그러디 말구 일어나요. 지금 오五방 뎅껭(점검)합넨다……."

"여보, 십 분 동안만 제발 더 자게 해주."

"그거야 내가 알갔소? 간수한테 들키믄 당신 혼나갔게 말이디."

"에이! 누가 남을 잠두 못 자게 해! 난 잠들은 데 두 시간두 못 됐구레. 제발 조꼼만 더……."

이 말이 맺기 전에 나의 넓은 침실과 그 머리맡에 담배를 걸핏 보면서 나는 또다시 혼혼히 잠이 들었다. 그때에 문득 내게 담배를 한 고치 주는 사람이 있으므로 그 담배를 먹으려 할 때에, 아까 그 사람(나를 흔들던 사람)은 또다시 나를 흔든다.

"기쇼 불렀소. 뎅껭꺼정 해요. 일어나래두……."

"여보! 이제 남 겨우 또 잠들었는데 깨우긴 왜……."

"뎅껭해요."

나는 벌컥 역정을 내었다.

"뎅껭이면 어떻단 말이오! 그래 노형 상관있소?"

"그만둡시다. 그러나 일어나 나오."

"남 이제 국수 먹고 담배 먹는 꿈 꾸랬는데……."

이 말을 하려던 나는 생각만 할 뿐 또다시 잠이 들었다. 또 한 초, 두 초, 단꿈에 빠지려던 나는 곁방에서 들리는 제걱거리는 칼 소리와 문을 덜컥덜컥 여는 소리에 펄덕 놀라서 일어나 앉았다. 그러나 온몸을 취케 하던 졸음은 또다시 머리를 덮는다. 나는 무릎을 안고 머리를 묻은 뒤에 또다시 잠이 들었다. 또 한 초, 두 초, 시간은 흐른다. 덜컥! 마침내 우리 방문을 여는 소리가 났다. 나는 갑자기 굴복을 하고 머리를 들었다. 이미 잘 아는 바이거니와 한 초 전에 무거운 잠에 취하였던 사람이라고는 생각 안 되도록 긴장된다.

덜컥 하는 소리와 함께 문이 열리며 간수가 서넛 들어섰다.

"뎅껭."

다섯 평이 좀 못 되는 방에는 너무 크지 않나 생각되는 우렁찬 소리가 울리며, 경험으로 말미암아 숙련된 흐르는 듯한 (우리의 대명사인) 번호가 불린다. 몇 호, 몇 호, 이렇게 흐르는 듯이 불러오던 간수부장은 한 번호 에 머물렀다.

"나나햐쿠나나주욘고(칠백칠십사) 호."

아무 대답이 없다.

"나나햐쿠나나주욘고 호."

자기의 대명사—더구나 일본말로 부르는 것을 알아듣지 못한 칠백칠십사 호의 영감(곧 내 뒤에 앉은)은 역시 대답이 없었다. 나는 참다못해 그를 꾹 찔렀다. 놀라서 덤비는 대답이 그때야 겨우 들렸다.

"예, 하이!"

"난고 하야쿠 헨지오 시나이(왜 빨리 대답을 아니 해)? 이리 와!"

이렇게 부장은 고함쳤다. 그러나 영감은 가만있었다. 고요한 가운데 소리 하나 없다.

"이리 오너라!"

두 번째 소리가 날 때에 영감은 허리를 구부리고 그의 앞에 갔다. 한순간 공기를 헤치는 날카로운 소리와 함께, 이것 역시 경험 때문에 손 익게 된 솜씨인, 드는 손 보이지 않는 채찍은 영감의 등에 내려 맞았다.

영감은 가만있었다. 그러나 눈에는 눈물이 있었다.

칠백칠십사 호 뒤의 번호들이 불린 뒤에 정신 차리라는 책망과 함께 영감은 자기 자리에 돌아오고, 감방 문은 다시 닫혔다.

이상한 일이거니와 한 사람이 벌을 받으면 방 안의 전체가 떨린다. (공분*이라든가 동정이라든가는 결코 아니다.) 몸만 떨릴 뿐 아니라 염통까지 떨린다. 이 떨림을 처음 경험한 것은 경찰서에서 세 시간을 연하여 맞은 뒤에 구류실에 들어가서 두 시간 동안을 사시나무 떨듯 떨던 때였다. 죽지나 않나까지 생각하였다. (지금은 매일 두세 번씩 당하는 현상이거니와……)

---

* 다 같이 느끼는 분노.

방은 죽음의 방같이 소리 하나 없다. 숨도 크게 못 쉰다. 누구나 곁을 보면 거기는 악마라도 있는 것처럼 보려도 안 한다. 그들에게 과연 목숨이 남아 있는지?

좀 있다가 점검이 끝났는지 간수들의 발소리가 도로 우리 방 앞을 지나갔다. 그때 아까 그 영감의 조그만 소리가 겨우 침묵을 깨뜨렸다.

"집엔, 그 녀석(간수)보담 나이 많은 아들이 두 녀석이나 있쉐다가레……."

*

덥다.

몇 도인지 백십 도 혹은 그 이상인지도 모르겠다.

매일 아침 경험하는 바와 같이 동쪽 하늘에 떠오르는 해를, '저 해가 이제 곧 무르녹일 테지' 생각하면 그 예언을 맞히려는 듯이 해는 어느덧 방 안을 무르녹인다.

다섯 평이 좀 못 되는 이 방에, 처음에는 스무 사람이 있었지만, 몇 방을 합칠 때에 스물여덟 사람이 되었다. 그때에 이를 어찌하노 하였다. 진남포 감옥에서 공소로 넘어온 사람까지 하여 서른네 사람이 되었을 때에 우리는 한숨을 쉬었다. 그러나 신의주와 해주 감옥에서 넘어온 사람까지 하여 마흔한 사람이 된 때에 우리는 한숨도 못 쉬었다. 혀를 찼다.

곧 처마 끝에 걸린 듯한 뜨거운 해는 그침 없이 더위를 보낸다. 몸속에 어디 그리 물이 많았던지 아침부터 그침 없이 흘린 땀은 그냥 멎지 않고 흐른다. 한참 동안 땀에 힘없이 앉아 있던 나는 마지막 힘을 내어 담벽을 기대고 흐늘흐늘 일어섰다. 지옥이었다. 빽빽이 앉은 사람들은 모두들 힘없이 머리를 늘이고 입을 송장같이 벌리고, 흐르는 침과 땀을 씻을 생각도 안 하고 먹먹히 앉아 있다. 둥그렇게 구부러진 허리, 맥없이 무릎 위에 놓인 팔, 뚱뚱 부은 짓퍼런 얼굴에 힘없이 벌려진 입, 정기 없는 눈, 흩어진 머리와 수염, 모든 것은 죽은 사람이었다. 이것이 과연 아침에 세면소까지 뛰어갔으며 두 시간 전에 점심 먹느라고 움직인 사람들인가. 나의 곤하여 둔하게 된 감각에도 눈이 쓰린 역한 냄새가 쏜다.

그들은 무얼 하여 여기 왔나. 바람 불고 잘 자리 있고 담배 있는 저 세상에서 무얼 하러 여기 왔나. 사랑스런 손주가 있는 사람도 있겠지. 예쁜 아내가 있는 사람도 있겠지. 제가 벌어먹이지 않으면 굶어 죽을 어머니가 있는 사람도 있겠지. 그리고 그들은 자유로 먹고 마시고 자유로 바람을 쏘이고 자유로 자고 있었을 테다. 그러면 그들이 어떤 요구로 여기를 왔나.

그러나 지금의 그들의 머리에는, 독립도 없고 자결도 없고 자유도 없고 사랑스러운 아내나 아들이며 부모도 없고 또는 더위를 깨달을 만한 새로운 신경도 없다. 무거운 공기와 더위에게 괴로움받고 학대받아서 조그맣게 두개골 속에 웅크리고 있는 그들의 피곤한 뇌에 다만 한 가지의 바람이 있다 하면, 그것은 냉수 한 모금이었다. 나라를 팔고 고향을 팔고 친척을 팔고 또는 뒤에 이를 모든 행복을 희생하여서라도 바꿀 값이 있는 것은 냉수 한 모금밖에는 없었다.

즉 그때에 눈에 걸핏 떠오른 것은 (때때로 당하는 현상이거니와) 쫄쫄쫄 쫄 흐르는 샘물과 표주박이었다.

"한 잔만 먹여다고, 제발⋯⋯."

나는 누구에게 비는지 모르게 빌었다. 그리고 힘없는 눈을 또다시, 몸과 몸이 서로 닿아서 썩어서 몸에는 종기투성이요 전 인원의 십 분의 칠은 옴쟁이*인 무리로 향하였다. 침묵의 끝없는 시간은 그냥 흐른다.

---

* 옴 오른 사람을 낮춰 부르는 말.

나는 도로 힘없이 앉았다.

"에, 더워 죽겠다!"

마지막 '죽겠다'는 말은 똑똑히 들리지 않도록 누가 토하는 듯이 말하였다. 그러나 아무도 거기에 대꾸할 용기가 없는지 또 끝없는 침묵이 연속된다.

머리나 몸 가운데 어느 것이든 노동하지 않고는 사람은 못 사는 것이다. 그 사람들이 몇 달 동안을 머리를 쓸 재료가 없이 몸을 움직일 틈이 없이 지내왔으니 어찌 견딜 수가 있을까. 그것도 이 더위에……

더위는 저녁이 되어가며 차차 더하여진다. 모든 세포는 개개의 목숨을 가진 것같이, 더위에 팽창한 몸의 한 부분이라고는 생각할 수가 없었다. 무겁고 뜨거운 공기가 허파에 들어갔다가 나올 때마다 더위는 더하여진다. 이러고야 어찌 열병 환자가 안 날까?

닷새 전에 한 사람 병감으로 나가고, 그저께 또 한 사람 나가고, 오늘 또 두 사람이 앓고 있다.

우리는 간수가 와서 병인을 병감으로 데리고 나갈 때마다, 부러운 눈으로 그들을 보았다. 거기는 한 방에 여남은 사람밖에는 두지 않았다. 그리고 그들에게는 '물'약을 주었다. 뿐만 아니라, 그들은 맑은 공기를 마실 기회가 있었다.

*

"오늘이 일요일이지요?"

나는 변기 위에 올라앉아서 어두운 전등 빛에 이를 잡으면서 곁에 서 있는 사람에게 물었다. (우리는 하룻밤을 삼분三分하고, 사람을 삼분하여 번

갈아 잠을 자고, 남은 사람은 서서 기다리기로 하였다.)

"내니 압네까? 좋은 팁네다만, 삼일날인지 주일날인디……."

그러나 종소리는 그냥 뗑―뗑― 고요한 밤하늘에 울리어온다. 그것은 마치, '여기는 자유로 냉수를 마시고 넓은 자리에서 잘 수 있는 사람이 있다'는 것처럼…….

"사람의 얼굴이 좀 보구 싶어서……."

"그래요. 정 사람의 얼굴이 보구파요."

"종소리 나는 저 세상엔 물두 있을 테지. 넓은 자리두 있을 테지. 바람두, 바람두, 불 테지……."

이렇게 나는 중얼거렸다.

"물? 물? 여보, 말 마오. 나두 밖에 있을 땐 목마르면 물두 먹구 넓은 자리에서 잔 사람이외다."

그는 성가신 듯이 외면을 한다.

그 말을 듣고 보니 나도 밖에 있을 때는 자유로 물을 먹었다. 자유로 버드렁거리며 잤다. 그러나 그것은 지나간 옛적의 꿈과 같이 머리에 남아 있을 뿐이다.

"아이스크림두 있구."

이번은 이편의 젊은 사람이 나를 꾹 찔렀다.

"아이스크림? 그것만? 여보, 그것만? 내겐 마누라두 있소. 뜰의 유월도*두 거반 익어갈 때요!"

나는 이렇게 말하였다. 즉 아까 영감이 성가신 듯이 도로 나를 보며 말한다.

----

* 복숭아.

"마누라? 여보, 젊은 사람이 왜 그런 철없는 소리만 하오? 난 아들이 둘씩이나 있었소. 삼월 야드렛날 뫼골짜기에서 만세 부를 때 집안이 통 떨테나서 불렀소구레. 그르누래는데 툭탁툭탁 총소리가 나더니 데켄* 앞에 있던 맏이가 꼬꾸러딥데다가레. 그래서 그리구 가볼래는데 이번은 녚에 있던 둘째두 또 꼬꾸러디디요. 한꺼번에 아들 둘을 잡아먹구…… 그래서 정신없이 덤비누래니긴…… 음! 그런데 노형은 마누라? 마누라가 대테 무어이요."

"그래서 어찌됐소?"

나는 그냥 이를 잡으면서 물었다.

"내가 알갔소? 난 곧 잽헤왔으니긴. 밥두 차입 안 하구 우티**두 안 보내는 걸 보느긴 죽었나 붸다."

"난 어디카구."

이번은 한 서너 사람 격하여 있는 마흔아믄*** 난 사람이 말을 시작하였다.

"그날 자꾸 부르구 있누래니끼, 그 현병 놈들이 따라옵데다. 그래서 도망덜 해서, 멧기슭에꺼정은 갔는데 뒤를 보아야 더 뛸 데가 없습데다가레. 궁한 쥐, 괭이에게 달려든다구 할 수 있습데까? 맞받아 나갔디요. 그르닝긴 총을 놓기 시작하는데 그러구 여게서 하나 더게서 하나 푹푹 된장독 넘어디덧 꼬꾸라디는데……."

그는 여기서 잠깐 말을 멈추고 그때 일을 생각하는 듯하더니 다시 말을 시작한다.

---

* 저쪽.
** '편지'를 일컫는 말인 듯하다.
*** 마흔 조금 넘은.

"그르누래는데 우리 아우가 맞아 넘어딥데다가레. 그래서 뒤집어 업구 도망할래는데 엎틴 데 덮틴다구 그만 나꺼정 맞아 넘어뎄디요. 정신을 차리니낀 발세 밤인데 들이춥기만 해요. 움쪽을 못 하갔는 걸 게와 벌벌 기어서 좀 가누라니낀 웅성웅성하는 사람 소리가 나요. 아, 사람의 소릴 들으니낀 푹 맥이 풀리는데 고만 쓰러데서 움쪽을 못 하갔시요. 그래서 헐떡거리구 가만있누래는데 발자국 소리가 가까워오더니 "여게두 죽은 놈 하나 있다" 하더니 발루 툭 찹데다가레. 그래서 앓는 소릴 하니낀 죽디 않았다구 것에다가 담는데, 그때 보느낀 헌병덜이야요. 사람이 막다른 골에 들믄 죽디 않게 났습데다. 약질두 안 하구 그대루 내버레둔 것이 이진 다 나아시요."

하며 그가 피투성이의 저고리 자락을 들치니까 거기는 다 나은 흐무러진 총알 자리가 있다.

"난 우리 아바진 (난 맹산서 왔디요) 우리 아바진 헌병대 구류장에서 총 맞아 없어시요. 오십 인이 나를 구류장에 몰아넣구 기관총으루…… 도죽놈들!"

그러나 우리들(자지 않고 서서 기다리기로 한) 가운데도 벌써 잠이 든 사람이 꽤 많았다. 서서 자는 사람도 있다. 변기 위 내 곁에 앉았던 사람도 끄덕끄덕 졸다가 툭 변기에서 떨어졌다. 그리고 떨어진 그대로 잔다. 아래 깔린 사람도 송장이 아닌 증거로는 한두 번 다리를 버둥거릴 뿐 그냥 잔다.

나도 어느덧 잠이 들었는지 모르겠다. 가슴이 답답하여 깨니까 (매일 밤 여러 번씩 당하는 현상이거니와) 내 가슴과 머리는 온통 남의 다리(수십 개의) 아래 깔려 있다. 그것들을 우므적우므적 겨우 뚫고 일어나서 그냥 어깨에 걸려 있는 몇 개의 남의 다리를 치워버리고 무거운 김을 뱉었다.

다리 진열장이었다. 머리와 몸집은 다 어디 갔는지 방 안에 하나도 안 보이고, 다리만 몇 겹씩 포개이고 포개이고 하여 있다. 저편 끝에서 다리가 하나 버드렁거리는가 하면 이편 끝에서는 두 다리가 움질움질하고…… 그것도 송장의 것과 같은 시퍼런 다리를. 이, 사람의 세계를 멀리 떠난 그들에게도 사람과 같이 꿈이 꾸어지는지(냉수 마시는 꿈이라도 꾸는지 모르겠다) 때때로 다리들 틈에서 꿈 소리가 나온다.

아아, 그들도 집에 돌아만 가면 빈약하나마 제나 잘 자리는 넉넉할 것을…….

저편 끝에서 다리가 일여덟 개 들썩들썩하더니 그 틈으로 머리가 하나 쑥 나오다가 긴 숨을 내어쉬고 도로 다리 속으로 스러진다.

이것을 어렴풋이 본 뒤에 나도 자려고 맥난 몸을 남의 다리에 기대었다.

*

아침 세수를 할 때마다 깨닫는 것은, 나는 결코 파래지 않았다는 것이었다. 부었는지 살쪘는지는 모르지만, 하루 종일 더위에 녹고 밤새도록 졸음과 땀에게 괴로움받은 얼굴을 상쾌한 찬물로 씻을 때마다 깨닫는 바가 이것이다. 거울이 없으니 내 얼굴은 알 수 없고 남의 얼굴은 점진적이니 모르지만 미끄러운 땀을 씻고 보등보등한 뺨을 만져볼 때마다 나는 결코 파래지 않았다는 것을 깨닫는다. 그리고 이 세수 뒤의 두세 시간이 우리의 살림 가운데는 그중 값이 있는 살림이며 그중 사람 비슷한 살림이었다. 이때뿐이 눈에는 빛이 있고 얼굴에는 산 사람의 기운이 있었다. 심지어는 머리도 얼마간 동작하며 혹은 농담을 하는 사람까지 생기게 된다. 좀(단 몇 시간만) 지나면 모든 신경은 마비되고 머리를 늘이고 떠도 보지를 못하는 눈을 지리감고 끓는 기름과 같이 숨을 헐떡거릴 사람과 이 사람들 새에는 너무 간격이 있었다.

"이따는 또 더워질 테지요?"

나는 곁의 사람에게 이렇게 말하였다.

"더워요? 덥긴 왜 더워? 이것 보구려. 오히려 추운 편인데……."

그는 엄청스럽게 몸을 떨어본 뒤에 웃는다.

아직 아침은 서늘할 유월 중순이었다. 캘린더가 없으니 날짜는 똑똑히 모르되 음력 단오를 좀 지난 때였다. 하루 종일 받은 더위를 모두 방산한 아침은 얼마간 서늘하였다.

"노형, 어제 공판 갔댔지요?"

이렇게 나는 그 사람에게 물었다.

"예."

"바깥 형편이 어떻습디까?"

"형편꺼정이야 알겠소? 거저 포플러두 새파랗구, 구름도 세차게 날아 다니구, 다 산 것 같습디다. 땅바닥꺼정 움직이는 것 같구. 사람들두 모두 상판이 시커먼 것이 우리 보기에는 도둑놈 관상입디다."

"그것을 한번 봤으면……."

나는 한숨을 쉬었다. 삼월 그믐 아직 두꺼운 솜옷을 입고야 지낼 때에 여기를 들어온 나는 포플러가 푸른빛이었는지 녹빛이었는지 똑똑히 모른다.

"노형두 수일 공판 가겠지요."

"글쎄 언제 한 번은 갈 테지요. 그런데 좋은 소식은 못 들었소?"

"글쎄, 어제 이야기한 거같이 쉬 독립된답디다."

"쉬?"

"한 열흘 있으면 된답디다."

나는 거기에 대꾸를 하려 할 때에 곁방에서 담벽 두드리는 소리가 들렸다. 그것은 ㄱㄴㄷ과 ㅏㅑㅓㅕ를 수數로 한 우리의 암호 신보暗號信報이었다.

"무, 엇, 이, 오."

이렇게 두드렸다.

"좋, 은, 소, 식, 있, 소, 독, 립, 은, 다, 되, 었, 다, 오."

"어, 디, 서, 들, 었, 소."

"오, 늘, 아, 침, 차, 입, 밥, 에, 편, ㅈ."

여기까지 오던 신호는 뚝 끊어졌다.

"보구려. 내 말이 옳지 않나……."

아까 사람이 자랑스러운 듯이 수군거렸다.

"곁방에서 공판 갈 사람 불러낸다. 오늘은……."

"노형, 꼭, 가디."

"글쎄, 꼭 가야겠는데. 사람두 보구, 시퍼런 나무들두 보구, 넓은 데를……."

그러나 우리 방에서는 어제 간수부장에게 매 맞은 그 영감과 그 밖에 영원 맹산 등지 사람 두셋이 불리어 나갈 뿐, 나는 역시 그 축에서 빠졌다.

'언제든, 한 번 간다.'

나는 맛없고 골이 나서 속으로 중얼거렸다. 그러나 그 '언제든'이 과연 언제일까. 오늘은 꼭 오늘은 꼭 이리하여 석 달을 밀려온 나였다. '영구'와 같이 생각되는 석 달을 매일 아침마다 공판 가기를 기다리면서 지내온 나였다. '언제 한때'란 과연 언제일까? 이런 석 달이 열 번 거듭하면 서른 달일 것이다.

"노형은 또 빠뎄구려."

"싫으면 그만두라지. 도죽놈들!"

"이제 한 번 안 가리까?"

"이제? 이제가 대체 언제란 말이오? 십 년을 기다려두 그뿐, 이십 년을 기다려두 그뿐……."

"그래두 한 번이야 안 가리까?"

"나 죽은 뒤에 말이오?"

나는 그에게까지 성을 내었다.

좀 뒤에 아침밥을 먹을 때까지도 나의 마음은 자못 편치 못하였다. 그 것은 바깥 구경할 기회를 빨리 지어주지 않는 관리에게 대함이람보다, 오히려 공판에 불리어 나가게 된 행복된 사람들에게 대한 무거운 시기에 가까운 것이었다.

*

점심을 먹고, 비린내 나는 냉수를 한 대접 다 마신 뒤에 매일 간수의 눈을 기여*가면서 장난하는 바와 같이, 밥그릇을 당기어서 거기에 아직 붙어 있는 밥알을 모두 뜯어서 이기기 시작하였다. 갑갑하고 답답하고 서로 이야기하는 것을 허락지 않고 공상을 하자 하여도 인전** 벌써 재료가 없어진 우리가 가질 수 있는, 다만 하나의 오락이 이것이었다. 때가 묻어서 새까맣게 될 때는 그 밥알은 한 덩어리의 떡으로 변한다. 그 떡은, 혹은 개, 혹은 돼지, 때때로는 간수의 모양으로 빚어져서 마지막에는 변기 속으로 들어간다…….

한참 내 손 속에서 움직이던 떡덩이는, 뿔은 좀 크게 되었지만 한 마리의 얌전한 소가 되어 내 무릎 위에 섰다. 나는 머리를 들었다.

---

* 숨기고 바른대로 말하지 않다. 속이다.
** '인제'의 방언.

아직 장난에 취하여 몰랐지만 해는 어느덧 또 무르녹이기 시작하였다. 빈대 죽인 피가 여기저기 묻은 양회 담벽에는 철창 그림자가 똑똑히 그려져 있다. 사르는 듯한 더위는 등지고 있는 창 밖에서 등을 탁 치고, 안고 있는 담벽에서 반사하여 가슴을 탁 치고, 곁에 빽빽이 있는 사람의 열기로 온몸을 썩인다. 게다가 똥오줌 무르녹은 냄새와, 살 썩은 냄새와 옴 약내에, 매일 수없이 흐르는 땀 썩은 냄새를 합하여, 일종의 독가스를 이룬 무거운 기체는 방에 가라앉아서 환기까지 되지 않는다. 우리의 피곤하여 둔하게 된 감각으로도, 넉넉히 깨달을 수 있는 역한 냄새였다. 간수가 가까이 와서 들여다보지 않는 것도 당연한 일이었다.

그러고 보니 생각나거니와 나뿐 아니라 온 사람의 몸에는 종기투성이였다. 가득 차고 일변 증발하는 변기 위에 올라앉아서 뒤를 볼 때마다 역정 나는 독한 습기가 엉덩이에 묻어서, 거기서 생긴 종기를 이와 빈대가 온몸에 퍼뜨려서 종기투성이 아닌 사람이 없었다.

땀은 온몸에 뚝뚝—이라는 것보다, 좔좔 흐른다.

"에— 땀."

나는 힘없이 중얼거렸다. 이상한 수수께끼와 같은 일이 있었다. 밥 먹은 뒤에 냉수를 벌컥벌컥 마시면 이삼십 분 뒤에는 그 물이 모두 땀으로 되어 땀구멍으로 솟는다. 폭포와 같다 하여도 좋을 땀이 목과 가슴에서 흘러서, 온몸에 벌레 기어다니는 것같이 그 불쾌함은 말할 수 없다.

그러나 땀을 씻는 사람은 하나도 없다. 손가락 하나라도 움직이면 초열지옥焦熱地獄에라도 떨어질 것같이, 흐르는 땀을 씻으려는 사람도 없다.

'얼핏 진찰감診察監에 보내어다고.'

나의 피곤한 머리는 이렇게 빌었다. 아침에 종기를 핑계 삼아 겨우 빌어서 진찰하러 갈 사람 축에 든 나는, 지금 그것밖에는 바랄 것이 없었다.

시원한 공기와 넓은 자리를 (다만 일이십 분 동안이라도) 맛보는 것은 여간한 돈이나 명예와는 바꿀 수 없는 귀중한 것이었다. 그것뿐 아니라, 입감이래로 안부는커녕 어느 감방에 있는지도 모르는 아우의 소식도 알는지도 모르겠다.

즉 뜻하지 않게 눈에 떠오른 것은 집의 일이었다. 희다 못하여 노랗게까지 보이는 햇빛에 반사하는 양회 담벽에 먼저 담배와 냉수가 떠오르고 나의 넓은 자리가 (처음 순간에는 어렴풋하였지만) 똑똑히 나타났다. (어찌하여 그런 조그만 일까지 똑똑히 보였던지 아직껏 이상하게 생각하거니와) 파리만 한 마리, 성냥갑에서 담뱃갑으로 도로 성냥갑으로 왔다 갔다 한다.

"쌍!"

나는 뜨거운 기운을 뱉었다.

"파리까지 자유로 날아다닌다."

성내려야 성낼 용기까지 없어진 머리로 억지로 성을 내고, 눈에서 그 그림자를 지워버리려 하였다. 그러나 담배와 냉수는 곧 없어졌지만 성가신 파리는 끝끝내 떨어지지를 않았다.

나는 손을 들어서 (마치 그 파리를 날리려는 것같이) 두어 번 얼굴을 부친 뒤에 맥없이 아까 만든 소를 쥐었다.

*

공기의 맛이 달다고는, 참으로 경험해보지 못한 사람은 뜻도 못 할 일일 것이다. 역한 냄새 나는 뜨거운 기운을 뱉고 달고 맑은 새 공기를 들이마시는 처음 순간에는, 기절할 듯이 기뻤다.

서늘한 좋은 일기였다. 아까는 참말로 더웠는지 더웠으면 그 더위는 어디로 갔는지, 진찰감으로 가는 동안 오히려 춥다 하여도 좋을 만치 서늘하였다.

그러나 그보다도 더 기쁜 것은 거기서 아우를 만난 일이 있었다.

"어느 방에 있니?"

나는 머리를 간수에게 향한 대로 조그만 소리로 물었다.

"사四감 이二방에."

나는 좀 있다가 또 물었다.

"몇 사람씩이나 있니? 덥지?"

"모두덜 살이 뚱뚱 부었어……."

"도죽놈들. 우리 방엔 사십여 인이 있다. 몸뚱이가 모두 썩는다. 집에 오히려 널거서 걱정인 자리가 있건만, 너 그새 앓지나 않았니?"

"감옥에선 앓을래야 병이 안 나. 더워서 골치만 쏘디……."

"어떻게 여기(진찰감) 나왔니?"

"배 아프다구 거짓부리 하구……."

"난 종처투성이다. 이것 봐라."

하면서 나는 바지를 걷고 푸릿푸릿한 종기를 내어놓았다.

"그런데 너희 방에 옴쟁이는 없니?"

"왜 없어……."

그는, 누구도 옴쟁이고 누구도 옴쟁이고, 알 이름 모를 이름 하여 한 일여덟 사람 부른다.

"그런데 집에서 면회는 왜 안 오는디……."

"글쎄 말이다. 모두들 죽었는지……."

문득 아직껏 생각도 하여보지 않은 일이 머리에 떠오른다. 석 달 동안을 바깥 사람이라고는 간수들밖에는 보지 못한 우리에게는 바깥이 어떤 형편인지는 모를 지경이었다. 간혹 재판소에 갔다 오는 사람도 있기는 하지만, 거기 다니는 길은 야외라, 성 안은 아직 우리가 여기 들어올 때와 같이 음음한 기운이 시가를 두르고 상점은 모두 철전*을 하고 있는지, 혹은 전과 같이 거리에는 흥정이 있고 집 안에는 웃음소리가 터지며 예배당에는 결혼하는 패도 있으며 사람들은 석 달 전에 일어난 그 사건을 거반 잊고 있는지 보기는커녕 알지도 못할 일이었다. 일가나 친척의 소소한 일은 더구나 모를 일이었다.

"다 무슨 변이 생겼나 보다."

"그래두 어제 공판 갔던 사람이 재판소 앞에서 맏형을 봤다는데……."

아우는 근심스러운 얼굴로 이렇게 말하였다. 그러나 그 아우의 마지막 "봤다는데"라는 말과 함께,

"천십칠 호!"

하고 고함치는 소리가 귀에 울리었다. 그것은 내 번호였다.

"네!"

"딘찰."

나는 빨리 일어서서 의사의 앞으로 갔다.

"오데가 아파?"

"여기요."

하고 나는 바지를 벗었다. 의사는 내가 내려놓은 엉덩이와 넓적다리를 얼핏 들여다보고, 요만 것을…… 하는 듯한 얼굴로 말없이 간호수에게 내어 맡긴다. 거기서 껍진껍진한 고약을 받아서 되는대로 쥐어바르고 이번은 진찰 끝난 사람 축에 앉았다.

이때에 아우는 자기 곁에 앉은 사람과 (나 앉은 데까지 들리도록) 무슨 이야기를 둥둥 하고 있었다.

---

* 시장, 가게들이 문을 닫음.

나는 깜짝 놀라서 간수를 보았다. 간수는 아우를 주목하는 모양이었다.

나는 기지개를 하는 듯이 손을 들었다. 아우는 못 보았다. 이번은 크게 기침을 하였다. 그러나 그는 못 들은 모양이었다. 가슴이 떨리기 시작하였다.

'알귀야 할 터인데.'

몸을 움직움직하여 보았지만 그는 이야기에 정신이 팔려서 그냥 그치지 않고 하다가 간수가 두어 걸음 자기에게 가까이 올 때야 처음으로 정신을 차리고 시치미를 떼었다. 그러나 간수는 용서하지 않았다.

채찍의 날카로운 소리가 한 번 나는 순간 아우는 어깨에 손을 대고 쓰러졌다.

피와 열이 한꺼번에 솟아올라 나는 눈이 아득하여졌다.

좀 있다가 감방으로 돌아올 때에 빨리 곁눈으로 아우를 보니, 나를 보내는 그의 눈에는 눈물이 가득하여 있었다. 무엇이 어리고 순결한 그의 눈에 눈물을 고이게 하였나?

나는 바라고 또 바라던 달고 맑은 공기를 맛보기는 맛보았지만, 이를 맛보기 전보다 더 어둡고 무거운 머리를 가지고 감방으로 돌아오게 되었다.

*

저녁을 먹은 뒤에 더위에 쓰러져 있던 나는 아직 내어가지 않은 밥그릇에서 젓가락을 꺼내어 손수건 좌우편 끝을 조금씩 감아서 부채와 같이 만들어서 부쳐보았다. 훈훈하고 냄새나는 바람이 땀 위를 살짝 스쳐서, 그래도 조금의 서늘함을 맛볼 수가 있었다. 이만 지혜가 어찌하여 아직 안 났던고. 나는 정신 잃은 사람같이 팔을 둘렀다. 이 감방 안에서는 처음의, 냄새는 나지만 약간의 바람이 벌레 기어다니는 것같이 흐르던 가슴의 땀을 증발시키느라고 꿀 같은 냉미를 준다. 천장에 딱 붙은 전등이 켜졌다. 그러나 더위는 줄지 않았다. 손수건의 부채는 온 방 안이 흉내 내어 나의 뒷사람으로 말미암아 등도 부쳐졌다. 썩어진 공기가 움직인다.

그러나 우리들의 부채질은 재판소에서 돌아오는 사람들 때문에 중지되지 않을 수가 없었다. 우리 방에서 나갔던 서너 사람도 돌아왔다. 영원 영감도 송장 같은 얼굴로 돌아왔다.

나는 간수가 돌아간 뒤에 머리는 앞으로 향한 대로 손으로 영감을 찾았다.

"형편 어떻습디까?"

"모르갔소."

"판결은 어찌되었소?"

영감은 대답이 없었다. 그의 입은 바늘로 호라매지나* 않았나? 그러나 한참 뒤에 그는 겨우 대답하였다. 그의 목소리는 대단히 떨렸다.

"태형笞刑 구십 도랍니다."

"거 잘됐구려! 이제 사흘 뒤에는, 담배두 먹구, 바람두 쏘이구…… 난 언제나……."

"여보! 잘돼시요? 무어이 잘된단 말이오? 나이 칠십 줄에 들어서서 태 맞으면─말하기두 싫소. 난 아직 죽긴 싫어! 공소했쉐다!"

그는 벌컥 성을 내어 내게 달려들었다. 그러나 그의 말을 들은 뒤의 내 성도 그에게 지지를 않았다.

"여보! 시끄럽소. 노망했소? 당신은 당신이 죽겠다구 걱정하지만, 그래 당신만 사람이란 말이오? 이 방 사십여 인이 당신 하나 나가면 그만큼 자리가 넓어지는 건 생각지 않소? 아들 둘 다 총 맞아 죽은 다음에 뒤상**

---

* '꿰매다'의 방언.
** '늙은이'의 방언.

하나 살아 있으면 무얼 해? 여보!"

나는 곁에 있는 다른 사람들에게 향하였다.

"여게 태형 언도를 공소한 사람이 있답니다."

나는 이상한 소리로 껄껄 웃었다.

다른 사람들도 영감을 용서치 않았다. 노망하였다. 바보로다. 제 몸만 생각한다. 내어쫓아라. 여러 가지의 폄이 일어났다.

영감은 대답이 없었다. 길게 쉬는 한숨만 우리의 귀에 들렸다. 우리들도 한참 비웃은 뒤에는 기진하여 잠잠하였다. 무겁고 괴로운 침묵만 흘렀다.

바깥은 어느덧 어두워졌다. 대동강 빛과 같은 하늘은 온 세상을 덮었다. 그 밑에서 더위와 목마름에 미칠 듯한 우리들은 아무 말 없이 앉아 있었다. 우리들의 입은 모두 바늘로 호라매지나 않았나.

그러나 한참 뒤에 마침내 영감이 나를 찾는 소리가 겨우 침묵을 깨뜨렸다.

"여보."

"왜 그러오?"

"그럼 어떡하란 말이오?"

"이제라두 공소를 취하해야지!"

영감은 또 먹먹하였다. 그러나 좀 뒤에 그는 다시 나를 찾았다.

"노형 말이 옳소. 내 아들 두 놈은 정녕코 다 죽었쉐다. 난 나 혼자 이제 살아서 무얼 하겠소? 취하하게 해주소."

"진작 그럴 게지. 그럼 간수 부릅니다."

"그래 주소."

영감은 떨리는 소리로 말하였다.

나는 패통을 쳤다. 간수는 왔다. 내가 통역을 서서 그의 뜻(이라는 것보다 우리의 뜻)을 말하매 간수는 시끄러운 듯이 영감을 끌어내 갔다.

자리에 돌아올 때에 방 안 사람들의 얼굴을 보니, 그들의 얼굴에는 자리가 좀 넓어졌다는 기쁨이 빛나고 있었다.

*

모깡*, 이것은 우리가 십여 일 만에 한 번씩 가질 수 있는 우리의 가장 큰 행복이다.

"모깡!"

간수의 호령이 들릴 때에 우리들은 줄을 지어서 뛰어나갔다.

뜨거운 해에 쪼인 시멘트 길은 석 달 동안을 쉰 우리의 발에는 무섭게 뜨거웠다. 그러나 그것은 우리의 즐거움의 하나였다. 우리는 그 길을 건너서 목욕통 있는 데로 가서 옷을 벗어던지고, 반고형半固形이라 하여도 좋을 꺼룩한 목욕물에 뛰어 들어갔다.

무엇이라고 형용할 수 없는 즐거움이었다. 곧 곁에는 수도가 있다. 거기서는 어쨌든 맑은 물이 나온다. 그것은 우리들의 머리에서 한때도 떠나 보지 못한 '달콤한 냉수'이었다. 잠깐 목욕통 속에서 덤빈 나는 수도로 나와서 코끼리와 같이 물을 먹었다.

바깥에는 여러 복역수들이 일을 하고 있었다. 그것도 (갑갑함에 겨운) 우리들에게는 부러움의 푯대이었다. 그들은 마음대로 바람을 쏘일 수가 있었다. 목마르면 간수의 허락을 듣고 물을 먹을 수가 있다. 뿐만 아니라, 그들에게는 갑갑함이 없었다.

즉, 어느덧 그치라는 간수의 호령이 울리었다. 우리의 이십 초 동안의 목욕은 이에 끝났다. 우리는 (매를 맞지 않으려고) 시간을 유여치 않고 빨

---

* '목욕'의 방언.

리 옷을 입은 뒤에 간수를 따라서 감방으로 돌아왔다.

꼭 가장 더울 시각이었다. 문을 닫는 다음 순간, 우리는 벌써 더위 속에 파묻혔다. 더위는 즐거움 뒤의 복수라는 듯이 용서 없이 우리를 내려쪼인다.

"벌써 덥다!"

나는 혼잣말로 중얼거렸다.

"매를 맞구라두 좀더 있을걸……."

누가 이렇게 말한다. 서너 사람의 웃음 비슷한 소리가 들렸다. 그러나 그 뒤에는 먹먹하였다. 몇 시간 동안의 침묵이 연속되었다.

우리는 무서운 소리에 화닥닥 놀랐다. 그것은 단말마의 부르짖음이었었다.

"히도쓰(하나), 후다쓰(둘)."

간수의 헤어나가는 소리와 함께,

"아이구 죽겠다, 아이구, 아이구!"

부르짖는 소리가 우리의 더위에 마비된 귀를 찔렀다. 우리는 더위를 잊고 모두들 머리를 들었다. 우리의 몸은 한결같이 떨렸다. 그것은 태 맞는 사람의 부르짖음이었다.

서른까지 헨 뒤에 간수의 소리는 없어지고 태 맞은 사람의 앓는 소리만 처량히 우리의 귀에 들렸다.

둘째 사람이 태형대에 올라간 모양이다.

"히도쓰."

하는 간수의 소리에 연한 것은,

"아유!"

하는 기운 없는 외마디의 부르짖음이었다.

"후다쓰."

"아유!"

"미쓰(셋)."

"아유!"

우리는 그 소리의 주인을 알았다. 그것은 어젯밤 우리가 내어쫓은 그 영원 영감이었다. 쓰린 매를 맞으면서도 우렁찬 신음을 할 기운도 없이 "아유!" 외마디의 소리로 부르짖는 것은 우리가 억지로 매를 맞게 한, 그 영감이었다.

"요쓰(넷)."

"아유!"

"이쓰쓰(다섯)."

"후—."

나는 저절로 목이 늘어지는 것을 깨달았다. 나의 머리에는 어젯밤 그가 이 방에서 끌려 나갈 때의 꼴이 떠올랐다.

"칠십 줄에 든 늙은이가 태 맞구 살길 바라갔소? 난 아무캐 되든 노형들이나……."

그는 이 말을 채 맺지 못하고 초연히 간수에게 끌려 나갔다. 그리고 그를 내어쫓은 장본인은 이 나였다.

나의 머리는 더욱 숙여졌다. 멀거니 뜬 눈에서는 눈물이 나오려 하였다. 나는 그것을 막으려고 눈을 힘껏 감았다. 힘 있게 닫긴 눈은 떨렸다.

—『감자』, 한성도서, 1935.

감자

싸움, 간통, 살인, 도적, 구걸, 징역 이 세상의 모든 비극과 활극의 근원지인, 칠성문 밖 빈민굴로 오기 전까지는, 복녀의 부처는 (사농공상의 제2위에 드는) 농민이었다.

복녀는, 원래 가난은 하나마 정직한 농가에서 규칙 있게 자라난 처녀였다. 이전 선비의 엄한 규율은 농민으로 떨어지자부터 없어졌다 하나, 그러나 어딘지는 모르지만 딴 농민보다는 좀 똑똑하고 엄한 가율이 그의 집에 그냥 남아 있었다. 그 가운데서 자라난 복녀는 물론 다른 집 처녀들과 같이 여름에는 벌거벗고 개울에서 멱 감고, 바짓바람으로 동리를 돌아다니는 것을 예사로 알기는 알았지만, 그러나 그의 마음속에는 막연하나마 도덕이라는 것에 대한 저픔*을 가지고 있었다.

그는 열다섯 살 나는 해에 동리 홀아비에게 팔십 원에 팔려서 시집이라는 것을 갔다. 그의 새서방(영감이라는 편이 적당할까)이라는 사람은 그보다 이십 년이나 위로서, 원래 아버지의 시대에는 상당한 농군으로서 밭도 몇 마지기가 있었으나, 그의 대로 내려오면서는 하나둘 줄기 시작하여서

---

* '두려움'의 옛말.

마지막에 복녀를 산 팔십 원이 그의 마지막 재산이었다. 그는 극도로 게으른 사람이었다. 동리 노인들의 주선으로 소작 밭깨나 얻어주면, 종자만 뿌려둔 뒤에는 후치*질도 안 하고 김도 안 매고 그냥 내버려두었다가는, 가을에 가서는 되는대로 거두어서 "금년은 흉년이네" 하고 전주田主 집에는 가져도 안 가고 자기 혼자 먹어버리고 하였다. 그러니까 그는 한 밭을 이태를 연하여 부쳐본 일이 없었다. 이리하여 몇 해를 지내는 동안 그는 그 동리에서는 밭을 못 얻으리만큼 인심을 잃고 말았다.

복녀가 시집을 간 뒤 한 삼사 년은 장인의 덕택으로 이렁저렁 지나갔으나, 이전 선비의 꼬리인 장인은 차차 사위를 밉게 보기 시작하였다. 그들은 처가에까지 신용을 잃게 되었다.

그들 부처는 여러 가지로 의논하다가 하릴없이 평양성 안으로 막벌이로 들어왔다. 그러나 게으른 그에게는 막벌이나마 역시 되지 않았다. 하루 종일 지게를 지고 연광정에 가서 대동강만 내려다보고 있으니, 어찌 막벌이인들 될까. 한 서너 달 막벌이를 하다가, 그들은 요행 어떤 집 막간(행랑)살이로 들어가게 되었다.

그러나 그 집에서도 얼마 안 하여 쫓겨나왔다. 복녀는 부지런히 주인집 일을 보았지만 남편의 게으름은 어찌할 수가 없었다. 매일 복녀는 눈에 칼을 세워가지고 남편을 채근하였지만, 그의 게으른 버릇은 개를 줄 수는 없었다.

"볫섬 좀 치워달라우요."

"남 졸음 오는데. 님자 치우시관."

"내가 치우나요?"

---

* 땅을 가는 데 쓰는 농기구. '극쟁이'의 방언.

"이십 년이나 밥 먹구 그걸 못 치워!"

"에이구, 칵 죽구나 말디."

"이년, 뭘."

이러한 싸움이 그치지 않다가, 마침내 그 집에서도 쫓겨나왔다.

이젠 어디로 가나? 그들은 하릴없이 칠성문 밖 빈민굴로 밀리어 나오게 되었다.

칠성문 밖을 한 부락으로 삼고 그곳에 모여 있는 모든 사람들의 정업正業은 거러지요, 부업으로는 도적질과 (자기네끼리의) 매음, 그 밖에 이 세상의 모든 무섭고 더러운 죄악이었다. 복녀도 그 정업으로 나섰다.

*

그러나 열아홉 살의 한창 좋은 나이의 여편네에게 누가 밥인들 잘 줄까.

"젊은거이 거랑질은 왜."

그런 소리를 들을 때마다 그는 여러 가지 말로, 남편이 병으로 죽어가거니 어쩌거니 핑계는 대었지만, 그런 핑계에는 단련된 평양 시민의 동정은 역시 살 수가 없었다. 그들은 이 칠성문 밖에서도 가장 가난한 사람 가운데 드는 편이었다. 그 가운데서 잘 수입되는 사람은 하루에 오 리짜리 돈뿐으로 일 원 칠팔십 전의 현금을 쥐고 돌아오는 사람까지 있었다. 극단으로 나가서는 밤에 돈벌이 나갔던 사람은 그날 밤 사백여 원을 벌어가지고 와서 그 근처에서 담배 장사를 시작한 사람까지 있었다.

복녀는 열아홉 살이었다. 얼굴도 그만하면 빤빤하였다. 그 동리 여인들의 보통 하는 일을 본받아서 그도 돈벌이 좀 잘하는 사람의 집에라도 간간 찾아가면 매일 오륙십 전은 벌 수가 있었지만, 선비의 집안에서 자라난 그는 그런 일은 할 수가 없었다.

그들 부처는 역시 가난하게 지냈다. 굶는 일도 흔히 있었다.

　기자묘 솔밭에 송충이가 끓었다. 그때, 평양 '부府'에서는 그 송충이를 잡는 데 (은혜를 베푸는 뜻으로) 칠성문 밖 빈민굴의 여인들을 인부로 쓰게 되었다.

　빈민굴 여인들은 모두 다 지원을 하였다. 그러나 뽑힌 것은 겨우 오십 명쯤이었다. 복녀도 그 뽑힌 사람 가운데 한 사람이었다.

　복녀는 열심으로 송충이를 잡았다. 소나무에 사다리를 놓고 올라가서는, 송충이를 집게로 집어서 약물에 잡아넣고 잡아넣고, 그의 통은 잠깐 새에 차고 하였다. 하루에 삼십이 전씩의 공전이 그의 손에 들어왔다.

　그러나 대엿새 하는 동안에 그는 이상한 현상을 하나 발견하였다. 그것은 다른 것이 아니라, 젊은 여인부 한 여남은 사람은 언제나 송충이는 안 잡고 아래서 지절거리며 웃고 날뛰기만 하고 있는 것이었다. 뿐만 아니라, 그 놀고 있는 인부의 공전은 일하는 사람의 공전보다 팔 전이나 더 많이 내어주는 것이다.

　감독은 한 사람뿐이지만 감독도 그들이 놀고 있는 것을 묵인할 뿐 아니라, 때때로는 자기까지 섞여서 놀고 있었다.

　어떤 날 송충이를 잡다가 점심때가 되어서, 나무에서 내려와서 점심을 먹고 다시 올라가려 할 때에 감독이 그를 찾았다.

　"복네, 애 복네."

　"왜 그릅네까?"

　그는 약통과 집게를 놓은 뒤에 돌아섰다.

　"좀 오나라."

　그는 말없이 감독 앞에 갔다.

　"애, 너, 음…… 데 뒤 좀 가보디 않갔니?"

"뭘 하레요?"

"글쎄, 가야……."

"가디요, 형님."

그는 돌아서면서 인부들 모여 있는 데로 고함쳤다.

"형님두 갑세다가레."

"싫다 애. 둘이서 재미나게 가는데, 내가 무슨 맛에 가갔니?"

복녀는 얼굴이 새빨갛게 되면서 감독에게로 돌아섰다.

"가보자."

감독은 저편으로 갔다. 복녀는 머리를 수그리고 따라갔다.

"복네 좋갔구나."

뒤에서 이러한 고함 소리가 들렸다. 복녀의 숙인 얼굴은 더욱 발갛게 되었다.

그날부터 복녀도 '일 안 하고 공전 많이 받는 인부'의 한 사람으로 되었다.

*

복녀의 도덕관 내지 인생관은 그때부터 변하였다.

그는 아직껏 딴 사내와 관계를 한다는 것을 생각하여본 일도 없었다. 그것은 사람의 일이 아니요 짐승의 하는 짓으로만 알고 있었다. 혹은 그런 일을 하면 탁 죽어지는지도 모를 일로 알았다.

그러나 이런 이상한 일이 어디 다시 있을까. 사람인 자기도 그런 일을 한 것을 보면, 그것은 결코 사람으로 못 할 일이 아니었다. 게다가 일 안 하고도 돈 더 받고, 긴장된 유쾌가 있고, 빌어먹는 것보다 점잖고…….

일본말로 하자면 '삼박자三拍子' 같은 좋은 일은 이것뿐이었다. 이것이야말로 삶의 비결이 아닐까. 뿐만 아니라, 이 일이 있은 뒤부터, 그는 처음으로 한 개 사람이 된 것 같은 자신까지 얻었다.

그 뒤부터는, 그의 얼굴에는 조금씩 분도 바르게 되었다.

*

일 년이 지났다.

그의 처세의 비결은 더욱더 순탄히 진척되었다. 그의 부처는 이제는 그리 궁하게 지내지는 않게 되었다.

그의 남편은 이것이 결국 좋은 일이라는 듯이 아랫목에 누워서 벌신벌신 웃고 있었다.

복녀의 얼굴은 더욱 이뻐졌다.

"여보, 아즈바니, 오늘은 얼마나 벌었소?"

복녀는 돈 좀 많이 번 듯한 거러지를 보면 이렇게 찾는다.

"오늘은 많이 못 벌었쉐다."

"얼마?"

"도무지 열서너 냥."

"많이 벌었쉐다가레, 한 댓 냥 꿰주소고래."

"오늘은 내가……."

어쩌고어쩌고 하면, 복녀는 곧 뛰어가서 그의 팔에 늘어진다.

"나한테 들킨 댐에는 꿔구야 말아요."

"난 원 이 아즈마니 만나문 야단이더라. 자, 꿰주디. 그 대신 응? 알아 있디?"

"난 몰라요. 해해해해."

"모르문, 안 줄 테야."

"글쎄, 알았대두 그른다."

그의 성격은 이만큼까지 진보되었다.

*

가을이 되었다.

칠성문 밖 빈민굴의 여인들은 가을이 되면 칠성문 밖에 있는 중국인의 채마밭에 감자(고구마)며 배추를 도적질하러 밤에 바구니를 가지고 간다. 복녀도 감자깨나 잘 도적질하여 왔다.

어떤 날 밤, 그는 감자를 한 바구니 잘 도적질하여가지고, 이젠 돌아오려고 일어설 때에, 그의 뒤에 시꺼먼 그림자가 서서 그를 꽉 붙들었다. 보니, 그것은 그 밭의 소작인인 중국인 왕 서방이었다. 복녀는 말도 못 하고 멀진멀진 발 아래만 내려다보고 있었다.

"우리 집에 가."

왕 서방은 이렇게 말하였다.

"가재문 가디. 훤, 것두 못 갈까."

복녀는 엉덩이를 한 번 홱 두른 뒤에 머리를 젖히고 바구니를 저으면서 왕 서방을 따라갔다.

한 시간쯤 뒤에 그는 왕 서방의 집에서 나왔다. 그가 밭고랑에서 길로 들어서려 할 때에, 문득 뒤에서 누가 그를 찾았다.

"복네 아니야?"

복녀는 홱 돌아서 보았다. 거기는 자기 곁집 여편네가 바구니를 끼고 어두운 밭고랑을 더듬더듬 나오고 있었다.

"형님이댔쉐까? 형님두 들어갔댔쉐까?"

"님자두 들어갔댔나?"

"형님은 뉘 집에?"

"나? 눅 서방네 집에. 님자는?"

"난 왕 서방네…… 형님 얼마 받았소?"

"눅 서방네 그 깍쟁이 놈, 배추 세 페기……."

"난 삼 원 받았디."

복녀는 자랑스러운 듯이 대답하였다.

십 분쯤 뒤에 그는 자기 남편과, 그 앞에 돈 삼 원을 내어놓은 뒤에, 아까 그 왕 서방의 이야기를 하면서 웃고 있었다.

*

그 뒤부터 왕 서방은 무시로* 복녀를 찾아왔다.

한참 왕 서방이 눈만 멀진멀진 앉아 있으면, 복녀의 남편은 눈치를 채고 밖으로 나간다. 왕 서방이 돌아간 뒤에는 그들 부처는, 일 원 혹은 이 원을 가운데 놓고 기뻐하고 하였다.

복녀는 차차 동리 거지들한테 애교를 파는 것을 중지하였다. 왕 서방이 분주하여 못 올 때가 있으면 복녀는 스스로 왕 서방의 집까지 찾아갈 때도 있었다.

복녀의 부처는 이제 이 빈민굴의 한 부자였다.

*

그 겨울도 가고 봄이 이르렀다.

그때 왕 서방은 돈 백 원으로 어떤 처녀를 하나 마누라로 사오게 되었다.

"흥."

복녀는 다만 코웃음만 쳤다.

---

* 아무 때나.

"복녀, 강짜*하갔구만."

동리 여편네들이 이런 말을 하면, 복녀는 흥 하고 코웃음을 웃고 하였다.

내가 강짜를 해? 그는 늘 힘 있게 부인하고 하였다. 그러나 그의 마음에 생기는 검은 그림자는 어찌할 수가 없었다.

"이놈 왕 서방, 네 두고 보자."

왕 서방의 색시를 데려오는 날이 가까웠다. 왕 서방은 아직껏 자랑하던 기다란 머리를 깎았다. 동시에 그것은 새색시의 의견이라는 소문이 쫙 퍼졌다.

"흥."

복녀는 역시 코웃음만 쳤다.

마침내 색시가 오는 날이 이르렀다. 칠보단장**에 사인교***를 탄 색시가, 칠성문 밖 채마밭 가운데 있는 왕 서방의 집에 이르렀다.

밤이 깊도록, 왕 서방의 집에는 중국인들이 모여서 별한 악기를 뜯으며 별한 곡조로 노래하며 야단하였다.

복녀는 집 모퉁이에 숨어 서서 눈에 살기를 띠고 방 안의 동정을 듣고 있었다.

다른 중국인들은 새벽 두 시쯤 하여 돌아갔다. 그 돌아가는 것을 보면서 복녀는 왕 서방의 집 안에 들어갔다. 복녀의 얼굴에는 분이 하얗게 발리어 있었다.

신랑 신부는 놀라서 그를 쳐다보았다. 그것을 무서운 눈으로 흘겨보면서, 그는 왕 서방에게 가서 팔을 잡고 늘어졌다. 그의 입에서는 이상한 웃

---

* '강샘'을 속되게 이르는 말. 질투.
** 여러 패물로 몸을 꾸미다.
*** 앞뒤로 두 사람씩 네 사람이 메는 가마.

음이 흘렀다.

"자, 우리 집으로 가요."

왕 서방은 아무 말도 못 하였다. 눈만 정처 없이 두룩두룩하였다. 복녀는 다시 한 번 왕 서방을 흔들었다.

"자, 어서."

"우리, 오늘 밤 일이 있어 못 가."

"일은 밤중에 무슨 일."

"그래두, 우리 일이……."

복녀의 입에 아직껏 떠돌던 이상한 웃음은 문득 없어졌다.

"이까짓 것."

그는 발을 들어서 치장한 신부의 머리를 찼다.

"자, 가자우 가자우."

왕 서방은 와들와들 떨었다. 왕 서방은 복녀의 손을 뿌리쳤다.

복녀는 쓰러졌다. 그러나 곧 다시 일어섰다. 그가 다시 일어설 때는, 그의 손에는 얼른얼른하는 낫이 한 자루 들리어 있었다.

"이 되놈, 죽어라, 죽어라, 이놈, 나 때렸디! 이놈아, 아이구, 사람 죽이누나."

그는 목을 놓고 처울면서 낫을 휘둘렀다. 칠성문 밖 외딴 밭 가운데 홀로 서 있는 왕 서방의 집에서는 일장의 활극이 일어났다. 그러나 그 활극도 곧 잠잠하게 되었다. 복녀의 손에 들리어 있던 낫은 어느덧 왕 서방의 손으로 넘어가고, 복녀는 목으로 피를 쏟으면서 그 자리에 고꾸라져 있었다.

*

복녀의 송장은 사흘이 지나도록 무덤으로 못 갔다. 왕 서방은 몇 번을 복녀의 남편을 찾아갔다. 복녀의 남편도 때때로 왕 서방을 찾아갔다. 둘의 새에는 무슨 교섭하는 일이 있었다. 사흘이 지났다.

　밤중에 복녀의 시체는 왕 서방의 집에서 남편의 집으로 옮겼다.

　그리고 그 시체에는 세 사람이 둘러앉았다. 한 사람은 복녀의 남편, 한 사람은 왕 서방, 또 한 사람은 어떤 한방 의사. 왕 서방은 말없이 돈주머니를 꺼내어, 십 원짜리 지폐 석 장을 복녀의 남편에게 주었다. 한방의의 손에도 십 원짜리 두 장이 갔다.

　이튿날 복녀는 뇌일혈로 죽었다는 한방의의 진단으로 공동묘지로 가져갔다.

─『발가락이 닮았다』, 수선사, 1948.

광염 소나타

독자는 이제 내가 쓰려는 이야기를, 유럽의 어떤 곳에 생긴 일이라고 생각하여도 좋다. 혹은 사십 오십 년 뒤에 조선을 무대로 생겨날 이야기라고 생각하여도 좋다. 다만, 이 지구상의 어떠한 곳에 이러한 일이 있었는지도 모르겠다, 있는지도 모르겠다, 혹은 있을지도 모르겠다, 가능성뿐은 있다―이만치 알아두면 그만이다.

그런지라, 내가 여기 쓰려는 이야기의 주인공 되는 백성수白性洙를 혹은 알벨트라 생각하여도 좋을 것이요 짐이라 생각하여도 좋을 것이요 또는 호모胡某나 기무라모木村某로 생각하여도 괜찮다. 다만 사람이라 하는 동물을 주인공 삼아가지고 사람의 세상에서 생겨난 일인 줄만 알면…….

이러한 전제로써, 자 그러면 내 이야기를 시작하자.

*

"기회(찬스)라 하는 것이 사람을 망하게도 하고 흥하게도 하는 것을 아시오?"

"네, 새삼스러이 연구할 문제도 아닐걸요."

"자, 여기 어떤 상점이 있다 합시다. 그런데 마침 주인도 없고 사환도 없고 온통 비었을 적에 우연히 그 앞을 지나가던 신사가―그 신사는 재산도 있고 명망도 있는 점잖은 사람인데—그 신사가 빈 상점을 들여다보고 혹은 이렇게 생각할 수도 있지 않아요? 통 비었으니깐 도적놈이라도 넉넉히 들어갈 게다, 들어가서 훔치면 아무도 모를 테다, 집을 왜 이렇게 비워둔담…… 이런 생각 끝에 혹은 그 그 뭐랄까 그 돌발적 변태 심리로써 조그만 물건 하나(변변치도 않고 욕심도 안 나는)를 집어서 주머니에 넣는 경우가 있을지도 모르지 않겠습니까?"

"글쎄요."

"있습니다, 있어요."

어떤 여름날 저녁이었다. 도회를 떠난 교외 어떤 강변에 두 노인이 앉아서 이런 이야기를 하고 있었다. 그 기회론을 주장하는 사람은 유명한 음악비평가 K씨였다. 듣는 사람은 사회 교화자의 모 씨였다.

"글쎄 있을까요?"

"있어요. 좌우간 있다 가정하고 그러한 경우에는 그 책임은 어디 있습니까?"

"동양 속담 말에 외밭서는 신 끈도 다시 매지 말랬으니 그 신사가 책임을 질까요?"

"그래버리면 그뿐이지만 그 신사는 점잖은 사람으로서 그런 절대적 기묘한 찬스만 아니더라면 그런 마음은커녕 염念도 내지도 않을 사람이라 생각하면 어찌됩니까?"

"……"

"말하자면 죄는 '기회'에 있는데 '기회'라는 무형물은 벌은 할 수가 없으니깐 그 신사를 가해자로 인정할 수밖에는 지금은 없지요."

"그렇습니다."

"또 한 가지—사람의 천재라 하는 것도 경우에 따라서는 어떤 '기회'가 없으면 영구히 안 나타나고 마는 일이 있는데, 그 '기회'란 것이 어떤 사람에게서 그 사람의 '천재'와 '범죄 본능'을 한꺼번에 끌어내었다면 우리는 그 '기회'를 저주하여야겠습니까 축복하여야겠습니까?"

"글쎄요."

"선생은 백성수라는 사람을 아시오?"

"백성수? 자, 기억이 없는데요."

"작곡가로서 그—."

"네, 생각납니다. 유명한 〈광염狂炎 소나타〉의 작가 말씀이지요?"

"네, 그 사람이 지금 어디 있는지 아십니까?"

"모릅니다. 뭐 발광했단 말이 있었는데—."

"네, 지금 ××정신병원에 감금돼 있는데 그 사람의 일대기를 이야기할게 들으시고 사회 교화자로서의 의견을 말씀해주십쇼."

*

내가 이제 이야기하려는 백성수의 아버지도 또한 천분* 많은 음악가였습니다. 나와는 동창생이었는데 학생 시대부터 벌써 그의 천분은 넉넉히 볼 수가 있었습니다. 그는 작곡과를 전공하였는데 때때로 스스로 작곡을 하여서는 밤중에 혼자서 피아노를 두드리고 하여서 우리들로 하여금 뜻하지 않고 일어나게 하고 하였습니다. 그리고 우리는 그 밤중에 울리어오는 야성적 선율에 몸을 소스라치고 하였습니다.

그는 야인野人이었습니다. 광포스런 야성은 때때로 비위에 틀리면 선생을 두들기기가 예사이며 우리 학교 근처의 술집이며 모든 상점 주인들은 그에게 매깨나 안 얻어맞은 사람이 없었습니다. 그러한 야성은 그의 음악

---

* 타고난 재능이나 직분.

속에 풍부히 잠겨 있어서 오히려 그 야성적 힘이 그의 예술을 더 빛나게 하는 것이었습니다.

그러나 그가 학교를 졸업하고 난 뒤에는 그 야성은 다른 곳으로 발전되고 말았습니다. 술! 술! 무서운 술이었습니다. 아침부터 저녁까지, 저녁부터 아침까지, 술잔이 그의 입에서 떠나지를 않았습니다. 그리고 술을 먹고는 여편네들에게 행패를 하고, 경찰서에 구류를 당하고, 나와서는 또 같은 일을 하고…….

작품? 작품이 다 무엇이외까. 술을 먹은 뒤에 취흥에 겨워 때때로 피아노에 앉아서 즉흥으로 탄주를 하고 하였는데 지금 생각하면 그 귀기鬼氣가 사람을 엄습하는 힘과 야성 (베토벤 이래로 근대 음악가에서 발견할 수 없던) 그런 보물이라 하여도 좋을 것이 많았지만 우리들은 각각 제 길 닦기에 바쁜 사람이라 주정꾼의 즉흥악을 일일이 베껴둔다든가 그런 일은 꿈에도 생각하지 않았습니다.

우리들은 그의 장래를 생각하여 때때로 술을 삼가기를 권고하였지만 그런 야인에게 친구의 권고가 무슨 소용이 있겠습니까.

"술? 술은 음악이다!"

하고는 하하하하 웃어버리고 다시 술집으로 달아나고 합니다.

그러한 지 칠팔 년이 지난 뒤에 그는 아주 폐인이 되고 말았습니다. 술이 안 들어가면 그의 손은 떨렸습니다. 눈에는 눈곱이 꼈습니다. 그리고 술이 들어가면, 술이 들어가면 그는 그 광포성을 발휘하였습니다. 누구를 물론하고 붙잡고는 입에 술을 부어 넣어주었습니다. 그러다가는 장소를 불문하고 아무 데나 누워서 잡니다.

사실 아까운 천재였습니다. 우리들 새에는 때때로 그의 천분을 생각하고 아깝게 여기는 한숨이 있었지만 세상에서는 그 '장래가 무서운 한 천재'가 있었다는 것은 몰랐습니다.

그러는 동안에 그는 어떤 양가의 처녀를 어떻게 관계를 맺어서 애까지 뱄습니다. 그러나 그 애의 출생을 보지 못하고 아깝게도 심장마비로 죽어버리고 말았습니다.

그 유복자로 세상에 나온 것이 백성수였습니다.

그러나 우리는 백성수가 세상에 출생되었다는 풍문만 들었지, 그 애 아버지가 죽은 뒤부터는 그 애의 소식이며 그 애 어머니의 소식은 일절 몰랐습니다. 아니, 몰랐다는 것보다, 그 집안의 일은 우리의 머리에서 온전히 잊어버리고 말았습니다.

*

삼십 년이라는 세월이 흘렀습니다.

십 년이면 산천도 변한다 하는데 삼십 년 새의 변천을 어찌 이루 다 말하겠습니까. 좌우간 그동안에 나는 내 이름을 닦아놓았습니다. 아시다시피 지금 K라 하면 이 나라에서 첫 손가락을 꼽는 음악비평가가 아닙니까. 견실한 지도적 비평가 K라면 이 나라의 음악계의 권위이며, 이 나의 한마디는 음악가의 가치를 결정하는 판결문이라 하여도 옳을 만치 되었습니다. 많은 음악가가 내 손 아래서 자랐으며 많은 음악가가 내 지도로써 이름을 날렸습니다.

*

재작년 이른 봄 어떤 날이었습니다.

그때 나는 조용한 밤중의 몇 시간씩을 ○○ 예배당에 가서 명상으로 시간을 보내는 것이 습관이 되어 있었습니다. 언덕 위에 홀로 서 있는 집으로서 조용한 밤중에 혼자 앉아 있노라면 때때로 들보에서 놀라 깬 비둘기의 날개 소리와 간간이 기둥에서 뚝뚝 하는 소리밖에는 아무 소리도 들리지 않는, 말하자면 나 같은 괴상한 성미를 가진 사람이 아니면 돈을 주면서 들어가래도 들어가지 않을 음침한 집이었습니다. 그러나 나 같은 명상을 즐기는 사람에게는 다른 데서 구하기 힘들도록 온갖 것을 가진 집이었습니다. 외따로고 조용하고 음침하며 간간이 알지 못할 신비한 소리까지 들리며 멀리서는 때때로 놀란 듯한 기적(汽笛) 소리도 들리는…… 이것뿐으로도 상당한데, 게다가 이 예배당에는 피아노도 한 대 있었습니다. 예배당에는 오르간은 있을지나 피아노가 있는 곳은 쉽지 않은 것으로서 무슨 흥이나 날 때에는 피아노에 가서 한 곡조 두드리는 재미도 또한 괜찮았습니다.

그날 밤도 (아마 두 시는 지났을걸요) 그 예배당에서 혼자서 눈을 감고 조용한 맛을 즐기고 있노라는데, 갑자기 저편 아래에서 재재하는 소리가 납니다. 그래서 눈을 번쩍 뜨니까 화광이 충천하였는데, 내다보니까 언덕 아래 어떤 집이 불이 붙으며 사람들이 왔다 갔다 야단이었습니다.

이렇게 말하면 어떨지 모르지만 그다지 멀지 않은 곳에서 불붙는 것을 바라보는 맛도 괜찮은 것이었습니다. 일어서는 불길이며 퍼져나가는 연기, 불씨의 날아나는 양, 그 가운데 거뭇거뭇 보이는 기둥, 집의 송장, 재재거리는 사람의 무리, 이런 것은 어떻게 생각하면 과연 시도 될지며 음악도 될 것이었습니다. 옛날에 네로가 로마의 불붙는 것을 바라보면서, 자기는 비파를 들고 노래를 하였다는 것도 음악가의 견지로 보면 그다지 나무랄 것이 아니었습니다.

나도 그때에 그 불을 보고 차차 흥이 났습니다.

……네로를 본받아서 나도 즉흥으로 한 곡조 두드려볼까. 어렴풋이 이런 생각을 하며 나는 그 불을 정신없이 바라보고 있었습니다.

그때였습니다. 갑자기 덜컥덜컥하는 소리가 들리더니 예배당 문이 열리며 웬 젊은 사람이 하나 낭패한 듯이 뛰어 들어왔습니다. 그리고 무엇에 놀란 사람같이 두리번두리번 사면을 살피더니 그래도 내가 있는 것은 못 보았는지 저편에 있는 창 안에 가서 숨어 서서 아래서 붙는 불을 내다봅니다.

나도 꼼짝을 못 하였습니다. 좌우간 심상스런 사람은 아니요 방화범이나 도적으로밖에는 인정할 수 없지 않겠습니까? 그래서 꼼짝을 못 하고 서 있노라니까 그 사람은 한숨을 쉽니다. 그리고 맥없이 두 팔을 늘이고 도로 나가려고 발을 떼려다가 자기 곁에 피아노가 놓인 것을 보더니 교의를 끌어다 놓고 피아노 앞에 주저앉고 말겠지요. 나도 거기는 그만 직업적 흥미에 끌렸습니다. 그래서 무엇을 하나 보자 하고 있노라니까 뚜껑을 열더니 한 번 뚱 하고 시험을 해보아요. 그리고 조금 있더니 다시 뚱뚱 하고 시험을 해보겠지요.

이때부터 그의 숨소리가 차차 높아가기 시작했습니다. 씩씩거리며 몹시 흥분된 사람같이 몸을 떨다가 벼락같이 양 손을 키 위에 갖다가 덮었습니다. 그다음 순간으로 C샤프 단음계의 알레그로가 시작되었습니다.

처음에는 다만 흥미로써 그의 모양을 엿보고 있던 나는 그 알레그로가 울리어나오는 순간 마음은 끝까지 긴장되고 흥분되었습니다.

그것은 순전한 야성적 음향이었습니다. 음악이라 하기에는 너무 힘 있고 무기교無技巧였습니다. 그러나 음악이 아니라기에는 거기는 너무 괴롭고도 무겁고 힘 있는 '감정'이 들어 있었습니다. 그것은 마치 야반의 종소리와도 같이 사람의 마음을 무겁고 음침하게 하는 음향인 동시에 맹수의 부르짖음과 같이 사람으로 하여금 소름 돋치게 하는 무서운 감정의 발현이었습니다. 아아 그 야성적 힘과 남성적 부르짖음, 그 아래 감추어 있는 침통한 주림과 아픔, 순박하고도 아무 기교가 없는 그 표현!

나는 덜썩 그 자리에 주저앉고 말았습니다. 그리고 음악가의 본능으로써 뜻하지 않고 주머니에서 오선지와 연필을 꺼내었습니다. 피아노의 울리어 나아가는 소리에 따라서 나의 연필은 오선지 위에서 뛰놀았습니다.

좀 급속도로 시작된 빈곤, 거기 연하여 주림, 꺼져가는 불꽃과 같은 목숨, 그러한 것을 지나서 한참 연속되는 완서조緩徐調*의 압축된 감정, 갑자기 튀어져 나오는 광포. 거기 연한 쾌미快味 홍소哄笑─이리하여 주화조主和調로서 탄주는 끝이 났습니다. 더구나 그 속에 나타나 있는 압축된 감정이며 주림 또는 맹렬한 불길 등이 사람의 마음에 주는 그 처참함이며 광포성은 나로 하여금 아직 '문명'이라 하는 것의 은택에 목욕하여보지 못한 야인野人을 연상케 하였습니다.

탄주가 다 끝이 난 뒤에도 나는 정신을 못 차리고 망연히 앉아 있었습니다. 물론 조금이라도 음악의 소양이 있는 사람일 것 같으면 이제 그 소나타를 음악에 대하여 정통으로 아무러한 수양도 받지 못한 사람이 다만 자기의 천재적 즉흥뿐으로 탄주한 것임을 알 것입니다. 해결이 없이 감칠도 화현減七度和絃이며 증육도 화현增六度和絃을 범벅으로 섞어놓았으며 금칙禁則인 병행 오팔도竝行五八度까지 집어넣은 것으로서, 더구나 스케르초**는 온전히 뽑아먹은, 대담하다면 대담하고 무식하다면 무식하달 수도 있는 방분 자유한 소나타였습니다.

이때에 문득 내 머리에 떠오른 것은 삼십 년 전에 심장마비로 죽은 백○○였습니다. 그의 음악으로서 만약 정통적 훈련만 뽑고 거기다가 야성을 더 집어넣으면 지금 내 눈앞에 있는 그 음악가의 것과 같은 것이 될 것

---

* 느린 곡조.
** 교향곡 등의 제3악장에 쓰이는 3박자의 빠른 곡으로, 격렬한 리듬과 급격한 변화가 특징이다.

이었습니다. 귀기가 사람을 엄습하는 듯한 그 힘과 방분스런 표현과 야성―이것은 근대 음악가에게 구하기 힘든 보물이었습니다.

그 소나타에 취하여 한참 정신이 어리둥절히 앉았던 나는 고즈넉이 일어서서, 그 피아노 앞에 가서 그의 어깨에 가만히 손을 얹었습니다. 한 곡조를 타고 나서 아주 곤한 듯이 정신이 없이 앉아 있던 그는 펄떡 놀라며 일어서서 내 얼굴을 보았습니다.

"자네 몇 살 났나?"

나는 그에게 이렇게 첫말을 물었습니다. 가슴이 답답한 나로서는 이런 말밖에는 갑자기 다른 말이 생각 안 났습니다. 그는 높은 창에서 들어오는 달빛을 받고 있는 내 얼굴을 한순간 쳐다보고 머리를 돌이키고 말았습니다.

"배고프나?"

나는 두 번째 그에게 물었습니다.

그는 시끄러운 듯이 벌떡 일어섰습니다. 그리고 달빛이 비친 내 얼굴을 정면으로 바라보다가,

"아, K 선생님 아니세요?"

하면서 나를 붙들었습니다. 그래서 그렇노라고 하니깐,

"사진으로는 늘 봤습니다마는……."

하면서 다시 맥없이 나를 놓으며 머리를 돌렸습니다.

그 순간, 그가 머리를 돌이키는 순간 달빛에 얼핏, 나는 그의 얼굴을 처음으로 보았습니다. 그리고 나는 거기서 뜻밖에 삼십 년 전에 죽은 벗 백 ○○의 모습을 발견하였습니다.

"자, 자네 이름이 뭔가?"

"백성수……."

"백성수? 그 백○○의 아들이 아닌가. 삼십 년 전에, 자네가 나오기 전에 세상 떠난……."

그는 머리를 번쩍 들었습니다.

"네? 선생님 어떻게 아세요?"

"백○○의 아들인가? 같이두 생겼다. 내가 자네의 아버지와 동창이네. 아아, 역시 그 애비의 아들이다."

그는 한숨을 길게 쉬며 머리를 수그려버렸습니다.

*

나는 그날 밤 그 백성수를 데리고 집으로 돌아왔습니다. 그리고 비록 작곡상 온갖 법칙에는 어그러진다 하나 그만치 힘과 정열과 야성으로 찬 소나타를 거저 버리기가 아까워서 다시 한 번 피아노에 올라앉기를 명하였습니다. 아까 예배당에서 내가 베낀 것은 알레그로가 거의 끝난 곳부터였으므로 그 전 것을 베끼기 위해서였습니다.

그는 피아노를 향하여 앉아서 머리를 기울였습니다. 몇 번 손으로 키를 두드려보다가는 다시 머리를 기울이고 생각하고 하였습니다. 그러나 다섯 번 여섯 번을 다시 하여보았으나 아무 효과도 없었습니다. 피아노에서 울려나오는 음향은 규칙 없고 되지 않은 한낱 소음騷音에 지나지 못하였습니다. 야성? 힘? 귀기? 그런 것은 없었습니다. 감정의 재뿐이 있었습니다.

"선생님 잘 안 됩니다."

그는 부끄러운 듯이 연하여 고개를 기울이며 이렇게 말하였습니다.

"두 시간도 못 되어서 벌써 잊어버린담?"

나는 그를 밀어놓고 내가 대신하여 피아노 앞에 앉아서 아까 베낀 그 음보를 펴놓았습니다. 그리고 내가 베낀 곳부터 다시 시작하였습니다.

화염! 화염! 빈곤, 주림, 야성적 힘, 기괴한 감금당한 감정! 음보를 보면서 타던 나는 스스로 흥분이 되었습니다. 미상불* 그때는 내 눈은 미친 사람같이 번득였으며 얼굴은 흥분으로 새빨갛게 되었을 것이었습니다.

즉 그때에 그가 갑자기 달려들더니 나를 떠밀쳐버렸습니다. 그리고 자기가 대신하여 앉았습니다.

의자에서 떨어진 나는 너무 흥분되어 다시 일어날 힘도 없이 그 자리에 앉은 대로 그의 양을 쳐다보았습니다. 그는 나를 밀쳐버린 다음에 그 음보를 들고서 읽기 시작하였습니다. 아아 그의 얼굴! 그의 숨소리가 차차 높아지면서 눈은 미친 사람과 같이 빛을 내기 시작하였습니다. 그러더니 그 음보를 홱 내어던지며 문득 벼락같이 그의 두 손은 피아노 위에 덧업혔습니다.

'C샤프 단음계'의 광포스런 '소나타'는 다시 시작되었습니다. 폭풍우같이 또는 무서운 물결같이 사람으로 하여금 숨 막히게 하는 그 힘, 그것은 베토벤 이래로 근대 음악가에서 보지 못하던 광포스런 야성이었습니다. 무섭고도 참담스런 주림, 빈곤, 압축된 감정, 거기서 튀어져 나온 맹염猛炎, 공포, 홍소―아아 나는 너무 숨이 답답하여 뜻하지 않고 두 손을 홰홰 내저었습니다.

*

그날 밤이 새도록, 그는 흥분이 되어서 자기의 과거를 일일이 다 이야기하였습니다. 그 이야기에 의지하면 대략 그의 경력이 이러하였습니다.

그의 어머니는 그를 밴 뒤에 곧 자기의 친정에서 쫓겨나왔습니다.

그때부터 그의 가난함은 시작되었습니다.

그러나 교양이 있고 어진 그의 어머니는 품팔이를 할지언정 성수는 곱

---

* 아닌 게 아니라 과연.

게 길렀습니다. 변변치는 않으나마 오르간 하나를 준비하여두고, 그가 잠
자렬 때에는 슈베르트의 〈자장가〉로써 그의 잠을 도왔으며 아침에 깰 때
는 하루 종일 유쾌히 지내게 하기 위하여 도 랜드의 〈세컨드 왈츠〉로써
그의 원기를 돋우었습니다.

그는 세 살 났을 적에 어머니의 품에 안겨서 오르간을 장난하여보았습
니다. 이 오르간을 장난하는 것을 본 어머니는 근근이 돈을 모아서 그가
여섯 살 나는 해에 피아노를 하나 샀습니다.

아침에는 새소리, 바람에 버석거리는 포플러잎, 어머니의 사랑, 부엌에
서 국 끓는 소리, 이러한 모든 것이 이 소년에게는 신비스럽고도 다정스
러워 그는 피아노에 향하여 앉아서 생각나는 대로 키를 두드리고 하였습
니다.

이러한 가운데 고이 소학과 중학도 마치었습니다. 그러는 동안에 음악
에 대한 동경은 그의 가슴에 터질 듯이 쌓였습니다.

중학을 졸업한 뒤에는 인젠 어머니를 위하여 그는 학업을 중지하지 않
을 수가 없었습니다. 그는 어떤 공장의 직공이 되었습니다. 그러나 어진
어머니의 교육 아래서 길러난 그는 비록 직공은 되었다 하나 아주 온량한
사람이었습니다.

그리고 음악에 대한 집착은 조금도 줄지 않았습니다. 비록 돈이 없어서
정식으로 음악 교육은 못 받을망정 거리에서 손님을 끄느라고 틀어놓은
유성기 앞이며 또는 일요일날 예배당에서 찬양대의 노래에 젊은 가슴을
뛰놀리던 그였습니다. 집에서는 피아노 앞을 떠나본 일이 없었습니다.

때때로 비상한 감흥으로 오선지를 내어놓고 음보를 그려본 적도 한두
번이 아니었습니다. 그러나 이상한 것은 그만치 뛰놀던 열정과 터질 듯한
감격도 음보로 그려놓으면 아무 긴장도 없는 싱거운 음계가 되어버리고

하였습니다. 왜? 그만치 천분이 있고 그만치 열정이 있던 그에게서 왜 그런 재와 같은 음악만 나왔느냐고 물으실 테지요. 거기 대하여서는 이따가 설명하리다.

감격과 불만 열정과 재, 비상한 흥분과 그 흥분에 대한 반비례되는 시원치 않은 결과 이러한 불만의 십 년이 지났습니다.

*

그의 어머니는 문득 몹쓸 병에 걸렸습니다.

자양과 약값, 그의 몇 해를 근근이 모았던 돈은 차차 줄기 시작하였습니다. 조금이라도 안락한 생활이 되기만 하면 정식으로 음악에 대한 교육을 받으려고 모아두었던 저금은 그의 어머니의 병에 다 들어갔습니다. 그러나 그의 어머니의 병은 차도가 보이지 않았습니다.

그리하여, 그와 내가 그 예배당에서 만나기 전 해 여름 어떤 날, 그의 어머니는 도저히 회복할 가망이 없는 중태에까지 빠지게 되었습니다. 그러나 그때는 벌써 그에게는 돈이라고는 다 떨어진 때였습니다.

그날 아침, 그는 위독한 어머니를 버려두고 역시 공장에를 갔습니다. 그러나 아무리 하여도 마음이 놓이지 않아서 일을 중도에 그만두고 집으로 돌아왔습니다. 그때는 어머니는 벌써 혼수상태에 빠져 있었습니다. 가슴이 덜컥 내려앉은 그는 황급히 다시 뛰어나갔습니다. 그러나 어디로? 무얼 하러? 뜻 없이 뛰어나와서 한참 달음박질하다가, 그는 문득 정신을 차리고 의사라도 청할 양으로 얼른 돌아섰습니다.

그때였습니다. 아까 내가 말한 바 '기회'라는 것이 그때에 그의 앞에 나타났습니다. 그것은 조그만 담뱃가게 앞이었는데 가게와 안방과의 새의 문은 닫혀 있고 안에는 미상불 사람이 있을지나 가게를 보는 사람은 눈에 안 띄었습니다. 그리고 그 담배 상자 위에는 오십 전짜리 은전 한 닢과 동전 몇 닢이 놓여 있었습니다.

그는 자기로도 무엇을 하는지 몰랐습니다. 의사를 청하여 오려면, 다만 몇십 전이라도 돈이 있어야겠단 어렴풋한 생각만 가지고 있던 그는, 한 번 사면을 살핀 뒤에 벼락같이 그 돈을 쥐고 달아났습니다.

그러나 그는 이십 간도 뛰지 못하여 따라오는 그 집 사람에게 붙들렸습니다.

그는 몇 번을 사정하였습니다. 마지막에는 자기의 어머니가 명재경각命在頃刻이니, 한 시간만 놓아주면 의사를 어머니에게 보내고 다시 오마고까지 하여보았습니다. 그러나, 그런 말은 모두 헛소리로 돌아가고, 그는 마침내 경찰서로 가게 되었습니다.

경찰서에서 재판소로 재판소에서 감옥으로―이러한 여섯 달 동안에 그는 이를 갈면서 분해하였습니다. 자기 어머니의 운명이 어찌되었나. 그는 손과 발을 동동 구르면서 안타까워했습니다. 만약 세상을 떠났다 하면 떠나는 순간에 얼마나 자기를 찾았겠습니까. 임종에도 물 한 잔 떠 넣어줄 사람이 없는 어머니였습니다. 애타하는 그 모양, 목말라하는 그 모양을 생각하고는 그 어머니에게 지지 않게 자기도 애타하고 목말라했습니다.

반년 뒤에 겨우 광명한 세상에 나와서 자기의 오막살이를 찾아가매 거기는 벌써 다른 사람이 들어 있었으며 그의 어머니는 반년 전에 아들을 찾으며 길에까지 기어나와서 죽었다 합니다.

공동묘지를 가보았으나 분묘조차 발견할 수가 없었습니다.

이리하여 갈 곳이 없이 헤매던 그는 그날도 역시 잘 곳을 찾으러 헤매다가 그 예배당(나하고 만난)까지 뛰쳐 들어온 것이었습니다.

*

여기까지 이야기해오던 K씨는 문득 말을 끊었다. 그리고 마도로스 파

이프를 꺼내어 담배를 피워가지고 빨면서 모 씨에게 향하였다.

"선생은 이제 내가 이야기한 가운데 모순된 점을 발견 못 하셨습니까?"

"글쎄요."

"그럼 내가 대신 물으리다. 백성수는 그만치 천분이 많은 음악가였는데 왜 그 〈광염 소나타〉(그날 밤의 소나타를 〈광염 소나타〉라고 그랬습니다)를 짓기 전에는 그만치 흥분되고 긴장되었다가도 일단 음보로 만들어놓으면 아주 힘없는 것이 되어버리고 했겠습니까?"

"그게야 미상불 그때의 흥분이 〈광염 소나타〉를 지을 때의 흥분만 못한 연고겠지요."

"그렇게 해석하세요? 듣고 보니 그것은 한 해석이 되기는 합니다. 그러나 나는 그렇게 해석 안 하는데요."

"그럼 K 씨는 어떻게 해석하십니까?"

"나는, 아니, 내 해석을 말하는 것보다 그 백성수한테서 내게로 온 편지가 한 장 있는데, 그것을 보여드리리다. 선생은 오늘 바쁘시지 않으세요?"

"일은 없습니다."

"그러면 우리 집까지 잠깐 같이 가보실까요?"

"가지요."

두 노인은 일어섰다.

도회와 교외의 경계에 달린 K 씨의 집에까지 두 노인이 이른 때는 오후 너덧 시가 된 때였다.

두 노인은 K 씨의 서재에 마주 앉았다.

"이것이 이삼 일 전에 백성수한테서 내게로 온 편지인데 읽어보세요."

K 씨는 서랍에서 기다란 편지 뭉치를 꺼내어 모 씨에게 주었다. 모 씨는 받아서 폈다.

"가만, 여기서부터 보세요. 그 전에는 쓸데없는 인사이니까."

*

……(중략) 그리하여 그날도 또한 이제 밤을 지낼 집을 구하느라고 돌아다니던 저는 우연히 그 집, 제가 전에 돈 오십여 전을 훔친 집 앞에까지 이르렀습니다. 깊은 밤 사면은 고요한데 그 집 앞에서 잘 곳을 구하느라고 헤매던 저는 문득 마음속에 무서운 복수의 생각이 일어났습니다. 이 집만 아니었다면, 이 집 주인이 조금만 인정이라는 것을 알았다면, 저는 그 불쌍한 제 어머니로서 길에까지 기어나와서 세상을 떠나게 하지는 않았겠습니다. 분묘가 어디인지조차 알지 못하여 꽃 한 번 갖다가 꽂아보지 못한 이러한 불효도 이 집 때문이외다. 이러한 생각에 참지를 못하여, 그 집 앞에 가려 있는 볏짚에다가 불을 놓았습니다. 그리고 거기 서서 불이 집으로 옮아가는 것을 다 본 뒤에 갑자기 무서운 생각이 나서 달아났습니다.

좀 달아나다 보매 아래서는 벌써 사람이 꾀어들기 시작한 모양인데 이때에 저의 머리에 타오르는 생각은 통쾌하다는 생각과 달아나려는 생각뿐이었습니다. 그리하여 저는 몸을 숨기기 위하여 앞에 보이는 예배당 안으로 뛰어 들어갔습니다.

거기서 불이 다 꺼지도록 구경을 한 뒤에 나오려다가 피아노를 보고…….

*

"이 보세요."

K 씨는 편지를 보는 모 씨를 찾았다.

"비상한 열정과 감격은 있어두 그것이 그대로 표현 안 된 것이 그것 때문이었습니다. 즉 성수의 어머니는 몹시 어진 사람으로서 어렸을 때부터 성수의 교육을 몹시 힘을 들여서 착한 사람이 되도록, 이렇게 길렀습니다 그려. 그 어진 교육 때문에 그가 하늘에서 타고난 광포성과 야성이 표면 상에 나타나지를 못하였습니다. 그 타오르는 야성적 열정과 힘이 음보音譜로 그려놓으면 아주 힘없는, 말하자면 김빠진 술과 같이 되고 하는 것이 모두 그 때문이었습니다그려. 점잖고 어진 교훈이, 그의 천분을 못 발휘하게 한 셈이지요."

"흠."

"그것이, 그 사람 성수가, 감옥 생활을 할 동안에 한 번 씻기기는 하였으나, 그러나 사람의 교양이라 하는 것은 온전히 씻지는 못하는 것이외다.

그러다가, 그 '원수'의 집 앞에서 갑자기, 말하자면 돌발적으로 야성과 광포성이 나타나서 불을 놓고 예배당 안에 숨어 서서 그 야성적 광포적 쾌미를 한껏 즐긴 다음에, 그에게서 폭발하여 나온 것이 그 〈광염 소나타〉였구려.

일어서는 불길, 사람의 비명, 온갖 것을 무시하고 퍼져나가는 불의 세력—이런 것은 사실 야성적 쾌미 가운데 으뜸이 되는 것이니깐요."

"……."

"아셨습니까. 그러면 그다음에 그 편지의 여기부터 또 보세요."

*

……(중략) 저는 그날의 일이 아직 눈앞에 어리는 듯하외다. 선생님이 저를 세상에 소개하시기 위하여 늙으신 몸이 몸소 피아노에 앉으셔서 초대한 여러 음악가들 앞에서 제 〈광염 소나타〉를 탄주하시던 그 광경은 지금 생각하여도 제 눈에서 눈물이 나오려 합니다. 그때에 그 손님 가운데 부인 손님 두 분이 기절을 한 것은 결코 〈광염 소나타〉의 힘뿐이 아니고

선생의 그 탄주의 힘이 많이 섞인 것을 뉘라서 부인하겠습니까. 그 뒤에 여러 사람 앞에 저를 내어세우고,

"이 사람이 〈광염 소나타〉의 작자이며 삼십 년 전에 우리를 버려두고 혼자 간 일대의 귀재 백○○의 아들이외다."

고 소개를 하여주신 그때의 그 감격은 제 일생에 어찌 잊사오리까.

그 뒤에 선생님께서 저를 위하여 꾸며주신 방도 또한 제 마음에 가장 맞는 방이었습니다. 널따란 북향 방에 동남쪽 귀에 든든한 참나무 침대가 하나, 서북쪽 귀에 아무 장식 없는 참나무 책상과 의자, 피아노가 하나씩, 그 밖에는 방 안에 장식이라고는 서남쪽 벽에 커다란 거울이 하나 있을 뿐, 덩그렇게 넓은 방은 사실 밤에 전등 아래 앉아 있노라면 저절로 소름이 끼치도록 무시무시한 방이었습니다. 게다가 방 안은 모두 꺼먼 칠을 하고, 창밖에는 늙은 홰나무의 고목이 한 그루 서 있는 것도 과연 귀기가 돌았습니다. 이러한 가운데서 선생님은 저로 하여금 방분스러운 음악을 낳도록 애써주셨습니다.

저도 그런 환경 아래서 좋은 음악을 낳아보려고 얼마나 애를 썼겠습니까. 어떤 날 선생님께 작곡에 대한 계통적 훈련을 원할 때에 선생님은 이렇게 대답하셨습니다.

"자네에게는 그러한 교육이 필요가 없어. 마음대로 나오는 대로 하게. 자네 같은 사람에게 계통적 훈련이 들어가면 자네의 음악은 기계화해버리고 말아. 마음대로 온갖 규칙과 규범을 무시하고 가슴에서 터져나오는 대로……"

저는 이 말씀의 뜻을 똑똑히는 몰랐습니다. 그러나 대략한 의미뿐은 통하였습니다. 그리하여 저는 마음대로 한껏 자유스러운 음악의 경지를 개척하려 하였습니다.

그러나 그동안에 제가 산출한 음악은 모두 이상히도 저의 이전(제 어머니가 아직 살아 계실 때)의 것과 마찬가지로 아무러한 힘도 없는 음향의 유희에 지나지 못하였습니다.

저는 얼마나 초조하였겠습니까. 때때로 선생님께서 채근 비슷이 하시는 말씀은 저로 하여금 더욱 초조하게 하였습니다. 그리고 마음이 초조하면 초조할수록 제게서 생겨나는 음악은 더욱 나약한 것이 되었습니다.

저는 때때로 그 불붙던 광경을 생각하여보았습니다. 그리고 그때에 통쾌하던 감정을 되풀이하여보려 하였습니다. 그러나 그것 역시 실패에 돌아갔습니다.

때때로 비상한 열정으로 음보를 그려놓은 뒤에 몇 시간을 지나서 다시 한 번 읽어보면 거기는 아무 힘이 없는 개념만 있고 하였습니다.

저의 마음은 차차 무거워지기 시작하였습니다. 그리고 큰 기대를 가지고 계신 선생님께도 미안하기가 짝이 없었습니다.

"음악은 공예품과 달라서 마음대로 만들고 싶은 때에 되는 것이 아니니 마음 놓고 천천히 감흥이 생긴 때에……."

이러한 선생님의 위로의 말씀을 듣기가 제 살을 깎아먹는 듯하였습니다. 그러나 제 마음상은 인제는 제게서 다시 힘 있는 음악이 나올 기회가 없는 것같이만 생각되었습니다.

이러는 동안에 무위의 몇 달이 지났습니다.

어떤 날 밤중, 가슴이 너무 무겁고 가슴속에 무엇이 가득 찬 것같이 거북하여서, 저는 산보를 나섰습니다. 무거운 머리와 무거운 가슴과 무거운 다리를 지향 없이 옮기면서 돌아다니다가 저는 어떤 곳에서 커다란 볏짚 낟가리를 발견하였습니다.

이때의 저의 심리를 어떻게 형용하였으면 좋을지 저는 모르겠습니다.

저는 무슨 무서운 적敵을 만난 것같이 긴장되고 흥분되었습니다. 저는 사면을 한 번 살펴보고, 그 낟가리에 달려가서 불을 그어서 놓았습니다. 그리고 갑자기 무서움증이 생겨서 돌아서서 달아나다가, 멀찌가니까지 달아나서 돌아보니까, 불길은 벌써 하늘을 찌를 듯이 일어났습니다. 왁, 왁, 꺄, 꺄, 사람들이 부르짖는 소리도 들렸습니다. 저는 다시 그곳까지 가서, 그 무서운 불길에 날아 올라가는 볏짚이며, 그 낟가리에 연달아 있는 집을 헐어내는 광경을 구경하다가 문득 흥분되어서 집으로 돌아왔습니다.

그날 밤에 된 것이 〈성난 파도〉이었습니다.

그 뒤에 이 도회에서 일어난, 알지 못할 몇 가지의 불은, 모두 제가 질러놓은 것이었습니다. 그리고, 불이 있던 날 밤마다 저는 한 가지의 음악을 얻었습니다. 며칠을 연하여 가슴이 몹시 무겁다가 그것이 마침내 식체*와 같이 거북하고 답답하게 되는 때는 저는 뜻 없이 거리를 나갑니다. 그리고 그러한 날은 한 가지의 방화 사건이 생겨나며 그날 밤에는 한 곡의 음악이 생겨났습니다.

*

그러나 그것도 번수가 차차 많아갈 동안, 저의, 그 불에 대한 흥분은 반비례로 줄어졌습니다. 온갖 것을 용서하지 않는 불꽃의 잔혹함도, 그다지 제 마음을 긴장시키지 못하였습니다.

"차차, 힘이 적어져가네."

선생님께서 제 음악을 보시고 이렇게 말씀하신 것이 그러한 때였습니다.

그러나, 저는 게서 더할 도리가 없었습니다. 하는 수 없이 저는 한동안 음악을 온전히 잊어버린 듯이 내버려두었습니다.

---

* 음식이 잘 소화되지 않고 탈이 남.

*

모 씨가 성수의 마지막 편지를 여기까지 읽었을 때에, K씨가 찾았다.

"재작년 봄에서 가을에 걸쳐서, 원인 모를 불이 많지 않았습니까. 그것이 죄 성수의 장난이었습니다그려."

"K씨는 그것을 온전히 모르셨습니까?"

"나요? 몰랐지요. 그런데, 그 어떤 날 밤이구려. 성수는 기대에 반해서, 우리 집으로 온 지 여러 달이 됐지만, 한 번도 힘 있는 것을 지어본 일이 없겠지요. 그래서, 저 사람에게 무슨 흥분될 재료를 줄 수가 없나 하고 혼자 생각하며 있더랬는데, 그때에 저―편―."

K씨는 손을 들어 남편 쪽 창을 가리켰다.

"저―편 꽤 멀리서 불붙는 것이 눈에 뜨입디다그려. 그래서 저것을 성수에게 보이면, 혹 그때의 감정(그때는, 나는 그 담배 장수네 집에 불이 일어난 것도 성수의 장난인 줄은 꿈에도 생각 안 했구려)을 부활시킬지도 모르겠다, 이렇게 생각하구 성수의 방으로 올라가려는데, 문득 성수의 방에서 피아노 소리가 울려나옵디다그려. 나는 올라가려던 발을 부지중 멈추고 말았지요. 역시 C샤프 단음계로서, 제일곡은 뽑아먹고, 아다지오에서 시작되는데, 고요하고 잔잔한 바다, 수평선 위로 넘어가려는 저녁 해, 이러한 온화한 것이 차차 스케르초로 들어가서는 소낙비, 풍랑, 번개질, 무서운 바람 소리, 우레질, 전복되는 배, 곤해서 물에 떨어지는 갈매기, 한번 뒤집어지면서 해일에 쓸려나가는 동네 사람의 부르짖음―흥분에서 흥분, 광포에서 광포, 야성에서 야성, 온갖 공포와 포학한 광경이 눈앞에 어릿거리는데, 이 늙은 내가 그만 흥분에 못 견디어, 뜻하지 않고 "그만두어 달라"고 고함친 것만으로도 짐작하시겠지요. 그리고 올라가서 보니깐, 그는 탄주를 끝내고 피곤한 듯이 피아노에 기대고 앉아 있고, 이제 탄주한 것은 벌써 〈성난 파도〉라는 제목 아래 음보로 되어 있습니다."

"그러면 성수는 불을 두 번 놓고, 두 음악을 얻었다는 말씀이지요?"

"그렇지요. 그리고, 그 뒤부터는 한 십여 일 건너서는 하나씩 지었는데, 그것이 지금 보면, 한 가지의 방화 사건이 생길 때마다 생겨난 것이었습니다. 그러나, 그의 편지마따나, 얼마 지나서부터는 차차 그 힘과 야성이 적어지기 시작했지요. 그래서―."

"가만계십쇼. 그 사람이 그다음에도 〈피의 선율〉이나 그 밖에 유명한 곡조를 여러 개 만들지 않았습니까?"

"글쎄 말이외다. 거기 대한 설명은 그 편지를 또 보십쇼. 여기서부터 또 보시면 알리다."

*

……(중략) ××다리 아래로서 나오려는데, 무엇이 발길에 채는 것이 있었습니다. 성냥을 그어가지고 보니깐, 그것은 웬 늙은이의 송장이었습니다. 저는 그것이 무서워서 달아나려다가, 돌아서려던 발을 다시 돌이켰습니다. 그리고,

선생님은 이제 제가 쓰는 일을 이해하여주실는지요. 그것은 너무도 기괴한 일이라 저로서도 믿어지지 않는 일이었습니다. 그 송장을 타고 앉았습니다. 그리고 그 송장의 옷을 모두 찢어서 사면으로 내어던진 뒤에, 그 벌거벗은 송장을, (제 힘이라 생각되지 않는) 무서운 힘으로써 높이 처들어서, 저편으로 내어던졌습니다. 그런 뒤에는, 마치 고양이가 알을 가지고 놀듯, 다시 뛰어가서 그 송장을 들어서, 도로 이편으로 던졌습니다. 이렇게 몇 번을 하여 머리가 깨지고, 배가 터지고―그 송장은 보기에도 참혹스러이 되었습니다. 그리하여 그 송장을 다시 만질 곳이 없이 된 뒤에, 저는 그만 곤하여 그 자리에 앉아서 쉬려다가 갑자기 마음이 긴장되고 흥분

되어서, 집으로 달려왔습니다.

그날 밤에 된 것이 〈피의 선율〉이었습니다.

*

"선생은 이러한 심리를 아시겠습니까?"

"글쎄요."

"아마, 모르실걸요. 그러나 예술가로서는 능히 머리를 끄덕일 수 있는 심리외다. 그리고 또 여기를 읽어보십시오."

*

……(중략) 그 여자가 죽었다는 것은 제게는 사실 뜻밖이었습니다.

저는, 그날 밤 혼자 몰래 그 여자의 무덤을 찾아갔습니다. 그리고 칠팔 시간 전에 묻어놓은 그의 무덤의 흙을 다시 파서 그의 시체를 꺼내어놓았습니다.

푸르른 달빛 아래 누워 있는 아름다운 그의 모양은 과연 선녀와 같았습니다. 가볍게 눈을 닫고 있는 창백한 얼굴, 곧은 콧날, 풀어헤친 검은 머리—아무 표정도 없는 고요한 얼굴은 더욱 처염함*을 도왔습니다. 이것을 정신이 없이 들여다보고 있던 저는 갑자기 흥분이 되어, 아아, 선생님 저는 이 아래를 쓸 용기가 없습니다. 재판소의 조서를 보시면 저절로 아실 것이올시다.

그날 밤에 된 것이 〈사령死靈〉이었습니다.

*

"어떻습니까?"

"……."

---

* 처절할 정도로 아름다움.

"네?"

"……."

"언어도단*이에요? 선생의 눈으로는 그렇게 뵈시리다. 또 여기를 읽어 보십쇼."

*

……(중략) 이리하여 저는 마침내 사람을 죽인다 하는 경우에까지 이르렀습니다. 그리고 한 사람이 죽을 때마다 한 개의 음악이 생겨났습니다. 그 뒤부터 제가 지은 그 모든 것은 모두 다 한 사람씩의 생명을 대표하는 것이었습니다.

*

"인전 더 보실 것이 없습니다. 그런데 그만큼 보셨으면 성수에 대한 대략한 일은 아셨을 터인데, 거기 대한 의견이 어떻습니까?"

"……."

"네?"

"어떤 의견 말씀이오니까?"

"어떤 '기회'라는 것이 어떤 사람에게서, 그 사람의 가지고 있는 천재와 함께, '범죄 본능'까지 끌어내었다 하면, 우리는 그 '기회'를 저주하여야겠습니까 혹은 축복하여야겠습니까? 이 성수의 일로 말하자면 방화, 사체 모욕, 시간屍姦**, 살인, 온갖 죄를 다 범했어요. 우리 예술가협회에서 별로 수단을 다 써서 정부에 탄원하고 재판소에 탄원하고 해서 겨우 성수를 정신병자라 하는 명목 아래 정신병원에 감금했지, 그렇지 않으면

* 어이없어 말하려고 해도 할 말이 없다.
** 시체를 간음함.

당장에 사형이 아닙니까. 그런데 이제 그 편지를 보셔도 짐작하시겠지만 통상시에는 그 사람은 아주 명민하고 점잖고 온화한 청년입니다. 그러나, 때때로 그, 뭐랄까, 그 흥분 때문에 눈이 아득하여져서 무서운 죄를 범하고 그 죄를 범한 다음에는 훌륭한 예술을 하나씩 산출합니다. 이런 경우에 우리는 그 죄를 밉게 보아야 합니까, 혹은 그 범죄 때문에 생겨난 예술을 보아서 죄를 용서하여야 합니까?"

"그게야 죄를 범치 않고 예술을 만들어냈으면 더 좋지 않습니까?"

"물론이지요. 그러나 이 성수 같은 사람도 있는 것이니깐 이런 경우엔 어떻게 해결하렵니까?"

"죄를 벌해야지요. 죄악이 성하는 것을 그냥 볼 수는 없습니다."

K씨는 머리를 끄덕였다.

"그렇겠습니다. 그러나 우리 예술가의 견지로는 또 이렇게 볼 수도 있습니다. 베토벤 이후로는 음악이라 하는 것이 차차 힘이 빠져가서 꽃이나 계집이나 찬미할 줄 알고 연애나 칭송할 줄 알아서 선이 굵은 것은 볼 수가 없이 되었습니다. 게다가 엄정한 작곡법이 있어서 그것은 마치 수학의 방정식과 같이 작곡에 대한 온갖 자유스런 경지를 제한해놓았으니깐 이후에 생겨나는 음악은 새로운 길을 개척하기 전에는 한 기술이 될 것이지 예술이 될 수는 없습니다. 예술가에게는 이것이 쓸쓸해요. 힘 있는 예술, 선이 굵은 예술, 야성으로 충일된 예술─우리는 이것을 기다린 지 오랬습니다. 그럴 때에, 백성수가 나타났습니다. 사실 말이지 백성수의 그새의 예술은 그 하나하나가 모두 우리의 문화를 영구히 빛낼 보물입니다. 우리의 문화의 기념탑입니다. 방화? 살인? 변변치 않은 집개, 변변치 않은 사람개는 그의 예술의 하나가 산출되는 데 희생하라면 결코 아깝지 않습니다. 천 년에 한 번, 만 년에 한 번 날지 못 날지 모르는 큰 천재를, 몇

개의 변변치 않은 범죄를 구실로 이 세상에서 없이하여버린다 하는 것은
더 큰 죄악이 아닐까요. 적어도 우리 예술가에게는 그렇게 생각됩니다."

  K씨는 마주 앉은 노인에게서 편지를 받아서 서랍에 집어넣었다. 새빨
간 저녁 해에 비치어서 그의 늙은 눈에는 눈물이 반득였다.

—『발가락이 닮았다』, 수선사, 1948.

발가락이 닮았다

노총각 M이 혼약을 하였다.

우리들은 이 소식을 들을 때에 뜻하지 않고 서로 얼굴을 마주 보았습니다.

M은 서른두 살이었습니다. 세태가 갑자기 변하면서 혹은 경제 문제 때문에, 혹은 적당한 배우자가 발견되지 않기 때문에, 혹은 단지 조혼早婚이라 하는 데 대한 반항심 때문에, 늦도록 총각으로 지내는 사람이 많아가기는 하지만, 서른두 살의 총각은 아무리 생각하여도 좀 너무 늦은 감이 없지 않았습니다. 그래서 그의 친구들은 아직껏 기회가 있을 때마다 그에게 채근 비슷이, 결혼에 대한 주의를 하고 하였습니다. 그러나, M은 언제나 그런 의론을 받을 때마다 (속으로는 매우 흥미를 가진 것이 분명한데) 겉으로는 고소*로써 친구들의 말을 거절하고 하였습니다. 그러던 M이 우리의 모르는 틈에 어느덧 혼약을 한 것이외다.

M은 가난하였습니다. 매우 불안정한 어떤 회사의 월급쟁이였습니다. 이 뿌리 약한 그의 경제 상태가 그로 하여금 늦도록 총각으로 지내게 한

---

* 쓴웃음.

듯도 합니다. 그리고 이 때문에 친구들은 M의 총각 생활을 애석히 생각하여 장가들기를 권하는 것이었습니다.

그러나 나뿐은 M이 장가를 가지 않는 데 다른 종류의 해석을 내리고 있었습니다. 의사라는 나의 직업이 발견한 M의 육체적의 결함—이것 때문에 M은 서른이 넘도록 총각으로 지낸다, 나는 이렇게 믿고 있었습니다.

M은, 학생 시대부터 대단한 방탕 생활을 하였습니다. 방탕이래야 금전상의 여유가 부족한 그는, 가장 하류에 속하는 방탕을 하였습니다. 오십 전 혹은 일 원만 생기면, 즉시로 우동집이나 유곽으로 달려가던 그였습니다. 체질상, 성욕이 강한 그는, 그 불붙는 성욕을 끄기 위하여 눈앞에 닥치는 기회는 한 번도 놓치지 않았습니다. 친구들을 만날지라도, 음식을 한턱하라기보다 유곽을 한턱하라는 그였습니다.

"질質로는 모르지만, 양量으로는 세계의 누구에게든 그다지 지지 않을 테다."

관계한 여인의 수효에 대하여 이렇게 발언하기를 주저치 않으리만치, 그는 선택이라는 도정을 밟지 않고 '집어세었'습니다.* 스물서너 살에 벌써 이백 명은 넘으리라는 것을 발표하였습니다. 서른 살 때는 벌써 괴승怪僧 신돈辛旽이를 멀리 눈 아래로 굽어보았을 것입니다. 그런지라, 온갖 성병을 경험하지 못한 것이 없었습니다. 더구나, 술이 억배요, 그 위에 유달리 성욕이 강한 그는, 성병에 걸린 동안도 결코 삼가지를 않았습니다. 일년 삼백육십여 일 그에게서 성병이 떠나본 적은 없었습니다. 늘 농이 흐르고, 한 달 건너큼 고환염睾丸炎으로써, 걸음걸이도 거북스러운 꼴을 하여가지고 나한테 주사를 맞으러 오고 하였습니다. 그러는 동안에도, 오십

---

* 정신없이 마구 먹었습니다.

전, 혹은 일 원만 생기면 또한 성행위를 합니다. 이런지라 무론 그는 생식 능력이 없어진 사람이었습니다.

이 일을 잘 아는 나는, M이 결혼을 안 하는 이유를 여기다가 연결시켜 가지고, 그의 도덕심(?)에 동정까지 하고 있었습니다. 일생을 빈곤한 가운데서 보내고, 늙은 뒤에도 슬하도 없이 쓸쓸하게 지낼 그, 더구나 자기를 봉양할 슬하가 없기 때문에, 백발이 되도록 제 손으로 이 고해를 헤엄쳐 나갈 그는, 과연 한 가련한 존재이겠습니다.

이렇던 M이 어느덧 우리가 모르는 틈에 우물쭈물 혼약을 한 것이외다.

하기는 며칠 전에 이런 일이 있었습니다. 그날 저녁을 먹은 뒤에, 혼자서 신간 치료 보고서를 읽고 있을 때에 M이 찾아왔습니다. 그리고 비교적 어두운 얼굴로, 내가 묻는 이야기에도 그다지 시원치 않은 듯이 입술엣대답을 억지로 하고 있다가, 이런 질문을 나에게 던졌습니다.

"남자가 매독을 앓으면 생식을 못 하나?"

"괜찮겠지."

"임질은?"

"글쎄, 고환을 오카사레루(침범당하다) 하지 않으면 괜찮어."

"고환은—내 친구 가운데 고환염을 앓은 사람이 있는데, 인제는 생식을 못 하겠다고 비관이 여간이 아니야. 고환을 오카사레루 하면 절대 불가능인가? 양쪽 다 앓았다는데……."

"그것도 경하게 앓았으면 영향 없겠지."

"가령 그 경하다 치면, 내가 앓은 게 그게 경한 편일까, 중한 편일까?"

나는 뜻하지 않고 그의 얼굴을 보았습니다. 중하기도 그만치 중하게 앓은 뒤에, 지금 그게 경한 게냐 중한 게냐 묻는 것이 농담으로밖에는 들리지 않았으므로…… M의 얼굴은 역시 무겁고 어두웠습니다. 무슨 중대한 선고를 기다리는 사람과 같이 눈을 푹 내리뜨고 나의 대답을 기다리고 있었습니다. 잠시 그의 얼굴을 바라본 뒤에, 나는 어이가 없어서,

"아주 경한 편이지."

이렇게 대답하여버렸습니다.

"경한 편?"

"그럼."

이리하여 작별을 하였는데, 지금에 이르러 생각하면 그 저녁의 그 문답이 오늘날의 그의 혼약을 이루게 하지 않았는가 합니다.

*

M이 혼약을 하였다는 기보奇報를 가지고 온 것은 T라는 친구였습니다. 그때는 마침 (다 M을 아는) 친구가 너덧 사람 모여 있을 때였습니다.

"골동骨董 국보 하나 없어졌다."

누가 이런 비평을 가하였습니다. 나는 T에게 이렇게 물었습니다.

"그래 연애로 혼약이 된 셈인가요?"

"연애? 연애가 다 무에요. 갈보 나카이*밖에는 여자라는 걸 모르는 녀석이, 어디서 연애의 대상을 구하겠소?"

"그럼 지참금持參金이라도 있답디까?"

"지참금이란 뉘 집 애 이름이오?"

나는 여기서 이 혼약에 대하여 가장 불유쾌한 한 면을 보았습니다. 삼십이 넘도록 총각으로 지낸 그로서, 연애라 하는 기묘한 정사 때문에 그 절節을 굽혔다면, 그것은 도리어 축하할 일이지 책할 일이 아니외다. 지참금을 바라고 혼약을 하였다 하여도, 지금의 세상에 살아가는 우리로서

---

* 요릿집에서 손님을 접대하거나 잔심부름 하는 여성.

(더구나 그의 빈곤을 잘 아는 처지인지라) 크게 욕할 수가 없는 일이외다. 그러나 연애도 아니요, 금전 문제도 아닌 이 혼약에서는, 가장 불유쾌한 한 가지의 결론밖에는 얻을 수가 없습니다.

"그럼—."

나는 가장 불유쾌한 어조로 이렇게 말하였습니다.

"유곽에 다닐 비용을 경제하기 위하여 마누라를 얻는 셈이구려."

이 혹평에 대하여는 T는 마땅치 않다는 듯이 나를 보았습니다.

"그렇게 혹언할 것도 아니겠지요. M도 벌써 서른두 살이던가, 세 살이던가, 좌우간 그만하면 차차로 자식도 무릎에 앉혀보고 싶을 게고, 그렇다고 마땅한 마누라를 선택할 길이나 방법은 없고—."

"자식? 고환염을 그만침이나 심히 앓은 녀석에게 자식? 자식은—."

불유쾌하기 때문에 경솔히도 직업적 비밀을 입 밖에 낸 나는 하던 말을 중도에 끊어버렸습니다. 그러나 이미 한 말까지는 도로 삼킬 수가 없었습니다.

"네? 그게 무슨 말씀이오?"

M의 생식능력에 대하여 사면에서 질문이 들어왔습니다. 이미 한 말에 대하여 책임을 지지 않을 수 없는 나는, 그 말을 돌려 꾸미기에 한참 애를 썼습니다. 단언할 수는 없지만 혹은 M은 생식능력이 없을지도 모른다. 그러나 진찰을 안 해본 바이니까, 혹은 또한 생식능력이 있을지도 모른다. M이 너무도 싱거운 혼약을 한 데 대하여 불유쾌하여 그런 혹언은 하였지만 그 말은 취소한다. 이러한 뜻으로 꾸며대었습니다. 그리고 그 좌석에 있던 스무 살쯤 난 젊은이가,

"외려 일생을 자식 없이 지내면 편치 않아요?"

이러한 의견을 내는 데 대하여, '젊은이로서는 도저히 이해할 수 없는 혈

속*의 애정'이라는 문제와, 그 문제를 너무도 무시하는 이즘의 풍조에 대한 논평으로 말머리를 돌려버리고 말았습니다.

M은 몰래 결혼식까지 하였습니다. 그의 친구들로서 M의 결혼식의 날짜를 미리 안 사람은 한 사람도 없었습니다. 뿐만 아니라, 지금 모두들 제각기 하는 소위 신식 혼례식을 하지 않고, 제 집에서 구식으로 하였습니다. 모 여고보 출신인 신부는 구식 결혼식이 싫다고 하였지만, M이 억지로 한 것이라 합니다.

이리하여 유곽에서는 한 부지런한 손님을 잃어버렸습니다.

*

"독점이라 하는 건 참 유쾌하거든."

결혼한 뒤에 M은 어떤 친구에게 이런 말을 하였다 합니다. 비록 연애로써 성립된 결혼은 아니지만, 그다지 실패의 결혼은 아닌 듯하였습니다. 오십 전, 혹은 일 원의 돈을 내어던지고 순간적 성욕의 만족을 사던 이 노총각이, 꿈에도 생각지 못할 독점을 하였으매, 그의 긍지가 작지 않았을 것이외다. 연애결혼은 아니었지만 결혼한 뒤에 연애가 생긴 듯하였습니다. 언제든 음침한 기분이 떠돌던 그의 얼굴이, 그럴싸해서 그런지 좀 밝아진 듯하였습니다.

"복 받거라."

우리들, 더구나 나는 그들의 결혼을 심축하였습니다. 처음에는 한낱 M의 성행위의 기구로 M과 결합케 된 커다란 희생물인 그의 젊은 아내를 위하여, 이것이 행복된 결혼이 되기를 축수하였습니다. 동기는 여하튼 결과에 있어서 아름다운 열매를 맺어라. 너의 아내로서, 한 개 '희생물'이

---

* 혈통을 이을 피붙이.

되지 않게 하여라. 어머니로서의 즐거움을 맛볼 기회가 없는 너의 아내에게, 그 대신 아내로서는 남에게 곱 되는 즐거움을 맛보게 하여라. M의 일을 생각할 때마다 진심으로 이렇게 축수하였습니다.

신혼의 며칠이 지난 뒤부터는 M이 자기의 젊은 아내를 학대한다는 소문이 조금씩 들렸습니다. 완력을 사용한단 말까지 조금씩 들렸습니다. 그러나, 나는 이 문제는 그다지 크게 생각지 않았습니다. 이런 소문이 귀에 들어올 때마다, 나는 『아라비안 나이트』의 마신魔神의 이야기를 머릿속에서 되풀이하여보고 하였습니다.

어떤 어부가 그물질을 하고 있었습니다. 그런데 한번 그물을 끌어올리니까 거기는 고기는 없고, 그 대신, 병이 하나 걸려 있었습니다. 병은 마개가 닫혀 있고, 그 위에 납으로 굳게 봉함까지 되어 있었습니다. 어부는 잠시 주저한 뒤에 그 병의 봉함을 뜯고 마개를 뽑아보았습니다. 즉, 병에서는 한 줄기 검은 연기가 하늘로 올라갔습니다. 그리고 하늘로 올라간 그 연기는 차차 뭉쳐서 거기는 커다란 마신이 나타났습니다.

"나를 이 병 속에 감금한 것은 선지자 솔로몬이다. 이 병 속에 갇혀 있는 동안 나는 스스로 맹세하였다. 백 년 안에 나를 구해주는 사람이 있으면, 나는 그 사람에게 거대한 부富를 주겠다고. 그리고 백 년을 기다렸지만 아무도 나를 구해주는 사람이 없었다. 그래서 나는 다시 맹세했다. 인제 다시 백 년 안으로 나를 구해주는 사람이 있으면 나는 그 사람에게 이 세상에 있는 보배를 다 주겠다고. 그리고 헛되이 백 년을 더 기다린 뒤에, 백 년을 더 연기해서 그 백 년 안에 나를 구해주는 사람이 있으면, 그 사람에게 이 세상에서 가장 큰 권세와 영화를 주겠다고— 그러나 그 백 년이 다 지나도 역시 구해주는 사람은 없었다. 그래서 나는 마지막으로 다시 맹세했다. 인제 누구든지 나를 구해주는 놈이 있거든 당장에 그놈을

죽여서 그새 갇혀 있던 그 분풀이를 하겠다고."

이것이 병 속에서 나온 마신의 이야기였습니다. M이 자기의 젊은 아내를 학대한다는 소문이 들릴 때에, 나는 이 이야기를 생각지 않을 수가 없었습니다. 삼십이 지나도록 총각으로 지낸 그 고통과 고적함에 대한 분풀이를 제 아내에게 하는 것이라 했습니다. 그리고, 실컷 학대해라 실컷 학대해라, 더욱 축수하였습니다.

*

M이 결혼한 지 일 년이 거의 된 어떤 날 저녁이었습니다. 그와 나는 어떤 곳에서 저녁을 같이 하고 있었습니다.

그의 얼굴은 이날 유난히 어둡고 무거웠습니다. 그는 음식에는 거의 손을 대지 않고 술만 들이켜고 있었습니다. 본시 말이 많지 않은 그가 이날은 더욱 입이 무거웠습니다.

몹시 취하여 더 술을 먹지 못하리만치 되어서, 그는 처음으로 자발적으로 입을 열었습니다. 충혈이 된 그의 눈은 무시무시하게 번득였습니다.

"여보게, 여보게, 속이지 말구 진정으로 말해주게. 내게 생식능력이 있겠나?"

"글쎄, 검사를 해봐야지."

나는 이만치 하여 넘기려 하였습니다.

"그럼 한번 진찰해봐 주게."

"왜 갑자기―."

그는 곧 대답하려 하였습니다. 그러나 나오려던 말을 삼켰습니다. 그리고 다시 술을 한 잔 먹은 뒤에 눈을 푹 내려뜨며 말했습니다.

"아니, 다른 게 아니라, 내게 만약 생식능력이 없다면 저 사람(자기의 아내)이 불쌍하지 않나. 그래서, 없는 게 판명되면, 아직 젊었을 때에 헤져서 저 사람이 제 운명을 다시 개척할 '때'를 줘야지 않겠나? 그래서 말 일세."

"진찰해보아야지."

"그럼 언제 해보세."

그 며칠 뒤에 나는 M의 아내가 임신했다는 소문을 듣고 깜짝 놀랐습니다. 검사해볼 필요도 없습니다. M은 그 능력이 없을 것입니다. 그런데 M의 아내는 임신했습니다.

그리고 며칠 전에 M이 검사하겠다던 마음을 짐작했습니다. 그것은 결코 그날의 제 말마따나 '아내의 장래를 위하여' 하려는 것이 아니고, 아내에게 대한 의혹 때문에 하여보려는 것일 것이외다. 자기도 온전히 모르는 바는 아니로되, 십중팔구는 자기는 생식불능자일 텐데 자기의 아내는 임신을 한 것이외다.

생각하면 재미있는 연극이외다. 생식능력이 없는 M은, 그런 기색도 뵈지 않고 결혼을 하였습니다. 그리하여 M에게로 시집을 온 새 아내는 임신을 하였습니다. 제 남편이 생식불능자인 줄을 모르는 아내는, 뻐젓이 자기의 가진 죄의 씨를 M에게 자랑하고 있을 것이외다. 일찍이 자기가 생식불능자인지도 모르겠다는 점을 밝혀주지 않은 M은, 지금 이 의혹의 구렁텅이에서도 제 아내를 책할 권리가 없을 것이외다. 그가 검사를 하겠다 하나, 검사를 하여서 자기가 불구자인 것이 판명된 뒤에는 어떤 수단을 취할는지 짐작도 할 수가 없습니다. 아내의 음행을 책하자면, 자기의 사기적 행위를 폭로시키지 않을 수가 없을 것이외다. 그것을 감추자면, 제 번민만 더욱 크게 할 것이외다.

어떤 날 그는 검사를 하자고 왔습니다. 그때 마침 환자가 몇 사람 밀려 있던 관계상, 나는 그를 내 사실에 가서 좀 기다리라 하고, 환자 처리를 다 하고 내려갔습니다. 그랬더니 그는 나를 기다리지 않고 돌아가버렸습니다.

이튿날 그는 다시 왔습니다. 그러나 그는 또 돌아가버렸습니다.

나도 사실 어찌하여야 할지 똑똑히 마음을 작정치 못했던 것이외다. 검사한 뒤에 당연히 사멸해 있을 생식능력을, 살아 있다고 하자니, 그것은 나의 과학적 양심이 허락지 않는 바외다. 그러나 또한 사멸하였다고 하자니, 이것은 한 사람의 일생을 망쳐버리는 무서운 선고에 다름없습니다. M이라 하는 정당한 남편을 두고도 불의의 쾌락을 취하는 M의 아내는 분명히 책받을 여인이겠지요. 그러나 또한 다른 편으로 이 사건을 관찰할 때에, 내가 눈을 꾹 감고 그릇된 검안을 내린다면 그로 인하여, 절대로 불가능하던 M이 슬하에 사랑스런 자식(?)을 두고 거기서 노후의 위안도 얻을 수 있을 것이요, 만사가 원만히 해결될 것이외다.

내가 자유로 선택할 수 있는 두 가지의 갈래길에 서서, 나는 어느 편 길을 취하여야 할지 판단을 주저하고 있었습니다.

이 문제가 사오 일 뒤에 저절로 해결이 되었습니다. 그날도 역시 침울한 얼굴로 찾아온 M에게 대하여 나는 의리상,

"오늘 검사해보자나?"

하니깐 그는 간단히 대답하였습니다.

"벌써 했네."

"응? 어디서?"

"P병원에서."

"그래서 결과는?"

"살았다데."

"?"

나는 뜻하지 않고 그의 얼굴을 보았습니다. 그것은 의외의 대답을 들은 때문이라기보다 오히려 "살았다데" 하는 그의 음성이 너무 침통하기 때문에……

이렇게 대답하는 동안 나는 내가 하마터면 질 뻔한 괴로운 임무에서 벗어난 안심을 느끼는 동시에, P병원에서의 검안의 의외에 눈을 크게 뜨지 않을 수가 없었습니다.

내 눈을 만난 M의 눈은 낭패한 듯이 이리저리 돌아다녔습니다. 그리고 나는 그 눈으로 그가 방금 한 말이 거짓말이었음을 알았습니다.

그럼 그는 왜 거짓말을 하였나. 자기의 아내의 명예를 보호하기 위하여? 세상과 및 제 마음을 속여가면서라도 자식을 슬하에 두어보기 위하여? 나는 그의 마음을 알 수가 없었습니다.

그가 입을 열었습니다. 무겁고 침울한 음성이었습니다 .

"여보게, 자네 이런 기모치(기분) 알겠나?"

"어떤?"

그는 잠시 쉬어서 말을 시작했습니다.

"월급쟁이가 월급을 받았네. 받은 즉시로 나와서 먹고 쓰고 사고, 실컷 마음대로 돈을 썼네. 막상 집으로 돌아가는 길일세. 지갑 속에 돈이 몇 푼 안 남아 있을 것은 분명해. 그렇지만 지갑을 못 열어봐. 열어보기 전에는 혹은 아직은 꽤 많이 남아 있겠거니 하는 요행심도 붙일 수 있겠지만, 급기 열어보면 몇 푼 안 남은 게 사실로 나타나지 않겠나? 그게 무서워서 아직 있거니, 스스로 속이네그려. 쌀도 사야지. 나무도 사야지. 열어보면 그걸 살 돈이 없는 게, 사실로 나타날 테란 말이지. 그래서 할 수 있는 대로 지갑에서 손을 멀리하고 제 집으로 돌아오네. 그 기모치 알겠나?"

나는 머리를 끄덕이었습니다.

"알겠네."

그는 다시 입을 봉하였습니다. 그러나 그때에 나는 알았습니다. M은 검사도 하여보지 않은 것이외다. 그는 무서워합니다. 그는 검사를 피합니다. 자기의 아내가 임신을 하였습니다. 그것은, 상식으로 판단하여 무론 남편의 아이일 것이외다. 거기에 대하여 의심을 품을 자는 하나도 없을 것이외다. 의심을 품을 필요도 없는 것이외다. 왜? 여인이 남편을 맞으면 원칙상 임신을 하는 것이 당연한 일이니깐.

이 의심할 필요가 없는 일을 의심하다가 향기롭지 못한 결과가 나타나면 이것은 자작지얼自作之孽로서 원망을 할 곳이 없을 것이외다. 벌의 둥지를 건드리는 것은 어리석은 짓이외다. 십중팔구는 향기롭지 못한 결과가 나타날 '검사'를 M은 회피한 것이외다. 절망을 스스로 사지 않으려, 그리고 번민 가운데서도 끝끝내 일루*의 희망을 붙여두려 M은 온전히 '검사' 라는 위험한 벌의 둥지를 건드리지 않기로 한 것이외다. 그리고 상식으로 판단할 수 있는 (제 아내의 뱃속에 있는) 자식에게 대하여, 억지로 애정을 가져보려 결심한 것이외다. 검사를 하여서 정충이 살아 있다면 다행한 일이지만, 사멸하였다면 시재 제 아내와의 새에 생길 비극과 분노와 절망은 둘째 두고라도, 일생을 슬하에 혈육이 없이 보내고, 노후에 의탁할 곳을 가질 가능성조차 없는 절망의 지위에 빠지지 않을 수가 없을 것이외다.

이것은 무서운 일이외다. 상식으로 판단할 수 있는 일을 거부하고까지 이런 모험 행위를 할 필요가 없을 것이외다.

이리하여 그는 검사는 단념했지만, 마음에 있는 의혹뿐은 온전히 끄지를 못한 모양이었습니다. 그 뒤에 어떤 날, 그는 이런 이야기 저런 이야기

---

* 한 올의 실.

하다가 이런 말을 했습니다.

"자식은 꼭 제 애비를 닮는다면 좋겠구먼……."

거기 대하여 나는 닮는 예를 여러 가지로 들어서 말하여주었습니다.

그는 한숨을 쉬었습니다.

"여인이 애를 배면 걱정일 테야. 아버지나 친할아비를 닮는다면 문제
가 없겠지만, 외편을 닮거나, 그렇지 않으면, 아무도 닮지 않으면 걱정이
아니겠나. 그저 애비를 닮아야 제일이야, 하하하."

나는 대답하였습니다.

"글쎄 말이지, 내 전문이 아니니깐 이름은 기억 못 하지만, 독일 소설
에 이런 게 있지 않나. 『아버지』라나 하는 희곡 말일세. 자식을 낳았는데
제 자식인지 아닌지 몰라서 번민하는 그런 이야기가 있지? 그것도 아버
지만 닮으면 문제가 없겠지."

"아— 아, 다 구찮어."

*

M의 아내가 아들을 낳았습니다.

그 아이가 반년쯤 자랐습니다.

어떤 날 M은 그 아이를 몸소 안고 병을 뵈러 나한테 왔습니다. 기관지
가 조금 상하였습니다.

약을 받아가지고도 그냥 좀 앉아 있던 M은 묻지도 않는 말을 이런 말
을 하였습니다.

"이놈이 꼭 제 증조부님을 닮았다거든."

"그래?"

나는 그의 말에 적지 않은 흥미를 느끼면서 이렇게 응했습니다. 내 눈
으로 보자면, 그 어린애와 M과는 아무런 관련도 없는 바인데, 그 애가 M

의 할아버지를 닮았다는 것은 기이하므로…… 어린애의 진편과 외편의 근친近親에서 아무도 비슷한 사람을 찾아내지 못한 M의 친척은, 하릴없이 예전의 죽은 조상을 들추어낸 모양이었습니다. 그리고 그 어린애에게, 커다란 의혹과 그보다 더 커다란 희망(의혹이 오해였던 것을 바라는)은 M으로 하여금 손쉽게 그 말을 믿게 한 모양이었습니다. 적어도 신뢰하려고 마음먹게 한 모양이었습니다.

내가 자기의 말에 흥미를 가지는 것을 본 M은, 잠시 주저하다가 그가 예비하였던 둘쨋말을 마침내 꺼내었습니다.

"게다가 날 닮은 데도 있어."

"어디?"

"이보게."

M은 어린애를 왼편 팔로 가만히 옮겨서 붙안으면서, 오른손으로는 제 양말을 벗었습니다.

"내 발가락 보게. 내 발가락은 남의 발가락과 달라서 가운데 발가락이 그중 길어. 쉽지 않은 발가락이야. 한데—"

M은 강보를 들치고 어린애의 발을 가만히 꺼내어놓았습니다.

"이놈의 발가락 보게. 꼭 내 발가락 아닌가? 닮았거든……."

M은 열심으로, 찬성을 구하는 듯이 내 얼굴을 바라보았습니다. 얼마나 닮은 곳을 찾아보았기에 발가락 닮은 것을 찾아내었겠습니까.

나는 M의 마음과 노력에 눈물겨워졌습니다. 커다란 의혹 가운데서, 그 의혹을 어떻게 하여서든 삭여보려는 M의 노력은, 인생의 가장 요절할 비극이었습니다. M이 보라고 내어놓은 어린애의 발가락은 안 보고 오히려 얼굴만 한참 들여다보고 있다가, 나는 마침내 이렇게 말하였습니다.

"발가락뿐 아니라, 얼굴도 닮은 데가 있네."

그리고 나의 얼굴로 날아오는 (의혹과 희망이 섞인) 그의 눈을 피하면서 돌아앉았습니다.

─『발가락이 닮았다』, 수선사, 1948.

붉은 산

- 어떤 의사의 수기

    그것은 여余가 만주를 여행할 때의 일이었다. 만주의 풍속도 좀 살필 겸 아직껏 문명의 세례를 받지 못한 그들의 새에 퍼져 있는 병病을 좀 조사할 겸 해서 일 년의 기한을 예산하여가지고 만주를 시시콜콜히 다 돌아온 적이 있었다. 그때에 ××촌이라 하는 조그만 촌에서 본 일을 여기에 적고자 한다.

*

    ××촌은 조선 사람 소작인만 사는 한 이십여 호 되는 작은 촌이었다. 사면을 둘러보아도 한 개의 산도 볼 수가 없는 광막한 만주의 벌판 가운데 놓여 있는 이름도 없는 작은 촌이었다.

    몽고 사람 종자從者를 하나 데리고 노새를 타고 만주의 촌촌을 돌아다니던 여가 그 ××촌에 이른 때는 가을도 다 가고 어느덧 광포한 북국의 겨울이 만주를 찾아온 때였다.

    만주의 어느 곳이라 조선 사람이 없는 곳은 없지만 이러한 오지奧地에서 한 동리가 죄 조선 사람뿐으로 되어 있는 곳을 만나니 반가웠다. 더구나 그 동리는 비록 모두가 중국인의 소작인이라 하나 사람들이 비교적 온량하고 정직하며 장성한 이들은 그래도 모두 천자문 한 권쯤은 읽은 사람들이었다. 살풍경한 만주—그 가운데서 살풍경한 살림을 하는 중국인이며 조선 사람의 동리를 근 일 년이나 돌아다니다가 비교적 평화스런 이런 동리를 만나면 그것이 비록 외국인의 동리라 하여도 반갑겠거든 하물며 우리 같은 동족의 동리임에랴. 여는 그 동리에서 한 십여 일 이상을 일 없이 매일 호별ᄼ別 방문을 하며 그들과 이야기로 날을 보내며 오래간만에 맛보는 평화적 기분을 향락하고 있었다.

'삵'이라는 별명을 가지고 있는 정익호라는 인물을 본 곳이 여기서이다.

*

익호라는 인물의 고향이 어디인지는 ××촌의 아무도 아는 사람이 없었다. 사투리로 보아서 경기 사투리인 듯하지만 빠른 말로 죄죄거리는 때에는 영남 사투리가 보일 때도 있고 싸움이라도 할 때에는 서북 사투리가 보일 때도 있었다. 그런지라 사투리로써 그의 고향을 짐작할 수가 없었다. 쉬운 일본말도 알고 한문 글자도 좀 알고 중국말은 물론 꽤 하고 쉬운 러시아말도 할 줄 아는 점 등등 이곳저곳 숱하게 주워먹은 것은 짐작이 가지만 그의 경력을 똑똑히 아는 사람은 없었다.

그는 여가 ××촌에 가기 일 년 전쯤 빈손으로 이웃이라도 오듯 후덕덕 ××촌에 나타났다 한다. 생김생김으로 보아서 얼굴이 쥐와 같고 날카로운 이빨이 있으며 눈에는 교활함과 독한 기운이 늘 나타나 있으며 바룩한 코에는 코털이 밖으로까지 보이도록 길게 났고 몸집은 작으나 민첩하게 되었고 나이는 스물다섯에서 사십까지 임의로 볼 수가 있으며 그 몸이나 얼굴 생김이 어디로 보든 남에게 미움을 사고 근접지 못할 놈이라는 느낌을 갖게 한다.

그의 장기는 투전이 일쑤며 싸움 잘하고 트집 잘 잡고 칼부림 잘하고 색시들에게 덤비어들기 잘하는 것이라 한다.

*

생김생김이 벌써 남에게 미움을 사게 되었고 게다가 하는 행동조차 변변치 못한 일만이라, ××촌에서도 아무도 그를 대척하는 사람이 없었다. 사람들은 모두 그를 피하였다. 집이 없는 그였으나 뉘 집에 잠이라도 자러 가면 그 집 주인은 두말없이 다른 방으로 피하고 이부자리를 준비하여 주고 하였다. 그러면 그는 이튿날 해가 낮이 되도록 실컷 잔 뒤에 마치 제 집에서 일어나듯 느직이 일어나서 조반을 청하여 먹고는 한마디의 사례도 없이 나가버린다.

그리고 만약 누구든 그의 이 청구에 응하지 않으면 그는 그것을 트집으로 싸움을 시작하고 싸움을 하면 반드시 칼부림을 하였다.

동리의 처녀들이며 젊은 색시들은 익호가 이 동리에 들어온 뒤로부터는 마음 놓고 나다니지를 못하였다. 철없이 나갔다가 봉변을 한 사람도 몇이 있었다.

'삵.'

이 별명은 누가 지었는지 모르지만 어느덧 ××촌에서는 익호를 익호라 부르지 않고 삵이라고 부르게 되었다.

"삵이 뉘 집에서 묵었나?"

"김서방네 집에서."

"다른 봉변은 없었다나?"

"요행히 없었다데."

그들은 아침에 깨면 서로 인사 대신으로 삵의 거취를 알아보고 하였다.

'삵'은 이 동리에는 커다란 암종이었다. 삵 때문에 아무리 농사에 사람이 부족한 때라도 젊고 든든한 몇 사람은 동리의 젊은 부녀를 지키기 위하여 동리 안에 머물러 있지 않을 수가 없었다. '삵' 때문에 부녀와 아이

들은 아무리 더운 여름 저녁이라도 길에 나서서 마음 놓고 바람을 쏘여보지를 못하였다. '삵' 때문에 동리에서는 닭의 가리며 돼지우리를 지키기 위하여 밤을 새우지 않을 수가 없었다.

동리의 노인이며 젊은이들은 몇 번을 모여서 삵을 이 동리에서 내어쫓기를 의논하였다. 물론 합의는 되었다. 그러나 내어쫓는 데 선착수*할 사람이 없었다.

"첨지가 선착수하면 뒤는 내 담당하마."

"뒤는 걱정 말고 형님 먼저 말해보시오."

제각기 삵에게 먼저 달려들기를 피하였다.

이리하여 동리에서는 합의는 되었으나 삵은 그냥 태연히 이 동리에 묵어 있게 되었다.

"며늘 년들이 조반이나 지었나?"

"손주 놈들이 잠자리나 준비했나?"

마치 그 동리의 모두가 자기의 집안인 것같이 삵은 마음대로 이집 저집을 드나들었다.

××촌에서는 사람이라도 죽으면 반드시 조상 대신으로,

"삵이나 죽지 않고."

하는 한마디의 말을 잊지 않고 하였다.

누가 병이라도 나면,

"에익 이놈의 병 삵한테로 가거라."

고 하였다.

암종—누구든 삵을 동정하거나 사랑하는 사람이 없었다.

---

* 앞장서다. 남보다 먼저 손대다.

삵도 남의 동정이나 사랑은 벌써 단념한 사람이었다. 누가 자기에게 아무런 대접을 하든 탓하지 않았다. 보이는 데서 보이는 푸대접을 하면 그 트집으로 반드시 칼부림까지 하는 그였지만 뒤에서 아무런 말을 할지라도, 그리고 그것이 삵의 귀에까지 갈지라도 탄하지 않았다.

"흥……."

이 한마디는 그의 가장 커다란 처세철학이었다.

흔히 곁동리 중국인들의 투전판에 가서 투전을 하였다. 때때로 두들겨 맞고 피투성이가 되어 돌아오는 일도 있었다. 그러나 그 하소연을 하는 일이 없었다. 한다 할지라도 들을 사람도 없거니와—아무리 무섭게 두들겨 맞은 뒤라도 하루만 샘물에 상처를 씻고 절룩절룩한 뒤에는 또 그 이튿날은 천연히 나다녔다.

여가 ××촌을 떠나기 전날이었다.

송 첨지라는 노인이 그해 소출을 나귀에 실어가지고 중국인 지주가 있는 촌으로 갔다. 그러나 돌아올 때는 그는 송장이 되었다. 소출이 좋지 못하다고 두들겨 맞아서 부러져 꺾어진 송 첨지는 나귀 등에 몸이 결박되어서 겨우 ××촌으로 돌아왔다. 그리고 놀란 친척들이 나귀에서 몸을 내릴 때에 절명되었다.

××촌에서는 왁작하였다.

"원수를 갚자!"

명 아닌 목숨을 끊은 송 첨지를 위하여 동리의 젊은이며 늙은이는 모두 흥분되었다. 제각기 이제라도 들고 일어설 듯하였다.

그러나 그뿐이었다. 누구든 앞장을 서려는 사람이 없었다. 만약 이때에 누구든 앞장을 서는 사람만 있었다면 그들은 곧 그 지주에게로 달려갔을지 모른다. 그러나 제가 앞장을 서겠노라고 나서는 사람은 없었다. 제각기 곁사람을 돌아보았다.

발을 굴렀다. 부르짖었다. 학대받는 인종의 고통을 호소하며 울었다. 그러나, 그뿐이었다. 남의 일로 지주에게 반항하여 제 밥자리까지 떼이기를 꺼림인지 어쩐지는 여로는 모를 바로되 용감히 앞서서 나가는 사람은 없었다.

의사라는 여의 직업상 송 첨지의 시체를 검분을 한 뒤에 돌아오는 길에 여는 삵을 만났다.

키가 작은 삵을 여는 내려다보았다. 삵은 여를 쳐다보았다.

"가련한 인생아. 인종의 거머리야. 가치 없는 생명아. 밥버러지야. 기생충아."

여는 삵에게 말하였다.

"송 첨지가 죽은 줄 아우?"

여의 말에 아직껏 여를 쳐다보고 있던 삵의 눈이 아래로 떨어졌다. 그리고 여가 발을 떼려는 순간 얼핏 삵의 얼굴에 나타난 비창한 표정을 여는 넘길 수가 없었다.

*

고향을 떠난 만 리 밖에서 학대받는 인종의 가엾음을 생각하고 그 밤은 여도 잠을 못 이루었다.

그 억분함을 호소할 곳도 못 가진 우리의 처지를 생각하고 여도 눈물을 금치를 못하였다.

*

이튿날 아침이었다.

여를 깨우러 달려오는 사람의 소리에 여는 반사적으로 일어났다.

삵이 동구 밖에서 피투성이가 되어 죽어 있다는 것이었다.

여는 삵이라는 말에 눈살을 찌푸렸다. 그러나 의사라는 직업상 곧 가방을 수습하여가지고 삵이 넘어진 데까지 달려갔다. 송 첨지의 장례 때문에 모였던 사람 몇은 여의 뒤로 따라왔다.

여는 보았다. 삵이 허리가 기역 자로 뒤로 부러져서 밭고랑 위에 넘어져 있는 것을. 여는 달려가보았다. 아직 약간의 온기는 있었다.

"익호! 익호!"

그러나 그는 정신을 못 차렸다. 여는 응급수단을 하였다. 그의 사지는 무섭게 경련되었다.

이윽고 그가 눈을 번쩍 떴다.

"익호! 정신 드나?"

그는 여의 얼굴을 보았다. 끝이 없이 한참을 쳐다보았다.

그의 동자가 움직였다. 겨우 의의意義를 깨달은 모양이었다.

"선생님, 저는 갔었습니다."

"어디를?"

"그놈, 지주 놈의 집에."

무얼? 여는 눈물 나오려는 눈을 힘 있게 닫았다. 그리고 덥석 그의 벌써 식어가는 손을 잡았다. 잠시의 침묵이 계속되었다. 그의 사지에서는 무서운 경련이 끊임없이 일었다. 그것은 죽음의 경련이었다.

듣기 힘든 작은 그의 소리가 또 그의 입에서 나왔다.

"선생님."

"왜?"

"보구 싶어요. 전 보구 시……."

"뭐이?"

그는 입을 움직이었다. 그러나 말이 안 나왔다. 기운이 부족한 모양이었다. 잠시 뒤 그는 또다시 입을 움직이었다. 무슨 소리가 그의 입에서 나왔다.

"무얼?"

"보고 싶어요. 붉은 산이— 그리구 흰 옷이!"

아아 죽음에 임하여 그는 고국과 동포가 생각난 것이었다. 여는 힘 있게 감았던 눈을 고즈넉이 떴다. 그때에 삶의 눈도 번쩍 띄었다. 그는 손을 들려 하였다. 그러나 이미 부러진 그의 손은 들리지 않았다. 그는 머리를 돌이키려 하였다. 그러나 그 힘이 없었다.

그의 마지막 힘을 혀끝에 모아가지고 그는 다시 입을 열었다.

"선생님!"

"왜?"

"저것— 저것—."

"무얼?"

"저기 붉은 산이, 그리고 흰 옷이— 선생님 저게 뭐예요."

여는 돌아보았다. 그러나 거기는 황막한 만주의 벌판이 전개되어 있을 뿐이다.

"선생님, 창가 불러주세요. 마지막 소원—창가를 해주세요. 동해물과 백두산이 마르고 닳도록—."

여는 머리를 끄덕이고 눈을 감았다. 그리고 입을 열었다. 여의 입에서는 창가가 흘러나왔다.

여는 고즈넉이 불렀다.

"동해물과 ××××."

고즈넉이 부르는 여의 창가 소리에 뒤에 둘러섰던 다른 사람의 입에서도 숭엄한 코러스는 울리어나왔다.

"무궁화 삼천리 화려 강산─."

광막한 겨울의 만주벌 한편 구석에서는 밥버러지 익호의 죽음을 조상하는 숭엄한 노래가 차차 크게 엄숙하게 울리었다. 그 가운데서 익호의 몸은 점점 식었다.

─《삼천리》, 1932. 4.

대동강大同江은 속삭인다

대동강

그대는 길신*의 지팡이를 끌고 여행에 피곤한 다리를 평양에 쉬어본 일이 있는지?

그대로서 만약 길신의 발을 평양에 들여놓을 기회가 있으면 그대는 피곤한 몸을 잠시 여사에서 쉬고 지팡이를 끌고서 강변의 큰길로써 모란봉에 올라가보라.

한 걸음 두 걸음 그대의 발이 구시가의 중앙까지 이르면 그때에 문득 그대의 오른손 쪽에는 고색이 창연한 대동문이 나타나리라. 그리고 그 대동문 안에서는 서로 알고 모르는 허다한 사람들이 가슴을 제껴** 헤치고 부채로 땀을 날리며 세상의 온갖 군잡스럽고 시끄러운 문제를 잊은 듯이 한가히 앉아서 태곳적 이야기에 세월 가는 줄을 모르고 있는 것을 발견하리라.

그것을 지나서 그냥 지팡이를 끌고 몇 걸음 더 가면 그대의 앞에는 문

---

* 길(도로)의 신. 행신行神이라고도 한다.
** '젖히다'의 방언.

득 연광정鍊光亭이 솟아오르리니 옛날부터 많은 시인가객詩人歌客들이 수없는 시와 노래를 얻은 것이 이 정자다.

그리고 그 연광정 앞에는 이 세상의 온갖 계급 관념을 무시하듯이 점잖은 사람이며 상사람*이며 늙은이며 젊은이가 서로 어깨를 겯고 앉아서 말없이 저편 아래로 흐르는 대동강 물만 내려다보고 있으리라. 그들의 눈을 따라서 그대가 눈을 옮겨서 그 사람들이 내려다보는 대동강을 굽어보면─그대들은 조그만 어선漁船을 발견하겠지. 혹은 기다란 수상선水上船도 발견하겠지. 그러나 그 밖에는 장청류長淸流의 대동강이 있을 따름이리라.

거기 기이奇異를 느낀 그대가 그들에게,

"그대들은 무엇을 보는가."

고 질문을 던질 것 같으면 그들은 머리를 돌리지도 않고 시끄러운 듯이 한마디로 대답하리라.

"물을!"

물을?

"물은 그대들의 집의 부엌에라도 얼마든지 있지 않은가? 물이 그렇게도 자미있는가?"

그대가 만약 두 번째 질문을 던지면 그들은 비로소 처음으로 머리를 그대에게로 돌리리라. 그러고는 가장 경멸하는 눈초리를 잠시 그대의 위에 부었다가 다시 머리를 물 쪽으로 돌리리라.

그곳에 커다란 호기심을 남겨두고 그대가 다시 지팡이를 끌고 오른손 쪽으로 대동강을 굽어보면서 청류벽을 끼고 부벽루까지 올라가서, 거기서 다시 모란봉으로─또 돌아서면서는 을밀대로, 을밀대에서 기자묘 솔

* 평민.

밭으로 현무문으로—우리의 지나간 조상을 위하여 옷깃을 눈물로 적시며 혹은 회고의 염에 한숨을 지으며 "왕손王孫은 거불귀去不歸"*라는 옛날 노래를 통절히 느끼면서 돌아본 뒤에 다시 시가로 향해 내려온다 하자. 그때에 그대가 다시 호기심으로 연광정 앞 아까의 그곳까지 발을 들여놓으면 그대는 거기서 아까의 그 사람들이 아직도 돌아가지 않고 자리의 한 걸음의 변동도 없이 아까의 그 모양대로 앉아서 역시 뜻 없이 장청류의 대동강을 내려다보고 있는 것을 발견하겠지.

그들은 집이 없나? 그들은 점심은 먹었나?

그들은 처자도 없나? 그리고 그들은 그 평범한 '물의 흐름'에 왜 그다지도 흥미를 가졌나?

*

여기 평양인의 심경이 있다.

여기서 평양인의 정서는 뛰놀고 여기서 평양인의 공상은 비약하고 여기서 평양인의 환몽은 약동하고 여기서 평양인의 시가가 생겨나고 평양인의 노래가 읊어지는 것이다.

*

그대가 만약 이러한 사정을 알 것 같으면 그 경중 없이 장청류의 대동강만 내려다보고 집안도 잊고 처자도 잊고 앉아 있는 허다한 무리를 관대한 마음으로 용서하기는커녕 일종의 존경의 염念까지 생기겠지.

---

* 왕손은 가서 돌아오지 않는다. 당나라 왕유의 시 「송인送人」의 한 구절. 역사의 흥망성쇠에 대한 허무함을 노래함.

무지개

평양 사람인 여余는 수천 년래로 우리의 조상의 하는 일을 본받아서 그 장청류의 대동강을 내려다보면서 한 가지의 공상을 날려볼까.

*

행복은 무지개와 같은 것이다.

*

비가 개었다.

동시에 저편 벌 건너 숲 위에는 둥그렇게 무지개가 뻗치었다. 오묘한 조물주의 재간을 자랑하듯이 칠색이 영롱한 무지개가 커다랗게 숲 이편 끝에서 저편 끝으로 걸치어 있었다.

소년은 마루에 걸터앉아서 그것을 바라보고 있었다.

소년의 마음은 차차 뛰놀기 시작하였다. 찬란히 빛나는 무지개는 마치 소년을 부르는 듯이 그의 아름다운 자태를 소년의 앞에 커다랗게 벌리고 있었다.

한나절을 황홀히 그 무지개를 바라보고 있던 소년은 마음속에 커다란 결심을 하였다.

'그 무지개를 잡아다가 뜰 안에 갖다 놓으면 얼마나 훌륭하고 아름다울 것인가.'

소년은 방 안에 있는 어머니를 찾았다―.

"어머니!"

"왜?"

어머니는 바느질하던 손을 멈추고 사랑하는 아들을 내다보았다.

"어머니 나 저 무지개 잡으러 가겠어요. 네?"

어머니는 일감을 놓았다. 그리고 뚫어질 듯이 아들의 얼굴을 보았다.

"네?"

"애야 무지개는 못 잡는단다. 멀리 하늘 끝닿는 데 있어서 도저히 잡지 못한단다."

"아니에요. 저 벌 건너 숲 위에 걸려 있는데."

"아니다. 보기에는 그렇지만 너의 어머니도 오십 년 동안을 그것을 잡으려면서도 아직도 못 잡았구나."

"그래도 난 잡아요. 네? 내 얼른 가서 잡아오께."

어머니는 다시 일감을 들었다. 그러나 어머니의 눈에는 수심이 가득 찼다.

"네? 가요."

찬란히 빛나는 무지개의 유혹은 이 소년에게는 무엇보다도 강한 것이었다. 어머니의 사랑의 품보다도 따뜻한 가정보다도 맛있는 국밥보다도 무지개의 유혹뿐이 이 소년의 마음을 누르고 지배하였다. 네 번 다섯 번 소년은 어머니에게 간청하였다.

어머니도 마침내 소년의 바람은 꺾을 수가 없도록 강한 것을 알았다. 그리고 뜻에 없는 허락을 하였다.

"정 그럴 것 같으면 가보기는 해라. 그러나 벌 건너 숲까지 가보고 거기서 잡지 못하거든 꼭 곧 돌아와야 한다."

그런 뒤에 어머니는 아들을 위하여 든든히 차림을 차려서 떠나보냈다.

"그럼 어머니 내 얼른 가서 잡아오께 기다려주세요."

그리고 커다란 희망으로써 떠나는 아들을 어머니는 눈물로써 보냈다.

*

소년은 걸음을 다하고 힘을 다하여 벌을 건너갔다. 그리고 목적했던 숲에까지 이르렀다.

그러나 이상타, 무지개는 벌써 그곳에 있지 아니하였다. 찬란히 빛나는 무지개는 더 저편으로 썩 물러서서 그래도 소년을 이끄는 듯한 아름다운 자태를 커다랗게 벌리고 있었다.

"가깝기는 가까웠다. 그러나 좀더 가야겠구나."

소년은 또다시 무지개를 바라고 갔다.

소년의 몸은 좀 피곤하여졌다. 그러나 눈앞에 찬란히 빛나는 무지개를 바라볼 때의 소년은 용기를 다시 내어서 무지개를 향하여 걸었다.

얼마만치 가서 이만했으면 되었으려니 하고 소년은 눈을 들어서 보았다. 그러나 찬란히 빛나는 무지개는 역시 같은 거리에서 소년을 오라고 유혹하고 있었다.

*

소년은 높은 뫼도 어느덧 하나 넘었다. 넓은 강도 어느덧 하나 건넜다. 그러나 무지개는 좀체 잡을 수가 없었다.

그러나! 그 무지개의 찬란한 광채는 끊임없이 소년을 오라는 듯이 유혹하였다. 잡힐 듯 잡힐 듯하면서도 잡혀주지 않는 그리고 그 무지개는 소년에게는 커다란 유혹이었다.

소년은 용기를 내었다. 그리고 무지개를 향하여 또 달음박질하였다.

무지개를 잡으려는 오로지 한길 마음으로 피곤함도 잊고 아픔도 잊고 뛰어가는 소년은 어떤 산마루까지 이르러서 마침내 쓰러졌다. 인제는 한 걸음도 더 걸을 용기와 기운이 없었다.

소년은 그곳에 쓰러지면서 피곤한 잠에 잠기고 말았다.

어지럽고 사나운 꿈! 그 가운데서도 소년에게는 끊임없이 무지개의 찬란한 빛깔이 어릿거렸다. 그리고 그 무지개의 아름다움과 어울리는 향기로운 음악이 끊임없이 들렸다.

많은 소년들과 많은 소녀들이 꽃으로 온몸을 장식하고 팔을 서로 맞잡고 노래하며 돌아가고 있었다. 그리고 그 소년 소녀의 둥그러미 속에는 칠색이 영롱한 무지개가 마치 자기의 주위에 있는 많은 소년 소녀를 애호하듯이 커다랗게 벌리고 있었다.

즐거움은

행복은

뉘 것?

누릴 자

누구?

소년과 소녀들의 노래 소리는 부드럽고 아름답게 울려온다.

얼마를 이런 꿈에 잠겨 있던 소년은 그 꿈에서 펄떡 깨면서 눈을 떴다.

즉 역시 이 소년이 오기를 기다리는 듯이 아름다운 광채를 내며 벌리고 있었다.

"조금 더 이제 한 걸음!"

소년은 후덕덕 일어섰다. 쏘는 다리 저린 오금! 피곤으로 말미암아 하마터면 소년은 넘어질 뻔하였다. 소년은 다리에 힘을 주었다. 온몸에 없는 힘을 다 주었다. 눈 아래서 황홀히 빛나는 무지개는 그로 하여금 없는 힘을 다시 내게 한 것이었다. 그리고 그는 무지개를 향하여 달음박질하였다.

그러나 산 중턱에 걸린 줄 알고 뛰어 내려오던 소년은 중턱에서 만나지 못하고 맨 아래까지 그냥 내려왔지만 무지개는 역시 멀리 물러서서 마치 소년의 어리석음을 비웃는 듯이 빛나고 있었다.

"아아 곤하다."

소년은 맥이 나서 다시 덜썩 주저앉았다.

*

소년은 뒤숭숭한 소리에 놀라서 깨었다. 그는 피곤함을 못 이기어서 어느덧 잠이 들었던 것이었다. 깨어서 보니까 그 근처에는 어느 틈엔가 많은 소년이 모여 있었다. 그리고 그들은 무엇을 다투고 있었다. 무엇을 다투는가고 자세히 들으니 그들은 무지개가 있는 방향을 서로 이쪽이니 저쪽이니 다투고 있는 것이었다.

"무지개는 이편 쪽에 있다."

어떤 소년은 동쪽을 가리키며 이렇게 일렀다.

"정신없는 소리 말아라. 무지개는 저쪽에 있다."

다른 소년은 반대하였다.

"너희들은 눈이 있느냐 없느냐. 무지개는 저쪽에 있지 않냐? 아직껏 너희들에게 속아서 너희들만 따라왔지만 무지개는 역시 내 생각대로 저쪽에 있다."

또 다른 소년은 또 다른 데를 가리킨다.

그러나 그 많은 소년들이 가리키는 곳이 한 곳도 정확한 곳이 없었다. 모두 뚱딴지 곳만 가리키며 서로 다투고 있는 것이었다.

우리의 소년도 마침내 일어섰다. 그리고 점잖은 웃음으로 그들을 찾았다.

"여보세요. 당신네들도 무지개를 잡으러 떠난 분들이오?"

"그렇소."

"당신네들의 말을 들으니까 무지개는 이쪽에 있다 저쪽에 있다 다투는 모양이지만 무지개는 우리 눈앞 요 바투 있지 않소?"

소년은 무지개를 손가락으로 가리켰다. 다른 소년들은 가리키는 방향을 보았다. 그러나 무지개는 보지 못한 모양이었다. 역시 다툼은 계속되었다.

그리고 한참 서로 다투던 소년들은 의견이 모두 맞지 않아서 그곳에서 제각기 제가 생각하는 곳을 찾아서 아름다운 무지개를 잡으러 서로 손을 나누어서 떠나기로 하였다.

그것을 눈이 멀거니 바라보고 있던 우리의 소년도 마침내 일어섰다. 그리고 그는 자기의 신념대로 또 한 무지개를 잡으러 피곤한 다리를 옮기었다.

무지개는 역시 소년의 눈앞 몇 걸음 밖에서 찬란한 빛깔을 보이고 있었다.

"이번에는 꼭!"

눈앞에 커다랗게 보이는 무지개에 소년의 용기는 다시 솟았다.

*

어떤 곳에서 소년은 또 다른 소년의 무리를 보았다. 그들은 모두 튼튼한 길신 가리*를 차리고 있었다. 소년은 그들에게 가까이 가서 말을 붙이어보았다.

"노형네는 어디를 가시오?"

"가는 게 아니라 갔다가 오는 길이외다."

뭇 소년은 이구동성으로 대답하였다. 그들은 모두 매우 피곤한 듯이 눈에는 정기가 없고 몸은 쇠약으로 말미암아 떨고 있었다.

"어디를 갔다 오시오?"

"무지개를 잡으러."

"네? 그래 잡았소?"

"여보 말 마오. 그것에 속아서 괜히 좋은 세월을 헛되이 보냈소."

---

* 대나무를 가늘게 쪼개서 엮어 만든 통발.

"집을 떠난 것은 언제쯤이오?"

"모르겠소, 갑갑하니까."

"그래 인젠 그만두겠소?"

"그만두잖고. 눈앞에 보이는 것 같기에 그곳에 속아서 이제나 이제나 하고 왔지만 인젠 무지개라는 것은 도저히 못 잡을 것인 줄 깨달았소."

"그래도 요 앞에 있지 않소."

"하하하하 그러기에 말이오. 눈앞 몇 걸음 앞에 있는 것 같기에 그것에 속아서 아직껏 세월만 허송했소."

소년은 낙담하였다. 그리고 자기도 돌아가버릴까 하였다.

그러나 이상타. 그때에 그 무지개는 쑥 더 소년에게 가까이 오며 그 광채며 빛깔이 더욱 영롱하여져서 단념하려는 소년으로 하여금 또다시 단념치 못하게 하였다.

"아아."

소년은 커다란 한숨과 함께 다시 용기를 내었다. 소년은 다른 소년들에게 동행을 청하여보았다. 그러나 그들은 끝끝내 듣지 않았다.

몇 번을 권하여본 뒤에 소년은 그들의 마음을 돌이키지 못할 것을 알았다. 그래서 그들과 작별을 한 뒤에 자기는 역시 그 찬란한 무지개를 향하여 길을 떠났다.

어떤 곳에서 그는 두 다른 소년을 만났다. 그 두 소년은 무엇이 기쁜지 몹시 만족한 듯이 벙글벙글 웃고 있었다. 소년은 그들에게 물었다─.

"여보 말 좀 물읍시다."

"무슨 말이오?"

"좀 이상한 말을 묻는 듯하나 노형네들 무지개를 못 보았소?"

사실 소년은 그때에 무지개를 잃어버린 것이었다. 어디로 갔나? 아직 껏 찬란히 눈앞에 보이던 그 무지개는 하늘로 솟았는지 땅으로 새었는지 홀연히 앞에서 그 아름다운 자태를 감춘 것이었다.

두 소년은 벙글 웃었다.

"무지개 말씀이오? 무지개는 우리가 벌써 잡았소."

소년은 낙담하였다. 그리고 낙담에서 절망으로 절망에서 비분으로 걷 잡을 새 없이 소년의 마음이 떨어져 돌아갈 때에 이상하거니와 홀연히 역 시 그의 앞에는 칠색이 찬란한 무지개가 솟아올랐다. 그 광채는 아까의 무지개보다도 더 찬란하였다. 그 빛깔은 아까의 무지개보다도 더 훌륭하 였다.

소년의 마음은 절망에서 한숨에 희망으로 뛰어올랐다.

"여보 봅시다! 봅시다!"

"무에요?"

"그 노형네가 잡았다는 무지개를!"

두 소년은 장한 듯이 자기네의 품에서 자기네의 자랑감을 꺼내어 보였다.

소년은 받아 보았다. 하마터면 웃을 뻔하였다. 그것은 평범하고 변변찮 은 기왓장에 지나지 못하였다. 두 소년은 기왓장을 하나씩 얻어가지고 기 뻐하는 것이었다.

"이게 무지개요? 이건 기왓장이로구려."

두 소년은 각기 자기네의 보물을 다시금 살폈다. 그리고 한 소년은 부 르짖었다.

"오오 무지개 무지개! 나는 무지개를 잡았다. 이게 무지개가 아니고 무 에란 말이오?"

그러나 한 소년은 신이 없이 한참을 자기의 보물을 들여다보다가 커다란 한숨과 함께 그것을 내어던졌다. 그리고 절망의 부르짖음을 발하였다.

"아니로구나 아니야, 이건 무지개가 아니냐! 아직껏 무지개로 알고 기뻐하던 것은 한낱 기왓장에 지나지 못하누나."

그리고 우리의 소년의 손을 힘 있게 잡았다.

"우리 같이 갑시다. 나는 무지개를 꼭 잡고야 말겠소."

여기서 서로 뜻이 맞은 두 소년은 만족해하는 한 소년을 남겨두고 또한 그 찬란한 무지개를 잡으러 길을 떠났다.

*

두 소년은 험한 산을 넘었다. 물결 센 강을 건넜다. 가시덤불을 헤쳤다. 돌작밭*을 지나갔다. 그들은 오로지 무지개를 잡으려는 열정으로 온갖 간난을 참으며 앞으로 갔다.

그들은 가는 길에서 수많은 소년을 보았다. 어떤 사람은 그 무지개를 잡으려다가 잡지 못하고 낙망하여 집으로 돌아가는 것이었다. 어떤 사람은 변변찮은 기왓장을 얻어가지고 기뻐하는 것이었다. 그리고 그 가운데 가장 많은 수효를 점령한 사람들은 무지개를 잡으려다가 종내 잡지 못하고 심신이 피곤하여 쓰러져 넘어진 사람들이었다. 벌써 저세상으로 간 사람도 많이 있었다.

이런 광경을 볼 때에 두 소년의 용기는 꺾어졌다. 자기네들도 이 여행을 중지할까고 몇 번을 주저하였다. 아아 그러나 그럴 때마다 그들의 눈앞에는 더욱 빛나고 더욱 훌륭한 무지개가 나타나서 그들의 용기 적음을 비웃는 듯하였다. 여기서 다시 용기를 얻은 두 소년은 험한 길을 무지개를 향하여 앞으로 앞으로 가는 것이었다.

---

* '자갈밭'의 방언.

어떤 험한 산골짜기까지 와서 동행 소년은 마침내 쓰러졌다.

"여보, 난 인젠 더 못 가겠소. 무지개는 도저히 잡지 못할 것임을 인제야 겨우 깨달았소."

소년은 동행하던 친구를 흔들었다.

"정신 차려요. 예까지 와서 이제 넘어진단 웬 말이오."

그러나 동행 친구는 움직이지 않았다. 그는 벌써 피곤에 못 이기어 차디찬 몸으로 변한 것이다.

소년은 거기서 통곡하였다. 소년의 결심도 흔들리었다. 무지개는 도저히 잡지 못할 것인가 하는 의심이 강렬히 일어났다.

그러나— 그러나 그때에 그의 눈 곧 앞에는 다시금 찬란히 빛나는 무지개가 소년을 쓸어안으려는 듯이 팔을 벌렸다.

소년은 다시 일어났다. 또다시 용기를 내었다.

위태로운 산길 험한 골짜기 가파로운 뫼꼍, 깊은 물 온갖 곤란은 또한 그를 괴롭게 하였다. 그러나 소년은 더욱 용기를 내가지고 무지개로 무지개로 가까이 갔다.

그러나 얼마를 가다가 소년도 마침내 쓰러졌다. 인젠 한 걸음도 더 걸을 수가 없었다. 거기서 그는 무지개는 도저히 잡을 수 없음을 비로소 깨달았다.

"아아 무지개란 사람의 손으로는 기어이 잡을 수가 없는 물건인가."

아직껏 그와 같은 길을 걸은 수만의 소년이 부르짖은 그 부르짖음을 이 소년도 여기서 부르짖었다. 그야말로 단념하기로 결심을 하였다.

그때에는 이상타. 아직껏 검던 그의 머리는 하얗게 되고 그의 얼굴에는 전면에 수없는 주름살이 잡혔다.

산 넘에*

여는 그 무지개를 잡으려던 소년의 애처로운 결말을 조상하는 뜻으로 아직껏 물고 있던 벌써 불이 꺼진 담배를 저 아래 대동강을 향하여 내어던졌다. 그러고는 기다랗게 한숨을 쉬었다.

이때에 여는 둘째 공상의 나라에 들어섰다.

*

어떤 해변―.

그것은 동녘으로 향한 어떤 해변이었다. 앞으로는 넓으나 넓은 바다가 있고 뒤로는 가파로운 뫼켠을 등졌으며 그 바다와 뫼켠은 거의 맞붙어서 새에는 겨우 서너 간의 거리가 있을 뿐이었다.

바다에는 갈매기 산에는 진달래와 온갖 꽃 때때로 먼 곳에 돛단배―이런 꿈과 같은 아름다운 마을, 게다가 우둥치는 물결 소리가 있고 때때로는 노루 새끼의 우는 소리 들리는 그림과 같은 이쁜 곳이었다.

그곳에 외따로이 한 오막살이가 있었다. 그리고 거기는 홀아버지와 두 딸이 살고 있었다. 아버지는 벌써 육순이 지났으며 맏딸은 열여덟 작은딸은 열네 살이었다.

맏딸의 이름은 연연이 작은딸은 애애.

*

동네에서 멀리 떠난 외딴 곳에서 홀아버지를 모시고 형은 동생을 동생은 형을 사랑하여 열정과 정숙이 잘 조화된 아름다운 살림을 하고 있었다.

두 처녀는 바위 위에 걸터앉아서 바다에 노** 나드는 갈매기 떼며 물

---

* '산 너머에'의 줄임말.
** 노상. 언제나 변함없이 줄곧.

위를 올라 뛰는 고기 무리를 바라보면서 처녀의 온 정열과 온 공상을 거기다 붙이고 지냈다.

해변에서 조개껍질을 줍는 두 처녀, 갈매기 떼를 바라보며 미나리를 부르는 두 처녀, 진달래며 그 밖 뭇꽃들을 따며 노는 두 처녀—.

*

어떤 날 두 처녀는 바다를 향한 낭떠러지 바위 위에 나란히 하여 걸터앉아 있었다.

퍅! 퍅! 갈매기들은 바다를 두고 기운차게 이리저리 날아다닌다. 무엇이 기꺼운지 연방 갸갸갸갸 지껄이면서…….

애애가 연연이를 찾았다—.

"언니."

"왜?"

"저 갈매기들은 어디서 와?"

"저 산 넘에서."

"산 너머 어디?"

"좋은 곳에서."

"거기두 바다가 있수?"

"그럼 있구말구."

"그리구 갈매기두 있구? 진달래두 있구? 메꽃두 있구?"

"그럼 다 있지. 게다가 이쁜 사내도 있구."

동생은 형의 얼굴을 쳐다보았다. 그러나 형의 말의 뜻은 알지 못하였다.

"이쁜 사내? 언니같이 이쁜!"

형은 대답지 않았다. 그 대신 기다랗게 한숨을 쉬었다.

동생도 무슨 까닭인지는 모르지만 갑자기 폭우같이 외로움이 그의 마음을 습격하는 것을 깨달았다.

　동생은 눈을 들어서 언니의 얼굴을 보았다. 꿈꾸는 듯 앞만 바라보고 있는 언니의 눈에는 눈물까지 고여 있었다.

*

　겨울이었다.

　천하는 눈에 덮였다. 깨끗하고 하얀 천하―거기서 애애는 눈을 굴려서 눈사람 하나를 만들었다. 이쁘장한 눈사람 거기에는 눈과 코가 만들어졌다. 그리고 마지막에는 애애는 집 안에 들어가서 기다란 바*를 내어다가 머리를 만들었다. 그런 뒤에 그것을 자랑하려 언니를 찾았다.

　"언니! 언니!"

　"왜."

　"이것 좀 나와서 봐요."

　언니는 나왔다. 그리고 자랑스러운 듯이 동생이 가리키는 눈으로 만든 처녀 인형을 한참 들여다보다가 뒤에 늘어진 머리를 떼어서 위에다가 상투를 만들어놓았다. 그리고 그것을 들여다보며 적적히 웃었다.

　"이게 좋지 않으냐."

　동생은 샛노란 소리를 내었다―.

　"언니두 망측해. 그건 새서방이 아뉴? 그게 뭐이 좋아."

　그러나 언니는 겂지 않고 그것을 들여다보고 있었다. 한참 그것을 들여다보고 있다가 혼잣말같이 중얼거렸다―.

　"애애야, 저 산 넘에는 이쁜 사람이 많이 산단다."

　동생은 그 뜻을 몰랐다. 그러나 언니의 적적한 마음뿐은 그에게도 전염

---

* 참바. 삼이나 칡 따위로 세 가닥을 지어 굵다랗게 드린 줄.

되었다. 동생도 그만 한숨을 쉬었다.

*

봄이 되었다.

애애는 산에 올라가서 꽃을 땄다. 붉고 노랗고 흰 많은 꽃을 엮어서 꽃다발을 만들었다.

동생은 그것을 언니에게 보였다. 자랑스러이……

"언니 곱지?"

언니는 꽃다발을 받았다.

"언니 드릴까?"

"응."

언니는 시원치 않은 듯이 대답하였다. 그런 뒤에, 그것을 제 머리 위에 올려놓아 보았다.

"언니, 그걸 쓰니까 선녀 같아. 참? 이뿌."

동생은 제가 만든 꽃다발이 언니의 머리 위에서 언니의 이쁨을 더욱 장식하는 것을 보고 춤추듯 날뛰었다. 그러나 언니는 곧 도로 그것을 벗어서 코에 갖다 대고 그 향내를 맡아보았다. 그윽히 들어오는 그 향내는 과연 연연이를 취하게 한 모양이었다. 연연이는 적적히 한숨을 쉬었다.

"애애야."

"네?"

"꽃도 이쁘거니와!"

그런 뒤에는 한참 잠자코 있다가 문득 고민하는 듯이 몸을 떨었다. 눈에는 눈물이 고였다.

*

여름이 되었다.

두 형제는 갈매기들과 벗하여 바다에서 뛰놀았다.

언니는 때때로 고민하듯이 몸을 떨면서 동생의 벗은 몸을 쓸어안는 것이었다. 그러고는 하소연하는 듯이 이렇게 말하는 것이었다.

"애애야. 네 살은 왜 그다지도 보둥보둥하냐?"

그러면 동생은 늘 이렇게 대답하는 것이었다.

"내 살보다 언니 살이 더 보둥보둥하지. 그렇지 않우."

"내 살도 보둥보둥하지. 그렇지만……."

언니는 이렇게 대답하고는 한참 말을 끊었다가,

"그러나 주인이 없구나."

하고는 기다랗게 한숨을 쉬는 것이었다.

주인? 동생은 그 말귀를 몰랐다. 그러나 왜 그런지 언니가 자기에게서 차차 떠나려는 것 같은 무서운 예감 때문에, 동생은 그득히 눈물 머금은 눈으로 한참 언니의 얼굴을 쳐다보는 것이었다. 그런 뒤에는,

"언니. 어디로 갈래?"

하고 근심스러이 묻는 것이었다. 그러면 언니는,

"가기는 어디로 가겠냐. 애애야. 아무 걱정 말고 아버지 모시고 잘살자."

한 뒤에는 또 한숨을 쉬는 것이었다.

*

가을이 되었다.

형제는 흔히 집 뒤 뫼 중턱에 있는 바위에 가서 걸터앉아 있었다.

어떤 가을 달이 몹시 밝은 밤, 형제는 역시 가지런히 바위 위에 걸터앉아 있었다.

푸르른 달빛은 세상의 온갖 것을 모두 창백하게 물들여놓았다. 그리고

바다에서 반짝이는 물결의 진주는 그 창백한 달과 경쟁을 하자는 듯하였다.

애애의 마음은 몹시 적적하였다. 이즈음 왜 그런지 제 가장 가깝고 사랑하던 언니가 차차 제게서 멀어져가는 것 같아서 애애의 마음은 더욱 답답하였다. 창백한 달빛은 애애의 마음의 울적함을 더욱 돋우어주었다. 헤어졌다 모였다 하는 바다의 달은 애애의 마음을 더욱 적적하게 하였다. 애애는 말없이 달빛에 잠든 천하만 바라보고 있었다.

"애애야."

"네?"

"너 한숨은 왜 쉬느냐?"

"내가 언제? 언니가 쉬지."

연연이는 적적히 웃었다. 그리고 갑자기 애애에게 달려들면서 애애를 쓸어안았다. 연연이의 몸은 마치 사시나무와 같이 떨었다. 그는 열병 들린 사람의 헛소리와 같이 동생에게 향하여,

"애애야. 아이고 달도 밝기도 밝구나. 저놈의 달은 왜 저다지도 밝은구."

하고는 정신 나간 사람같이 한참 제 뺨을 애애의 뺨에 부비다가, 미친 듯이,

"저 산 넘에는— 저 산 넘에는."

몇 번 외어보고는 얼빠진 듯이 동생의 몸을 놓았다.

애애도 왜 그런지 슬퍼졌다. 애애는 한참을 눈이 멀거니 달빛 때문에 창백한 언니의 얼굴을 바라보다가 문득 언니의 가슴에 얼굴을 묻으며, 훌쩍훌쩍 울기 시작하였다.

"언니. 저 산 넘에는 누구가 있수?"

"좋은 사람이 있지."

"좋은 사람이 누구야."

"너는 아직 모른다."

그런 뒤에는 귀여운 듯이 자기의 가슴에 묻힌 동생의 기다란 머리를 쓸어주었다.

*

그다음 달 어떤 달 밝은 밤, 연연이는 마침내 종적이 없어졌다. 그 전날 밤을 동생을 붙안고 울어 새운 그는, 새벽에 아직 아버지와 동생이 잠자는 틈을 타서 제 집을 빠져나간 것이었다.

애애야. 언제 다시 만날 기약이 없구나.

나는 간다. 산 넘에로. 지금은 너는 내가 가는 뜻을 모르겠지만, 얼마를 안 지나서 너도 알 날이 있으리라.

늙으신 아버님 모시고 내내 평안히 있거라.

이런 글이 남아 있었다.

늙은 아버지는 한숨을 쉴 뿐이었다. 나무람이며 불평의 한마디도 없었다.

"종내 갔구나."

이 한마디뿐, 그 뒤에는 허연 수염을 쓰다듬을 따름이었다.

그러나 애애에게 있어서는 그렇지 못하였다. 애애에게는 천하가 그의 앞에서 모두 없어진 듯하였다. 세상이 아득한 것이 광명과 즐거움이 모두 언니와 함께 사라진 듯하였다.

*

여기까지 밀려오던 여의 공상의 날개는 문득 멈췄다.

자, 인젠 글을 맺어야겠는데 어떻게 그 끝을 맺나. 두 가지의 생각이 여의 머리를 스치고 지나갔다. 가장 사랑하던 언니를 잃어버린 애애는 그 뒤부터는 언니 그리는 마음에 살아서도 죽은 목숨이었다. 달 밝은 가을, 녹음의 여름, 눈 오는 겨울, 혹은 꽃 피는 봄—보는 것 듣는 것 어느 것 한 가지도 언니를 생각나게 하지 않는 것이 없었다.

'산 넘에로! 산 넘에로!'

한숨과 눈물 가운데서 만날 돌아오지 않는 언니가 돌아오기를 기다리던 애애는, 마침내 일 년 뒤에 자기가 몸소 형을 찾아보려 어떤 날 밤 몰래 봇짐을 꾸려가지고 늙은 아버지를 홀로 버려두고 집을 빠져나왔다. 산 넘에서 애애는 형 연연이를 보았다. 그러나 그때의 연연이는 벌써 어떤 농군의 아내가 되고, 어린애의 어머니가 되어서 장작 연기에 눈물을 흘리면서 저녁 조밥을 짓고 있는 것이었다.

거기서 하룻밤을 묵은 애애는 이튿날 형의 손을 뿌리치고 갈매기와 진달래의 나라인 제 늙은 아버지의 품으로 돌아왔다.

……이런 결말은 어떨까?

*

혹은 그 결말을 이렇게 지으면 어떨까.

……애애는 언니 생각에 눈물 마를 날이 없었다. 바라보는 곳, 발을 들여놓는 곳에서마다 그는 언니의 냄새를 맡았다. 언니의 생각을 하였다. 그리고 눈물을 흘렸다. 언니의 뒤를 따를까 하였다.

그러나 그는 늙은 아버지를 혼자 두고 차마 떠나지를 못하였다. 적적하고 울울한 날은 오고 또 갔다. 이리하여, 외롭고 쓸쓸하고 눈물겨운 사 년이 지났다.

그때부터였다. 애애의 마음에도 이상히 '산 넘에로'라는 생각이 차차 강하여가기 시작하였다. 산 넘에로, 알지 못할 나라로. 거기는 알지 못할 이쁜 사내들이 있을 것이다. 그리고 알지 못할 행복이 있을 것이다……

이 생각이 차차 강하여가기 시작한 애애에게는 어느덧 그 생각밖에 다른 세상사는 모두 귀찮게만 보이기 시작하였다.

봄날 꽃? 가을날 달? 이곳서 보는 꽃이 무엇이 아름다우랴. 이곳서 보는 달이 무엇이 아름다우랴. 산 넘에로! 산 넘에로!

이리하여 그도 자기의 형을 본받아서, 인젠 자유로 몸도 못 쓰는 늙은 아버지를 버려놓고, 어떤 날 밤 지향 없는 길을 떠났다.

다시 대동강

여는 한숨을 쉬었다. 그리고 마치 애애를 찾듯 두어 번 휘파람을 불어본 뒤에 일어섰다. 여의 곁에 앉아 있는 뭇 평양인들은 그래도 끊임없이 뜻 없이 장청류의 대동강만 굽어보고 있다.

"아! 아."

여는 커다랗게 기지개를 하였다.

*

대동강의 물은 몇만 년 전과 같이 그냥 끊임없이 아래로 아래로 흘러간다. 그 물은 또한 몇만 년 뒤에까지라도 역시 끊임없이 아래로 아래로 흐르겠지. 그리고 그 푸르른 정기와 아름다운 정서로써 장래 영구히 자기를 굽어보는 몇만의 시인에게 몇만 편의 시를 주겠지.

*

장청류의 대동강은 그냥 아래로 아래로 흐른다.

―《삼천리》, 1943. 9.

몽상록蒙喪錄

'ははやまひおもしいもおと(모병중母病重, 매妹)'
'ははもどくすくこいいもと(모위독母危篤 직행直行 매妹)'
두 장의 전보. 나는 가슴이 선뜩하였다.

이틀 전에 어느 시골 친구의 집에 놀러 갔다가, 새벽차에 돌아와서 집에 들어서는 참 집에서 기다리고 있던 전보 두 장.

그새 사십여 시간 동안은 오래간만에 만나는 친구와의 이야기 때문에 한잠도 자지 못하였다. 그 피곤한 몸을 좀 쉬려고 어서 자리를 찾아오느라고 집으로 뛰쳐든 때에 의외에도 이 두 장의 전보가 집에서 나를 기다리고 있었다.

전보의 날짜를 보매 한 장은 그저께 저녁, 또 한 장은 어제 아침이었다. 그저께 저녁에 전보를 놓고 여태껏 새벽차를 기다려보아서 안 오니까 재차 전보를 친 것이 분명하였다. 어제 아침에 전보를 놓은 뒤에는 아직 다시 전보가 안 오는 것을 보니 평양서는 내 불효를 욕하면서 내게는 다시 전보도 안 친 셈인 모양이다.

이틀 동안을 자지를 못하여서 몹시 신경이 둔하게 된 나는 이런 급한 경우에 두서를 차리지를 못하였다.

"여보 어떡해야겠소?"

"아침 차로 가서야지요."

무론 가야 할 것이다. 내가 물어본 것은 집안이 다 갈까, 나 혼자 갈까를 의논한 것이었다.

현대에 살아가는 비애로서는 온갖 문제의 앞에 경제 문제라는 것이 걸려 있다. 이달도 벌써 중순이 지난 지금, 집안 전 식구가 내려갈 차비며 내려가 있을 동안의 비용이 준비되어 있을 까닭이 없다. 이 이른 새벽에 어디 나가서 그 비용을 갑자기 마련할 수단도 없었다.

여덟 시 십 분. 아침 기차 시간까지는 인제 겨우 한 시간 나마쯤, 그러나 나는 다만 가슴이 설렁거리고 서늘할 뿐 두서를 차리지를 못하였다.

그저께 내가 시골을 내려갈 때도 아내에게는 아무 말도 없이 간 것이다.

내가 없는 틈에 이 놀라운 전보를 받은 아내는 밤새도록 나를 기다리다가 어제는 아침 일찍부터 나를 찾아 나가서 감직한 곳을 실컷 다 찾아보고 피곤하여 집으로 돌아오니까 집에는 또 한 장 전보가 와 있더라는 것이다.

그래서, 그는, 어젯밤까지 나를 기다려보고, 그래도 안 오면 오늘 아침 차로 자기만이라도 내려가기로 마음먹고, 그 준비도 대략 하여두었던 것이다. 기차 시간은 차차 닥쳐오고 별 신통한 해결책은 생기지 않아서 우선 나부터 혼자 내려가기로 하였다. 집안 다른 가족이 내려가고 안 내려가는 것은 내가 내려가서 거기 형세를 보아서 작정하기로 하였다.

두서를 살피기가 어려운 어지러운 가운데서 조반도 먹을 틈이 없었다. 서울서 이틀을 입은 채 뒹굴었기 때문에 덜민 속옷도 갈아입을 틈이 없었다.

대략 이렇게 의논을 한 뒤에 나는 창황히 정거장으로 뛰쳐나갔다.

대개 예기는 하였지만 이번 이 길을 떠났다가 다시 돌아올 때는, 나의 단 한 분이시던 어머님은 벌써 이 세상에서의 존재를 잃으신 것이다.

내 나이 벌써 서른다섯. 내가 어머님을 그릴 나이가 아니며, 예순일곱에 떠나신 어머님의 춘추가 부족하달 수 또한 없지만 웬일인지 왜 좀더 살아 계시지 못하였는가 하는 원망이 마음에 사라지는 날이 없다.

어머님은 매우 건강한 체질의 소유자였다.

어머님이 제일차로 뇌일혈로 넘어지신 것은 벌써 근 삼 년 전이다. 뇌일혈이 일었다가는 소생키 쉽지 않고 소생한다 하더라도 전신이나 반신불수는 대개가 되는 것이다. 그러나 어머님의 건강하신 체력은 능히 이 무서운 고비를 어렵잖게 물리치고 다시 지팡이를 짚고는 거리에도 나다니실 만치 회복이 되었다.

이렇게 차차 회복기에 가까워가다가 금년 이른 봄 제이차의 뇌일혈이 생겼다.

의사도 그때는 진찰까지 거부하였다. 진찰할 필요도 없다고 하였다.

그러나 놀라운 체력의 소유자이신 어머님은 이 고비를 용히 또 넘겼다. 금년 여름에는 지팡이를 짚고 변소 출입도 능히 하시고 부축하는 사람이 있으면 한길에까지도 나설 수가 있으리만치 차도가 있었다.

이리하여, 여름에 어머님은 오래간만에 이 서울 내 집을 또 와보시기까지 하였다. 그러나 두 번의 뇌일혈을 겪으신 뒤의 어머님은, 내가 보기에도 매우 딱하였다.

반삭을 서울 계실 동안 꼭 한 번 웃으셨다. 내 어린 계집애의 재롱에 꼭 한 번 웃으신 일이 있었다. 그 외에는 반삭간은 언제든 언짢은 낯으로 계셨다. 좀하면 우셨다. 당신의 아들의 집이요, 당신의 아들 며느리 손주들이거늘 매우 어렵게 알고 미안하게 아셨다. 무엇을 가져오라든가 사오라든가 하시지 않고, 반드시 부자유한 몸을 움직여서 몸소 하시고, 당신의 주머니에서 돈을 꺼내어 아이들에게 사오라 하시고 하였다.

이렇게 약하게 변한 어머님의 성격을 볼 때에 나는 늘 쓸쓸하였다.

"동인아."

내게 대해서 이렇게 부르시는 일조차 없었다. 내게 무슨 말씀을 하시기조차 매우 어려워하셨다.

"누구를 보아도 반가워할 줄도 모르고—."

반가운 사람을 볼지라도 반가운 뜻을 나타내실 줄 몰라서 언짢다 하시는 뜻이다.

그렇듯 늘 눈떡만 짓고 계신지라, 아직 철없는 내 아들은 할머님의 앞을 꺼리었다. 이전에는 늘 "할머니, 할머니"를 연발하며 할머니의 곁을 떠나지를 않아서 웃기던 그 애도 슬슬 피하였다.

"너 좀 할머님 곁에 있거라."

타이르면 잠깐 있다가도 핑계만 생기면 다른 데로 피하고 하였다. 당신의 앞을 꺼리는 철없는 손주를 쓸쓸히 보신 뒤에도 또 흐득흐득 느끼시고 하였다. 마치 어린애와 같으셨다. 이렇게 언짢은 경성 생활을 반삭 동안을 하였다.

평양으로 도로 내려가시기 수삼 일 전에 어머님의 목 뒤에 조그만 부스럼 하나가 생겼다. 처음에는 대수롭지 않은 부스럼이었다. 조고약을 사다가 붙여드렸다.

그러나 어머님은,

"수술을 해얄까 부다."

혹은,

"항종에는 관을 짓는다던데."

이런 불길한 말씀을 연발하였다. 그리고 클클하기 때문에 그 조고약을 한 시간에도 몇 번씩을 뗐다 붙였다 하셨다.

그 부스럼이 말썽이 되었다. 곧 나으려니 했더니 평양 내려가실 때에는 주먹만 하게 든든하게 되었다.

평양에서 수술하셨다는 기별이 이르렀다. 뒤이어 수술 경과가 좋지 못하다는 기별.

그러나 나는 비교적 안심하고 있었다. 부스럼에서 시작된 종처거니 절개切開만 해버리면 나으려니 이만치 여기고 있었다. 그랬더니 불과 며칠이 지나지 못하여 이 전보였다.

기차에서 나는 최면제를 복용하였다. 두 장이나 연거푸 온 전보로 미루어 벌써 불행이나 생기지 않았나, 불행이 생겼으면 오늘부터라도 수일간을 밤경을 해야 할 테니 그 준비를 위하여.

그러나 잠을 이룰 수가 없었다. 개성을 지나서 잠깐 잠이 들었다가 신막서 깨었다. 그 뒤부터는 다시 잠이 들 수가 없었다.

이러한 가운데서 나는 망연히 생각하였다. 지금부터 십칠 년 전 동경서 공부할 시대에 아버지에게 곧 돌아오라는 전보를 받고 황황히 돌아온 그날의 기억이 오늘날 어머니의 전보를 받고 고향으로 내려가는 때 다시 기억에 소생하였다.

사흘간의 긴 여행을 끝내고 평양에 들어서니 아버님은 벌써 세상을 떠나셨다.

아버님의 임종도 못 보았거니와 어머님의 임종도 못 보나.

그저께 저녁에 전보가 오고 어제 아침에 또 오고 그 뒤에는 안 오는 것은 혹은 벌써 불행하셨다는 것을 뜻함이 아닐까.

아버님을 잃은 것은 내 나이가 열여덟 살—인생에 대한 용기와 희망으로 찬 시절이었다. 아버님을 잃는다는 일조차 그다지 크게 마음에 울리지 않았다.

지금 내 나이 서른다섯—중년의 적적함을 가장 통절히 느낄 시기다. 그 위에 어머님께 대해서는 부단不斷의 염念이 마음에 있었다. 그 청년 시기와 중년 시기를 아무 부자유가 없이 보내신 어머님을 나의 방탕과 파산 때문에 노후老後 불안정한 생활을 하시게 하기 때문에 늘 마음이 불안하였다. 언제 좀더 안정된 생활을 경영하게 되기만 하면 어머님을 모셔오기로 속으로 작정하고 그날을 기다리고 있던 중이었다. 이위* 생활이 안정된 뒤의 설계의 제일 조건으로서 주택, 어머님의 거실**의 설비의 양식을 늘 몽상夢想하고 있던 것이다.

아들의 방탕 때문에 노후에 부자유한 생활을 하시면서도 한 번도 불평한 안색을 하시기는커녕, 도리어 자기의 죄로서 부자유한 생활을 하는 이 아들을 미안한 생각으로 대하시던 어머님을 생각하면서 가슴이 저리고하였다.

마음에는 이런 생각을 가지고도 우리 김문金門의 수저워***하는 성격 때문에 어머님께 대하여, 기뻐하실 말 한 번도 드려보지 못한 나였다.

이런지라 평양서 기차를 던지고 어머님의 계시던 집까지 뛰쳐가서 어머님이 입원하여 계신단 말을 듣고 아직 환송하시지 않았단 말을 들을 때에 이 위독하신 어머님을 앞에 두고 나는 도리어 가슴에 북받쳐오르는 희열을 금할 수가 없었다.

* 부모가 계신 곳을 떠나감.
** 거처하는 방.
*** '수줍어'의 방언으로 보인다.

'기독부인병원.'

형수와 누이 부처가 간호하는 가운데 누워 계신 어머니. 어머님은 눈을 뜨시고 나를 보았다.

아무 감정도 없는 눈으로 잠시 보셨다. 아마 누구인지 모르시는 모양이었다. 그런 뒤에는 획하니 몸을 저편으로 뒤채셨다.

뒤채신 지 한 분分이 못 되어 다시 이편으로 뒤채셨다. 그 뒤에 또 곧 저편으로.

단 한 분도 안정해 계시지 않았다. 이편저편으로 잠시를 멎지 않고 뒤채고 계시다.

말을 듣건대 그 부스럼이 악화하여 평양서 수술을 하셨는데 그것을 어머님이 소독지 않은 손으로 만지기 때문에 수술한 자리로 단독균이 들어가서 이렇게 되었다 한다.

춘추가 춘추라 병원에서는 친척의 계약서가 없이는 대수술을 거절하였다. 그 입원 날 저녁에 내게 전보를 쳤다.

이튿날 아침에는 후두부後頭部 전체가 붉게 부어올랐다. 각각刻刻으로 그 범위가 넓어져가는 것이 분명하였다. 대수술을 않을 수가 없이 되었다. 또다시 내게의 전보가 그때의 것이다. 각각으로 넓어져가는 자리는 잠시도 더 유예할 수가 없이 되었다. 더 꿈질거리다가는 큰일이 닥치게 되었다. 그러나 그때의 입회인으로서는 누이 내외가 있을 뿐이었다.

형에게 전화를 하였으나 형은 조반朝飯 후에야 오겠다 하고 동생에게 전인傳人을 했으나 동생도 아직 안 오고 내게 어제저녁에 전보를 쳤으나 나조차 하양下壤치 않고 병세는 더 유예할 수가 없고 하여 누이 단독으로 계약을 하고 드디어 대수술을 하였다 한다.

수술 뒤 감각은 몇 시간 뒤에 회복되었으나 의식은 삼십여 시간이 지난 지금까지도 회복이 되지 않고, 장래 영구히 안 되지나 않을까 하면서 누이는 눈물짓는다.

답답하다고 부채질을 하라는 말과 물을 달라는 말밖에는 아직 입 밖에 낸 말도 없어도, 많은 사람 가운데 누이 한 사람밖에는 알아보시는 사람도 없다 한다.

그날 밤, 나는 단독으로 병원에서 새웠다. 형의 집에서 하녀 한 사람을 보냈으나, 나는 그를 간호부실로 보내고 혼자서 간호하기로 하였다. 좀 아직껏 수저워하기 때문에 소홀히 한 효도를 임종에나마 드려보고 싶었다.

부대*하신 위에 또, 잠시를 쉬지 않고 몸을 이편저편으로 뒤채시는지라, 한 개의 침대로는 지탱할 수가 없어서, 침대를 두 개를 나란히 하여 놓은 위에서 어머님은 밤새도록 그냥 끊임없이 이리저리 뒤채셨다. 한번 시험 삼아 팔을 붙들어보았더니 놀라운 힘으로 그것을 빼서, 역시 뒤채셨다.

밤중에 어머님은 나를 알아보셨다. 시험 삼아 내가 누구인지 아십니까고 물어보았더니 한참을 물끄러미 보시다가 간단히,

"서울 아이."

하셨다. 그러나 기쁘신 표정도 언제 내려왔느냐는 질문도 없이 역시 몸을 저리로 뒤채실 뿐이었다.

물, 부채질—이 두 가지밖에는 아무 욕망도 없으셨다. 수술 전날 밤까지도 내게 전보를 치라고 채근을 하시고, 이튿날 아침에 수술하시기 직전에도 내가 내려 안 왔느냐고 물으시더라더니.

오전 열 시쯤 회진할 때에 나는 수술 자리를 비로소 볼 기회를 얻었다. 형도 누이도 모두 있었지만 차마 보지 못하겠다고 모두 병실 밖으로 피하

* 몸집이 크고 거대함.

고 내가 어머님을 부축하고 있을 책임을 지게 되었다.

　팔로 어머님의 어깨를 붙들고 다리로 어머님의 허리를 버티는 관계상 내 눈앞 한 뼘쯤 되는 거리에 있는 그 수술 자리, 넓이가 다섯 치쯤 길이가 여섯 치쯤. 후두부의 가죽을 잘라내어서 두개골이 통 보이며 군데군데 그냥 붙어 있는 살덩이는 모두 썩었고 그 변두리 가죽이 그냥 있는 곳도 모두 누르는 곳마다 농膿이 비어져 나온다.

　"아파 아파."

　발음이 분명치 못한 음성으로 연하여 고통을 호소하시는 어머니, 잔혹한 일도 비교적 냉정히 관찰하는 습성이 있는 나도, 이 끔찍한 수술 자리를 보고는, 몸을 떨지 않을 수가 없었다. 이십 관*이 썩 넘는 어머님의 온몸의 무게를 받고 있는 내 팔과 다리가 떨리고 가슴이 서늘하여, 그 자리를 보지 않으려고 애를 쓰나, 기운 없는 신음성이 연하여 나매, 눈을 또한 그곳서 뗄 수도 없었다.

　이런 무서운 상처를 가지고도, 용하게 참으시는 참을성은 경탄할 만하였다. 그 자리를 보는 내게조차 식은땀이 온몸에 내배었거늘, 어머님은 놀라운 참을성으로 참으신다. 가죽과 뼈의 틈으로 심지를 꽂을 때에도, 몸만 흠칫흠칫하실 뿐 용히 참으신다. 혹은 아픔이 너무도 과한지라 도리어 그다지 감각지를 못하시는지.

　"경과가 매우 좋아요."

　의사는 보증하였다.

　그러나 이 보증을 나는 믿기 힘들었다. 사람의 체력이 얼마나 한 것인지는 모르지만, 본시 탈 때문에 쇠잔하셨던 몸에 또한 이만한 상처를 받

* 75kg. 한 관은 3.75kg이다.

으시고도 능히 견딜 수가 있을까.

동생과 누이의 권고에 나는 오후 두 시쯤 그새 여러 날을 자지 못한 잠을 잠깐 자보려고 병원에서 얼마 되지 않는 누이의 집으로 갔다. 최면제를 먹고 한잠 들고자 하였으나, 꿈과 같이 생시와 같이, 자는 듯 마는 듯 한두 시간을 겨우 보내고 다시 병원으로 달려갔다.

여전히 번열증* 때문에 부채질을 멈추지 못하게 하시며 냉수를 연하여 청하시며 일 분도 쉬지 않고 이리저리로 뒤채시는 것은 변함이 없었다.

그날 밤도 또한 나 혼자서 밤을 새우기로 하였다. 누이는 제 지아비에게 강박強拍하여 몸이 약한 나를 오늘은 쉬도록 하게 하려고 하는 것을 들었지만 나는 간밤의 간호뿐은 다른 사람에게 맡기고 싶지 않았다. 불면증이 있기 때문에 한밤을 앉아서 새울지라도 까딱도 안 하는 나 같은 사람이야말로 환자 간호에 가장 적임자일 것이다. 밤에 목이 마르시다든가 변의便意가 계시다든가 그렇지 않으면 무슨 급변이 있든가 할 때에 자지 않고 지켜 있는 사람이 있어야 할지라 나는 이 위중하신 어머님의 앞을 밤 동안은 차마 떠나지를 못하였다.

그러나 이 밤은 내게도 꽤 괴로웠다. 그새 여러 날을 잠을 못 잤기 때문에 온 신경을 누르는 졸음 때문에 근년近年 십여 년래에 처음으로 '졸음 때문에 괴로운 경험'을 하였다.

잠드신 듯하다가는 문득 깨시고 깨신 듯하다가는 문득 잠드시고, 깨신다 할지라도 아무 의식도 없는 듯한 눈으로 무한한 전방前方만 응시하시고—이러한 가운데서 이 밤도 지났다. 보고 싶은 사람도 계시겠거늘, 청하고 싶은 일도 계시겠거늘.

---

* 몸에 열이 나고 가슴이 답답한 증상.

세상 잡무에 관한 욕망은 벌써 다 잊으시든가 혹은 무관심하게 되셨나. 그렇지 않으면 몸이 너무도 거북하여 의사 표시하는 행동조차 귀찮으셨나. 간혹 내게로 향하여 돌아누우시며 눈을 내 위에 던지시는 일도 있지만 아무 표정도 없이 다른 데로 다시 굴리시고 하였다. 의식 정도가 얼마나 한지도 의심스러웠다.

새벽녘께 깨신 기회에 또 열과 맥박을 재다가 나는 어머님께 내가 누구인지 아시느냐고 물어보았다. 너무도 안타깝기 때문에.

"예?"

"내가 누구인지 아세요?"

"의사다."

이 아들을 아직껏 의사로 알고 계셨나. 나는 칵 눈물이 쏟아졌다.

"의사가 왜 의사야요. 서울 있던 동인이 아닙니까? 그저께 내려온 동인이야요."

귀 가까이서 조용한 말로 이렇게 말할 때는 나는 무론 이 말에 대해서 어머님의 얼굴에 반가운 표정이라도 나타나기를 기대하였다. 그러나 이 말에 대해서도 어머님은 아무 감정도 없으신 음성으로,

"동인이?"

이렇게 반문하실 뿐, 눈을 거듭 떠보려고도 안 하셨다.

그 풍만하시던 얼굴이 여름 새에 무척도 여위어서, 광대뼈가 쑥 보이며 사지에는 살이 빠졌기 때문에, 잔주름이 한 꺼풀 덮인 어머님을 주물러드리며 침두枕頭에 서 있는 동안, 눈에서 하염없이 눈물이 흘렀다. 호흡이 통하고 맥박이 움직이고—이뿐, 이 밖에는 인간의 온갖 감동과 감정을 모르시는 어머님을 볼 때에, 멈추려야 멈출 수 없이 뒤이어 눈물이 솟았다.

밝는 날 회진 왔던 의사는 여전히 경과가 매우 좋다고 선언한다.

그 경과가 좋다는 것은 무엇을 뜻함이냐 물으매, 종처의 자리가 더 넓게 썩어지지 않으니 이것이 즉 좋다는 것이 그의 대답이었다. 그러나 드레싱을 하는 동안 내 눈앞 다섯 치의 거리의 그 수술 자리에서는 여전히 살 썩는 냄새가 코를 찌르고, 변두리를 누르면 농이 비어서 나오지 않는다.

"내과적으로는 어떻습니까?"

의사를 따라 나가서 병실 밖에서 이렇게 물어보매, 의사는 이 외과적 환자의 내과적 방면을 묻는 것을 도리어 의아히 여기는 듯이,

"좋아요. 매우 좋아요."

하고는 저편으로 가버렸다.

그러나 좀 뒤에 의사는 다시 이번은 청진기를 가지고 왔다. 먼젓번은 외과적 기구만 준비해가지고 왔던 것이다.

입원 이래 처음으로 내과적 진찰을 하여보았다. 의사는 잠깐 눈살을 찌푸렸다.

"폐염 기운이 있는 모양이나 잘 주의하면 별 관계가 없겠소. 경과 좋아요. 아주 좋아요."

왼편 폐에 염증이 생겼다 한다.

사흘이 지나고 나흘이 지나는 동안도 어머님의 병환은 차도가 있는 듯싶지도 않았다. 의사는 회진 때마다,

"경과 좋아요."

를 연발하지만 우리들의 눈에는 무엇이 좋은지 어떻게 좋은지 알 수가 없었다.

단지 내가 처음 평양으로 달려온 때보다 좀 변한 것은 한 분分도 쉬지 않고 몸을 이리로 저리로 뒤채시던 그 동작이 없어진 것뿐이었다. 그러나 이것조차 우리의 눈으로 보자면 더욱 기운이 쇠잔하셔서 몸 뒤채실 기력

조차 없어진 것으로 보였다.

형의 집에서 선풍기를 가져다 놓았다.

웅웅 돌아가는 선풍기의 바람 아래서 고요히 눈을 감고 계신 어머님. 너무도 고요히 계시므로 혹 선풍기를 튼 것을 의식지 못하시나 하고 스위치를 끊어놓으면 곧 눈을 뜨시고,

"선풍기 돌려라."

하고 하신다.

여전히 연하여 냉수를 청하시고 실과를 청하시는 뿐 다른 세상의 욕망은 싹도 보이지 않았다.

어머님의 병환이 지구적持久的으로 들어가며 급변急變은 없을 모양이 보이면서부터는 나는 차차 나의 서울 집이 걱정 났다. 내가 원고를 써서 그 수입으로만 이렁저렁 호구糊口를 하여나아가는 집안이라 그냥 내버리고 평양으로 뛰쳐 내려왔는지라, 그 생활 문제가 근심되었다.

이곳은 형이 부호로 지내고 동생 누이 모두 근심이나 없이 지내며, 어머님의 병환도 일양일간一兩日間*으로는 급변은 생기지 않을 듯하나 서울 적지 않은 내 식구는 오로지 내 붓끝 하나에서만 밥을 먹고사는 것이다. 서울 아내에게서는 벌써부터 경제난을 하소하는 편지가 왔다. 이제 월말을 눈앞에 둔 이때 이 문제도 적지 않게 근심되었다.

잠깐 서울까지 다녀오나. 서울 가서 집안 일을 당분간 좀 되도록 만들어놓고 마음 놓고 평양에 다시 와서 천천히 간병을 하나.

그러자니 또한 이 위중하시고 의식조차 명료치 못하신 어머님의 앞을 차마 떠나가기 싫었다.

------

* 하루나 이틀 사이.

어머님의 병환이 급할 때는 서울 집안의 일 따위는 생각할 겨를도 없었지만 지구적으로 들어가면서부터는 이 문제가 매우 근심되었다.

어느 날 밤 나는 고요히 잠드신 어머님의 침두에 서서 오른손으로 어머님의 열을 짚어보며 생각하여보았다. 그러나 연로하신 위에 적지 않은 병을 지니고 계신 이 어머님을 아무리 지구적으로 병환이 변하였다 하지만 어떻게 버려두고 그냥 갈까.

자정이 지나고 축시丑時가 지날 때까지 나는 잠드신 어머님의 이마 위에 손을 얹은 채 우두커니 서서 이 양난兩難한 입장을 스스로 울었다.

밤에 열을 보러 들어왔던 간호부는 내 이 눈물을 단지 어머님의 위중을 슬퍼하는 것으로 알았을 것이지, 가도 오도 할 수 없는 이 내 마음의 아픔은 알아줄 사람이 없었다.

새벽녘, 병상 맞은편 의자에 앉아서 전등을 내 편으로 돌려놓고, 무슨 취미잡지를 읽고 있을 때에 어머님이,

"거 누구가?"

하고 물으셨다.

나는 책을 얼른 내리었다. 사람이 보통 기쁠 때에는 화색이 나고 그 정도를 넘을 때는 울고, 또 그 정도를 넘게 되면, 멈출 수 없이 홍소哄笑하게 되는 것을 나는 이때 비로소 경험하였다.

의식이 드셨다. 아직껏은 단지 냉수를 찾으시든가, 부채질을 하라시든가, 그렇지 않으면 아픔을 호소하는 데 지나지 못하시던 어머님이 사위四圍에 주의를 하실 만치 의식이 드셨다. 자기의 맞은편에 앉아 있는 양복쟁이가 누구인지를 알아보시려는 의식이 드셨다.

보던 잡지를 내어던지고 어머님 앞에 가서, 이마에 손을 얹고 멈출 수 없는 웃음 가운데서 동인이외다 동인이외다 아뢰었다. 어머님은 나를 쳐

다보셨다. 그러나 여름부터 표정을 잃으신 어머님은, 역시 무표정하게 보실 뿐이었다.

한참을 보시다가는 다시 눈을 감아버리셨다.

이날부터 어머님은 조금 의식이 드셨다.

그러나, 의식이 드셨다 할지라도 무슨 요구를 제출하시든가 하는 일은 없으셨다. 단지, 문병 온 사람들을 분간하시며 세상 잡무에 관한 약간한 이해력을 회복하실 뿐, 당신의 의사는 여전히 나타내는 일이 없었다.

그날 오후, 형이 병원에 온 때에, 나는 매우 괴로운 말을 꺼내어보았다.

"월말은 차차 가까워오고 하는데 서울 집으로 용처를 약간 보내주시면 좋겠습니다. 좌우편으로 마음이 놓이지 않아서 지금 어쩔 수가 없습니다."

이날 마침 아내에게서도 편지가 왔다. 지금 집안에 용처가 떨어졌는데 어디 원고료 들어올 곳이 있으면 알켜주면 자기라도 가서 받아와야겠다는 것이었다.

내 요구를 들은 형은 곧,

"없다. 인제 생기면 보내주지."

하고 거절의 뜻을 나타내었다.

딱하게 되었다.

서울 집안을 그냥 버릴 수 없다. 그렇다고 이 위중하신 어머님을 또한 어쩌나.

그날 밤, 오래간만에 하룻밤을 쉬려고 병원을 매부에게 부탁하고 어머님의 계시던 집으로 나와서 피곤한 몸을 잠재우려고 (의사가 들으면 깜짝 놀랄 만치) 다량의 최면제를 먹고 자리 위에 눕자 곧 잠이 들었지만 양난兩難의 괴로운 마음을 알고 있는 나는 안면安眠하지를 못하고 연하여 깨었다. 잠들면 못된 꿈을 꾸었다.

이렇게 불안히 혹은 잠들고 혹은 깨고 하는 동안 나는 매우 냉혹한 결심을 하였다.

상경上京하자. 상경하여 일양일간 지내면서 그냥 버리고 온 내 집을 정돈하여놓고 내려와 있도록 하자. 이곳은 내가 없을지라도 아직도 두 아들과 며느리며 딸 사위가 있어서 근심이 없지만 서울 내 식구는 나만 없으면 가두*에 방황할 몸이 아니냐. 아직 빚[債]에 시달리는 생활을 하게 한 경험이 없는지라, 내 아내는 현금만 없으면 어쩔 줄을 모를 사람이다. 올라가서 어떻게든 임시로라도 꾸며주고 다시 내려오자.

밝는 날, 나는 진일盡日을 우울하게 지냈다.

인제 명일明日이면 잠깐 다시 상경하였다가 내려오리라는 결심을 하였는지라 어머님의 용태가 근심스러웠다. 지금 보아서는 어제보다도 좀더 차도가 있는 듯하지만, 노인의 병세라 언제 급변할는지 알 수가 없으므로, 이것이 근심되었다.

나는 당직의에게 묻고, 주치의에게 묻고, 원장에게 묻고, 이렇듯 돌아가면서 물어보았다. 만약 이구동성異口同聲으로 위중하다면 무론 상경치 못할 것이요, 이구동성으로 양호하다면 안심하고 상경할 것이다. 그러나, 원장의 말은 양호하다 하고 당직의 말은 위독하다고 하고 주치의의 말은 아직 모르겠다 하매 어떤 편을 신망하여야 할지 알 수가 없었다.

그날 밤 역시 고요히 잠드신 어머님의 침두에서 밤을 새우는 동안 나는 나의 환경을 탄식하였다. 아직 어떻다 단언할 수 없는 어머님을 두고 성경하여야 할 수밖에 없는 내 처지를 탄식하였다. 이틀만 있다 다시 내려

---

* 도시의 길거리.

올께 그때까지 무사히 계십시오. 나는 이렇게 연하여 속으로 빌었다.

"야."

보매 잠드신 줄 알았던 어머님이 어느덧 눈을 뜨시고 나를 쳐다보고 계신다.

나는 얼른 일어나서 물주전자를 어머님의 입에 갖다 대었다. 물을 찾으실 때밖에는 사람을 부르는 일이 없는 어머님이므로.

그러나 어머님은 물을 달갑지 않으신 듯이 한 모금만 받아 마신 뒤에, 몰표정한 눈으로 그냥 쳐다보고만 계시다,

"내 입성 어디 있니?"

한참 쳐다보시다가 하는 말씀. 풍 때문에 발음이 똑똑지 못하셔서, 마치 누구를 책망하시듯이 하시는 말씀이었다.

나는 이 밑도 끝도 없는 말씀을 못 알아들었다. 그래서 반문치 않을 수가 없었다.

"네?"

"내 입성 말이야."

"옷이요?"

"어."

나는 어머님의 옷이 어디 있는지 알지 못한다. 그래서 모른다고 대답하매 어머님은 한참 아무 말씀이 없으시다가 또 성가신 듯한 음성으로,

"거기 내 뚜머니 이서. 뚜 쭈머니."

"주머니요?"

"어."

여전히 끝도 밑도 모를 말씀이었다.

"쭈머니에 똔 이서."

말하자면 입원하시고 벗어놓으신 옷에 주머니가 있고, 그 주머니에 돈이 들어 있다는 말씀이다.

그러나, 지금의 어머님의 입장과 아무 관련이 없는 이 문제를 나는 어머님의 한낱 헛말씀으로밖에는 들을 수가 없었다. 몸이 너무도 아프셔서 헛말씀을 하신다 이렇게 보았다. 그리고 어머님 손의 맥을 짚어보았다.

어머님도 다시 잠이 드셨는지, 눈을 감아버리셨다. 그러나 한 십 분 지났을까 말았을까. 어머님은 눈을 감으신 채 다시 말을 하셨다.

"너 용첩슴 쓰."

불분명한 발음이나마 너 용처 있으면 써라 하시는 말씀에 틀림이 없었다. 나는 눈에서 콱 솟아나는 눈물을 막을 수가 없었다. 정신만 드시면 관심하실 일이 하고많거늘 제일 먼저 이 나의 용처를 관심하시나.

"아니. 용처는 넉넉해요."

눈물 가운데서 이렇게 대답하매 어머님은 다시 입을 봉하셨다. 그러나 잠시 뒤에 또 입을 여셨다.

"서울두 보내야지. 뚜머니에 깍지두 이서."

나는 더 참지를 못하였다. 어머님의 팔에 머리를 묻고, 느껴 울었다. 어머님은 내가 어저께 형에게 하는 걱정을 들으신 것이었다. 그리고, 당신이 가지신 다만 한 개의 귀중품인 순금 양 반쭝의 가락지를 팔아서 쓰라시는 것이었다.

당신의 왼편 팔에 머리를 묻고 우는 내 머리에 어머님의 오른손이 와서 덮이는 것을 나는 알았다. 이십여 년 만에 어머님의 손으로 머리를 쓸리우며 나는 한없이 한없이 울었다.

"그런 말씀은 마세요. 인제 다시 쾌차하셔서 끼셔야지."

"끼긴. 내가 살아날 것 같던!"

어떤 일이 있든 내일 잠깐 상경했다가 돌아오자. 서울 가서 대지급으로 집안을 대강 정리해놓고 마음 놓고 다시 내려와서, 내 정성을 다하여 어머님을 간호하자. 내 정성으로라도 어머님을 다시 병상에서 일어나시도록 하자.

"아까 원장도 경과가 좋다는걸요. 인제 며칠만 더 계시면 안 나으리까. 내 일은 아무 걱정 마세요. 어떻게든 내 아니 꾸리리까."

어머님은 이번에는 아주 입을 봉해버리셨다. 깨셨는지 주무시는지 고요히 눈을 닫으신 채 규칙 바르게 숨소리만 겨우 정숙을 깨뜨린다.

이리하여 이 밤도 또한 무사히 밝았다.

아침 회진 때에 원장은 B라는 서양 여자를 데리고 와서 이 사람이 인제부터는 주치의가 되어서 치료를 담당할 테니 그리 알라고 한다.

회진 후, 어머님은 잠이 드시고 병실에서는 나와 누이동생 단 두 사람이 되었을 때에, 나는 비로소 누이에게 오늘 밤 상경하겠다는 뜻을 말하였다. 오늘 밤 상경하여 일을 보고 내일 밤 늦어도 모레 밤차로는 다시 오겠다고.

"그럭하면 되나요?"

누이는 무론 깜짝 놀라며 반대의 뜻을 나타내었다.

"그렇지만 어떡하니. 나도 차마 떠나기는 싫지만 어머님도 하루이틀 새에는 급변할 것 같지도 않고……."

"그래도 찾지."

무론 찾으실 것이다. 내가 없으면 밤경을 할 사람은 내 아우와 매부의 두 사람뿐이다. 두 사람이 다 잠 많은 사람으로서, 밤을 새워서 지키지를 못할 것이다. 일전도 너무 곤하여 하룻밤 매부에게 맡겼더니 밝는 날 어머님은 불평을 말하셨다. 밤에 물을 달라 해도 모르고 자고, 소변을 보시겠다 해도 그냥 모르고 자고, 몸의 위치를 고치시려 할 때에도 완력腕力 있는 대로 써서 아파서 못 견디시겠다는 것이다.

나 자신으로도 어머님의 앞을 잠시도 떠나기 싫었거니와 어머님의 간호를 위하여서도 나는 그새 피할 수 없는 일(식사라든가 잠잘 때라든가)밖에는 단 오 분간을 병실 밖에 나가보지를 못했다.

나 이외에는 어머님을 전심專心으로 간병할 사람도 없었거니와 전심으로 간병한다 할지라도 어머님께 불평이 없으시도록 하기가 힘들 것이다. 그런 관계상 내가 상경한다는 것은 (그것이 단 하루간이라도) 매우 난처한 일이다.

나는 서울을 가지 않아도 되게 되었다. 상경하기를 번의*하였다.

그날 잠에서 깨신 어머님은 갑자기 기괴한 말씀을 하기 시작하셨다. 잠에서 깨서 곁에 누이를 부르시고 갑자기,

"내 입성 어디 있니?"

하고 물으셨다.

나는 어젯밤 어머님의 말씀을 들은 일이 있는지라, 뜨끔하였다.

"내 입성 어디 있어?"

"입성? 집에 가져다 뒀지요. 왜요?"

"주머니는?"

"주머니두 집에 함께 잘 갖다 뒀지요. 갑자기 그 이야긴?"

"좀 가져오렴."

"그건 왜요?"

"볼라구."

* 먹었던 마음을 뒤집음.

이런 회화였다.

나는 가슴이 서늘하였다. 동시에 눈물이 나오려 하였다. 어머님과 누이의 회화 틈에 내가 끼어 들어가지 않을 수가 없었다.

"야. 아마 무척 귀애하시던 주머니니깐 오매 중에 생각나시나 부다."

이렇게 누이를 그 말에서 떼어버리고, 다른 말을 하게 하였다.

지금껏 누이를 데리고 계시던 어머님이라 어머님의 가지신 약소한 부동산이며 동산은 죄 누이 자기가 가질 것으로 알고 있는 배다. 그런 형편이라 이곳에서 다른 말이 나오면 나와 그의 새에 기괴한 감정이 끼일까 그것을 저어하였다. 병상에 계신 어머님의 말씀을 헛말씀이라 하여 저까지 이렇게 할 필요가 있는지 어쩐지는 판단키 어려운 일이로되 그 당장에서는 나는 이렇게 말해서 그런 말을 삭여버릴 이외에는 도리가 없었다.

어머님도 당신의 것은 딸이 물려받으려고 생각 먹고 있는 줄 아시는지라, 더 말씀하시기가 어려워서 분명한 말씀은 채 하시지 않으셨다. 그러나 그날부터 임종하시는 날까지 마치 헛말씀같이 옷을 가져오너라 주머니를 보자 하시는 말씀은 매일 몇 번씩 하셨다. 그 말씀을 들을 때마다 내 가슴은 우그려내는 듯하였다.

그날 밤부터는 몹시 수술한 자리가 아프시다고 호소를 하시므로 간호부에게 명하여 진통제 주사를 한 대 하게 하였다.

지금도 늘 감사한 생각이 나는 배지만 그때, 간호부들이 진실로 잘 말을 들어준 점이다. 본래 이 병원 계통의 각 병원은 간호부가 친절치 못하다는 소문이 높은데, 우리 병실에 대하여서만은 그야말로 입 안의 혀와 같이 놀랍게도 잘 순종하였다.

이튿날 새벽, 매부가 온 것을 기회로 잠깐 집에 들어가서 대변을 보고 다시 병원으로 돌아왔더니 그새 깨신 어머님이 매부에게,

"동인이 서울 갔느냐?"

어제 내가 가겠다는 말을 들으신 것이었다.

"가긴 왜 가요. 여기 있습니다."

모든 세상사를 관념 안 하시며 그렇게 사랑하시던 외손주가 눈앞에 와도 모른 체하시는 어머님이, 내가 갔는지 안 갔는지 관심하시는 것을 볼 때에 나는 상경하겠다는 마음을 내었던 것만도 매우 죄송하였다.

그날부터 병세는 이상하게 되었다.

열이 더하다든가, 고통이 더하다든가 한 것이 아니라 끊임없이 무슨 환각에 위협받으시는 듯하였다.

어젯밤 이 병원에서 아이 둘이 죽어 나갔는데, 그 직후에 아기 귀신이 앙앙 울어서 그 소리에 잠을 못 잤노라고 말씀을 하신다.

불길한 예감이었다. 간호부를 불러서 몰래 혹은 이 병원에서 어린애 죽은 일이라도 있느냐고 물었더니, 간호부의 대답은 이 병원에는 지금은 이 병실(어머님) 이외에는 위독한 환자조차 없다는 것이었다. 그래서 그 말을 어머님께 드리고, 그런 망상과 환각을 어머님에게서 없이해보려고 애를 썼으나, 어머님은 마지막에는 성까지 내시며, 분명히 죽어 나갔는데 너희는 나를 속이느냐고 힐책하신다.

그것뿐 아니라, 잠드시든 깨시든 늘 무슨 환각을 보시는 것이 분명하였다. 아직까지는 냉수를 달라든가 선풍기를 틀라든가 하는 청구 이외에는 입을 여시는 일이 없더니 공연한 말씀을 늘 꺼내시고 하였다.

이 집을 모두 허는데 어디로 피하여야겠다는 말씀도 하셨다.

일환이(내 아들) 어젯밤에 내려와서 저기 모자를 벗어두고 나갔는데 어디 갔느냐고도 물으셨다. 그러면서 연하여 어서 퇴원하자는 말씀을 하신다.

마치 어린애가 조르듯 우리를 보실 때마다 퇴원하자고 조르는 경향은 차마 우리로서는 보기가 힘들었다. 춘추가 춘추고 그 위에 병환이 또 병환이라 다시 일어나시지 못할 것은 뻔히 아는 바였지만 그래도 자식 된 정애로는 불가능한 경우에서라도 만일의 행幸이라도 바라보고 있었다. 냉정히 생각할 때는 무론 불행한 일을 반드시 겪을 줄 믿은 바였지마는 그래도 지금 이 움직이시는 어머님이 장래에 영원한 정지靜止와 침묵에 들리라고는 믿기지 않았다. 마지막에는 탄원하는 태도로까지 퇴원하자고 하실 때도 우리는 끝까지 이 말씀을 거역하였다.

"퇴원해야 꼭 될 일이 있다."

하실 때도 역시 며칠 뒤 조금 차도가 보일 때에 퇴원한다고 거짓말로써 어머님을 속였다.

나는 밤에 어머님께 그 퇴원해야 될 일이라는 그 '일'을 들었다. 세상 잡무였다. 이번에는 반드시 세상 떠나실 줄 아신 어머님이 마지막 처리를 하기 위해서 그렇듯 퇴원을 강요하신 것이다.

"그런 걱정은 마세요. 공연히 그런 생각까지 하시기 때문에 탈에 영향 됩니다."

이렇게 말하여 끝까지 듣지는 않았지만, 마지막 병상에서 정신이 혼미하신 이때까지도 그냥 꾸준히 사십이 거의 된 이 아들을 걱정하시는 어머님의 마음에 울지 않을 수가 없었다.

문병 왔던 사람들마다 모두 돌아갈 때는 우리에게 섭섭한 듯이 인사를 하고 가곤 하였지만, 우리는 그래도 끝끝내 희망을 붙였다. 냉정히 생각할 때는 절망으로 알면서도 그래도 불행이 임박하였으리라고는 뜻도 하지 않고 있었다. 더구나, 사람의 임종을 아직 본 일이 없는 나는 임종이 어떠한지 알지도 못하였다.

B라는 서양 여자가 주치의가 된 뒤부터는 음식이 늘 기괴한 것이 들어 왔다.

고기 군 것, 고사리나물, 김치 이런 것들이었다.

그전까지는 죽과 미음과 우유와 계란 등이 교대로 들어왔는데 B가 맡은 뒤부터는 끼니마다 이런 것이 들어왔다.

환자는 이것을 싫어하였다.

유동물流動物의 음식이라도 입에 떠 넣어드려야 마지못해서 받으셨거늘 이런 음식을 좋다 할 리가 없었다.

"당뇨병이 있소."

B의 말이었다.

"싫어. 사과나 한 쪽 다고."

그 군은 고기를 드릴 적마다 어머님은 머리를 저으시며 받지 않으려 하신다. 그러나 이것도 치료상의 한 도정이라 하여 우리는 어머님이 그렇 듯 청하시는 과실 한 쪽 드리지 못하고 고기와 고사리 물뿐으로 대접하 였다.

한 번 누이동생이 몰래 능금 한 쪽을 드렸다가 B에게 들키어서, 한참 말을 들은 일이 있었다.

당뇨병에 일년감*은 괜찮다는 말이 있으므로 일년감을 좀 드린 일이 있 었는데 이것도 불행히 금지를 당하였다.

불행한 환자.

나는 어머님을 가만히 들여다볼 때마다 그 불행을 마음에 진실히 느꼈 다. 위중한 환자의 소원이라면 웬만치 불가능한 일이라도 하여드리는 것

---

* 토마토.

이 옳다는 것을 뻔히 알고 있는 배다. 그러나 이 위중하신 어머님의 병상에서의 소원은 하나도 성공해본 일이 없었다.

퇴원하자. 옷을 가져오너라. 주머니를 가져오너라. 이것을 모두 병상에서의 섬어譫語*라 하여 우리는 무시하였다. 나는 그 의미를 다 알고 있었으나, 나도 여러 가지의 사정 때문에 말을 꺼내지 못하였다.

능금을 다고. 복숭아를 먹자. 무과수를 가져오너라. 이 소원도 B 때문에 들어드리지 못하였다.

문병 오는 어떤 사람이 복사와 무과수를 가져온 일이 있었는데 어머님은 못 보신 줄 알았더니 그 사람이 간 뒤에 곧 복사를 깎아 오라고 하신다. 이것을 드리지 않을 때에 사실 가슴이 찢어지는 듯하였다.

어떤 날, 어머님이 주무시는 줄 알고 능금을 하나 먹고 있다가 문득 보매 어머님이 물끄러미 내 능금을 바라보고 계신다. 나는 이때 너무도 미안하여 의사의 말을 거역하고 어머님께 한 쪽 드렸다. 그 능금을 혀를 채며 잡수시던 모양.

갈하다면 냉수를 드리는 뿐이었다. 고기와 고사리가 뻣뻣해서 목에 넘어가지 않는다 하실지라도 그 밖에 다른 것은 의사가 금해서 어찌할 수가 없었다.

"나 국수(냉면) 좀 먹으면 안 될까."

어떤 날 주무시다가 갑자기 깨시며 하시는 이 말씀. 얼마나 시원한 것이 생각나기에 이런 말씀을 하실까.

우리는 무슨 과일이나 그 밖 시원한 것을 먹을 기회가 있더라도 반드시 병실에서 나가서 포치에서 먹었다. 그러나 먹고 도로 병실로 들어올 때마

---

* 헛소리.

다 무슨 큰 죄나 지은 것같이 미안하고 죄송하였다.

왼편 폐의 염증은 대단하여졌다 한다. 그러나 너무 걱정하지는 말라 한다.

팔월 이십칠일.

그날도 역시 퇴원하자는 말씀과 옷을 가져오라는 말씀과 그 밖에는 집이 무너진다는 둥 차도도 없고 더하지도 않는 모양으로 지냈다.

저녁 다섯 시쯤 간호부가 무슨 주사를 한 대 하고 나간다. 무슨 주사냐고 물으니 인슐린이라 하며 당뇨병 치료제라 한다.

병실에는 어머님과 나 두 사람뿐이었다. 어머님은 고요히 잠드신 듯하여 무슨 취미잡지를 잠시 보다가 어머님의 숨소리가 조금 높은 듯하기에 책을 던지고 달려가보았다. 이마에 손을 얹으매 이마가 불덩어리 같았다. 손을 잡아보매 맥이 놀랍게도 빨랐다.

나는 가슴이 선뜩하였다. 창황 중 어찌할 줄을 몰랐다. 그때에 내가 어떤 순서로 일을 처리하였는지는 도무지 기억에 없다.

좌우간 체온기도 끼웠다.

간호부도 불렀다.

강심제 주사를 놓아달라고 하다가 의사의 처방이 있어야 놓겠다 하므로 간호부에게 윽박하여 강심제 주사를 연거푸 두 대를 놓은 일도 기억은 된다.

어떻게 된 병원인지 병원에는 지금 원장도 당직의도 주치의도 의사라는 종류는 하나도 없다 하므로 간호부를 모두 내세워서 의사를 찾으러 보낸 일도 기억은 된다.

아들들을 지급히 불러야 할 터인데, 집을 아는 사람이 없어서 쩔쩔매었다.

형의 집에는 전화로라도 통지할 수 있지만, 전화를 할 사람도 없었다. 간호부란 간호부는 모두 의사를 찾으러 나가고 나는 한 초라도 환자의 곁에서 떠날 수 없고—. 그러는 동안에 열은 삼십구 도로, 구 도 삼 분으로, 오 분으로, 팔 분 구 분으로 각각으로 올라갔다. 가슴에는 그렇듯 열기가 높은데도 발은 얼음장같이 차졌다. 흔들어도 정신도 못 차리셨다. 고함을 질러도, 부르짖어도, 다만 걸그렁걸그렁하는 숨소리만 높고, 아무 감각도 모르시는 모양이었다.

그때 마침 누이가 병원으로 왔다.

이 경황을 보고 울면서 달려들려는 누이를 말리고, 먼저 기림리(동생의 집)로 달려가서 동생을 데려오라 하였다. 이즈음 이사한 동생의 집은 누이밖에는 아는 사람이 없었다. 매부에게는 먼저 형에게 전화를 하고 곧 나와서 이 병원 관계의 어느 의사든 의사를 끌어오라 하였다. 그러는 동안 어느덧 무릎까지도 식었다.

먼저 누이와 동생이 달려오고, 형수, 형, 뒤따라 달려온 때는 환자는 벌써 넓적다리까지 식고, 의사를 데리러 나갔던 간호부들도 모두 헛길을 하고 돌아온 때였다.

캠퍼를 또 한 대, 또 한 대, 또 한 대— 연하여 놓았지만 그 효력도 보이는 듯하지 않고 환자는 여전히 의식 없이 숨소리만 높을 뿐이었다.

맨 먼저 원장이 왔다. 진찰해보고는 섭섭하다는 듯이 머리를 끄덕이고 무슨 주사를 두 대 명하고는 돌아가버렸다.

주치의라는 B가 그다음에 왔다. 역시 같은 말을 하였다.

당직의도 보았다. 내과 주임도 보았다. 모두 섭섭하다는 뜻을 말할 뿐이었다.

동생의 아내. 그는 마침 그의 아들이 성홍열로 피병원*에 감금되어 있었는데, 이 소식에 놀라서 피병원을 탈출하여 왔다.

자식들이 죽 둘러선 가운데서 의식 모르는 환자는 숨소리만 걸그렁거리며 고요히 잠들어 있었다.

이윽고 다리에 온기가 조금 회복되었다. 그 온기가 차차 발로 내려갔다. 밤 열한 시쯤은 발까지 모두 뜨끈뜨끈하게 되었다. 열기는 보통 때나 일반으로 삼십팔 도 팔 분.

강심제의 효력이 몇 시간이 가느냐고 물으니, 오륙 시간 혹은 칠팔 시간까지 간다 한다.

지금 이 상태는 단지 '강심제'라는 약의 효과일까. 차차 식어가던 몸이 다시 따스해지고, 숨결조차 상태常態로 돌아온 이것이 한 개 약의 효과일까. 약의 효과의 지속 시간만 지나면, 몸은 그냥 식어버리고 말 것인가.

열한 시, 열두 시, 새벽 한 시.

자식들이 말 한마디 내지 못하고 숨소리까지 죽이고 둘러섰는 가운데서, 환자는 규칙 바르게 걸그렁걸그렁 숨소리를 높여 자고 있다.

시험 삼아 귓가에서 불러보기도 하였다.

몸을 좀 흔들어보기도 하였다. 그러나 표정 한 번 움직일 때 없이, 그냥 잠자코 계시다. 한번 시험 삼아 내가 몰래 팔을 조금 꼬집어본 때가 있었다. 그때 나는 등골로 소름이 끼쳤다. 한순간이나마 어머님의 표정이 아픈 듯이 찡그러지셨다. 예기치 않았던 일이었다. 아무 감각도 모르시리라고 믿었는데 거기 표정이 움직일 때에, 나는 무슨 거대한 무서운 물건을 본 듯이 소름이 끼쳤다.

* 전염병 환자를 격리해 보호하는 병원.

연하여 발을 만져도 보았다. 아까의 경험으로 발이 먼저 식는 것을 알았는지라, 끊지 않고 발을 한 사람은 잡고 있었다.

체읍, 읍열, 병태가 급변하리라고는 아무도 예기치 못했던 바이므로 사후死後에 대한 심적心的 준비가 없던 우리는, 어머님이 단 한 번이라도 눈을 다시 뜨시고 우리를 한 번 더 보아주시기라도 바랐다. 남기고 싶은 말씀이라도 계시련만 이대로 지나가다 그냥 몸이 식어버리시면 그렇게 야속한 일이 어디 있으랴.

무겁고 가슴 저린 시간은 흐르고 그냥 흘렀다. 세 시, 네 시, 다섯 시. 꺼질 듯한 괴로운 침묵 아래 환자의 숨소리만 그냥 규칙적으로 계속될 뿐이었다.

시간으로 따지자면 주사를 놓은 지 칠팔 시간—약의 효과의 지속 시간을 인젠 다 지낸 셈이다. 최후의 순간을 기다리는 공포 때문에 우리의 마음은 커다란 바위에 눌린 듯이 아팠다.

간호부가 들어왔다.

간호부는 예例에 의지하여 기계적으로 맥과 열과 호흡을 본 뒤에, 손을 환자의 어깨 아래로 넣어서 덜컥덜컥 들추었다.

이때의 심적 공포를 어떻게 형용할까. 인젠 최후로다 하는 단 한 가지의 생각이었다.

번쩍?

환자의 눈은 뜨였다. 공포에 위압된 눈자위였다. 그 눈으로 몇 번을 두리번두리번 눈알을 굴리었다. 어디를 보시는지 초점은 무한한 먼 곳을 보시는 모양으로, 지향 없이 몇 번 눈알을 굴리신다. 그러나 그 주위에 있는 우리의 얼굴들이며 전등이며 보시지도 못하시는 모양이었다.

"아 마."

무슨 기계에서 울려나오는 듯한 기괴한 소리까지 내셨다. 그런 뒤에는 다시 눈을 감으셨다. 걸그렁걸그렁. 아까와 마찬가지로 기막히는, 괴로운 숨소리지만 다시 이 방의 정숙을 깨뜨릴 뿐이었다. 그 가운데에서 우리들은 한결같이 몸을 사시나무 떨듯 떨고 있었다.

아침, 날이 밝는 것과 동시에 우리들의 공포의 예기에 반하여 어머님은 다시 정신이 드셨다. 눈을 번쩍 뜨시며,

"나 물 좀 다오."

하실 때 우리는 환희 때문에 가슴이 터질 듯하였다. 급히 청하여 온 의사는 진찰을 하여본 뒤에, 어젯밤의 선고를 취소하였다.

환자가 임종에는 다시 잠시 정신이 드는 일이 흔히 있는데 그렇다 하더라도 그 입술의 빛은 역시 창백하다. 그러나 이 환자는 입술에도 홍조가 있으니 어젯밤 선고는 잠시 보류한다는 것이었다.

여덟 시쯤 조반이 들어왔다. 이때 나는 너무도 기괴한 이 병원의 처치에 격노치 않을 수가 없었다. 조반은 역시 고기 구운 것과 고사리나물과 김치였다. 주방 주임을 불러다가 음식이 뉘 처방이냐 물으니 B 주치의의 처방이라 하므로 언제 처방이냐 물으니 오늘 아침 처방이라 한다.

나는 곧 B를 불러오라 하였다. 청진기를 두르며 병실 안에 들어서는 B에게,

"저 음식이 이 환자에게 드리라는 게요?"

격노로 말미암아 숨이 허덕이었다.

"네. 왜 그러시오?"

"그래 이 환자에게 고기, 고사리, 김치."

"네. 자양분 많아요. 칼로리가—."

만약 이때 매부가 내 등을 얼싸안지 않았다면 나는 이 문명국 여자에게

만행을 가하지 않을 수가 없었을 것이다.

좀 뒤에 인슐린 주사를 놓으려고 간호부가 들어오기에 나는 놓지 못하게 하였다. 인슐린이라는 약 이름은 처음 듣는 배지만 이상히도 어제저녁 인슐린 주사를 놓은 지 삼십 분쯤 뒤부터 용태가 급변하였는지라 꺼림칙해서 놓지를 못하게 하였다.

조반 후에 어떤 지인知人 의사한테 전화를 걸어서 인슐린이란 어떤 약이냐 물어보고 나는 기절할 듯이 놀랐다. 인슐린은 당뇨병에 쓰는 약인데, 건강한 환자라도 인슐린 주사를 놓고는 즉시 포도당 정맥주사를 놓아서 인슐린과 중화中和를 시키지 않으면 심장마비를 일으키는 일이 있으며 쇠약한 환자에게는 위험 무쌍하다는 대답이었다.

"왜 이런 병원에 입원했느냐?"

는 나의 힐책에 대하여 누이는 급하고 또 집에서 가깝기 때문에 부득이 여기 입원케 되었다 한다.

인제라도 다른 병원으로 가고 싶었다. 저녁때만 되면 이 병원 의사들은 모두 뺵뺵이 놀러 나가고 당직의사까지 없어서, 위급한 일이 생기면 발을 동동 구르면서 당할 수밖에 없을 것을 어제저녁의 일로 짐작이 가는 위에, 이런 무지스런 처방으로써 환자를 취급하는 이 병원이 차차 무서워졌다.

그러나 이 위독한 환자를 어떻게 움직이나. 어머니에게 대한 자식의 욕심으로 아직도 이 환자가 다시 회복할 날을 기다리고 있던 것이었다.

그러면서도 그래도 한편으로는 마음이 놓이지 않아서, 사후에 대한 준비를 시작하였다.

그러나, 이날 저녁으로 임종을 보리라고는 우리는 뜻도 안 하였다. 우리의 욕심도 또한 그다지 적다 할 수는 없었다.

한 시간 앞의 일도 알지 못하는 인생의 일원―員인 우리는 그날 진일을 비상한 긴장 가운데서도, 비교적 무심히 보냈다.

어머님의 용태가 어제보다 변한 것은 단 한 가지, 어제까지는 몸에 이불을 일 분간을 그냥 두지 않고 벗어버리고 하셨는데, 오늘은 이불을 씌워드리면 드린 채로 가만히 계신 점뿐이었다.

잠시 깨셨다가는 다시 잠드셨다. 잠드셨다가는 다시 깨셨다. 깨시면 오른편 팔만 연하여 붕대로 올라갈 뿐, 다른 동작은 일체로 하시지 않았다.

그날 오후에 잠에서 깨신 어머님은 또 갑자기 퇴원을 하자신다.

"야 퇴원하자."

우리들은 서로 얼굴을 쳐다볼 뿐이었다. 퇴원을 하나 안 하나, 이것은 과연 큰 문제였다. 만약 쾌차될 가망이 절대로 없다 하면 이 간절하신 부탁을 거역지 못할 일이다. 그러나 만에 일이라도 천행을 기다리고 있는 우리는 지금 위독하신 어머님을 병원 밖으로 모셔 내갈 수가 없었다. 미상불 어머님께서 당신이 다시 회복할 가망이 없으므로 잘 알고 하시는 말씀이겠지마는 우리의 생각은 또한 그렇지 못하였다.

"오늘 저녁이나 내일쯤 꼭 퇴원하지요."

우리는 이렇듯 여전히 거짓말을 안 할 수가 없었다. 그러매 어머님의 얼굴에는 분명히 낙망의 표정이 나타났다. 어머님은 자유로이 굴리기도 힘든 눈동자를 겨우 굴려서 내 누이 편을 보았다.

"깍지 크넝 줘라."

"네?"

"깍지 크넝 줘!"

"깝질을 그냥 둬요? 무슨 깝질?"

"크넝 줘! 깍지!"

이 서로 알아듣지 못하는 대화의 가운데를 나는 뛰쳐들지 않을 수가 없었다.

"네, 다 알았어요. 걱정 마세요."

그러고는 누이에게 향하여는 아마 무슨 실과를 잡숫는 환각이라도 보시는 모양이라고 웃어버렸다.

그러나 나의 마음은 산산이 흩어졌다. 얼마나 마음에 계신 일이관대 이런 위독한 병실에서 그 말씀을 또 꺼내시나. 그리고 그 말 한마디를 하시기 힘들어하는 어머님의 이 말씀을 알아듣고도 그냥 삭여버리지 않을 수 없는 것이 더욱 가슴이 탔다.

내 말을 들으시고 어머님은 더 말씀하시기가 싫으신지 그만 다시 눈을 감으셨다. 그리고 이 말씀이 어머님의 육십칠 년이라는 짧지 않은 일생의 마지막 말씀이었다.

그날 저녁 우리는 병원에서 저녁을 먹었다.

병원에서 멀지 않은 어머님 계시던 댁에 가서 먹어도 심상할 듯하였지만 왜 그랬는지, 유난히 마음이 놓이지 않아서 병원에 저녁을 가져다가 먹기로 하였다.

병원 포치에서 저녁을 먹은 뒤에 숭늉도 마시는 듯 마는 듯 다시 병실 안으로 들어와보니 어머님은 그냥 주무시고 주무시는 어머님의 입에 간호부가 무슨 약을 따라넣고 있다.

보니 포도당액인 듯하였다.

"포도당이오?"

"예."

"인슐린 주사 놨소?"

"예."

나는 가슴이 철렁하였다.

인슐린 주사를 왜 또 놓았느냐고 간호부를 책망할 만한 마음의 여유도 없었다. 간호부가 약을 숟갈로 따라넣지만 입도 잘 벌리시지 못하고, 약을 잘 넘기시지도 못하는 모양이었다.

차차 내 눈이 아득하여졌다. 포도당을 받기 편리하게 하기 위하여 손으로 어머님의 입을 열고 있지만, 어서 맥박을 보고 열기를 보고 싶기 때문에 약을 못 넘기시는 것이 안타깝기 그지없었다.

매부가 들어왔다.

뒤따라 누이가 들어왔다.

그때야 약은 겨우 마지막 숟갈을 떠넣었다. 약을 다 드리고 간호부가 돌아나갈 때에 나는 어머님의 맥박을 잡으려고 입술에서 손을 뗐다. 그때에 어머님의 호흡 소리가 뚝 끊쳤다.

"야― 이게―."

너무도 의외의 일에 벼락같이 이렇게 고함을 지를 때에 몇 초간 끊쳤던 숨이 다시 들이켜지는 소리가 들렸다.

그러나 이 들이켰다 내쉰 숨이 어머님의 마지막 호흡이었다.

누이의 급보에 문밖에 있던 형수와 동생이 병실로 뛰어 들어올 때는 어머님은 육십칠 년간의 최후의 호흡을 끝내시는 때였다.

주사― 주사― 주사―, 오륙 회의 주사도 인젠 효력을 나타내지 못하였다. 어머님의 건강하시던 체력은 제일회의 인슐린은 정복을 하였지만, 그때에 기운을 너무 쓰셨기 때문에 제이회의 인슐린은 당하지 못하셨다. 무지한 의사의 그릇된 처방 때문에 인제 단 며칠간이라도 더 살아 계실 어머님은 희생을 당하신 것이다.

병원에서 빈소로―빈소에서 사 일간 그 뒤 장례 때까지 내 마음을 늘

괴롭게 하고 좀하면 눈에서 눈물이 흐르게 한 것은 어머님께 대한 나의 불효의 추억이었다. 비록 끼니를 건너신다든가 하는 일까지는 맛보지 않으셨지만 말년末年을 경제적으로 불안하신 가운데 보내시게 하여 백발이 성성하신 어머님으로 하여금 마음고생을 하시게 한 그 나의 죄과罪過. 더구나, 이 아들을 노여워하시거나 미워하시지 않고, 도리어 임종에까지 사십이 가까운 아들을 걱정하시며 떠나시게 한 그 점을 생각하면 가슴이 우그리어내는 듯하였다.

이 어머님께 대하여 (마음으로는 남에게 지지 않는 정성을 가졌건만) 겉으로는 쑥스러워 보여서 나타난 효도도 드려보지 못하였다.

인제 내 생활이 펴기만 하면 그때 모셔다가 효도를 드리리라고 생각하고 있었는데 내 생활이 필 가망도 보이기 전에 어머님은 불귀의 객이 되셨다.

평양 역두에서 동생들의 전송을 받으며 다시 경성으로 돌아올 때 나는 남의 눈도 개의치 않고 기차에서 울었다.

칠십이 가까우신 어머님의 춘추가 부족함이 없고 사십이 가까운 내가 어머님 그릴 나이가 아니건만, 마음속에 허공을 느끼며 나는 울고 울었다.

어머님이 떠나신 지 삼사 삭朔이 지나 지금도 때때로 장래의 안정된 생활을 몽상夢想하다가도 그때 이 안정을 기뻐하여주실 어머님은 인젠 없으시다는 생각을 하면 무엇인지 형용할 수 없는 적막을 느낀다.

—《조선중앙일보》, 1934. 11. 5. ~ 12. 16.

광화사狂畵師

인왕仁王.

바위 위에 잔솔이 서고 아래는 이끼가 빛을 자랑한다.

굽어보니 바위 아래는 몇 포기 난초가 노란 꽃을 벌리고 있다. 바위에 부딪히는 잔바람에 너울거리는 난초잎.

여余는 허리를 굽히고 스틱으로 아래를 휘저어보았다. 그러나 아직 난초에서는 사오 척의 거리가 있다. 눈을 옮기면 계곡.

전면이 소나무의 잎으로 덮인 계곡이다. 틈틈이는 철색鐵色의 바위도 보이기도 하나 나무 밑의 땅은 볼 길이 없다. 만약 그 자리에 한번 넘어지면 소나무의 잎 위로 굴러서 저편 어디인지 모를 골짜기까지 떨어질 듯하다.

여의 등 뒤에도 이십삼 장丈이 넘는 바위다. 그 바위에 올라서면 무학舞鶴재로 통한 커다란 골짜기가 나타날 것이다. 여의 발 아래도 장여丈餘의 바위다.

아래는 몇 포기 난초, 또 그 아래는 두세 그루의 잔솔, 잔솔 넘어서는 또 바위, 바위 위에는 도라지꽃. 그 바위 아래로부터는 가파로운 계곡이다.

그 계곡이 끝나는 곳에는 소나무 위로 비로소 경성 시가의 한편 모퉁이가 보인다. 길에는 자동차의 왕래도 가맣게 보이기는 한다. 여전한 분요와 소란의 세계는 그곳에 역시 전개되어 있기는 할 것이다.

그러나 여가 지금 서 있는 곳은 심산*이다. 심산이 가지어야 할 온갖 조건을 구비하였다.

바람이 있고 암굴이 있고 산초 산화가 있고 계곡이 있고 생물이 있고 절벽이 있고 난송亂松이 있고—말하자면 심산이 가져야 할 유수미幽邃味**를 다 구비하였다.

본시는 이 도회는 심산 중의 한 계곡이었다. 그것을 오백 년간을 닦고 갈고 지어서 오늘날의 경성부를 이룬 것이다.

이러한 협곡에 국도國都를 창건한 이태조의 본의가 어디 있었는지는 알 길이 없다. 그러나 오늘날의 한 산보객의 자리에서 보자면 서울은 세계에 유례가 없는 미도美都일 것이다.

도회에 거주하며 식후의 산보로서 풀대님*** 채로 이러한 유수한 심산에 들어갈 수 있다는 점으로 보아서 서울에 비길 도회가 세계에 어디 다시 있으랴.

회흑색灰黑色의 지붕 아래 고요히 누워 있는 오백 년의 도시를 눈 아래 굽어보는 여의 사위에는 온갖 고산식물이 난성亂盛하고, 계곡에 흐르는 물 소리와 눈 아래 날아드는 기조奇鳥들은 완연히 여로 하여금 등산객의 정취를 느끼게 한다.

여는 스틱을 바위틈에 꽂아놓았다. 그리고 굴러 떨어지기를 면키 위하

---

* 깊은 산.
** 깊고 그윽한 정취.
*** 한복의 바지나 고의를 입고서 발목의 대님을 매지 않는 일.

여 바위와 잔솔의 새에 자리 잡고 비스듬히 앉았다. 담배를 피우고 싶었으나 잠시의 산보로 여기고 담배도 안 가지고 나온 발이 더듬더듬 여기까지 미쳤으므로 담배도 없다.

시야視野의 한편에는 이삼 장의 바위, 다른 한편에는 푸르른 하늘, 그 끝으로는 솔잎이 서너 개 어렴풋이 보인다. 그윽이 코로 몰려 들어오는 송진 냄새. 소나무에 불리는 바람 소리.

유수키 짝이 없다. 여가 지금 앉아 있는 자리는 개벽 이래로 과연 몇 사람이나 밟아보았을까. 이 바위 생긴 이래로 혹은 여가 맨 처음 발 대어본 것이 아닐까. 아까 바위를 기어서 이곳까지 올라오느라고 애쓰던 그런 맹랑한 노력을 하여본 바보가 여 이외에 몇 사람이나 있었을까. 그런 모험을 맛보기 위하여 심산을 찾는 용사는 많을 것이로되 결사적 인왕 등산을 한 사람은 그리 많으리라고 생각되지 않는다.

등 뒤 바위에는 암굴이 있다.

뱀이라도 있을까 무서워서 들어가보지는 않았지만 스틱으로 휘저어본 결과로 두세 사람은 넉넉히 들어가 앉아 있음직하다.

이 암굴은 무엇에 이용할 수가 없을까.

음모陰謀의 도시 한양은 그새 오백 년간 별별 음흉한 사건이 연출되었다. 시가 끝에서 반시간 미만에 넉넉히 올 수 있는 이런 가까운 거리에 뚫린 암굴은, 있는 줄 알기만 하였으면 혹은 음모에 이용되지 않았을까.

공상!

유수한 맛에 젖어 있던 여는 이 암굴 때문에 차차 불쾌한 공상에 빠지기 시작하려 한다.

온갖 음모, 그 뒤를 잇는 살육, 모함, 방축, 이조 오백 년간의 추악한 모양이 여로 하여금 불쾌한 공상에 빠지게 하려 한다.

여는 황망히 이런 불쾌한 공상에서 벗어나려고 또 주머니에 담배를 뒤적이었다. 그러나 담배는 여전히 있을 까닭이 없었다.

다시 눈을 들어서 안하眼下를 굽어보면 일면에 깔린 송초松梢!

반짝!

보매 한 줄기의 샘이다. 소나무 틈으로 보이는 그 샘은 아마 바위틈을 흐르는 샘물인 듯. 똘똘똘똘 들리는 것은 아마 바람 소리겠지. 저렇듯 멀리 아래 있는 샘의 소리가 이곳까지 들릴 리가 없다.

샘물!

저 샘물을 두고 한 개 이야기를 꾸미어볼 수가 없을까. 흐르는 모양도 아름답거니와 흐르는 소리도 아름답고 그 맛도 아름다운 샘물을 두고 한 개 재미있는 이야기가 여의 머리에 생겨나지 않을까. 암굴을 두고 생겨나려던 음모 살육의 불쾌한 공상보다 좀더 아름다운 다른 이야기가 꾸미어지지 않을까.

여는 바위틈에 꽂았던 스틱을 도로 뽑았다. 그 스틱으로써 여의 발아래 바위를 가볍게 두드리면서 한 개 이야기를 꾸미어보았다.

한 화공畫工이 있다.

화공의 이름은? 지어내기가 귀찮으니 신라 때의 화성畫聖의 이름을 차용借用하여 솔거率居라 하여두자.

시대는?

시대는 이 안하에 보이는 도시가 가장 활기 있고 아름답던 시절인 세종

성주의 대쯤으로 하여둘까.

 백악이 흘러내리다가 맺힌 곳. 거기는 한양의 정기를 한 몸에 지닌 경복궁 대궐이 있다. 이 대궐의 북문인 신무문神武門 밖 우거진 뽕밭 새에 한 중로中老의 사나이가 오뇌스런 얼굴을 하고 숨어 있다.
 화공 솔거였다.
 무르익은 여름 뜨거운 볕은 뽕잎이 가리어준다 하나 훈훈한 기운은 머리 위 뽕잎과 땅에서 우러나서 꽤 무더운 이 뽕밭 속에 숨어 있는 화공. 자그마한 보따리에는 점심까지 싸가지고 온 것으로 보아서 저녁까지 이곳에 있을 셈인 모양이다.
 그러나 무얼 하는지. 단지 땀을 펑펑 흘리며 오뇌스러운 얼굴로 앉아 있을 뿐이다.
 왕후친잠王后親蠶에 쓰이는 이 뽕밭은 잡인들이 다니지 못할 곳이다. 하루 종일을 사람의 그림자 하나 얼씬하지 않는다.
 때때로 바람이 우수수하니 통나무 위로 불기는 하나 솔거가 숨어 있는 곳에는 한 점의 바람도 들어오지 않는다. 이 무더운 속에 솔거는 바람이 불 적마다 몸을 흠칫흠칫 놀라며 그러면서도 무엇을 기다리는 듯이 뽕나무 그루 아래로 저편 앞을 주시하곤 한다.
 이윽이 석양이 무악을 넘고 이 도시도 황혼이 들었다.
 날이 어둡기를 기다려서 이 화공은 몸을 숨겨가지고 거기서 나왔다.
 "오늘은 헛길. 내일이나 다시 볼까."
 한숨을 쉬면서 제 오막살이를 찾아 돌아가는 화공. 날이 벌써 꽤 어두웠지만 그래도 아직 저녁빛이 약간 남은 곳에 내어놓은 이 화공은 세상에 보기 드문 추악한 얼굴의 주인이었다. 코가 질병 자루 같다. 눈이 퉁

방울 같다. 귀가 박죽 같다. 입이 나발통 같다. 얼굴이 두꺼비 같다. 소위 추한 얼굴을 형용하는 온갖 형용사를 한 얼굴에 지닌 흉한 얼굴의 주인으로서 그 얼굴이 또한 굉장히도 커서 멀리서 볼지라도 그 존재가 완연하리만 하다.

이 얼굴을 가지고는 백주에는 나다니기가 스스로 부끄러울 것이다.

아닌 게 아니라 솔거는 철이 든 아래 아직껏 백주에 사람 틈에 나다닌 일이 없었다.

일찍이 열여섯 살에 스승의 중매로써 어떤 양가 처녀와 결혼을 하였지만 그 처녀는 솔거의 얼굴을 보고 기절을 하고 기절에서 깨어나서는 그냥 집으로 도망쳐버리고,

그다음에 또 한 번 장가를 들어보았지만 그 색시 역시 첫날밤만 정신 모르고 치른 뒤에는 이튿날은 무서워서 죽어도 같이 못 살겠노라고 부모에게 떼를 써서 두 번째의 비극을 겪고,

이러한 두 가지의 사변을 겪고 난 뒤에는 솔거는 차차 여인이라는 것을 보기를 피하여오다가 그 괴벽이 점점 자라서 나중에는 일체로 사람이란 것의 얼굴을 대하기가 싫어졌다.

사람을 피하기 위하여—그리고 또한 일방으로는 화도畵道에 정진하기 위하여 인가를 떠나서 백악의 숲 속에 조그만 오막살이를 하나 틀고 거기 숨은 지 근 삼십 년, 생활에 필요한 물건 혹은 그림에 필요한 물건을 구하기 위하여 부득이 거리에 나가야 할 필요가 있을 때는 반드시 밤을 택하였다. 피할 수 없이 낮에 나갈 때는 방립을 쓰고 그 위에 얼굴을 베로 가리었다.

화도에 발을 들여놓은 지 근 사십 년, 부득이한 금욕 생활 부득이한 은둔 생활을 경영한 지 삼십 년, 여인에게로 소모되지 못한 정력은 머리로

모이고 머리로 모인 정력은 손끝으로 벋어서 종이에 비단에 갈겨 던진 그림이 벌써 수천 점. 처음에는 그 그림에 대하여 아무 불만도 느껴보지 않았다.

하늘에서 타고난 천분과 스승에게서 얻은 훈련과 저축된 정력의 소산인 한 장의 그림이 생겨날 때마다 그것을 보면서 스스로 만족히 여기고 스스로 자랑스러이 여기던 그였다.

그러나 그런 과정을 밟기 이십 년에 차차 그의 마음에 움 돋은 불만, 그것은 어떻게 보자면 화도에는 이단적인 생각일는지도 모를 것이다.

좀 다른 것은 그릴 수가 없는가.

산이다. 바다다. 나무다. 시내다. 지팡이 잡은 노인이다. 다리다. 혹은 돛단배다. 꽃이다. 과즉* 달이다. 소다. 목동이다.

이 밖에 그가 아직 그려본 것이 무엇이었던가.

유원幽遠한 맛, 단 한 가지밖에 없는 전통적 그림보다 좀더 다른 것을 그려보고 싶다. 아직껏 스승에게 배운 바의 백발백념의 노옹이나 피리 부는 목동 이외에 좀더 얼굴에 움직임이 있는 사람을 그려보고 싶다. 표정이 있는 얼굴을 그려보고 싶다.

이리하여 재래의 수법을 아낌없이 내어던진 솔거는 그로부터 십 년간을 사람의 표정을 그리느라고 세월을 보냈다.

그러나 사람의 세상을 멀리 떠나서 따로이 사는 이 화공에게는 사람의 표정이 기억에 가맣다.

상인商人들의 간특한 얼굴, 행인들이 덜 무표정한 얼굴, 새꾼**들의 싱

---

* 기껏해야.
** '나무꾼'의 방언.

거운 얼굴. 그새 보고 지금도 대할 수 있는 얼굴은 이런 따위뿐이다. 좀더 색채 다른 표정은 없느냐.

색채 다른 표정!
색채 다른 표정!
이 욕망이 화공의 마음에 익고 커가는 동안 화공의 머리에 솟아오르는 몽롱한 기억이 있다.
이 화공의 어머니의 표정이다.
지금은 거의 그의 기억에서 사라졌지만 어린 시절에 자기를 품에 안고 눈물 글썽글썽한 눈으로 굽어보던 어머니의 표정이 가끔 한순간씩 그의 기억의 표면까지 뛰쳐올랐다.
그의 어머니는 희세의 미녀였다. 대대로 이후의 자손의 미까지 모두 미리 빼앗았던지 세상에 드문 미인이었다.
화공은 이 미녀의 유복자였다.
아비 없는 자식을 가슴에 붙안고 눈물 머금은 눈으로 굽어보던 표정.
철이 든 이래로 자기를 보는 얼굴에서는 모두 경악과 공포밖에는 발견하지 못한 이 화공에게는 사십여 년 전의 어머니의 사랑의 아름다운 얼굴이 때때로 몸서리치도록 그리웠다.
그것을 그려보고 싶었다.
커다란 눈에 그득히 담긴 눈물. 그러면서도 동경과 애무로서 빛나던 눈. 입가에 떠오르던 미소.
번개와 같이 순간적으로 심안心眼에 나타났다가는 사라지는 이 환영을 화공은 그려보고 싶었다.
세상을 피하고 세상에서 숨어 살기 때문에 차차 비뚤어진 이 화공의 괴벽한 마음에는 세상을 그리는 정열이 또한 그만치 컸다. 그리고 그것이 크면 크니만치 마음속으로 늘 울분과 분만*이 차 있었다.

지금도 세상에서는 한창 계집 사내들이 서로 부둥켜안고 좋다고 야단할 것을 생각하고는 음울한 얼굴로 화필을 뿌리는 화공.

이러한 가운데서 나날이 괴벽하여가는 이 화공은 한 개 미녀상美女像을 그려보고자 노심하였다.

처음에는 단지 아름다운 표정을 가진 미녀를 그려보고자 하였다.

그러나 미녀를 가까이 본 일이 없는 이 화공이 마음대로 되지 않는 붓끝에 역정을 내며 애쓰는 동안 차차 어느덧 미녀상에 대한 관념이 달라져갔다.

자기의 아내로서의 미녀상을 그려보고 싶어졌다.

세상은 자기에게 아내를 주지 않는다.

보면 한 마리의 곤충 한 마리의 날짐승도 각기 짝을 찾아 즐기고 짝을 찾아 좋아하거늘 만물의 영장인 사람이 짝 없이 오십 년을 보냈다 하는데 대한 분만이 일어났다.

세상 놈들은 자기에게 한 짝을 주지 않고 세상 계집들은 자기에게 오려는 자가 없이 홀몸으로 일생을 보내다가 언제 죽는지도 모르게 이 산골에서 죽어버릴 생각을 하면 한심하기보다 도리어 이렇듯 박정한 사람의 세상이 미웠다.

세상이 주지 않는 아내를 자기는 자기의 붓끝으로 만들어서 세상을 비웃어주리라.

* 억울하고 원통한 마음이 가득함.

이 세상에 존재한 가장 아름다운 계집보다도 더 아름다운 계집을 자기 붓끝으로 그리어서 못나고도 아름다운 체하는 세상 계집들을 웃어주리라.

덜난 계집을 아내로 맞아가지고 천하의 절색이라 믿고 있는 사내놈들도 깔보아주리라.

사오 명의 처첩을 거느리고 좋다구나고 춤추는 헌 놈들도 굽어보아 주리라.

미녀! 미녀!

눈을 감고 생각하고 눈을 뜨고 생각하고 머리를 움켜쥐고 생각해보나 미녀의 얼굴이 어떤 것인지 알 수가 없었다.

무론 얼굴에 철요가 없고 이목구비가 제대로 놓였으면 세상 보통의 미인이라 한다. 그런 얼굴에 연지나 그리고 눈에 미소나 그려놓으면 더 아름다워지기는 할 것이다. 이만 것은 상상의 눈으로도 볼 수가 있는 자며 붓끝으로 그릴 수도 없는 바가 아니다.

그러나 감한* 어린 시절의 어머니의 얼굴을 순영적瞬影的으로나마 기억하는 이 화공으로서는 그런 미녀로는 만족할 수가 없었다.

오뇌와 분만 중에서 흐르는 세월은 일 년 또 일 년 무위히** 흘러간다.

미녀의 아랫동이는 그려진 지 벌써 수년. 그 아랫동이 위에 올려놓일 얼굴은 어떻게 하여얄지 짐작도 가지 않았다.

화공의 오막살이 방 안에 들어서면 맞은편에 걸려 있는 한 폭 그림은 언제든 어서 목과 얼굴을 그려주기를 기다리듯이 화공을 힐책한다.

화공은 이것을 보기가 거북하였다.

---

* '까마득한'의 방언. 시간이 아주 오래되어 기억이 희미한.
** 어김없이.

특별한 일이라도 있기 전에는 낮에 거리에 다니지를 않던 이 화공이 흔히 얼굴을 싸매고 장안을 돌아다녔다.

행여나 길에서라도 미녀를 만날까 하는 요행심으로였다. 길에서 순간적으로라도 마음에 드는 미녀를 볼 수만 있으면 그것을 머리에 똑똑히 캐치하여 그 기억으로써 화상을 그릴까 하는 요행심으로······.

그러나 내외법이 심한 이 도회에서 대낮에 양가의 부녀가 얼굴을 내놓고 길을 다니지 않았다. 계집이라는 것은 하인배나 하류배뿐이었다.

하인배 하류배에도 때때로 미녀라 일컬을 자가 있기는 있었다. 그러나 아무리 산뜻한 미를 갖기는 했다 하나 얼굴에 흐르는 표정이 더럽고 비열하여 캐치할 만한 자가 없었다.

얼굴을 싸매고 거리로 방황하며 혹은 계집들이 많이 모이는 우물가며 저자를 비슬비슬 방황하며 어찌어찌하여 약간 이쁜 듯한 계집이라도 보이면 따라가면서 얼굴을 연구해보고 했으나 마음에 드는 미녀를 지금껏 얻어내지를 못하였다.

혹은 심규深閨*에는 마음에 드는 계집이라도 있을까. 심규! 심규! 한번 심규의 계집들을 모조리 눈앞에 벌여 세우고 얼굴 검사를 하여보았으면······.

초조하고 성가신 가운데서 날을 보내고 날을 맞으면서 미녀를 구하던 화공은 마지막 수단으로 친잠상원親蠶桑園에 들어가서 채상採桑하는 궁녀의 얼굴을 얻어보려 하였다. 그러나 불행히도 화공의 모험도 헛길로 돌아가고 그날은 채상을 하러 오지도 않았다.

* 여자들이 거처하는, 깊이 들어앉은 집이나 방.

그러나 때 바야흐로 누에 시절이라 길만성* 있게 기다리노라면 궁녀가 오는 날도 있을 것이다. 미녀—아내의 얼굴을 그리려는 욕망에 열이 오르고 독이 난 이 화공은 그 이튿날도 또 뽕밭에 들어가 숨었다. 숨어 기다리지 않을 수가 없었다.

그로부터 한 달, 화공은 나날이 점심을 싸가지고 상원으로 갔다. 그러나 저녁때 제 오막살이로 돌아올 때는 언제든 그의 입에서는 기다란 탄식성이 나왔다.

궁녀를 못 본 바가 아니었다.

마치 여기 숨어 있는 화공에게 선보이려는 듯이 나날이 궁녀들은 번갈아 왔다. 한 떼씩 밀려와서는 옷소매 치맛자락을 펄럭이며 뽕을 따갔다. 한 달 동안에 합계 사오십 명의 궁녀를 보았다.

모두 일률로 미녀들이었다. 그리고 길가 우물가에서 허투루 볼 수 있는 미녀들보다 고아高雅한 얼굴에는 틀림이 없었다.

그러나 그 눈. 화공의 보는 바는 눈이었다.

그 눈에 나타난 애무와 동경이었다. 철철 넘어 흐르는 사랑이었다. 그것이 궁녀에게는 없었다. 말하자면 세상 보통의 미녀였다.

자기에게 계집을 주지 않는 고약한 세상에게 보복하는 의미로 절세의 미녀를 차지하고자 하는 이 화공의 커다란 야심으로서는 그만 따위의 미녀로 만족할 수가 없었다.

오막살이로 돌아올 때마다 그의 입에서 나오는 기다란 한숨, 이런 한숨을 쉬기 한 달—그는 다시 상원에 가지 않았다.

---

* '참을성'의 방언.

가을 하늘 맑고 푸르른 어떤 날이었다.

마음속에 분만과 동경을 가득히 담은 이 화공은 저녁 쌀을 씻으러 소쿠리를 옆에 끼고 시내로 더듬어 갔다.

가다가 문득 발을 멈추었다.

우거진 소나무 틈으로 보이는 시냇가 바위 위에 웬 처녀가 하나 앉아 있다. 솔가지 틈으로 내리비치는 얼럭지는 석양을 받고 망연히 앉아서 흐르는 시냇물을 내려다보고 있다.

웬 처녀일까.

인가에서 꽤 떨어진 이곳. 사람의 동리보다 꽤 높은 이곳. 길도 없는 이곳—아직껏 삼십 년간을 때때로 초부나 목동의 방문은 받아본 일이 있지만 다른 사람의 자취를 받아보지 못한 이곳에 웬 처녀일까.

화공도 망연히 서서 바라보았다. 바라볼 동안 가슴에 차차 무거운 긴장을 느꼈다.

한 걸음 두 걸음 화공은 발소리를 감추고 나아갔다. 차차 그 상거*가 가까워감을 따라서 분명하여가는 처녀의 얼굴.

화공의 얼굴에는 피가 떠올랐다.

세상에 드문 미녀였다. 나이는 열일여덟. 그 얼굴 생김이 아름답다기보다 얼굴 전면에 나타난 표정이 놀랄 만치 아름다웠다.

흐르는 시내에 눈을 부었는지 귀를 기울였는지 하여간 처녀의 온 주의력은 시내에 모여 있다. 커다랗게 뜨인 눈은 깜박일 줄도 잊은 듯이 황홀한 눈으로 시내를 굽어보고 있다.

남벽藍碧의 시냇물에는 용궁龍宮이 보이는가. 소나무 그루에 부딪혀서

---

* 서로 떨어져 있는 거리.

튀어나는 바람에 앞머리를 약간 날리면서 처녀가 굽어보고 있는 것은 무엇인가.

처녀의 공상과 정열과 환희가 한꺼번에 모인 절묘한 미소를 눈과 입에 띠고 일심불란一心不亂히 처녀가 굽어보는 것은 무엇인가.

아아.

화공은 드디어 발견하였다. 그새 십 년간을 여항의 길거리에서 혹은 우물가에서 내지는 친잠상원에서 발견하여보려고 애쓰다가 종내 달하지 못한 놀랄 만한 아름다운 표정을 화공은 뜻 안 한 여기서 발견하였다.

화공은 걸음을 빨리하였다. 자기의 얼굴이 얼마나 더럽게 생겼는지 이 처녀가 자기를 쳐다보면 얼마나 놀랄지 이 점을 온전히 잊고 걸음을 빨리하여 처녀의 쪽으로 갔다.

처녀는 화공의 발소리에 머리를 번쩍 들었다. 화공을 바라보았다. 그 무한히 먼 곳을 바라보는 듯한 기묘한 눈을 들어서.

"아."

가슴이 무득하여* 무슨 말을 하여야 할지 망설이며 화공이 반벙어리 같은 소리를 할 때에 처녀가 먼저 입을 열었다.

"여기가 어디오니까."

여기가 어디?

"여기는 인왕산록 이름도 없는 곳이지만 너는 웬 색시냐?"

"네……."

문득 떠오르는 적적한 표정.

---

* 일정하게 쌓인 것이 수북하다.

"더듬더듬 시내를 따라왔습니다."

화공은 머리를 기울였다. 몸을 움직여보았다. 무한히 먼 곳을 바라보는 듯한 처녀의 눈은 그냥 움직임 없이 커다랗게 뜨여 있기는 하지만 어디를 보는지 무엇을 보는지 알 수가 없다. 드디어 화공은 부르짖었다.

"너 앞이 보이느냐?"

"소경이올시다."

소경이었다. 눈물 머금은 소리로 하는 이 대답을 듣고 화공은 좀더 가까이 갔다.

"앞도 못 보면서 어떻게 무얼 하려 예까지 왔느냐?"

처녀는 머리를 푹 수그렸다. 무슨 대답을 하는 듯하였으나 화공은 알아듣지 못하였다. 그러나 화공으로 하여금 적이 호기심을 잃게 한 것은 처녀의 얼굴에 아까와 같은 놀라운 매력 있는 표정이 없어진 것이었다.

그만하면 보기 드문 미인임에는 틀림이 없다. 그러나 아까 화공이 그렇듯 놀란 것은 단지 미인인 탓이 아니었다. 그 얼굴에 나타난 놀라운 매력에 끌린 것이었다.

"불쌍도 허지. 저녁도 가까워오는데 어둡기 전에 집으로 내려가거라."

이만치 하여 화공은 처녀를 포기하려 하였다. 이 말에 처녀가 응하였다.

"어두운 것은 탓하지 않습니다마는 황혼이 매우 아름답다지요?"

"그럼. 아름답구말구."

"어떻게 아름답습니까."

"황금빛이 서산에서 줄기줄기 비추이는구나. 거기 새빨갛게 물든 천하— 푸르른 소나무도 남빛 바위도 검붉은 나무그루도 모두 황금빛에 잠겨서—."

"황금빛은 어떤 것이고 새빨간 빛과 붉은 빛이며 남빛은 모두 어떤 빛이오니까? 밝은 세상이라지만 밝은 빛과 붉은 빛이 어떻게 다릅니까? 이 산 경치가 아름답다는 소문을 듣고 더듬어 왔습니다마는 바람 소리 돌물 소리 귀로 들리는 소리밖에는 어디가 아름다운지 알 수가 없습니다."

차차 다시 나타나는 미묘한 표정. 커다랗게 뜨인 눈에 비치는 동경의 물결. 일단 사라졌던 아름다운 표정은 다시 생기기 비롯하였다.

화공은 드디어 처녀의 맞은편에 가 앉았다.

"이 샘줄기를 따라 내려가면 바다가 있구 바다 속에는 용궁이 있구나. 칠색 비단을 감은 기둥과 비취를 아로새긴 댓돌이며 황금으로 만든 풍경. 진주로 꾸민 문설주—."

마주 앉아서 엮어내리는 이 화공의 이야기에 각일각* 더욱 황홀하여가는 처녀의 눈이었다. 화공은 드디어 이 처녀를 자기의 오막살이로 데리고 돌아갈 궁리를 하였다.

"내 용궁 이야기를 들려주마. 너의 집에서 걱정만 안 하실 것 같으면."

화공이 이렇게 꼬일 때에 처녀는 그의 커다란 눈을 들어서 유원히 하늘을 우러러보면서 자기네 부모는 병신 딸 따위는 없어져도 근심을 안 한다고 쾌히 화공의 뒤를 따랐다.

일사천리로 여기까지 밀려오던 여의 공상은 문득 중단되었다.

이야기를 어떻게 진전시키나?

잡념이 일어난다. 동시에 여의 귀에 들리어오는 한 절의 유행가.

여는 머리를 들었다. 저편 뒤 어디 잡인들이 온 모양이다. 그 분요가 무

---

* 시간이 지날수록.

의식중에 귀로 들어와서 여의 집중되었던 머리를 헤쳐놓는다.

귀찮은 가사歌師들이여. 저주받을 가사들이여.

이 저주받을 가사들 때문에 중단된 이야기는 좀체 다시 모이지 않았다.

그러나 결말 없는 이야기가 어디 있으랴. 되었던 결말은 지어야 할 것이 아닌가.

그러면 그 화공은 처녀를 데리고 제 오막살이로 돌아와서 용궁 이야기를 들려주면서 그동안에 처녀의 얼굴을 그대로 그려서 십 년래의 숙망을 성취하였다는 결말로 맺어버릴까?

그러나 이런 싱거운 결말이 어디 있으랴? 결말이 되기는 되었지만 이따위 결말을 짓기 위하여 그런 서두는 무의미한 자다.

그러면?

그럼 다르게 결말을 맺어볼까?

화공은 처녀를 제 오막살이로 데리고 돌아왔다. 그리고 처녀에게 용궁 이야기를 들려주었다. 그러나 아까 용궁 이야기로 초벌 들은 처녀는 이번은 그렇듯 큰 감흥도 느끼지 않는 모양으로 그다지 신통한 표정도 보이지 않았다. 화공의 계획은 수포로 돌아갔다. 화공은 그 그림을 영 미완품 채로 남기지 않을 수 없었다.

역시 마음에 들지 않는 결말이다.

그럼 또다시—.

화공은 처녀를 데리고 돌아왔다. 돌아와서 처녀를 보면 볼수록 탐스러워서 그림은 집어던지고 처녀를 아내로 삼아버렸다. 앞을 못 보는 처녀는 이 추하게 생긴 화공에게도 아무 불만이 없이 일생을 즐겁게 보냈다. 그림으로나 아내를 얻으려던 화공은 절세의 미녀를 아내로 얻게 되었다.

역시 불만이다.

귀찮고 성가시다. 저주받을 유행 가사여.

여는 일어났다. 감흥을 잃은 이 자리에 그냥 앉아 있기가 싫었다. 그냥 들리는 유행가. 그것이 안 들리는 곳으로 자리를 옮기자.

굽어보매 저 멀리 소나무 틈으로 한 줄기 번득이는 것은 아까의 샘물이다.

그 샘물로, 가장 이 이야기의 원천이 된 그 샘으로 내려가자.

벼랑을 내려가기는 올라가기보다 더 힘들었다. 올라가는 것은 올라가다가 실수하여 떨어지면 과즉 제자리에 내린다. 그러나 내려가다가 발을 실수하면 어디까지 굴러갈지 예측할 길이 없다. 잘못하다가는 청운동淸雲洞 어귀까지 굴러갈는지도 모를 일이다. 게다가 올라갈 때에는 도움이 되던 스틱조차 내려갈 때에는 귀찮기 짝이 없다.

반각이나 걸려서 여는 드디어 그 샘가에 도달하였다.

샘가에는 과연 한 개의 바위가 사람 하나 앉기 좋을 만한 자리가 있다. 이 바위가 화공이 쌀 씻던 바위일까. 처녀가 앉아서 공상하던 바위일까. 그 아래를 깊은 남벽으로 알았더니 겨우 한 뼘 미만의 얕은 물로서 바위 위를 기운 없이 똘똘 흐르고 있다.

그러나 이 골짜기는 고요하기 짝이 없었다. 바람 소리도 멀리 위에서만 들린다. 그리고 소나무와 바위에 둘러싸여서 꽤 음침한 이 골짜기는 옛날 세상을 피한 화공이 즐겨 하였음직하다.

자, 그러면 이 골짜기에서 아까 그 이야기의 꼬리를 마저 지을까.

화공은 처녀를 데리고 오막살이로 돌아왔다.

그의 마음은 너무도 긴장되고 또한 기뻐서 저녁도 짓기 싫었다. 들어와 보매 벌써 여러 해를 멀리 달리기를 기다리는 족자의 여인의 몸집조차 흔연히 화공을 맞는 듯하였다.

"자, 거기 앉아라."

수년간 화공을 힐책하던 머리 없는 그림이 화공의 앞에 펴졌다. 단청도 준비되었다.

터질 듯 울렁거리는 마음으로 폭 앞에 자리를 잡은 화공은 빛이 비치도록 남향하여 처녀를 앉히고 손으로는 붓을 적시며 이야기를 꺼내었다.

벌써 황혼은 인제 얼마 남지 않은 오늘 해로써 숙망을 달하려 하는 것이었다. 십 년간을 벼르기만 하면서 착수를 못 하기 때문에 저축되었던 화공의 힘은 손으로 모였다.

"그러구― 알겠지?"

눈으로는 처녀의 얼굴을 보며 입으로는 용궁 이야기를 하며 손은 번개같이 붓을 둘렀다.

"용궁에는 여의주如意珠라는 구슬이 있구나. 이 여의주라는 구슬은 마음에 있는 바는 다 달할 수 있는 보물로서 그 구슬을 네 눈 위에 한번 굴리면 너도 광명한 일월을 보게 된다."

"네? 그런 구슬이 있습니까?"

"있구말구. 네가 내 말을 잘 듣고 있기만 하면 수일 내로 너를 데리고 용궁에 가서 여의주를 빌려서 네 눈도 고쳐주마."

"그러면 저도 광명한 일월을 볼 수가 있겠습니까."

"그럼. 광명한 일월, 무지개라는 칠색이 영롱한 기묘한 것, 아름다운 수풀, 유수한 골짜기 무엇인들 못 보랴."

"아이구, 어서 그 여의주를 구해서."

아아. 놀라운 아름다운 표정이었다. 화공은 처녀의 얼굴에 나타나 넘치는 이 놀라운 표정을 하나도 잃지 않고 화폭 위에 옮겼다.

황혼은 어느덧 밤으로 변하였다. 이때는 그림의 여인에게는 단지 눈동자가 그려지지 않을 뿐 그 밖의 것은 죄 완성이 되었다.

동자까지 그리고 싶었다. 그러나 이 그림의 생명을 좌우할 눈동자를 그리기에는 날은 너무도 어두웠다.

눈동자 하나쯤이야 밝은 날로 남겨둔들 어떠랴. 하여간 십 년 숙망을 겨우 달한 화공의 심사는 무엇에 비기지 못하도록 기뻤다.

"아— 아."

이 탄성은 오래 벼르던 일이 끝난 때에 나는 기쁨의 소리였다.

이 일단의 안심과 함께 화공의 마음에는 또 다른 긴장과 정열이 솟아올랐다.

꽤 어두운 가운데서 처녀의 얼굴을 유심히 보기 위하여 화공이 잡은 자리는 처녀의 무릎과 서로 닿을 만치 가까웠다. 그림에 대한 일단의 안심과 함께 화공의 코로 몰려 들어오는 강렬한 처녀의 체취와 전신으로 느끼는 처녀의 접근 때문에 화공의 신경은 거의 마비될 듯싶었다. 차차 각일각 몸까지 떨리기 시작하였다. 어두움 가운데서 황홀스러이 빛나는 처녀의 커다란 눈과 정열로 들먹거리는 입술은 화공의 정신까지 혼미하게 하였다.

밝는 날 화공과 소경 처녀의 두 사람은 벌써 남이 아니었다.

"오늘은 동자를 완성시키리라."

삼십 년의 독신 생활을 벗어버린 화공은 삼십 년간을 혼자 먹던 조반을 소경 처녀와 같이 먹고 다시 그림폭 앞에 앉았다.

"용궁은?"

기쁨으로 빛나는 처녀의 눈.

그러나 화공의 심미안審美眼에 비친 그 눈은 어제의 눈이 아니었다.

아름답기는 다시없는 아름다운 눈이었다. 그러나 그 눈은 사내의 사랑을 구하는 '여인의 눈'이었다. 병신이라 수모받던 전생을 벗어버리고 어젯밤 처음으로 인생의 봄을 맞본 처녀는 인제는 한 개의 그 지어미의 눈이요 한 개의 애욕의 눈이었다.

"용궁은?"

"용궁에 어서 가서 여의주를 얻어서 제 눈을 띄어주세요. 밝은 천지도 천지려니와 당신이 어서 눈 뜨고 보고 싶어."

어젯밤 잠자리에서 자기는 스물네 살 난 풍신 좋은 사내라고 자랑한 화공의 말을 그대로 믿는 소경 처녀였다.

"응, 얻어주지. 그 칠색이 영롱한!"

"그 칠색도 어서 보고 싶어요."

"그래그래, 좌우간 지금 머리로 생각해보란 말이야."

"네, 참 어서 보고 싶어서."

굽어보면 무릎 앞의 그림은 어서 한 점 동자를 찍어주기를 기다리고 있다.

그러나 소경의 눈에 나타난 것은 아름답기는 아름다우나 그것은 애욕의 표정에 지나지 못하였다. 그런 눈을 그리려고 십 년을 고심한 것이 아니었다.

"자, 용궁을 생각해봐!"

"생각이나 하면 뭘 합니까? 어서 이 눈으로 보아야지."

"생각이라도 해보란 말이야."

"짐작이 가야 생각도 하지요."

"어제 생각하던 대로 생각을 해봐!"

"네……."

화공은 드디어 역정을 내었다.

"자 용궁! 용궁!"

"네……."

"용궁을 생각해봐! 그래 용궁이 어때?"

"칠색이 영롱하구요."

"그래 또."

"또 황금 기둥, 아니 비단으로 싼 기둥이 있구요. 또 푸른 진주가!"

"푸른 진주가 아냐! 푸른 비취지."

"비취 추녀던가 문이던가."

"에익! 바보!"

화공은 커다란 양손으로 칵 소경의 어깨를 잡았다. 잡고 흔들었다.

"자 다시 곰곰이. 용궁은."

"용궁은 바닷속에……."

겁에 떠서 어릿거리는 소경의 양에 화공은 손으로 소경의 따귀를 갈기지 않을 수가 없었다.

"바보!"

이런 바보가 어디 있으랴. 보매 그 병신 눈은 깜박일 줄도 모르고 허공을 바라보고 있다. 그 천치 같은 눈을 보매 화공의 노염은 더욱 커졌다. 화공은 양손으로 소경의 멱을 잡았다.

"에이 바보야. 천치야. 병신아."

생각나는 저주의 말을 연하여 퍼부으면서 소경의 멱을 잡고 흔들었다.

그리고 병신다이* 멀겋게 뜨인 눈자위에 원망의 빛깔이 나타나는 것을 보고 더욱 힘 있게 흔들었다.

흔들다가 화공은 탁 그 손을 놓았다. 소경의 몸이 너무도 무거워졌으므로.

화공의 손에서 놓인 소경의 몸은 손을 뒤솟은 채 번뜻 나가넘어졌다. 넘어지는 서슬에 벼루가 전복되었다. 뒤집어진 벼루에서 튀어난 먹 방울이 소경의 얼굴에 덮였다.

깜짝 놀라서 흔들어보매 소경은 벌써 이 세상의 사람이 아니었다.

화공은 어찌할 줄을 몰랐다. 망지소조罔知所措하여 허든거리던 화공은 눈을 뜻 없이 자기의 그림 위에 던지다가 소리를 내며 자빠졌다.

그 그림의 얼굴에는 어느덧 동자가 찍히었다. 자빠졌던 화공이 좀 정신을 가다듬어가지고 몸을 겨우 일으켜서 다시 그림을 보매 두 눈에는 완연히 동자가 그려진 것이었다.

그 동자의 모양이 또한 화공으로 하여금 다시 덜썩 엉덩이를 붙이게 하였다. 아까 소경 처녀가 화공에게 먹을 잡혔을 때에 그의 얼굴에 나타났던 원망의 눈! 그림의 동자는 완연히 그것이었다.

소경이 넘어지는 서슬에 벼루를 엎는다는 것은 기이할 것도 없고 벼루가 엎어질 때에 먹 방울이 튄다는 것도 기이하달 수도 없지만 그 먹 방울이 어떻게 그렇게도 기묘하게 떨어졌을까? 먹이 떨어진 동자로부터 먹물이 번진 홍채에 이르기까지 어찌도 그렇게 기묘하게 되었을까?

한편에는 송장, 한편에는 송장의 화상을 놓고 망연히 앉아 있는 화공의 몸은 스스로 멈출 수 없이 와들와들 떨렸다.

---

* '대로'의 옛말.

수일 후부터 한양성 내에는 괴상한 여인의 화상을 들고 음울한 얼굴로 돌아다니는 늙은 광인狂人 하나가 생겼다.

그의 내력을 아는 사람이 없었고 그의 근본을 아는 사람이 없었다. 그 괴상한 화상을 너무도 소중히 여기므로 사람들이 보고자 하면 그는 기를 써서 보이지 않고 도망하여버리고 한다.

이렇게 수년간을 방황하다가 어떤 눈보라 치는 날 돌베개를 베고 그의 일생을 마감하였다. 죽을 때도 그는 그 족자는 깊이 품에 품고 죽었다.

늙은 화공이여. 그대의 쓸쓸한 일생을 여는 조상하노라.

여는 지팡이로써 물을 두어 번 저어보고 고즈넉이 몸을 일으켰다.

우러러보매 여름의 석양은 벌써 백악 위에서 춤추고, 이 천고의 계곡을 산새가 남북으로 건넌다.

— 『광화사』, 백민문화사, 1947.

대탕지大湯地 아주머니

태양은 매일 떴다는 지고 졌다는 다시 뜨고—같은 일을 또 하고 한다. 우리의 사는 땅덩어리도 역시 마찬가지로 몇억만 년 전부터 매일 돌고 구르고 하여서 오늘까지 왔으며 장차 또한 언제까지 같은 일을 또 하고 또 하고 할는지 예측도 할 수 없다.

진실로 놀라운 참을성이며 경탄할 인내다.

이와 같은 땅덩어리에 태어난 인간이거니 인간 사회라 하는 것이 역시 무의미하고 싱거운 일을 또다시 거듭하고 또 거듭하고 하는 것과 과히 조롱할 바가 아닌가 한다. 아무리 옛날 성현聖賢이 '전철前轍'이라는 숙어까지 발명하여가지고 사람들이 경계하나 도대체 사람이라는 것이 생활을 경영하는 땅덩어리가 그러고 보니 사람인들 어찌 '전철'을 보고 주의하랴.

대관절 남의 일인 듯이 초연한 방관적傍觀的 태도로 이런 소리를 쓰고 있는 나부터가 역시 지구地球에 사는 한 개 범인의 예에 벗어나지 못하여 소위 소설이라고 쓰는 것이 이십 년 전 것이나 십 년 전 것이나 지금 것이나 모두 다 비슷비슷한 소리를 소설에 나오는 인물들의 이름만 다르게 하여가지고 좋다고 스스로 코를 버룩거리니 이것은 모두 우리의 숙명이라 어찌할 수가 없는가 보다.

하여간 기위* 잡은 붓이니, 비슷비슷한 소리건 어쩌건 쓰려는 이야기를 하나 써보자. 같은 소리밖에 내지 못하는 레코드를 틀어놓고도 매일 그만치 좋다고 덤비어대는 이 세상에서 소설장이라고 꼭 매번 색다른 이야기만을 쓰라는 법도 없겠지.

*

카페의 여급, 술집의 나카이仲居(접대부)들은 그 이름 끝에 '꼬' 자를 붙이는 것을 원칙으로 한다. 하나꼬, 유끼꼬, 사다꼬, 심지어는 메리꼬, 보비꼬까지도 있는 세상이다.

그 예에 벗어나지 못하여, 내가 지금 쓰려는 이야기의 주인공은 '다부꼬'라는 이름을 가졌다.

다부꼬라는 이름에 관하여 특별한 로맨스라든가 이유라든가 하는 것은 없다. 그가 어렸을 적에(젖 먹을 때 전후) 무슨 기쁜 일이든가 좋은 일을 만나면,

"다부다부."

하며 엉덩춤을 추고 하였다는 이야기가 전해오므로 그가 '나카이'로 출세함에 임하여 이 경사스러운 말에 '꼬' 하나를 더 붙여서 자기의 이름으로 삼은 것이었다.

그가 나카이로 출세를 한 뒤부터 놀랍게도 살이 쪘다. 천성이 지방질로서 근심 걱정에 대한 감각이 둔한 데다가 손님들의 먹다가 남긴 음식일망정 아직껏 먹어보지 못한 기름기 있는 음식이 연일 배에 들어간 탓으로 보기에 더럽도록 살이 쪘다.

살이 너무도 더럽게 쪄서 다부다부하므로 '다부꼬'라 하나 여기는 손님

---

* 이미.

도 많았다.

다부꼬를 거꾸로 불러서 부다꼬라 하는 손님도 있었다. 조선말밖에는 외마디도 모르는 다부꼬는 손님들이 부다꼬라 부를 때에도 단지 하이칼라로 그렇게 부르는 것이거니 하고 "하아이이"를 길게 뽑고 술병을 들고는 총총걸음(이라고 하고 싶지만, 뚱깃걸음이다)으로 손님방으로 들어가고 하였다. 얼마 뒤에 그도 종내 '부다'라는 것은 '돼지'라는 뜻이라고 알기는 알았지만 그의 신경은 그런 것을 꺼릴 만치 약하지 않았다. 얼른 생각하기에는 술집의 나카이로 갔으니 얼굴도 하다못해 하지상下之上이야 되겠고, 몸이 뚱뚱하니 부잣집 며느리 같은가고 생각할 사람도 있겠지만 그렇게 생각하면 큰 망발이다.

얼굴은 밉고 더럽게 살진 데다가 이마에까지 살이 툭툭 쩌서 '부다'와 신통히도 같은 위에 양미간에는 살진 주름살이 잔뜩 잡혀서 추한 얼굴을 더욱 추하게 하며 눈껍질과 입술은 '왜 저다지도 두꺼운가'고 머리를 기울이지 않는 사람이 없도록 흉없다.

게다가 가슴 허리로 내려오면서는 좌우보다 전후가 더 굵어서 마치 둥그런 통과 비슷하다.

허리까지 굽었다.

이 모로 뜯어보건 저 모로 뜯어보건 과연 사람보다 짐승에 가깝고 짐승 중에도 '부다'에 가까웠다.

이름이 다부꼬, 별명이 부다꼬,─만약 복 선생*과 돼지가 결혼할 수 있다면 그 가운데서 난 자식이야말로 우리의 다부꼬와 흡사하게 될 것이다.

평안남도 순천군에 속한 어떤 농촌 가난한 농가의 오남팔녀 합계 십삼

---

* 복어.

남매 중에 제십째로 태어난 것이 다부꼬였다. 그의 아래로는 사내만 셋이요 그의 위로는 사내가 둘이요 계집애(어른도 있다)가 일곱이었다. 수모와 미움은 받을 대로 받고 살 대로 사고 자랐다. 무론 숫밥이라고는 먹어본 적도 없거니와 숫밥, 남은 밥이나마 배에 차도록 먹어본 적이 없었다. 웃동생들이 많으니 낡은 옷은 충분하였으리라 생각키도 쉬우나 첫째의 것이 낡으면 둘째가 입고 그다음은 셋째로—이렇게 내려오는 동안은 어느덧 해져서 아랫동생은 웃동생 여럿의 해진 옷을 모아 만든 합작물이라, 왼 소매는 붉고 오른 소매는 퍼렇고 가슴은 누렇고 등은 검은—이런 옷으로 유년 시기와 소년 시기를 보냈다.

이러한 소녀 시기를 보낸 뒤에 그는 우연히 나카이라는 직업여성이 되었다. 그가 나카이가 된 것은 그 자신의 창안創案도 아니요 그의 부모의 창안도 아니요 또는 유혹에 빠지거나 남에게 속거나 한 것도 아니었다. 그의 동무 가운데 고을서 나카이 노릇을 하는 사람이 있었다. 집에 있어야 구박만 받고 참견하는 윗사람도 없는 그는 멀지 않은 고을에 자주 드나들고 고을에 가면 나카이 친구를 찾게 되고, 찾아가면 거기서 맛있는 음식 부스러기나 얻어먹는 재미에 동무의 권고에 술상 앞에도 나가보고—이렁저렁하다가 사내라는 것도 알고 그러다가 어름어름 나카이가 되어버렸다.

부모도 참견치 않았다. 그런 딸이 있었는지 어떤지 모르는지도 알 수 없다. 입 치우기에 골몰한 그들이라 혹은 자기네가 자식을 몇 명이나 낳았는지 모르기도 쉽다.

이리하여 나카이가 된 그—이름은 위에도 말한 바와 같이 '다부꼬'라 하였다.

순천順天은 평양서 동북쪽—기차가 평양을 떠나서 순천까지 와서 북으로 올라가면 강계江界요 동으로 벋어가면 양덕陽德으로서 그 갈림길이다. 강계는 지금 만포선滿浦線 철도공사에 분망한 한낱 토목 공사의 장소이지만 양덕은 온천 지대로서 양덕군 내만 하여도 대탕지大湯地 소탕지小湯地 돌탕지〔石湯地〕 등 세 군데나 온천이 있고, 그중에도 대탕지는 양덕 온천을 대표하는 자로서 평양 원산 등지는 무론이요 멀리는 기호며 호남 방면에서도 오는 사람이 많다.

조선의 온천은 여관의 자탕自湯이 쉽지 않고 여관은 밥장사만 하고 손님은 공동탕으로 가는 것이 보통이다. 그런지라 따라서 겨울에는 여관에서 공동탕까지 왕래가 (춥기 때문에) 불편하여 조선 습속은 봄과 가을을 온천 절기로 친다.

그러나 양덕은 그렇지 않다. 워낙 고지대이니만치 기후가 서늘해서 피서지로 적당하다. 피서지에 온천이 겸하였으니 더욱 나무랄 데가 없다.

여름은 음란한 시절이다.

첫째론 의복의 무장이 엄중하지 못하여 샐 틈이 많다.

둘째로 녹음이 남의 눈을 가리어주어서 숨을 곳이 많다.

셋째로 아무 데서 아무렇게 하고 놀지라도 고뿔 들릴 근심 없다.

양덕은 피서지인 위에 또한 온천이다. 온천이란 곳은 사람들이 예법과 체면을 집어치우고 겨우 가장 비밀한 곳 한 군데만을 감춘 뒤에는 남녀노소가 태연히 거리를 다니는 곳이다.

여름—피서지—온천장—이 세 가지를 한꺼번에 갖춘 때의 양덕은 장관이라는 한마디로 끝이 날 것이다.

평양 오입쟁이, 원산 오입쟁이, 장거리 오입쟁이, 본바다 오입쟁이—

천하의 오입쟁이는 여름의 단 하루라도 양덕을 가지 못하면 면목이 서지 못한다는 듯이 꼬리를 이어서 양덕으로 모여든다.

숫오입쟁이가 모여들면 또한 암오입쟁이가 모여들지 않을 수가 없다. 숫오입쟁이의 목적하는 바는 계집이요 암오입쟁이의 목적하는 바는 돈이다. 암오입쟁이들은 이 여관 저 여관에 거미줄을 치고 장차 무엇이 와서 걸려주기를 기다리고 있다. 한 해 여름을 잘 벌면 매일 일 원 오십 전의 숙박료며 잡비를 쓰고도 가을에는 돈 백 원이나 차고 가는 수단가도 적지 않다. 여름 한산기에 공짜로 피서하고 재미 보고 돈 잡고―여자 된 자 한 번 해볼 만한 사업이다.

＊

나카이로 나선 지 삼 년―다부꼬로보다도 부다꼬로 알려지고 몸집 뚱뚱하기로 소문나고 웃을 때도 우는 표정으로 웃기로 소문나고 얼굴 못생기기로 소문나고 사람 덜나기로 소문나고 노래 못하기로 소문나고 술병을 두 손으로 들기로(외손으로 들었다가는 반드시 내려뜨리므로) 소문나고 앉았다가 일어서려면 굳은 힘 오륙 회 이상 쓰기로 소문난 ‘다부꼬’도 이 돈벌이 시원치 않은 여름 한철을 피서 겸 돈벌이 겸 놀기 겸 양덕서 보내기로 하였다.

그가 그새껏 모으고 또 모았던 돈 팔 원 육십여 전과 동무 나카이에게서 육 원 각수＊를 취하고 주인어머니에게 또 오 원 각수를 꾸어, 합계 이십 원이라는 대금을 품에 품고 커다란 희망을 갖고 양덕으로 떠났다.

그의 방에도 (약간 얼룩은 지나마) 거울이 있거늘 왜 거울에게라도 의논을 하지 않고 자기 혼자의 뜻으로 떠났는지 이것은 알 수 없는 일이다. 만

＊ 돈 ‘원’이나 ‘환’ 아래에 남는 몇 전 혹은 몇십 전.

약 그가 신용할 만한 거울에게 의논만 하였다면 거울은 그에게 향하여 피서 중지를 충고하였을 것이다.

*

성격이 비교적 단순한 다부꼬는 생각도 또한 단순하였다.

순천서 나카이로 있을 때에 매일 술꾼이 있었고 남자들이 있었던지라 양덕을 가도 또한 그와 마찬가지려니쯤으로 여기었다.

그러나 양덕서 급기야 여관(조선 사람의 여관 중에는 가장 큰 집에 들었다)에 들고 보니 모든 것이 예상과 다르다.

술집에서 남자를 보던 것은 나카이의 처지로 객을 보는 것이다. 그러나 이곳 여관에 들고 보니 남자도 객이려니와 자기도 역시 객이다. 술집에서는 객이 나카이를 부르고 설사 부르지 않는다 할지라도 나카이 스스로 객의 앞에 나아가는 것이 흠이 되지 않는다.

그러나 여관에서는 그렇지 못하니 저쪽이 객이면 자기도 객이라 저쪽에서 자기를 호명하여 부르지 못할 것이고 자기 또한 남의 방에 불고염치하고 들어갈 수도 없는 노릇이다.

게다가 또한 그의 예상외의 일은 이곳 객이 다부꼬가 예상하였던 바와는 종류가 좀 다른 것이었다.

병인病人이 가장 많았다. 자기 몸 건사조차 귀찮아하는 병인이 계집에게 곁눈질할 리가 없었다.

병인이 아닌 사람은 대개 제 짝을 제가 데리고 왔다. 쌍쌍이 밀려다녔다. 그 위에 도대체 이 온천장에는 사내보다도 여인이 더 많았다.

모두가 다부꼬의 예상과는 달랐다. 하이칼라 청년들이 많이 와서 여인이 지나가면 슬슬 곁눈으로 보며 간간 뒤도 밟으며 말도 걸며—이런 것을 예상하였던 다부꼬에게는 의외였다. 도대체 다부꼬가 듣기에는 남자

들이 많고 낚시질만 잘하면 상당한 수확이 있다더니 그것이 전혀 헛말인
가 보다.

다부꼬는 차차 등이 달았다.

하루에 일 원 오십 전씩이다. 가만있노라면 어느덧 일 원 오십 전씩이
획획 없어져나간다.

나카이 삼 년간에 간신히 팔 원 각수를 모았거늘 여기서는 하루에 일
원 오십 전씩(점심은 굶고)이 저절로 없어져나가니 삼 년 벌이가 며칠 동
안에 날아간다.

이리저리 변통하여가지고 온 돈이 이십 원인데 오는 차비 이 원 장차
갈 차비 이 원을 제하면 십육 원이다. 점심 굶고 담배 굶고 탕湯에도 못 들
어가고 열흘 밥값이다. 좋은 봉鳳을 첫날로 물지 못하고 '첫날로야 쉬우
랴'고 자위自慰하며 이튿날을 기다리고 또 그 이튿날을 기다리고 이렇게
기다리기를 벌써 엿새, 밥값으로 구 원, 자기의 삼 년간 번 돈보다 엿새
동안의 밥값이 더 크게 되었다.

인제 나흘 안으로 봉을 하나 물지 못하면 이십 원은 비상천飛上天으로
다. 이런 데 나와서 보니 이십 원이라는 돈은 우스운 액수지만 자기가 그
간 삼 년간을 번 생각을 하고, 또한 주인어머니와 동무에게 십이 원 각수
라는 돈을 장차 갚을 생각을 하니 꿈에나 어떻게 될지 그전에는 어쩔 도
리가 없다.

밥값이 이제 나흘분밖에 남지 않았으니 그 나흘 동안에 무슨 변통을 대
지 않으면 안 될 것이다.

여름 한 철에 백 원? 꿈에도 생각지 않을 일이다. 기위 밥값과 내왕 차
비가 십삼 원이나 소모되었으니 그것이라도 누구 적선하여주지 않나. 순
천 땅에 다시 내려서 자기 주머니에 십이 원이 그대로 있도록—그것이나

마 누구 당해주지 않는가.

내왕 차비까지라도 희생하고 하다못해 밥값만이라도 담당해주는 적선가는 없는가.

자고 깨면 이레—밥값만 벌써 십 원에 꼬리가 달린다.

이레째 되는 날 낮에 다부꼬는 종내 여관 주인마누라의 방을 찾아갔다.

"피서 오는 손님이 금년에는 얼마 안 됩니다그려."

다부꼬가 주인마누라에게 한 말의 안목은 이것이었다.

눈치 빠른 주막장이 다부꼬가 입 밖에 내지 않은 말을 다 알아들었다.

"왜요. 상게* 방학 때가 안 됐기에 이렇지 방학 때만 되면 많이 와요. 데 아래 ××여관(가장 더러운 여관)꺼정두 만원이 되구 하는데."

"방학은 언제나요?"

"아, 양력 스무하룻날, 이제 니레 남쉐다."

방학을 기다려서 오는 손님이란 것은 가족 동반이거나 그렇지 않으면 학생이다. 여관 주인에게는 달가운 손님일지나 다부꼬에게는 쓸데없는 손님이다. 그러나 단순한 다부꼬는 방학 뒤 손님의 종류 여하를 고려하지 않고 '방학 뒤'에 요행심을 두었다.

*

그러나 방학은 아직 이레요, 다부꼬의 주머니에는 인제 사흘 밥값 외에는 남지 않았다. 방학을 기다리랴 혹은 단 몇 원이라도 남아 있는 동안에 고향으로 달아나랴. 그렇지 않으면 돈 다할 때까지 버티고 기다리랴.

오늘로 달아날까고 생각하면 한편으로는 오늘 밤으로라도 어떤 봉이 하나 걸려들 것같이 생각되어 그냥 갈 수가 없었다. 그러나 또 한편으로

---

* 아직.

돈 다하는 날까지 기다리려 하면 그날까지 실컷 기다리다가 동전 한 푼 맛보지 못하고 뼈를 갈아낸 듯한 이십 원을 홀짝 다 쓰고 빈손으로 고향에 들어서기가 원통하였다.

아아. 어찌할까. 망설이며 주저하는 동안 하루가 가고 또 하루 가고 또 하루 가니, 인제 밥값을 셈 치르면 겨우 고향까지 돌아갈 기차 삯만이 남게 되었다.

＊

장마가 졌다.

어제도 비가 왔다. 오늘도 온다.

그 못생긴 얼굴을 잔뜩 찌푸리고 하늘을 쳐다보고 있는 다부꼬.

주인에게 오늘 셈을 치렀다. 치르고 나니까 이 원 십삼 전―기차 삯, 노리아이(합승合乘버스) 삯, 그리고 약간 남는다.

셈을 치를 적에 주인은 다부꼬에게,

"왜 방학 때까지나 기다려보지요."

탁 터놓고 하는 말이었다. 다부꼬도 탁 텄다.

"밥값이 인젠 없어요."

"밥값이야 있으믄서 벌디."

여기 대하여 다부꼬는 씩 웃을 뿐이었다. 그러나 마음으로는 꽤 유혹되지 않는 바가 아니었다.

비가 그냥 온다. 노리아이는 열한 시 조금 지나서 여기까지 와서 손님을 내리고 새 손님을 태우고는 곧 다시 떠난다.

장맛비는 그냥 온다. 열한 시…….

"에라, 비 와서 못 떠나겠다. 오후 노리아이로 가자."

오후 네 시 반에 또 노리아이가 있다. 그것으로 가겠다는 생각이다. 펑

계는 비에 있다. 그러나 다부꼬의 진정 내심을 진맥하자면 비 온다고 못 떠날 바가 아니다. 열한 시에서 네 시 반까지—약 다섯 시간 동안—그새 에라도 행여 좋은 봉이 하나 안 걸려주나. 이십 원을 갖고 백 원을 만들어 가지고 돌아가려고 왔다가 백 원은커녕 미끼까지 잘리고 빈손으로 돌아 가기가 면목도 없을 뿐더러 절통하였다. 다섯 시간 내외에라도 봉이 걸리 지 말라는 법은 없을 것이다. 아아, 비가 싫다고 노리아이까지 안 탄 다부 꼬가 장맛비를 맞으면서 이 여관 앞 저 여관 앞으로 배회하였다. 그 얼굴 은커녕 몸집, 팔, 다리, 어느 곳 한 군데 미美라는 것이 혜택을 받지 못한 꼴로로되 '여인'이라는 명색 하나를 무기 삼아가지고 행여 백 원은 그만 두고 이미 없어진 이십 원의 벌충이나마 할 봉이 없는가 하여…… 그러 나 무정한 남자들은 다부꼬의 이 쓰라린 심정을 몰라보고 웬 댄서 비슷한 계집의 뒤꽁무니만 따르느라고 야단이었다.

네 시 반 노리아이.

인제는 하릴없이 다부꼬는 짐을 들고 나왔다.

장맛비는 그냥 줄줄 내린다. 자동차 정류소 앞 어떤 여관 추녀 아래 짐을 부둥켜안고 선 다부꼬는 얼빠진 사람같이 노리아이를 바라보고 있었다.

비를 적게 맞으려고 덤비며 자동차에 오르는 손님들. 노리아이는 거진 만원이 되었다.

'만원이 됩시사. 됩시사.'

만원이 되어가는데도 불구하고 다부꼬는 못생긴 얼굴을 잔뜩 찌푸리고 노리아이를 보기만 하면서 탈 생각도 않았다.

드디어 노리아이는 만원이 되었다. 만원 되면서 뿌— 소리 한마디를 남기고 달아나버렸다.

다부꼬는 가슴이 철렁하였다.

"인제부터는 빚이로구나."

매일 일 원 오십 전씩 늘어나갈 빚이었다. 언제까지 계속될지 모르는 (매일 늘어나갈) 빚에 대하여 커다란 공포심과 자포적 기분을 내어던지며 다부꼬는 어슬렁어슬렁 다시 여관으로 돌아왔다.

*

다부꼬의 비통한 생활은 이날부터 시작되었다.

돈은 비록 떨어졌으나, 그래도 여관에서 사 먹는 밥이지 동냥밥은 아니거늘 여관에서 벌써 푸대접이 시작되었다. 다른 손님들이 다 먹고 난 뒤에 남은 음식을 모은 것이 다부꼬의 상이었다. 다부꼬가 있던 방은 다른 손님이 쓰겠단다고 뒷간 곁방으로 옮기지 않을 수가 없었다.

그러나 마음이 오직 용한* 다부꼬는 어떤 일을 겪든 간에 그 못생긴 얼굴에 못난 웃음을 한 번 씩 웃고는 그냥 맹종하는 것뿐이었다.

*

세월이 흐른다 하는 것은 각 사람에게 각각 다른 결과를 주는 것으로서 다부꼬에게는 세월이 흐르는 것은 매일 일 원 오십 전의 빚을 늘여가는 것일 따름이었다. 더욱이 이곳의 여관업자는 모두가 그 당자 혹은 아버지의 대에는 화전민이라는 특수한 생활을 하던 사람들이니만치 아침밥이 놀랍게 이르고 저녁밥이 놀랍게 늦었다. 조반과 저녁과의 중간 열네 시간이라는 적지 않은 시간을 주림을 면키 위해서는 손님들은 금전이라는 무기를 이용하여 이 먹을 것 없는 동리에서 별별 수단을 다 강구하지 않으면 안 된다. 그러나 다부꼬는 주머니가 벌써 빈 몸이라, 점심은 먹을 염도 못 내고, 그의 다식성多食性인 위를 움켜쥐고 길고 긴 낮을 하늘이나 쳐다

---

* 성질이 순하고 어리석음.

보며 지낼 밖에는 도리가 없었다.

이러는 동안에 각 여관의 주인들이 무척이도 기다리던 여름방학이 이르렀다. 여름방학이 이르면 어떻게 좋은지는 모르지만 여관 주인들이 하도 기다리므로 혹은 부잣집 철없는 도령들이라도 많이 오는가고 다부꼬도 적지 않게 기다렸다.

칠월 이십일일.

하늘의 심술이 곱지 못하여 전부터 계속되던 장맛비가 이날도 새벽부터 쏟아졌다. 여관 주인들의 얼굴은 음침하여졌다. 그러면서도 열한 시반 노리아이 때는 사환 애들을 모든 자동차 정류소로 내보냈다. 다부꼬도 슬며시 뒷길로 나와서 집 모퉁이에 서서 자동차의 도착을 기다렸다.

그러나 노리아이는 고을서 모깡하러 오는 손님을 두세 명 싣고 온 뿐이었다. 오후부터는 날이 갰지만 오후 네 시 반 노리아이도 빈 차로 다녀간 뿐이었다.

장마는 여관 주인들에게 실망의 예고를 주며 스무하룻날로 걷어치우고 스무이튿날부터는 맥빠진 해가 장마에 젖은 세상을 말리어보려 비치기 시작하였다.

그러나 시국時局의 커다란 그림자는 이런 산촌이라고 그저 넘기지 않았다. 작년까지는 경험으로는 청춘남녀들이 우글우글 끓어들어서 한동안씩 질탕히 놀고 돌아가고 하였으므로 여관 주인들은 금년도 그러려니 하고 기다렸는데, 일지사변日支事變*이라는 거대한 영향과 거기 뒤따르는 보도연맹의 번득이는 눈은 이런 곳까지도 넘기지 않아서, 스무이튿날부터 몇 명 왔다는 학생(전문학교)은 그새 일 년간의 공부 때문에 건강을 상하여

---

* 1937년에 시작된 중일전쟁.

할수할수 없어서 온 몇 명뿐이었다. 그 밖에는 어린 자식들의 건강을 회복키 위하여 가족 전부가 밀려와서 여관의 방을 두셋씩 차지하고는 밥은 겨우 두 상이나 세 상밖에는 안 사는 여관 주인에게도 질색이거니와 다부꼬 같은 사람에게는 더욱이 쓸데없는 손님뿐이었다. 그 밖에도 돈냥이나 있는 집 딸이 자기 어머니와 함께 온 것도 한둘 있으나 다부꼬에게 쓰임 직한 손님은 하나도 보이지 않았다. 중학생들은 봉사노동奉仕勞動에 얽매이어 몸을 떼지도 못하였다.

*

인제는 어쩌나.

기다리고 기다리던 여름방학은 여관 주인들에게는 실망을 주었거니와 다부꼬에게는 절망을 주었다.

그날—밥값의 셈을 치른 날 짐까지 꾸려가지고 자동차 정류소까지 나갔거늘 무슨 미련으로 다시 여관으로 돌아왔던가. 그날 떠나버렸다면 손해는 이십 원에 지나지 못하지만, 지금은 어쩔 수 없이 빚에 얽히어 몸을 움직일 수가 없게 되었다.

다부꼬와 비슷한 목적을 가지고 온 듯한 여인들이 이 여관 저 여관에 거미줄을 늘이고들 있다. 그들은 혹은 다부꼬 자신보다 흥정이 있는지. 다부꼬는 거기 대해서도 무척 관심을 갖고 관찰해보았다. 불경기의 바람은 이런 사회 전체에 미친 모양으로 깊은 밤 이른 새벽 어느 때나 홀로이 자고 홀로이 일어나는 여인의 떼뿐이었다. 그러나 그들이 다부꼬와 같이 '밥값 없기' 때문에 수모를 받지 않고 그냥 태연자약히 지내는 것은? 밥값을 그렇듯 충분히 준비해가지고 왔음인가. 혹은 빈 주머니를 감추고 시치미를 떼고 있음인가. 하여간 다부꼬는 자기의 입으로 밥값 떨어진 것을 주인에게 알리었으므로, 주인에서는 (맞돈은 아니지만 거저 먹이는 밥도 아니건만) 다부꼬에게는 마치 식객과 같이 수모를 퍼부었다.

"다부꼬 상. 심심한데 아이나 업고 개천가에나 나가보지."

주인마누라는 조금만 바쁘면 마치 다부꼬를 아이보개인 듯이 애를 업히어 내보내고 하였다.

"다부꼬상. 오호실 손님들이 맥주를 잡숫는데 좀 들어가 따라드리구려."

주인은 마치 자기 집 여급인 듯이 부려먹었다. 이런 때마다 다부꼬는 내가 공밥을 먹는가고 내심 화도 내어보았지만 겉으로는 두꺼운 얼굴 가죽에 미소를 띠고 시키는 대로 하지 않을 수가 없을 만치 발목 잡힌 몸이었다.

*

무론 다부꼬가 이 온천 지대에 와서 봉을 기다리는 짧지 않은 동안에 순전한 과부로 지낸 바도 아니었다. 몇 명의 사내를 관계하였다. 그러나 다부꼬의 얼굴이 워낙 그 꼴인 위에 그의 환경이 지금은 한 개 유명한 이야기로 이 온천 지대에 퍼진 만치, 다부꼬를 찾는 손님들은 공짜라는 선입관과 더러운 호기심으로 찾는 것이라 충분한 인사는 염도 안 두는 바요, 잘해야 일이 원 못하면 먹던 담뱃갑이나 남겨두고 뺑소니치고 하였다. 이런 박약한 벌이로 어떻게 일 원 지폐 장이라도 손에 들어오면 다부꼬는 자기도 돈이 있다는 것을 남에게 알리기 위하여 가게로 나가서 캐러멜을 사 먹고 사이다를 사 먹고, 담배를 사고, 탕에 들어가고 하여 당일로 다 써버리고 하였다.

그것은 순전한 자포자기의 생활이었다. 간간 걸어서 자기 고향 순천까지 도망질을 할까고도 생각하여보았지만 그의 육둔하고 거대한 몸집은 이 무더운 여름날 단 십 리를 갈 자신이 없었다. 나날이 일 원 육십 전씩의 빚은 저절로 늘어가고 갚을 도리나 가망은 전혀 없고 동서남북 사면이 막힌 가운데서 주인집 아이나 업고 뜰 안 혹은 마루로 배회하며 못생긴 얼굴을 잔뜩 찌푸리고 간간 다른 객실들을 엿보는 그의 꼴은 과연 가련하였다.

진퇴유곡의 경에 빠진 그는 그의 총명치 못한 머리가 안출할 수 있는 온갖 전술을 다 써보았다. 일변 가고 일변 오는 많은 손님 중에 옷이나 깨끗이 입은 손님이 여관에 들게 되면 다부꼬는 염치 주머니를 꽉 봉해버리고 그 방 앞마루에 가 앉아서 그 청아(?)한 음성으로 유행가도 불러보고 혹은 방 안을 돌아보며 말도 건네보았다. 그러나 워낙 생김생김이 하도 못생긴 위에 더욱이 다부꼬의 목적을 방해하는 자는 다부꼬가 너무도 유명하기 때문이었다. 생김생김은 비롯 못생겼으나 객지의 심심소일로 호기심을 일으켰던 손님도 일단 탕에 들어가기만 하면 탕 안에서 너무도 유명한 화제의 주인인 다부꼬의 소문을 들으면, 자기까지 이야깃거리가 될까 봐 겁이 나서 손을 떼고 하는 것이었다.

'대탕지大湯地 아주머니.'

인제는 다부꼬도 아니요 부다꼬도 아니요, 여기서 새로 얻은 이름이 이것이었다. 사실에 있어서 이 대탕지에서 본 지방인 이외에 손님으로서는 다부꼬가 가장 원로元老였다. 다부꼬보다 먼저 왔던 손님은 무론 다 가고 뒤에 왔던 손님도 다 가고, 다부꼬가 가장 오랜 손님이었다. 말하자면 대탕지 아주머니였다.

이 대탕지 아주머니인 다부꼬가 얼굴(가따가나* 두꺼운)에 소가죽을 뒤집어쓰고 남성군에게 돌진 또 돌진을 개시한 이래 이 전술에 걸려든 남성

---

* '가뜩이나'의 방언.

이 두 사람이 있었다. 이 두 남성과의 문제의 덕으로 다부꼬의 이름은 더욱 높아져서 인제는 대탕지뿐 아니라 양덕 신읍에까지 알려져, 대탕지를 찾아오는 손님은 먼저 양덕 정거장에서 대탕지로 오는 노리아이에서 운전수에게 그의 성화를 들을이만치 되었다.

하나는 이 대탕지에서 '넙적이'라는 별명으로 알리어져 있는 어떤 광업자鑛業者와의 관계였다.

어떤 날 넙적이가 다른 두어 동무와 화투를 하고 있을 때에, 봉―봉이 안 걸리면 하다못해 담뱃값이라도 벌 닭이나마―을 물색하던 다부꼬는, 이 화투판 등 뒤로 돌아가서 구경을 하고 있었다.

"아주머니두 합시다그려."

"글쎄요."

이것이 인연이었다. 주머니에 동전 한 닢도 없는 다부꼬로되 시치미를 떼고 돈내기 화투를 시작하였다.

결국에 있어서 다부꼬는 십팔 전을 땄다. 다른 사람은 본전이요, 넙적이가 십팔 전을 잃었다. 다부꼬는 넙적이의 돈 십팔 전을 딴 셈이었다.

"아주머니, 그래 내 돈이 곱게 삭을 것 같소?"

"글쎄요."

"십팔 전― 십○돈이야. 그 돈은 그저 못 먹어."

"몰라요."

이리하여 인연은 맺어졌다. 광업가이니 돈 잘 쓰렷다. 얼굴이 넙적하니 마음도 서그러울 것이렷다. 이만한 기대를 가지고 넙적이를 맞았지만, 다부꼬가 넙적이에게서 얻은 소득이라고는 그 음音이 설명하는 바 단 십팔 전(화투에서 딴)뿐이었다.

다부꼬로 보자면 넙적이의 마음은 당초에 알 수가 없었다. 넙적이는 숨

김없이 제 동무들에게도,

"난 저 아주머니하구 결혼했다네."

하며 다부꼬에게는,

"마누라 여보 마누라."

라 불렀다. 그러나 밤에 찾아오라는 군호는 그 뒤에는 좀체 없었다. 웬일인지 다부꼬는 넙적이에게 마음까지도 약간 끌린 듯하였다. 마누라라 불러주는 것이 은근히 기뺐다. 그 반대로 넙적이는 낮에는 다부꼬를 마누라라 부르고 술을 먹을 때는 따르라 명하고 하였지만 밤에는 다시 다부꼬를 찾지 않았다. 아마 다부꼬의 기름때로 미끄러운 몸에 진저리가 난 모양이었다.

그러나 마음으로든 또는 다른 요행심으로든 그렇듯 무관심할 수가 없는 다부꼬는 기다려보아 만나지 못하고 이번은 자기 편에서 찾아가보았다.

두 번, 세 번, 밤 깊어서 이층 넙적이의 방을 찾아가보았으나 그 매번을, 잠에 취한 체하고 다부꼬를 쫓아버리고 하였다. 이런 일을 두세 번 겪은 뒤에 한 번은 다부꼬는 염치를 불고하고 네마끼寢卷(잠옷)까지 벗어버리고 넙적이의 자리(잠자는 체하는) 속에 들어갔다. 동시에 다부꼬는 부르짖는 사내의 함성과 동시에 넓적다리에 무서운 용통을 느끼며 자리에서 뛰쳐나왔다.

"이 동리에는 남의 자리에 들어오는 예편네들이 많다더니 옳은 말이로군. 이 집게는 그런 예편네를 집는 집게라나."

사내의 억센 손으로 넓적다리를 힘껏 꼬집힌 다부꼬는 비명을 내며 네마끼도 집을 겨를이 없이, 문밖으로 뛰쳐나와 층층대를 구르며 떨어지며 아래로 도망해왔다.

이 사건의 덕택으로 다부꼬는 일층 더 유명해지고, 넙적이는 '집게장

사'라는 별명을 하나 더 얻게 되었다. 다부꼬가 음침한 얼굴로 나다니면 여기저기서 집게 집게 하며 수군거리는 소리가 들렸다.

이 집게 사건이 있은 이틀 만에 제이 사건의 실마리가 열리기 시작하였다. 그날 오후 네 시 반 노리아이로 얼굴이 곱살히 생긴 양복쟁이 청년 하나가 이 여관 다부꼬의 곁방에 들었다.

시골 술집 나카이 다부꼬는 그 양복이 고급품인지 저급품인지 소지품이 어떤 것인지 전혀 구별할 줄을 몰랐다. 단지 양복쟁이인 위에 얼굴이 곱살하니 돈냥이나 있는 집 젊은이거니 하였다. 그의 유혹 전술은 즉시로 이 청년에게 향하여졌다. 그의 숙련되지 못한 전술로도 비교적 손쉽게 청년은 함락이 되었다. 그날 밤 다부꼬의 방에는 사람 둘이 자고, 청년의 방에는 빈 이부자리가 쓸쓸히 밤을 지냈다.

이튿날은 이 새로운 원앙은 득의양양히 탕에 들어가고, 간스메罐詰(통조림) 장사에게 간스메를 사 먹고 개천가를 거닐고 하였다. 사람들이 바라보는 경이의 눈—이전 같으면 다부꼬는 스스로 쑥스러웠을 것이지만, 하도 벼르던 일이라 쑥스러운 줄도 모르고 자랑하는 얼굴로 부러 광고하러 돌아다녔다.

또 그날 밤 한방에서 지냈다. 그 밝는 새벽이었다. 두선두선 뜰에서 무엇을 힐난하는 듯한 소리에 다부꼬가 곤한 잠에서 깨매, 사내는 어느덧 일어나서 황황히 옷을 입는 중이었다. 동시에 문이 벼락같이 열리더니 웬 아이 업은 여인 하나가 쑥 들어섰다.

"여보, 이게 뭐요."

고을 본마누라가 달려온 것이었다. 와지끈 툭탁 한바탕의 부부싸움은 무론 일어났다. 그러나 고래로 부부싸움은 칼로 물 베기라 하거니와, 이 부부도 한바탕 싸우고 나서는 화의가 성립되었다.

"온 김에 조반이나 먹고 탕에나 들어갔다가 갑시다그려."

남편의 이 제의에 대하여 아내도 승낙을 하였다.

"얘."

조반상을 받음에 임하여 큰어머니(?)가 다부꼬를 부르는 말씨였다.

"조반 먹을 동안 이 아이나 업구 개천에 나가서 기저귀나 빨아 오너라."

또 아이보개가, 내심 역하고 분도 났지만 마음이 오직 착한―착하다기보다 덜난 다부꼬는, 눈살을 찡그려 미소하고 아이를 받아 업고, 기저귀를 받아 들고 들썩들썩하며 개천으로 향하여 내려갔다.

"그건 또 웬 아이요?"

다부꼬가 묵어 있는 여관 주인은 이곳 본토박이로 일가친척이 적지 않았다. 그 집들이 모두 아이 보일 일이 있으면 다부꼬로 꾸어다가 보이고 하였다. 그래서 다부꼬의 등에 올라본 아이는 꽤 많았다. 그런데 웬 또 낯선 아이를 업고 나오므로 동리 여인들이 농 삼아 묻는 말이었다. 거기 대하여 다부꼬는,

"우리 일가집 아이야요."

기저귀를 두르며 내려갔다.

*

곱살한 양복쟁이는 자기 본마누라에게 끌려가면서도, 다부꼬에게 몰래 일간 또 오마는 약속을 잊지 않았다. 그의 본마누라의 의복이 허수롭고 어린애의 옷이며 기저귀가 더럽던 점을 모두 잊고 '곱살한 양복쟁이니 돈냥이나 있으려니' 하는 선입견에 지배되는 다부꼬는 일간 또 오마는 약속을 가만히 기다리고 있었다. 인제는 벌써 밀린 밥값이 오륙십 원―웬만한 잔돈으로 생각도 못 낼 큰 빚을 등에 지고 있는 다부꼬였다.

일지사변의 예비적 부문인 방공 연습은 이 산천에도 실시되었다. 사 일간의 등화관제.

이 등화관제를 감독하고 감시하기 위하여 고을서 순사 한 명과 소방수 세 명이 대탕지에 왔다. 저녁 여덟 시쯤 경계관제가 시작되어 삼십 분쯤 뒤에 공습관제, 열한 시쯤 해제―그러고는 순사며 소방수는 열한 시 반 노리아이로 고을로 돌아가는 것이었다.

그 첫날, 캄캄한 세상이 열한 시쯤까지 계속되고 관제는 해제되었다. 다시 광명한 세상이 나타났다.

그 캄캄할 동안,

"좀 쉬어서 갈까."

하면서 다부꼬의 방으로 들어온 사람이 있었다. 소방수였다. 소방수인 동시에 일전 다녀간 곱살한 양복쟁이였다. 돈냥이나 있을 곱살한 양복쟁이라고 내심 적지 않게 기다리던 사람의 정체는, 박봉 생활자의 한 사람인 소방수였다.

그의 품에 안겨서 눕기는 누웠지만, 다부꼬는 이 곱살한 양복쟁이가 왁살스러운 소방수로 홀변한 현실에 대하여 마음으로 한없이 한없이 울었다.

"소방수 부인."

더구나 다부꼬가 어떤 날 성냥을 잘못 그어 통채 불을 일으키고 올라 뛰며 내려뛰어 그 불을 끌 때에 뭇 사내들은 이 새 별명을 부르며 웃어주었다.

이런 괴변들을 겪고 난 뒤에는 다부꼬는 다시는 남성에게로의 돌진을 중지하고, 매일 개천가에 쭝그리고 앉아서 두꺼운 얼굴 가죽을 잔뜩 찡그리고 흐르는 물만 굽어보고 있다. 혹은 그 물이 흐르고 흘러서 자기의 고향 순천의 앞도 지나갈 것을 부러워서 굽어보고 있음인지.

　상한 건강을 쉬기 위하여 대탕지에서 달포를 지낸 뒤에 나(작가)는 그곳을 떠날 때에, 이 대형大型 노리아이가 사람을 만재하고 우렁찬 소리를 내며 바야흐로 떠나려 할 때 저편 여관 모퉁이에 그의 두꺼운 얼굴을 찡그리고 부러운 듯이 노리아이를 바라보고 있는 다부꼬를 보았다.

　그 뒤에 그가 어찌되었는지는 알 바가 없지만, 엔간한 자선가가 나타나서 그의 밥값을 갚든지, 그렇지 않으면 여관에서 밥값을 탕감하여주고 차비까지 주어서 돌려보내든지 하지 않는 이상은 다부꼬가 아무리 '여인'이라는 보배로운 무기를 가졌다 하나 거기 어울리는 체격과 얼굴을 못 가진 이상은 지금껏 매일 일 원 육십 전씩의 빚을 늘여가면서 동리 아이보개 노릇이나 하며 개천가에 쫑그리고 앉아서 흐르는 물이나 굽어보고 있을 것이다.

—《여성》, 1938. 10~11.

김연실전傳

1

연실娟實이의 고향은 평양이었다.

연실이의 아버지는 옛날 감영監營의 이속吏屬*이었다. 양반 없는 평양서
는 영리營吏들이 가장 행세하였다. 연실이의 집안도 평양서는 한때 자기
로라고 뽐내던 집안이었다.

연실이는 부계父系로 보아서 이 집의 맏딸이었다. 그보다 석 달 뒤에 난
그의 오라비 동생이 그 집안의 맏상제였다. 이만한 설명이면 벌써 짐작할
수 있을 것이지만, 연실이는 김영찰의 소실—퇴기退妓 소생이었다.

김영찰의 딸이 웬 셈인지 최 이방을 닮았다는 말썽도 어려서는 적지 않
게 들었지만, 연실이의 생모와 김영찰의 새의 정이 유난히 두터웠던 까닭
인지, 소문은 소문대로 젖혀놓고 연실이는 김영찰의 딸로 김영찰에게 인
정이 되었다.

조선에도 민적법民籍法이 시행될 때는 그때 생모를 여읜 연실이는 김영
찰의 정실의 맏딸로 민적에 오르고 연실이보다 석 달 뒤에 난 맏아들은

---

* 조선 시대에 관아에 둔 구실아치.

민적상 연실이보다 일 년 뒤에 난 한 부모의 자식으로 오르게 되었다.

조선의 개명開明은 예수교라는 물결을 타고 서북西北으로 먼저 들어왔다. 이 다분의 혁명적 사상과 평민 사상을 띤 종교는, 양반의 생산지인 중앙조선이며 남조선으로 잘 받지 않는 동안, 홍경래洪景來를 산출한 서북에 먼저 들어왔다. 들어오면서는 놀라운 세력으로 퍼지기 시작하였다.

때 바야흐로 한토漢土에서는 애신각라愛新覺羅* 씨가 이룩한 청나라의 삼백 년 기업도 흔들림을 보고 원세개라 여원홍이라 손일선이라 하는 이름들이 조선 사람의 입으로도 수군거리는 시절에 예수교라는 새로운 도덕학과 그 예수교에 뒤따라 조선에 들어온 '개명 사상'이 조선에서 제일 먼저 부인한 것은, 양반 상놈의 계급, 적서嫡庶의 구별, 도덕만을 숭상하는 구학문 등이었다.

이런 사상의 당연한 결과로서 조선 온갖 곳에 신학문의 사립학교가 설립되었다.

평양에도 청산학교靑山學校라는 소학교가 설립되었다.

학도야 학도야
저기 청산 바라보게.
고목은 썩어지고
영목은 소생하네.

이 학교의 교가 삼아 지은 이 창가는, 삽시간에 권학가勸學歌로 온 조선에 퍼지었다.

---

* 청나라 황제의 성씨로, 후금(뒷날 '청'으로 이름을 바꾼다)을 세운 누르하치를 말한다.

청산학교 창립의 뒤를 이어, 벌써 평양에 몇 군데 생긴 예배당에 부속 소학교가 설립되었다.

그 곧 뒤를 이어서 진명여학교進明女學校라 하는 여자 교육의 소학교까지 설립이 되었다.

진명학교는 설립되면서 어느덧 평양 시민에게 '기생학교'라는 부름을 들었다. 장래의 기생을 만들어낸다는 뜻이 아니었다. 현재 재학생 중에 기생이 많다는 뜻도 아니었다. 아직도 옛 사상에서 벗어나지 못한 평양 시민들은 자기네의 딸을 학교에 보내기를 꺼린 것이었다. 더욱이 그때의 학령學齡이라는 것은 열 살 이상 열다섯 내지 열일여덟이었으매 그런 과년한 딸을 백주에 길에 내놓으며 더욱이 새파란 남자 선생한테 글을 배운다든가 하는 일은 가문을 더럽히는 일이며, 잘못하다가는 딸에게 학문을 가르치려다가 다른 일을 가르치게 될 것을 염려하여 진명여학교의 설립을 무시하여버렸다.

그 대신 '내외內外'를 그다지 엄히 지킬 필요를 느끼지 않는 기생의 딸 혹은 소실의 딸들이 이 학교에 모여들었다. 이렇게 되기 때문에 더욱이 염집의 딸들은 이 학교를 천시하고, 드디어 그 칭호까지도 진명학교라 부르지 않고 기생학교라 부르게까지 된 것이다.

연실이는 진명학교가 창립된 지 석 달 만에 이 학교에 입학하였다.

연실이가 이 학교에 입학한 것은 단지 소실의 딸이라는 자유로운 신분 때문만이 아니었다.

첫째로는 신학문의 취미를 보았기 때문이었다. 무론 기역 니은은 언제 배웠는지 모르는 틈에 배웠지만, 그 밖에 무엇보다도 연실이에게 호기심을 일으키게 한 것은 산술이었다. 그 전해에 소학교에 입학한 오라비 동생의 학과 복습을 보살펴주다가 저절로 아라비아 숫자를 알게 되고 알게 되면서 어느덧 오라비보다 앞서게 되어, 오라비는 학교에서 가감을 배우는 동안 연실이는 승과 제*도 넘어서서 분수分數까지 올라가게나 되었다. 이것이 그로 하여금 신학문에 취미를 갖게 한 첫째 원인이었다.

둘째로 그가 학교에 가고 싶게 된 동기는 그의 가정 사정이었다.

연실이의 아버지가 과거의 영문 이속이라 하나 다른 이속들보다 지체가 훨씬 떨어지었다. 다른 이속들은 대대로 이속 집안이든가 혹은 서북 선비의 집안 후손으로, 여러 대째 내려오는 근본 있는 집안이었지만, 연실이의 아버지는 그렇지 못하였다. 연실이의 할아버지는 군정軍丁이었다. 군정 노릇을 하며 상관의 비위를 맞추어서 돈냥이나 장만하였다.

그 장만한 돈으로 아들을 위하여 영리의 자리를 사주었다. 얼마 전만 하여도 군정의 자식이 아무리 돈이란들 영리 자리를 살 수 있으랴만 그때 마침 유명한 M감사가 평안감사로 내려온 때라, M감사에게 돈만 바치면 아무것이라도 할 수 있는 시대였더니만치, 감히 바라도 보지 못할 자리를 점령한 것이었다.

목적은 치부致富에 있었다. 몇 해 잘 어름거려서 호방戶房 자리만 하나 얻으면 몇십만 냥을 모으기는 여반장如反掌**인 시대라 호방을 목표로 영리의 자리를 샀었다. 그런데 불행히도 김영찰이 호방에 오르기 전에 일청전쟁이 일어나고, 일청전쟁의 뒤에는 관제 변혁으로 김영찰 평생의 꿈이 헛데로 돌아갔다.

이렇게 되매 김영찰의 입장은 딱하게 되었다. 평양서는 그래도 지벌을 자랑하는 가문에서 김영찰을 군정의 자식이라 하여 천시하였다. 그러나

---

* 곱셈과 나눗셈.
** 손바닥 뒤집듯이 쉽다.

김영찰로 보자면 자기의 아버지는 여하튼 간에 자기는 관속이었더니만치 아버지 시대의 동료들과는 사귀기를 피하였다. 개밥의 도토리와 같이 비어져 나왔다.

만약 이런 때에 김영찰로서 조금만 눈을 넓게 뜨고 보았다면, 자기의 장래를 상로商路든가 혹은 다른 방면에서 발견하였을 것이다. 그러나 그의 선조 대대로 군정 노릇을 하였고 그 자신은 관리로까지 출세를 하였다가 관리로서 충분히 자리도 잡아보기 전에 다시 앞길을 잃어버린 사람이라, 관료적 심정과 및 권력에 대한 동경심이 마음에 불타올라서 다른 방면을 돌볼 여유가 없었다. 여기서 김영찰은 새로운 정세 아래서의 관리 자리를 얻어보려고 동분서주하였다.

이런 계급과 이런 사상의 사람의 예상사로 김영찰은 첩살림을 하였다. 더욱이 몇 해 전만 하여도 기생들은 김영찰을 영문 이속이라 차마 괄시는 못 하였지만 지체 있는 기생들은 김영찰을 군정의 자식이라 하여 속으로 멸시를 하였는데, 이즈음은 그런 관념이 타파된 위에 기생으로 볼지라도 예전과 달라, 행랑집 딸, 술집 계집애들이 〈수심가〉깨나 하게 되면 함부로 기생이 되어, 기생의 지위가 떨어지기 때문에 누구를 괄시하든가 할 수는 없이 되어, 김영찰 같은 사람은 이런 사회에서,

"어이, 내가 M판서대감이 평안감사로 내려오셨을 적에— 어머."

하며 호기를 뽑을 수 있는 고귀한 손님쯤으로 되어서, 화류계의 중심 인물쯤 되었다.

이런 가장에게 매달린 그의 가정은 냉락冷落한 가정이었다.

이 가정 안에서 연실이를 사랑할 수 있고 또한 사랑할 의무를 가진 사람은 오직 그의 아버지뿐이거늘 아버지라는 사람이 집에 들어오는 일조차 쉽지 않으니 연실이는 사랑을 받지 못하고 자랄 수밖에 없었다.

연실이의 적모嫡母(민적상으로는 생모)는 군정의 며느리로 온 사람이니 만치 교양 없이 길러난 사람이었다. 그런 사람이 시집을 왔으면 남편에게라도 교양을 받았어야 할 것인데 남편 역시 그렇고 그런 사람이라, 아내를 가르친다든가 할 만한 사람이 못 되었다.

군정의 며느리로 시집온 것이 운수 좋아서 영찰의 아내가 되었다고 교양*만 잔뜩 가지게 된 사람이었다. 이런 사람의 특색으로 자기의 과거는 생각지 않고 남을 수모하기는 여지없는 종류의 사람이었다.

사사에 연실이를 꾸짖었다. 잘못한 일은 둘째 두고 잘한 일이라도 꾸짖었다. 꾸짖는 때는 반드시,

"제 에미 년을 닮아서."

"쌍것의 새끼는 할 수 없어."

하는 말 끼우기를 잊지 않았다.

자기의 소생 자식들을 책망할 때도,

"쌍것의 새끼하구 늘 놀아서 그 꼴이란 말이냐?"

고 연실이를 끌어대었다.

이런 어머니의 교육 아래서 자라는 연실이의 이복동생(사내 둘과 계집애 하나)들이라, 동생들이 제 누나 혹은 언니에게 대해서 처하는 태도도 자기네는 양반이요 연실이는 상것이라는 관념 아래서 출발한 것이었다.

이런 가정 안에서 이런 환경 아래서 자라나는 연실이는, 어린 마음에도 온갖 사물에 대한 반항심만 성장되었다.

아무 애정도 가질 수 없는 아버지는 단지 무시무시한 존재일 뿐이었다. 게다가 적모에게 흔히 듣는 바 '그 낯살에 계집이라면 정신을 못 차리는

---

* 젠 체하고 자랑함.

더러운 녀석'일 뿐이었다.

적모며 적모 소생의 이복동생들에게 대해서 애정이나 존경심을 못 갖는 것은 거듭 말할 필요도 없었다.

그뿐 아니라, 자기가 갓 났을 때 저세상으로 간 자기의 생모에게조차 호의를 가질 수가 없었다. 이런 환경의 소녀로서 가슴에 원한이 사무칠 때마다 생각나는 것은 자기의 생모이겠거늘, 표독하게도 비꼬인 연실이의 마음은,

'왜 그것이 화냥질을 해서 나까지 이 수모를 받게 하는가.'

하는 원망이 앞서서, 도저히 호의를 가질 수가 없었다. 부계로 보아 양반(?)의 자식이라는 자긍심을 가지고 싶은데 그것을 방해하는 모계가 저주하고 싶었다.

이렇게 가정적으로 정 가는 데도 없고 사랑 붙일 데도 없는 연실이는 어떤 날 자기 이모—노기老妓—의 집에 놀러 갔다가 진명학교라는 계집애 학교가 있단 소식을 듣고, 열 살 난 소녀로서 부모의 승낙도 없이 입학 수속을 하여버린 것이다. 물론 부모에게 알리면 한 번 단단한 경을 칠 줄은 번히 알았지만, 경에 단련된 연실이는 그것이 그다지 무섭지도 않았거니와 두고두고 그 집에 박혀 있느니보다는 한 번 경을 치고라도 학교에 다닐 수만 있었으면 다행이었다.

그랬는데 요행히도,

"제 에미를 닮아서 간도 큰 계집애로군. 사내로 태어났드믄 역적 도모하겠네."

하는 독 있는 욕을 먹은 뒤에 비교적 순순히 승낙이 되었다. 아마 어머니로서도, 집안에서 만날 보기 싫은 상년을 보느니보다는 낮만이라도 학교로 정배를 보내는 것이 속이 시원하였던 모양이었다.

그러나 진명여학교도 창립한 다음다음해에는 도로 문을 닫아버리지 않을 수가 없게 되었다.

그 학교의 창립자는 당시 이름 높던 청년 지사였다. 그 창립자가 바야흐로 개화의 물결에 타고 오르려는 서북 조선 각 지방을 돌아다니면서 유세遊說하여 구하여 들인 기금이 차차 학교 경영의 기초를 든든히 할 가망이 보였으나 사위 사정의 급변화는 이 청년 지사로 하여금 자기의 사업에 정진치 못하게 하여, 그는 자기의 나고 자라고 한 땅을 등지고 멀리 해외로 망명을 하였다.

그가 외국으로 달아날 때에 고국에 남기고 간 "간다 간다 나는 간다. 너를 두고 나는 간다"의 노래가 온 조선 방방곡곡에 퍼지게 된 때쯤은, 진명여학교는 창립자의 후계자인 어떤 여사女史가 애써 유지하여보려고 노력하였음에도 불구하고 드디어 문을 닫지 않을 수가 없게 되었다.

이리하여 쓸쓸한 가정에서 한때 자유로운 학원에 몸을 피하였던 연실이는 다시 가정에 들어박히지 않을 수가 없게 되었다.

그때 연실이는 열두 살이었다.

2

단 이 년의 진명학교 생활은 결코 기다란 세월이랄 수는 없다. 그러나 이 이 년이라는 날짜가 연실이에게 일으킨 변화는 적지 않았다.

학교에서 배운 바의 지식이라는 것은 보잘 것 없었다. 『회도몽학繪圖蒙學』을 제2권까지 떼어서 쉬운 한문 글자를 배우고, 산술은 일찍이 집에서 자습한 분수까지 다시 이르고, 지금껏 뜻은 모르고,

"당기위구 삼천리에 도엽지로세."

하며 부르던 노래가 사실은,

"단기위고 삼천 년의 도읍지로세."

하는 것으로 단군, 기자, 위만, 고구려의 삼천 년간의 도읍지라는 〈평양
가〉의 일절이라는 것을 알고,

"지금까지는 우리 조선에서는 여자라는 것은 노예로 알았거니와 결코
그렇지 않습니다. 개명한 세상에서는 여자도 사회에 나서서 일해야 됩니
다. 그러기 위해서는 교육을 받아야 합니다."

고 사자후獅子吼*하던 진명학교 창립 선생의 말로써 노예(뜻은 모른다)이던
여자가 교육받게 된 것이라는 것을 알고—등등, 학교에서 직접 얻은 지
식보다도 그의 학교 생활 때문에 생겨난 성격의 변화와 인식의 변화가 더
욱 컸다. 규칙 없이 순서 없이 너무도 급급히 수입한 자유사상 아래서 교
육받으며 진명학교 학우들 틈에서 자라는 이 년간에 연실이의 마음에 가
장 커다랗게 돋아난 싹은 반항심이었다. 학우들이 대개가 기생의 자식이
라 가정적 훈련과 교육을 받지 못하고 자유로이 자라난 이 처녀들은 부모
를 고마워할 줄을 모르고 부모를 공경할 줄을 몰랐다. 이 처녀들의 어머
니가 자기네의 집안에서 하는 행동하며 말이며 버릇은 결코 자식에게 존
경을 받을 만한 바가 못 되었다. 이런 가정 아래서 부모를 공경할 의무를
모르고 자란 이 처녀들은, 따라서 부모(부모라기보다 아비는 없고 어미만이
대개였다)를 무서워할 줄을 몰랐다.

어려서부터 부모 사랑은 몰랐지만 부모 무서운 줄은 알면서 자란 연실
이에게는 그것은 처음은 의외였다. 그러나 이 년간을 그 처녀들과 함께
지내며 가정이 재미없으니만치 하학한 뒤에도 동무들의 집에 놀러 가서

---

* 사자의 우렁찬 울부짖음. '열변을 토하다'는 뜻.

온 낮을 보내고 하는 동안 어느 틈에 언제 배웠는지는 모르지만 연실이도 부모에게 대한 공포심을 잃고 그 대신 경멸심을 배웠다.

관념과 인식상의 이런 변화가 드디어 행동으로 나타나는 날이 이르렀다.

한 이 년간 학교에 다닐 동안 연실이는 어머니와 얼굴을 대할 기회가 몇 번 되지 못하였다. 그전만 같으면 얼굴 보이기만 하면 무슨 트집으로든 반드시 꾸중을 하고 하였는데 한 이 년간을 학교에 다니면서 밤 이외에는 거진 집에 있을 기회가 없었던 연실이는 따라서 어머니에게 꾸중 들을 기회도 없었다. 이 년 동안을 꾸중 안 듣고 지내서 열두 살이라는 나이가 되니, (아직 줄곧 대놓고 꾸중을 하면서 지내왔으면 그러하지도 않았겠지만) 어머니도 인제는 꾸중만 하기가 좀 안되었던지, 전보다 꾸중의 도수가 적어졌다. 단지 서로 차디찬 눈으로 대하고 하는 뿐이었다.

그런데 어떤 날(그것은 연실이가 학교를 그만둔 지 만 일 년쯤 뒤였다) 연실이는 학교 때 동무이던 어떤 계집애의 집에 놀러 갔다가 그곳서 불쾌한 일을 보았다. 불쾌한 일이라야 계집애들 특유의 일종의 시기일 따름이었다. 그때 마침 그 동무 계집애는 자기의 동무와 무슨 이야기를 하다가 연실이가 오는 것을 보고 입을 비죽거리며 이야기를 멈추어버렸다.

이 기수*를 챈 연실이는 불쾌한 낯색으로 한참을 앉아 있다가 드디어 제 동무에게 따져보았다. 따지다가 종내 충돌되었다. 이 엠나이(계집애) 저 엠나이 하면서 맞잡고 싸우기까지 하였다. 그리고 잔뜩 독이 올라서 제 집으로 돌아왔다.

그날이 마침 연실이의 집의 청결날이었다. 머리에 수건을 동이고 청결을 보살피고 있던 어머니가 연실이 돌아오는 것을 보고 핀잔주었다.

———
* 낌새.

"넌 옛날 같으문 시집가게 된 년이 밤낮 어델 떠돌아다니니. 이런 날은 좀 집에 붙어서 일이나 하디. 대테 어데 갔댔니."

여느 때 같으면, 이런 꾸중이 있을지라도 연실이는 못 들은 체하고 방으로 들어가버릴 것이다. 그러나 이날은 독이 오를 대로 올라서 집에 들어선 참이라, 어머니에게 대꾸를 하였다.

"그러기에 일쯕 왔디요."

독 있는 눈초리와 독 있는 말투였다. 어머니가 벌컥 성을 내었다.

"요놈의 엠나이, 말대답질?"

"물어보는 거 대답 안 할까."

흥 한 번 코웃음치고 연실이는 방 안으로 들어가려 하였다. 그러나 그 순간 연실이의 꼬리는 어머니에게 붙잡혔다. 동시에 주먹이 한 번 그의 머리 위에 내렸다.

눈에서 푸른 불길이 이는 것 같은 느낌을 느끼면서 연실이는 홱 돌아서서 어머니를 쳐다보았다. 눈물 한 방울 안 고였다. 단지 서리가 돋칠 듯 매서운 눈이었다.

"요년, 그래 터다보문 어떡할 테가?"

"죽이소 죽에요. 여러 번에 맞아 죽느니 오늘루 죽이라우요."

"못 죽이랴."

또 내리는 주먹 아래서 연실이는 어머니의 치마를 잡고 늘어졌다. 주먹, 발길, 수없이 그의 몸에 내리는 것을 감각하였지만 악이 받친 그는 죽에라 죽에라 소리만 연하여 하며 치맛자락에서 떨어지지 않기만 위주하였다.

한참을 두들겨 맞았다. 매섭게 독이 오른 이 계집애는 사실 생사를 가릴 수 없도록 광란 상태에 빠진 것을 알고 어머니가 먼저 무서움증이 생긴 모양이었다.

"놓아라."

치맛자락을 놓으라는 뜻이었다. 뿌리치기도 하였다. 그러나 연실이는
더 매섭게 매달렸다.

"죽에라. 죽기 전엔 못 놓겠구나."

"놓아라."

"내가 도죽질을 했나 홰냥질을 했나? 무슨 죄루 매 맞아 죽노."

에누다리*를 하면서, 치마에 늘어져서 몸부림치기를 한참을 한 뒤에야,
연실이는 치맛자락을 놓아주었다.

"독하구 매서운 년두 있다."

딸의 악에 얼혼이 난 어머니는 치마를 놓이면서 저리로 피하여버렸다.

연실이도 일어났다. 대성통곡을 하면서 자기의 집을 나왔다.

그러나 길모퉁이를 돌아서서 통곡 소리가 집에 안 들리게쯤 되어서는
울음을 뚝 그쳐버렸다. 그런 뒤에는 저고릿고름을 들어서 눈물을 닦고 얼
굴에 얼룩진 것을 짐작으로 지우고, 지금껏 울던 태를 깨끗이 씻어버리고
총총걸음으로 그곳서 발을 떼었다. 향하는 곳은 연실이의 아버지가 첩살
림을 하고 있는 집이었다.

연실이는 그 집까지 이르러서 대문 밖에서도 찾지 않고 방문 밖에서도
찾지 않고 큰방으로 덥석 들어갔다. 아버지의 목소리가 들리므로 집에 있
는 줄은 문밖에서부터 알았다.

말없이 윗목에 들어와 도사리고 앉은 딸을 김영찰은 첩의 무릎을 베고
누웠다가 머리만 좀 들며 바라보았다.

---

* '넋두리'의 방언.

"너 뭘 하려 왔니?"

여전한 뚝하고 뭉퉁한 소리였다.

"아이구, 너 어떻게 오니?"

그래도 첩은 다정한 티를 보이며 절반만치 몸을 일으키며 김영찰에게
는 퇴침을 밀어주었다.

드디어 폭발되었다. 연실이는 왕 하니 울기 시작하였다. 아까는 악에
받친 울음이었거니와 이번은 진정한 설움이었다.

"울기는 왜. 왜 울어."

"쫓겨났어요."

울음 가운데서 연실이는 거짓말을 하였다.

"쫓겨나긴. 민한 소리 말구 집에 가기나 해라."

그러나 연실이는 울음을 멈추지도 않고 더 서러운 소리를 높였다.

쫓겨난 것이 아니라, 단지 어린 가슴이 너무도 아파서 육친인 아버지라
도 보고 싶어서 온 것이었다. 다정한 말까지도 바라지 않는다. 그러나 아
버지의 눈자위에 나타난 귀찮은 표정은 이런 방면에 몹시도 예민한 연실
이에게는 더할 나위 없이 서러웠다. 하다못해 불쌍하다는 표정만이라도
왜 지어줄 줄을 모르는가.

"애기 너 점심 먹었니? 국수 시켜다 줄게 먹을래? 울디 말아. 미워서
내쫓으시겠니? 자, 국수 시켜다 줄게 먹어라."

그러나 연실이는 완강히 머리를 가로저었다.

그날 밤 연실이는 아버지의 작은댁에서 묵었다. 아버지는 가라고 몇 번
을 고함질 쳤지만 연실이도 일어나지 않았거니와 작은댁도 일껏 아버지
를 찾아왔으니 하룻밤 자고 내일 아침 어머님의 노염이 삭은 뒤에 돌아가
라고 말렸다.

그날 밤 연실이는 몹시 불쾌한 일을 보았다. 인생의 가장 추악한 한 변을 본 것이었다.

"곤할 텐데 일즉 자거라."

　저녁 뒤에 아버지는 이렇게 호령하여 윗목에 자리를 깔고 자게 하였다. 건넌방에는 첩 장인의 내외가 있는 것이다.

　연실이는 자리에 들어갔으나 오늘 낮에 겪은 가지가지의 일이 머리에 왕래하여 좀체 잠이 들 수 없었다.

　아버지는 딸을 재운 뒤에 소실에게 술상을 불렀다. 그리고 한참을 술을 대작하였다.

　그 뒤부터 추악한 장면은 전개되었다. 이부자리를 펴고도 그 속엔 들지도 않고 불도 끄지 않고 이 벌거숭이의 중년 사나이와 젊은 애첩은 온갖 추태를 다 연출하였다.

"김동아, 아가, 무얼 주련."

"나 보ㅇ."

"너의 본댁으로 가려무나."

"늙은 건 싫어."

　여느 때는 제법 점잖을 뽑는 중늙은이가 어린 첩에게 어리광을 부리며 엎치락뒤치락하는 그 꼬락서니는 정시치 못할 일이었다.

　기생의 딸 가운데 동무를 많이 갖고 있고, 그새 삼 년간을 거진 동무들의 집에서 세월을 보낸 연실이는 성性에 대해서도 약간의 이해를 갖고 있는 계집애였다. 자기의 아버지와 그의 젊은 첩이 지금 노는 노릇이 무엇인지도 짐작이 넉넉히 갔다.

　연실이는 이불 속에서 스스로 얼굴이 주홍빛으로 물들어오르는 것을 알 수가 있었다. "낫살이나 든 것이 계집을 보면" 운운하던 적모의 말은 자기의 체험에서 나온 것인지 추측해서 나온 것인지는 알 수 없지만, 아버지가 여인에게 대해서 하는 행동은, 제삼자도 얼굴 붉히지 않고는 볼 수가 없는 것이었다.

아버지는 벌써 딸이 잠든 줄 알고 하는 노릇인지는 알 수 없지만, 잠들고 안 들고 간에 자기의 딸을 윗목에 누이고 이런 행동이 취하여질까. 이 천박한 꼴을 무가내하* 잠든 체하고 보고 있어야 할 연실이는 어린 마음에도 이 세상이 저주스러웠다. 동무네 집에서 간간 볼 수 있는 바, 동무의 형 혹은 어머니 되는 기생들이 주정꾼이며 오입쟁이들을 상대로 하여 노는 꼴도 아버지와 작은집이 노는 꼴에 비기건대 훨씬 점잖은 편이었다. 설사 무인고도에서 자기네끼리만 놀아난다 해도 자기네 스스로가 부끄러워서 어찌 이다지야 흉하게 굴까.

얼굴에 모닥불을 놓는 것같이 달고 뜨거웠다. 숨을 죽이고 귀를 막았다.

이튿날 새벽 겨우 동틀녘쯤, 아버지가 소실을 품고 곤히 잠든 때에 연실이는 몰래 그 집을 빠져나왔다. 눈물이 좍좍 그의 눈에서 흘렀다.

3

그로부터 연실이의 심경은 현저히 변하였다.

연실이는 본집으로 돌아왔다. 어머니에게서 무슨 벼락이 또 내리지 않을까 근심도 되었지만 어머니는 연실이의 악에 진저리가 났던지 들어오는 것을 본체만체하였다.

---
* 막무가내로.

"천하 맞세지 못할 년."

그 뒤에도 연실이의 잘못하는 일이 있을 때마다 욕을 하려다가는 스스로 움치고 하는 것을 보면 치맛자락 놀음에 적지 않게 진저리가 난 모양이었다. 이전에는 끼니때에는 어머니와 동생들과 함께 큰방에서 먹었지만 그 일 뒤부터는 막간(행랑) 사람을 시켜서 상을 연실이의 방으로 들여보내고 하였다.

큰방에서 어머니가 친자식들을 데리고 재미나게 지내는 모양을 보면 당연히 연실이는 부럽기도 할 것이고 어머니 생각도 날 것이로되, 연실이는 어떻게 된 성격의 소녀인지, 그런 감상이 일어나는 일이 없었다. 단지, 자기와 동갑 되는 커다란 아들을 어린애나 같이 등을 두드리고 머리를 쓸어주는 어머니를 볼 때마다, 두드리는 어른이나 두들기우는 아이나 다 철부지라 보고 멸시하였다.

천하만사에 정 가는 곳이 없고 정붙일 사람이 없는 이 소녀는 혼자서 자기에게 향하여 악을 부리고 자기의 마음을 스스로 학대하며 그날그날을 보냈다. 현실에 대하여 너무도 많은 문제를 가지고 있는 이 소녀는, 이 맞 낫살의 소녀가 가질 만한 공상이라는 것도 모르고 지냈다. 장차 어찌 될까 하는 근심이든가 장차 어떻게 하여야겠다는 목적 등은 전혀 없는 세월을 보내고 있었다.

이 연실이가 자기의 생애의 국면을 타개하여보려고 마음먹게 된 것은 진실로 단순한 기회에서였다.

그의 진명학교 때의 동창생 한 사람이 동경으로 유학을 갔다. 때는 바야흐로 일한합병의 직후로서 동경으로 동경으로 유학의 길을 떠나는 청소년이 급격히 는 시절에, 연실이와는 진명학교 때의 동창이던 최명애라는 처녀(연실이보다 삼 년 위였다)가 동경으로 공부하러 떠났다.

이 우연한 뉴스 한 개에 연실이의 마음도 적지 않게 동하였다.

'동경 유학.'

이 아름다운 칭호에 욕심난 것이 아니었다. 여자로 태어났으면 시집갈 때까지 부득이 친정에 있어야 한다는 막연한 생각으로 집에 그냥 박혀 있던 연실이었다. 결코 집이 그립든가 다른 데 가는 것이 무서워서 가만있은 것이 아니다. 있어야 하는 것으로 알고 있던 것이었다. 그런데 자기의 동창 한 사람이 여자의 몸으로 유학을 떠난다 하는 뉴스에 연실이의 마음도 적잖게 흔들렸다.

'나도 동경 유학을 가리라.'

돈? 앞서는 것은 돈이로되 연실이에게는 돈은 전혀 문제가 아니었다. 자기 생모의 유물로서 금패와 금비녀와 금가락지가 합하여 넉 냥쭝 나마가 있다. 이백 환은 될 게다. 게다가 여차하는 날에는 적모의 금붙이도 허수로이 두었으니 도리가 있을 것이다. 그러나 그보다도 더 간단하고 편한 길이 또 있었다. 그의 적모는 지아비 몰래 돈을 놀리는 것이 있다. 이것이 들고 나고 하여 어떤 때는 사오십 환에서 수백 환, 때때로는 일이천 원의 돈까지 집에 있을 때가 있다. 드나드는 거간의 눈치만 잘 보면 그 기회도 놓치지 않을 것이고 그것을 손댈 수만 있다면 그 돈은 지아비 몰래 놀리는 돈이니만치, 속으로 배는 앓아도 내놓고 문제 삼지는 못할 것이다. 서서히 기다리며 이런 좋은 기회를 붙들자면, 수년간의 학비를 한꺼번에 마련할 기회도 생기게 될 것이다.

문제는 어학이었다. 당시에 있어서 일본말이라 하면 '하따라 마따라'니 '하소대시까라'니쯤밖에도 알지 못하는 연실이었다. 이렁저렁 '가나' 오십 음은 저절로 배워서 '김연실'을 'キムヨンシル'라고쯤은 쓸 줄을 알았으나 일본 음으로 자기 이름조차 알지 못하는 정도였다.

이런 생매기*로 '하따라 마따라' 하는 사람들만이 사는 동경 바닥에 들어서서 더구나 '하따라 마따라'로 공부를 하여야겠으니 적어도 여기서 쉬운 말쯤은 배워가지고 가야 할 것이었다.

무론 부모에게 알릴 일이 아니었다. 절대 비밀히 하지 않으면 안 될 것이었다.

그러기 위해서는 연실이의 현재 입장은 비교적 자유로웠다. 아버지가 그런 사람이요 어머니는 치맛자락 사건 이래로는 일체로 연실이와 맞서기를 피하여오는지라, 연실이가 나가건 들어오건 간섭하는 사람이 없었다. 그럴 만한 선생과 그럴듯한 장소만 구하면 일부러 집안에 알리기 전에는 자연히 비밀하게 일이 될 것이었다.

화류계에 동무를 많이 가지고 있는 연실이는 선생을 구하는 데도 비교적 힘들이지 않고 성공하였다.

이리하여 그가 열다섯 살 나는 봄부터 어학 공부를 시작하였다. 선생이라는 사람은 연실이의 동무의 동무(기생)의 오라버니로서 토지 세부 측량이 한창인 시절에 측량기사로 돌아먹던 사람이었다. 배우는 장소는 그 선생의 누이의 집 한 방이었다. 선생의 나이는 스물다섯.

4

아직 피지 못하여 얼굴은 깜티티하고 어깨와 엉덩이가 아직 발달되지 못하여 모(角)진 때가 좀 과히 보이기는 하나 열다섯 살의 연실이는 벌써 처녀로서의 자질이 잡혀갔다.

---

* '생무지'의 방언. 어떤 일에 서투른 사람.

그러나 아직 '여인'으로서는 아주 무지한 편이었다. 그의 생장한 환경이 환경인지라 남녀가 관계한다 하는 것은 어떤 일을 하는 것이며 어떤 것이라는 것을 (모양으로는) 알았지만 의의意義는 전혀 모르는 '계집애'였다. 사내와 계집은 그런 노릇을 하는 것이거니 이만치 알았지, 어떤 특정한 사내와 특정한 여인이라야 그런 노릇을 하는 것이라는 점이며 그런 노릇에 대한 의의는 전혀 몰랐다. 말하자면 보통 다른 소녀들이 그 방면에 관해서 가지는 지식의 행로行路와 꼭 반대로, 도달점의 형식을 미리 알고, 그 도달점까지 이르려면, 부끄럼, 사랑, 긴장, 환희 등등의 노순路順을 밟아야 한다는 것을 모르는 소녀였다.

그런지라 그맛 낫살의 다른 소녀 같으면 단 혼자서 젊은 남선생과 대한다는 점에 주저도 할 것이고 흥미도 느낄 것이고 호기심도 가질 것이지만 연실이는 아무런 별다른 생각도 없이 단지 한 개 제자가 선생을 대하는 마음으로 공부하러 다녔다.

"아이우에오.

가기구게고.

다디두데도."

썩 후에 동무들에게,

"나는 다, 디, 두, 데, 도라고 배웠소. 하나, 둘을 히도두, 후다두 하고 배웠어요. 하하하하."

하고 웃고 하던 어학 공부는 이리하여 시작이 되었다.

"ガ ギ グ ゲ ゴ."

"ダ ヂ ヅ デ ド."

는,

"응아, 응이, 응우, 응에, 응오."

"따, 띠, 뚜, 떼, 또."

였다.

"두마라나이 모노떼수 응아 또우조."

"응악꼬오니 이기마수."

응아구오우(ガクコウ)라고 쓰고 응악꼬오라고 읽는 법이어—.

이런 선생 아래서 연실이는 조반을 먹고는 선생의 집을 찾아가고 하였다. 늦으면 저녁때까지도 그 집에서 놀다 배우다 또 놀다 또 배우다 하고 하였다.

5

삼월부터 어학 공부를 시작한 연실이는 오월쯤은 제법 히라가나로 적은 『심상소학독본』 삼권쯤은 읽을 수 있도록 진척되었다. 비교적 기억력이 좋은 연실이요, 그 위에 어서 배워야겠다는 독이 있으니만치 어학력이 놀랍게 진척되었다. 삼권쯤부터는 선생이 벌써 알지 못하여 쩔쩔매는 데가 많이 있었지만 어떤 때는 선생보다 연실이가 뜻을 먼저 알아내고 하였다.

그 어떤 날이었다.

본시의 빛깔도 깜티티하거니와 아직 피지 않기 때문에 깜티티한 위에 윤택까지 있고 봄을 타기 때문에 더욱 반질하게 검게 된 얼굴을 선생의 가슴 앞에 들이밀고 앞뒤로 저으면서 독본을 읽고 있던 연실이는 문득 선생의 숨소리가 괴상하여가는 것을 들었다.

연실이는 눈을 들어 선생의 얼굴을 쳐다보았다. 아까도 선생이 술 먹은 줄은 몰랐는데 지금 그의 눈은 시뻘겋게 충혈되어 있었다.

이 점을 연실이가 이상하게 생각하는 순간에, 선생의 얼굴에는 싱거운 미소가 나타나며 팔을 펴서 연실이의 어깨를 끌었다.

연실이는 선생이 요구하는 것이 무엇인지를 순간에 직각하였다. 끄는 대로 끌리었다.

그날 당한 일이 연실이에게는 정신상으로 아무런 충동도 주지 못하였다. 그것은 연실이가 막연히 아는 바 사내와 여인이 하는 노릇으로, 선생은 사내요 자기는 여인이니 당하게 되면 당하는 것이 당연한 일쯤으로 여겼다.

그때 연실이가 좀 발버둥이를 치며 반항을 한 것은 오로지, 육체적으로 고통을 느끼기 때문이었다. 이런 고통을 받으면서 그 노릇을 하는 것이 여인의 의무라 하는 점이 괴로웠다.

곧 다시 일어나서 아까 하던 공부를 계속하고 있는 양을 사내는 누워서 번번히* 바라보고 있었다.

좀 있다가 동무의 동무(이 집 주인 기생)의 방에 건너가서 체경**을 보고 그는 비로소 약간 불쾌를 느꼈다. 아침에 물칠하여 곱게 땋아 늘였던 머리의 뒷덜미가 헝클어진 것이었다.

이 사건에 아무런 흥미나 혹은 부끄러움을 느끼지 않은 연실이는 이튿날도 여전히 공부하러 사내를 찾아갔다. 그날 또 사내가 끌어당길 때에 문득 어제 머리 헝클어졌던 것이 생각이 나서,

"가만. 베개 내려다 베구요."

하고 베개를 내려 왔다.

---

* '뻔뻔하게'의 방언.
** 몸 전체를 비춰볼 수 있는 큰 거울.

그 뒤부터 사내는 생각이 나면 베개를 내려 오라고 하고 하였다. 정 귀찮은 때가 아니면 연실이는 대개 베개를 내리어 왔다. 공부에 피곤하여 좀 쉬고 싶은 때는 스스로 베개를 내려 오는 때도 있었다.

그러나 이것은 단지 사내와 여인이 때때로 하는 일이거니쯤으로밖에 여기지 않는 연실이는 염증도 나지 않는 대신 감흥도 얻을 수가 없었다. 처음에 느낀 바 육체적 고통이 덜하게 되었으므로, 직전에 느끼는 공포의 긴장이 덜하게 된 뿐이었다.

연실이게 말하라면, 사람이 대소변을 보는 것은 저마다 하는 일이지만, 남에게 보이기는 부끄러워하는 것과 마찬가지로 이 일은 좀더 대소변보다도 비밀히 해야 하는 일이지만, 저마다 하는 일쯤으로 여기었다. 남에게 보이고 더욱이 언젠가 제 아버지와 소실이 하던 꼴대로 추잡히 노는 것은 더러운 일이지만, 비밀히 하는 것은 대소변쯤으로밖에는 보이지 않았다.

연실이는 연하여 그 선생에게 다녔다. 인제는 더 가르칠 만한 것이 그 선생에게는 없었지만 습관적으로 그냥 다닌 것이었다. 선생은 베개를 내려놓으라는 맛에 그냥 받았다.

그냥 어학을 배우는 한편으로 집에서는 돈 거간의 출입에 늘 주의를 가하고 있던 연실이는, 그해 가을 어떤 날 적지 않은 돈이 어머니의 손으로 들어온 것을 기수 채었다.

옷이며 짐은 언제라도 떠날 수 있도록 준비해두었던 연실이는 그날 밤, 큰방에 들어가서 어름어름하다가 어머니가 변소에 간 틈에 농문 안에 허수로이 둔 돈뭉치를 꺼내어 방망이질하는 가슴을 부둥켜안고 자기 방으로 건너와서, 저녁에 몰래 준비했던 작다란 가방을 보자기에 싸가지고 발소리를 감추어가지고 집을 빠져나왔다.

한 시간쯤 뒤에는 부산으로 가는 직행열차에 연실이의 작다란 몸이 실리어 있었다.

아무 애수哀愁도 느끼지 않았다. 가정에 대하여 아무 애착도 없던 그는 집을 떠나는 것도 서럽지도 않았으며, 어려서부터 남을 의뢰하는 습관이 없이 자란 그는 낯설고 말 서투른 새 땅에 가는데도 일호의 두려움도 느끼지 않았다. 선천적으로 그런 성격이었는지 혹은 그의 환경이 그를 그렇게 만들었는지는 모르지만, 인간만사에 감동과 흥분을 느낄 줄 모르는 연실이는, 아무 별다른 감상도 없이 평양 정거장을 떠난 것이었다.

'혹은 이것이 영결일지도 모르겠다.'

가정에 대하여 애착이 없고 장차 사오 년은 넉넉히 지낼 여비를 몸에 지닌 그는, 이번 떠나면 장차 영구히 이 땅에는 다시 올 기회가 없는 듯싶어서 도리어 내심 시원하였을 뿐이었다.

6

"아이구, 퍽 곤하겠구나."

미리 편지도 하였고 하관(연실이는 하관下關을 가칸(カカン)으로 알았다)서 전보도 쳐서 알리었던 최명애가 신바시新橋 정거장까지 나와서 연실이를 맞아주었다.

연실이는 단지 싱그레 웃었다. 사실 아무런 감상도 없었다. 올 데까지 왔다 하는 생각만이었다. 공상 혹은 상상이라는 세계를 가져보지 못하고 지금까지 자란 연실이는 현실에 직면하여서야 비로소 현실을 인식하는 사람이지 미리 어떨까고 생각하여보지도 않는 사람이었다. 동경도 단지 가정에 있기가 싫어서 온 것이지 무슨 큰 희망이 있어서 온 바가 아니라 따라서 동경이 어떤 곳인가 하는 호기심도 없이 덜컥 온 것이었다.

최명애의 인도로 우선 명애의 하숙하고 있는 집에 들었다. 그리고 동경 도착한 지 수일간은 최명애의 앞잡이로 동경 구경도 하며 일변 화복和服*도 지으며 장래 방침 토론도 하며―이렇게 보냈다. 그 결과로서 연실이는 금년 겨울은 어학을 더 준비해가지고 명년 새 학기에 어느 여학교에 입학을 하기로 대략 결정하였다. 어학을 연습하기에는 마침 명애가 들어 있는 하숙이 예전 사족士族집 과수 노파 단 혼자의 집이라, 주인 노파를 상대로 연습하기로 하였다.

이해 겨울 연실이는 신체상에 여인으로서의 중대 변환기를 맞았다. 금년 봄부터 철모르고 사내를 보기는 하였지만, 아직 소녀를 면치 못하였던 연실이는 이 겨울에야 비로소 여인으로서만이 보는 한 달에 한 번씩의 변화를 보았다.

이 육체상의 변화―발달은 육체상으로뿐 아니라 정신상으로도 연실이에게 적지 않은 변화를 주었다. 막연한 공포감, 그리움, 애처로움, 꿈 등등 그가 아직 소녀 시기에 느껴보지 못한 이상야릇한 감정 때문에, 복습하던 책도 내어던지고 눈이 멍하니 한 시간 두 시간씩을 보내는 일도 간간 있게 되었다.

아직껏 그의 마음에 일어보지 못한 부모며 동생에게 대한 그리움도 생전 처음으로 그의 마음에 일었다. 선배요 동무인 명애에게 집에서 연락부절로 이르는 가족 사진이며 편지 등등이 부러워서 명애가 학교에 간 틈에 그의 편지를 몰래 꺼내 보고, 나도 이렇게 편지를 한번 받아보았으면 하고 탄식도 하여보았다.

―――――

* 와후쿠. 일본의 전통 의상. '기모노'라고도 한다.

오랫동안 불순한 가정에서 길러나기 때문에 한편으로 쫓겨나가 있던 그의 처녀로서의 감정은 처녀 전환기의 연실이에게 비로소 이르렀다.

이듬해 봄, 그가 명애가 다니는 여학교에 입학을 한 때는 그의 비뚤어진 성격도 적지 않게 교정이 된 때였다.

입학하면서 그는 기숙사에 들어가기로 하였다.

7

학교에 입학을 하고 기숙사에 든 다음에야 연실이는 '조선 여자유학생 친목회'에 처음 출석하여보았다. 이전에도 명애가 몇 번을 끌어보았지만 그런 일에 전혀 흥미가 없는 연실이는 한 번도 출석해보지 않았다. 이번에도, 명애가 학교에서,

"오늘 친목회가 있는데 여전히 안 갈래?"

하고 의향을 물을 때에,

"인젠 학교에도 들고 했으니 가볼 테야."

하면서 미소하였다.

"그럼 지금까지는 학생이 못 되노라고 안 갔었나?"

"유학생 친목회에 비非학생이 무슨 염치에 가오?"

"준비 학생은 학생이 아닌가?"

"하하하하."

이리하여 그날 저녁 사감의 허락을 받고 연실이는 처음으로 동경에 와 있는 조선 여학생들과 합석할 기회를 얻었다.

연실이까지 합계 일곱 명이었다. 이 단 일곱 명 가운데, 회장 부회장이 있고 서기가 있고 회계가 있었다. 아무 벼슬도 하지 못한 사람은 명애와

연실이와 황해도 여학생이라는 스무 살가량 난 사람뿐이었다.

이 단 일곱 명의 친목회에서 먼저 서기의 경과 보고가 있고 회계의 회계 보고가 있은 뒤에, 회장의 연설이 있었다.

―우리는 선각자외다. 조선 이천만 백성 중에 절반을 차지하는 일천만의 여자가 모두 잠자고 현재의 노예 생활에 만족해 있을 때에, 눈을 먼저 뜬 우리들은 그들을 깨쳐주고 그들을 노예 생활에서 건져주기 위해서 고향과 친척 친지를 등지고 여기까지 와서 고생하는 것이외다. 여성을 자기네의 노예로 하고 있는 현대 포학한 남성의 손에서 일천만 여성을 구해낼 사람은 우리밖에 없습니다. 우리는 남성에게 굴복해서는 안 됩니다. 배웁시다. 그리고 힘을 기릅시다.

대략 이런 뜻의 말을, 책상을 두드리며 부르짖었다.

정신적으로 전혀 불감증不感症인 시대를 벗어나서 감정, 감동 등을 막연히나마 느끼기 시작하던 연실이는, 이 말에 적지 않게 감동하였다.

자기가 동경으로 뛰쳐오고 지금 학교에까지 들어간 것은, 본시는 무슨 중대한 목적이 있는 바가 아니라 집에 있기가 싫어서 뛰쳐나온 뿐이었다. 그러나 지금 이 회장의 연설을 듣고 보니, 자기의 등에도 무슨 커다란 짐이 지워지는 것 같았다. 조선의 여자가 어떻게 구속되고 어떤 압박을 받고 있는지는 모르지만 이전에 진명학교 창립 선생도 그런 말을 하였고 지금도 또 여기서도 그런 말을 하는 것을 보니, 그것이 사실인 모양이었다. 그것이 사실일진대 그것을 구해낼 사람은 남자가 아니요 여자이어야 할 것이고, 여자 중에도 먼저 선진국에 와서 새 학문을 배운 사람이어야 할 것이다. 자기는 이미 여기 와서 배우는 단 일곱 사람의 선각자의 한 사람이니 일천만 분의 칠이라 하는, 다시 말하자면 일백오십만 명에 한 명이라 하는 귀한 존재이다. 소녀다운 감정으로 회장의 연설을 들으며 속으로

는 이런 생각을 할 때 연실이는 큰 바위에라도 깔린 듯이 가슴이 무거워
오는 느낌을 금할 수가 없었다.

"언니, 아까 그 회장 이름이 뭐유."

회가 끝나고 어두운 길에 나서면서 연실은 이렇게 명애에게 물었다.

"송안나. 왜?"

"이름두 야릇두 해라. 어느 학교에 다니우?"

"사범학교에."

"어딋사람이구?"

"아마 강서江西인가 함종咸從인가 그 근처 사람이지."

"몇 살이나 났수?"

"왜 이리 끈끈히 묻나? 동성연애 할라나 베."

연애라는 말은 인젠 짐작은 가지만 '연애' 위에 무슨 말이 더 붙었으므
로 뜻을 똑똑히 못 알아들은 연실이는 눈치로 보아 조롱받은 것 같아서,

"언니두."

한 뒤에 말을 끊어버렸다.

그러나 그날 저녁 들은 '선각자'라 하는 말 한마디는 이 처녀의 마음에
꽤 단단히 들어박혔다.

—선각자가 되리라. 우리 조선 여성을 노예의 처지에서 건지어내리라.
구습에 젖어서 아직 눈뜨지 못하는 조선 여성을 새로운 세계로 끌어내리
라.

이런 새로운 감정으로 그는 '감동 때문에 잠 못 드는 밤'을 생전 처음으
로 경험하였다.

8

어떤 날 연실이가 학교에서 기숙사로 들어와서 책들을 정리하고 있을 때에 그 방 방장房長으로 있는 사학년생 도가와戶川라는 처녀가 연실이의 곁으로 와서 앉았다.

"긴상."

"네?"

"조선말 퍽 어렵지요?"

"글쎄요, 우린 모르겠어요."

"영어는?"

"재미있지만 어려워요."

"외국어란 어려운 것이야. 참 긴상."

도가와는 좀 어려운 듯이 미소하며 연실이를 보았다.

"아까 하나이 선생—긴상 담임선생님 말씀이야. 하나이 선생님이 그러시는데, 긴상 일본어가 아직 숙련되지 못했다구 나더러 틈틈이 좀 함께 이야기라도 하라시더군요."

연실이는 얼굴이 새빨갛게 되었다. 스스로도 모르는 바가 아니었다.

"요로시쿠 오네가이시마스(잘 부탁합니다)."

연실이는 승복지 않을 수가 없었다.

"천만에, 아니에요. 내가 무슨…… 긴상, 책을 많이 보세요. 책을 보면 저절로 어학력이 늘어요. 내 책을 빌려드릴게 책으로 어학을 연습하세요."

"책이요? 무슨 책."

도가와는 미리 준비하였던 모양인 책을 연실이에게 한 권 주었다. 등에 '若きエルテルの悲み—ギョテ(젊은 베르테르의 슬픔—괴테)'라 씌어 있었다.

"재미있어요. 재미있는 바람에 읽노라면 어학력도 늘고. 일석이조라는 게 이런 거겠지요."

도가와는 깔깔 웃었다.

연실이는 즉시로 읽어보기 시작하였다. 한 페이지, 두 페이지—교과서 이외에 평생 처음으로 독서를 하여보는 연실이는 처음 얼마는 몹시도 난 습하여 책을 접어버리고 싶었다. 그러나 일껏 자기에게 책을 빌려준 방장의 면도 있고 하여, 세 페이지, 네 페이지, 억지로 내리읽고 있었다.

저녁 끼니 시간이 되었다. 방장에게 독촉받아 식당에 내려간 연실이는 자기의 손에 아직 『若きエルテルの悲み』가 들려 있고, 식당에 앉아서도 그냥 눈을 책에 붙이고 있는 자기를 발견하고 오히려 기이한 느낌을 받았다. 어느덧 그는 책에 열중이 되었던 것이다.

무론 모를 대목도 많이 있었다. 그러나 모를 곳은 모를 대로 그냥 내리 읽노라면 의미는 통하는 것이었다.

밤에 불을 끄는 시간까지 연실이는 그 책만 보고 있었다. 이튿날 새벽에 유난히도 일찍이 깬 연실이는 푸르둥한 새벽빛에 눈을 부비면서 소설책을 다시 폈다.

아침에 깬 방장이 이 모양을 보고 미소하였다.

"도 오모시로쿠테(어때요? 재미있어요?)."

방장이 이렇게 물을 때에 연실이는 눈을 책에서 떼지 않고,

"돗테모(지독히)."

하며 같이 미소하였다.

"모를 곳은 없어요?"

"있지만 뜻은 통하겠어요."

"다 읽어요. 다 읽으면 이번은 더 재미나는 책을 빌려드릴게. 어학 연습에는 무엇보다도 다독多讀이 좋아요."

학교에도 책을 끼고 가서 틈틈이 숨어서 읽고 저녁에 읽고 이튿날—이리하여 독서의 속력이 그다지 빠르지 못한 그로도 이튿날 저녁때는 끝까지 다 읽었다.

다 읽은 책을 베개 아래 넣고 자리에 든 연실이는 가슴을 묵직이 누르는 알지 못할 감정 때문에 좀체 잠을 이루지 못하였다. 그것은 무슨 감정인지 연실이는 알지 못하였다. 이런 감정과 감동을 평생에 처음 겪는 연실이는 이불 속에서 홀로이 혜적이었다.

이틀 동안 수면 부족 때문에 무거운 머리로 이튿날 아침 자리에서 일어나서 다 본 책을 방장에게 돌려주고, 연실이는 그런 재미있는 책을 또 한 권 빌려달라고 간청하였다.

"자 이걸 보세요, 이번은."

하면서 방장이 연실이에게 준 책은 꽤 두툼한 책이었다. 『エイルウイン—ウオツツ ダントン(에일린—워츠 단톤)』이라 하였다.

그날이 마침 토요일이라 오전만 공부하고 오후부터는 연실이는 책에 달려들었다. 그리하여 토요일에서 일요일로 월, 화, 수, 목, 금, 만 일주일간을 잠시도 정신은 이 책에서 떼지 못하고 지냈다. 화요일, 그 소설의 주인공인 에일린이 사랑하는 처녀 위니 프렛의 종적을 잃어버리고 스노돈의 산과 골짜기를 헤매다가 위니의 냄새만 걸핏 감각한 대목에서 학교 시간이 되어 그만 책을 접었던 연실이는, 위니의 생각에 안절부절 공부도 어떻게 하였는지 모르고 지냈다.

"위니상, 어때요?"

책을 다 보고 방장 도가와에게 돌려주매 도가와는 또 미소하며 물었다.

그러나 연실이는 한참을 먹먹히 있다가야 대답을 하였다.

"도가와상, 꿈같아요."

"좋지요?"

"좋은지 어떤지, 얼떨해요."

"이 소설을 지은 워츠 단톤이라는 사람은 이 소설 단 한 편으로 영국 문단에 이름을 높였다우. 나도 이 소설을 읽은 뒤 한 반달이나 꿈같이 얼떨하니 지냈어요."

"그게 웬일일까?"

"그게 예술의 힘이어요. 예술의 힘이 사람의 혼을 울려놓은 때문이어요."

"예술?"

듣던 바 처음이었다.

"네, 예술. 예술 가운데는 음악, 미술, 문학 등이 있는데, 문학에는 또 시며 희곡이며 소설이 있어요. 다른 학문들은 모두 실제, 실용상 쓸데 있는 것이지만 예술이란 것은 사람의 혼과 직접 교섭이 있는 존귀한 학문이어요."

문학소녀라는 칭호를 듣는 도가와는 여러 가지의 말로 예술—문학의 자랑을 연실이에게 들려주었다. 그러나 연실이로서는 그의 말을 알아듣지 못하였다. 다만 몹시도 귀하고 중한 학문이 예술이라는 뜻만 막연히 깨달았다. 그리고 단지 책을 읽기 때문에 자기가 이만치 감동되고 취한 것을 보면 예사 보통의 학문이 아니라 생각되었다.

"긴상, 조선에 문학이 있어요?"

도가와는 마지막에 이런 말을 물었다.

대체 예술이라는 말, 문학이라는 말이 금시초문인 위에 연실이의 조선에 대한 지식이라는 것은, 조선말을 할 줄 알고 조선옷을 입을 줄 아는 것

쫌밖에 없는 형편이라, 한순간 주저하였다. 그러나 일찍이 조선은 오랜 역사를 가지고 오랜 문화생활을 하였다는 이야기를 들은 연실이는,

"있기는 있지만……."

쫌으로 막연히 응하여 두었다.

"긴상, 조선의 장래 여류 문학가가 되세요. 나는 일본 여류 문학가가 될게. 이 우리 학교는, 하세가와 시구레라는 여류 문학가를 낳아서 문학과 인연 깊은 학교예요. 여기서 또 나하고 긴상하고 다 일본과 조선의 여류 문학가가 됩시다."

문학소녀 도가와는 스스로 감격하여 눈에 광채를 내며 이런 말을 하였다.

연실이는 여류 문학가가 무엇인지 문학이 무엇인지는 전혀 모르는 숫백이*였다. 단 두 권의 소설을 읽어보았을 뿐이었다. 그러나 이즈음 자기는 조선 여자계의 선각자라는 자부심을 품기 시작한 연실이는, 장차 여류 문학가 노릇을 해서 우매한 조선 여성계를 깨쳐주어 볼까 하는 희망을 마음 한편 구석에 일으켰다.

단지 선각자라 하여도 무슨 일을 하여 어떻게 조선 여성계를 각성시킬는지 전혀 캄캄하던 연실이는, 여기서 비로소 자기의 진로進路를 발견한 것이 아닌가 하는 생각이 들었다. 그리고 장차 배우고 닦고 하여서 도가와만큼 문학이라는 것을 알고 그것으로서 선각자 노릇을 하리라 막연히나마 이렇게 마음먹었다.

도가와는 다시 연실이에게 스콧의 『아이반호』를 빌려주었다.

그러나 아닌 게 아니라, 『에일린』에서 받은 감격은 그것을 다 읽은 뒤에도 한동안 그의 머리에 뿌리 깊게 남아 있어서 때때로 정신없이 그 생

---

* '숫보기'의 방언. 순진하고 어수룩한 사람.

각을 하다가는 스스로 얼굴을 붉히고 정신을 차리고 하였다.

『아이반호』는 이삼 일간은 당초에 진척이 되지를 않았다. 몇 줄 읽노라면 그의 생각은 어느덧 다시 『에일린』으로 뒷걸음치고 뒷걸음치고 하는 것이었다.

아무 목표도 없이 동경으로 건너와서 아무 정견도 없이 학교에 들었다가 아무 줏대도 없이 선각자가 되리라는 자부심을 품었던 연실이는 이리하여 도가와 모某의 덕으로 문학소녀로 변하여갔다.

여름방학에도 연실이는 제 집에 돌아가지 않았다. 돌아갈 그리운 집이 없기 때문이었다. 기숙사에는 북해도에서 온 학생 하나, 대만서 온 학생 하나, 연실이, 이렇게 단 세 사람이 남았다. 도가와는 여름방학 동안에 보라고 꽤 여러 권의 책을 남겨두고 갔다. 그러나 인제는 독서 속력도 꽤 는 연실이는 도가와가 남겨둔 책을 보름 동안에 다 보고 그 뒤에는 도서관을 찾기 시작하였다.

그해 가을과 겨울도 지나고 이듬해 봄이 된 때는 연실이는 동경 처음으로 올 때(겨우 일 년 반 전이다)와는 전혀 다른 처녀가 되었다.

우선 자부심이 생겼다. 조선 여성계의 선각자라 하는 자부심이었다. 선각자가 될 목표도 섰다. 여류 문학가가 되어 우매한 조선 여성을 깨쳐주리라 하였다. 문학의 정의定義도 인젠 짐작이 갔노라 하였다. 문학이란 연애와 불가분의 것이었다. 연애를 재미나고 자릿자릿하게 적은 것이 소설이고 연애를 찬송하여 짧게 쓴 글이 시라 하였다.

일방으로 연애라는 도정을 밟지 않고 결혼하여 일생을 보내는 조선 여성을 해방(?)하여 연애할 줄 아는 사람으로 만드는 것이 선각자에게 짊어지운 커다란 사명의 하나이라 보았다. 그러기 위해서는 문학을 널리 또 빨리 퍼쳐야 할 것이라 보았다.

문학상에 표현된 바, 전기가 통하는 것같이 쩌르르하였다는 '연애'와, 재미나는 소설을 읽은 뒤에 한동안 느끼는 감동도 동일한 감정이라 보았다.

즉 연애는 문학이요 문학은 연애요, 그것은 다시 말하자면 인생 전체였다.

'인생의 연애는 예술이요, 남녀 간의 예술은 연애니라.'

스스로 창작한 이 금언金言을 수신책 첫 페이지에 조선글로 커다랗게 써두었다.

이런 심경 아래서 문학의 길을 닦기에 여념이 없는 동안, 연실이는 문학과 함께 연애를 사모하는 마음이 나날이 높아갔다.

소녀 시기의 환경이 환경이었더니만치 연실이는 연애와 성교를 같은 물건으로 여기었다. 소녀 시기에는 연애라는 것은 모르고 성교라는 것이 남녀 간에 있는 물건이라고 믿고 있었는데, 지금 연애라는 감정의 존재를 이해하면서부터는, 그의 사상은 일단의 진보를 보여서 '남녀 간의 교섭은 연애요, 연애의 현실적 표현은 성교니라' 하는 신념이 들게 되었다.

그런지라, 그가 철모르는 시절에 무의미하게 잃어버린 처녀성에 대해서도, 아깝다든가 분하다든가 하는 생각보다도, 그때 연애라는 감정을 자기가 이해하였다면 훨씬 재미나고 좋았을걸 하는 후회뿐이었다.

회상하여 그때의 그 사내를 생각해보면 그것은 가장 표준형의 기생오라범으로, 게으름과 무지와 비열을 합쳐놓으면 이런 덩어리가 생길까 하는 생각이 들 만한 보잘것없는 사람으로 연실이에게는 손톱만치도 마음 가는 데가 없는 사람이었다. 그러나, 문학 즉 연애요, 연애와 성교는 불가분의 것으로 믿는 연실이는 그때 연애 감정이 없이 그 사내를 가까이한 것이 적지 않게 분하였다. 한 번 함께 산보(이것이 연애의 초보적 행동이었다)도 못 하고 함께 달을 쳐다보며 속살거리지도 못하고—이렇듯 어리석고 어리던 자기가 저주스러웠다.

그 봄(열일곱 살이었다)에 연실이는 《동경 유학생》이란 잡지에 시를 한 편 지어서 보냈다.

문을 닫아도
들어오는 월광月光.
가슴을 닫아도
스며드는 사랑.
사랑은 월광月光이런가.
월광月光은 사랑이런가.
아아, 이팔처녀二八處女의
가슴이 떨리도다.

지우고 고치고 다시 쓰고 하여 겨우 이렇게 만들어서 한 벌은 고이고이 적어서 가방에 간수하고, 한 벌은 잡지사에 보냈다.

봄방학 때쯤 발행된 그 잡지에는 연실이의 시가 육호 활자로나마 게재가 되었다.

지금 그는 여명기의 조선 여성에게 있어서 한 개 광휘 있는 별이라는 자부심을 넉넉히 갖게 되었다. 그 잡지 십여 권을 사서 자기의 본집과 그밖 몇몇 동무에게 우편으로 보냈다.

문학의 실체인 연애를 좀더 잘 알기 위하여 엘렌 케이며 구리가와 박사의 저서著書도 숙독하였다.

새 학기에는 기숙사에서도 나왔다. 기숙사에서도 학생들끼리 동성의 사랑이 꽤 농후한 자도 있었지만, 연애라는 것은 이성에게라야 가질 것이라는 생각을 갖고 있는 연실이는 그것을 옳게 볼 수가 없고, 또는 자기가 몸소 나아가서 연애를 실연하기 위해서는 기숙사는 불편하기 때문이었다.

여자유학생 친목회에도 자주 나갔다. 작년 입학한 직후 첫 회합에는 단순한 처녀로, 한 얌전한 규수로 참석하였지만, 차차 어느덧 자유 연애와 자유 결혼(이것이 여성 해방이라 보았다)을 가장 맹렬히 주창하는 열렬한 회원으로 변하였다.

이론 방면으로 이만치 진보된 만치 실제로도 또한 연애를 하여보려고 기회 도착에 노력하였다. 그러나 아직도 동경 유학생 간에는 남녀가 함께 회집할 수 있는 곳은 예수교 예배당밖에 없고, 남학생과 여학생 간에 교제가 그다지 성행치 못하는 때라 기회 도착이 쉽게 되지 않았다.

여류 문학자가 되어서 선구자가 되기 위해서는 절대로 연애의 필요를 느끼는 연실이는 이 좀체 도착되지 않는 기회 때문에 조조하게 지냈다.

그러다가 어떤 우연한 기회에 평안도 출행의 농과대학생農科大學生과 알게 될 기회를 얻었다.

금년에 들어서 무척도 는 조선 여학생 가운데 한 사람을 찾아갔던 연실이는 거기서 그 여학생의 몇 촌 오라버니가 된다는 농학생을 처음으로 본 것이었다. 나이는 스무 살이라 하나 여자들 틈에서는 몹시도 수저워하여 이야기 한마디 변변히 하지를 못하였다.

그날 밤 제 하숙에 돌아와서 연실이는 여러 가지로 생각하였다. 자기가 지금까지 읽은 소설 가운데서 연애하는 남녀가 처음 만난 장면을 모두 끄집어내가지고, 아까 그(이창수라 하였다)가 취한 태도는 어느 것에 해당할까 하고 생각하였다. 그리고 결론으로서는 퍽 내심한 청년이 몹시 연애를 느끼기 때문에 그렇게도 수저워한 것이라 단정하였다.

자기도 그 청년을 보는 순간 퍽 마음에 기뻤다고 생각하고 기쁜 가운데도 속이 떨렸다고 생각하고, 자기가 다른 곳을 볼 때 그 청년이 자기를 바라보면 자기는 몹시 가슴을 뛰놀리었다고 생각하고, 자기는 가슴이 이상하여 그를 바로 볼 기회도 없었다고 생각하고, 그와 함께 있는 동안은 감전感電된 것 같은 쩌르르한 느낌을 받았다고 생각하였다.

요컨대 연실이는 자기가 어제 처음 만나는 순간부터 이창수에게 연애를 느끼었고 이창수 역시 자기에게 연애를 느낀 것이라 굳게 믿었다.

이튿날 하학한 뒤에 연실이는 이창수를 찾아보기로 하였다. 찾아가려고 제 하숙을 나설 때에 발이 썩 나서지는 못하였지만 이것이야말로 연애하는 처녀의 당연하고 공동되는 감정으로 서양 문호文豪들도 모두 이 심리를 묘사한 것을 많이 본 연실이는, 이런 수저운 감정을 극복하고 용감히 나아가는 것이 현대 신여성에게 짊어지운 커다란 사명이며 더욱이 선각자로서는 마땅히 겪고 극복하여야 할 일로 알았다.

창수는 마침 하숙에 있었다.

연실이는 창수와 함께 산보를 나섰다. 여섯 조의 좁다란 하숙방 안에서 속살거린다는 것은 옛날 연애지, 현대 여성의 연애가 아니었다. 시부야澁谷 교외로 나서서 무사시노武藏野 숲 위로 떨어지는 낙조를 보면서 그것을 칭송하며 한숨지으며 하여야 할 것이었다.

시부야의 신개지新開地도 지나서 교외로 이 첫사랑하는 남녀는 고요히 고요히 발을 옮겼다. 한 걸음 앞서서 가던 연실이가 머리를 수그린 채 뒤따르는 창수 청년을 보면 창수는 머리를 역시 수그리고 무슨 의무라도 이행하는 듯이 먹먹히 따라오는 것이었다.

남녀는 어떤 언덕마루에 가서 앉았다.

"좀 쉬어요."

하면서 연실이가 두 사람쯤 앉기 좋은 자리에 한편으로 치우쳐 앉으매 창수 청년은 연실이에게서 세 걸음쯤 떨어져 있는 조그만 돌멩이 위에 걸터앉았다.

연실이는 고요히 눈을 들었다. 바라보매 시뻘겋게 불붙는 낙조는 바야흐로 무성한 잡초 위로 떨어지려 하고 있다.

"선생님."

연실이는 매우 부드러운 소리로 창수를 찾았다.

"네?"

"참 아름답지 않아요? 저 낙조 말씀이어요. 저 낙조가 형용하자면 무엇 같을까요."

"글쎄올시다."

농학생 이창수에게 있어서는 그 낙조는 함지박에 담긴 붉은 호박 같았을는지도 모른다. 그러나 그런 형용도 좀 멋쩍어서 글쎄올시다 한 뿐 눈이 멀진멀진히 낙조를 바라보고만 있었다.

"방금 떨어질 듯 도로 솟을 듯 영화靈火가 하늘에서 춤을 추는 것 같지 않아요?"

"글쎄올시다."

그날 저녁 연실이는 창수의 방에서 묵었다. 그 하숙에서 저녁을 함께 먹고 역시 연실이는 적극적으로 창수는 소극적으로 이야기를 주고받고 하다가 교외 전차가 끊어졌음을 핑계로 연실이는 거기서 밤을 지내기로 한 것이었다. 여기서 묵겠다는 말을 차마 입 밖에 내기가 힘들었지만, 선각자는 경우에 의지하여서는 온갖 체면이며 예의 등 인습의 산물은 희생하여야 한다는 신념 아래서,

"아이, 전차가 끊어져서 어쩌나? 선생님 안 쓰는 이부자리 없으세요?"

고 맥을 던져서, 요행 여름철이라 안 쓰는 두터운 이부자리를 얻어서 육

조 방에 두 자리를 편 것이었다.

자리에 들어서도, 인생 문제며 문화의 존귀성을 이야기하면서 연실이는 차츰차츰 뒤채고 뒤채는 동안 창수의 이불 아래로 절반만치 들어갔다. '그것'까지 실행이 되어야 연애의 성립을 인정할 수 있는 연실이었다.

이튿날 아침 창수가 연실이에게 자기는 고향에 어려서 결혼한 아내가 있노라고 몹시 미안한 듯이 고백할 때에 연실이는 즉시로 그 사상을 깨뜨려주었다.

"그게 무슨 관계가 있어요. 두 사람의 사랑만 굳으면 그만이지, 사랑 없는 본댁이 있으면 어때요."

명랑히 이렇게 대답할 때는 연실이는 자기를 완전히 한 명작 소설의 주인공으로 여기었다.

그 하숙에는 창수 밖에도 조선 학생이 두 명이 있었다. 연실이가 돌아간 뒤에 한 하숙의 다른 학생들에게 놀리운 창수는 변명으로 아마,

"뒤집어씌우는 걸 할 수 있나."

이렇게 대답한 모양이었다. 갑자기 유학생에게 연실이의 이름이 놓아지고, 그 위에 뒤집어씌운다 하여 거기서 일전하여 감투 장사라는 별명이 며칠 가지 않아서 오백 명 유학생 간에 쪽 퍼졌다.

그러나 이런 소문은 있건 말건 연실이는 환희와 만족의 절정에 올라섰다.

첫째 선각자였다.

둘째 여류 문학가였다.

셋째 자유 연애의 선봉장이었다.

문학가가 되고 선각자가 되기에 아직 일말의 부족감을 느끼고 있던 것이, 자유 연애까지 획득하여놓으니 인제는 티 없는 구슬이었다.

어디를 내어놓을지라도, 선진국 서양에 갖다 놓을지라도 축박힐 데가

없는 완전무결한 신여성이요 선각자로다. 연실이는 의심치 않고 믿었다.

아직도 그래도 좀더 희망을 말하라면 창수가 좀더 적극적이요 정열적이요 '뒤집어씌우는 편'이 아니고 끌어당기는 편이면 하는 것이었다.

이 연애에 승리한 지 얼마 지나지 않아서 연실이는 지금껏 다니던 학교에 퇴학 원서를 제출하였다. 그리고 다른 사립 음악학교에 입학을 하였다. 음악이 예술인 까닭이었다. 그리고 그 학교가 동경에서 유명한 연애학교(남녀 공학)인 까닭이었다.

9

음악학교로 학적을 옮긴 뒤에 연실이는 두 가지로 마음이 매우 기뻤다.

첫째로는 그 학교의 남녀 학생 간에 연애가 매우 많은 점이었다. 연애를 모르는 조선에 태어났기 때문에 연실이는 연애의 형식과 실체(감정이 아니다)를 몰랐다. 그가 읽은 여러 가지의 소설의 달콤한 장면을 보고 연애는 이런 것이거니쯤으로 짐작밖에는 가지 못하였다. 이창수와 몇 번 연애(?)를 하여보았지만 창수는 도리어 수동적인 편이라 연실이 자기가 부리는 연애밖에는 구경을 못 하였다. 선각자로서 당연히 연애를 알고 또한 실행하여야 할 의무감을 가진 연실이는 자기가 현재 이창수와 연애를 하면서도 일찍이 책에서 읽은 바와 상위되는 점을 늘 미흡히 생각하고 혹은 실제와 소설에는 차이가 있는가 의심하던 차에 이 학교에서는 눈앞에 소설에서 본 바와 같은 연애를 수두룩이 보았는지라 이것이 기뻤다.

둘째로는 전문학생이라는 자기의 지위가 기뻤다. 선각자로 자임하고어서 선각자로서 조선의 깨지 못한 여성들을 외치려는 희망은 품었지만 고등여학교의 생도인 때는 전도가 감감한 느낌이 없지 않았다. 그런데 이 학교에 입학을 하고 보니 인제 삼 년만 지나면 자기는 전문학교의 출신으로 어디에 내놓을지라도 뻐젓한 숙녀였다.

보랏빛 치마와 화려한 긴 소매와 뒷덜미에 나비 모양으로 맨 리본과 뾰족한 구두의 이 전문학생은 악보樂譜를 싼 커다란 책보를 앞으로 받치고 동경 바닥을 활보하였다.

단지 이 처녀에게 있어서 아직도 불만이 있다 하면 그것은 애인 이창수의 태도가 너무도 소극적인 점이었다. '로미오'인 이창수가 '줄리엣'인 연실 자기의 창 아래 와서 연가戀歌는 못 부를지언정 적어도 이 근처에 늘 배회하기는 하여야 할 것이었다. 찾아오기가 바쁘면 하다못해 편지라도 해야 할 것이었다. 적어도 소설에 있는 연애하는 청년은 그러하였다. 그럼에도 불구하고 찾아오기는커녕 이편에서 찾아갈지라도 맞받아 나오면서 쓸어안고 키스를 하고 해주지조차 못하고 싱그레 웃고 마는 것은 연실이의 마음에 적지 않게 불만하였다.

10

그해 크리스마스 방학이었다.

연실이는 오래간만에 최명애를 찾아가보았다. 처음 동경 올 때는 감한 선배로 동정을 그에게 배우려 한 적도 있었지만 인제는 자기는 열여덟(눈앞에 열아홉을 바라본다)이요 그는 스물하나로 옛날 진명학교 시대와 마찬가지인 한낱 동무였다. 그 위에 '그도 연애를 하는가' 하는 의심점이 있기 때문에 잘못하면 자기보다도 약간 세상 철이 부족할지도 모르겠다는 자긍심까지도 품고 있는 연실이었다.

"언니."

여전히 부르기는 이렇게 불렀으나 인제는 선배 후배가 아니요 단지 약
간 나이가 더 먹은 동무일 따름이었다.

거진 연애라는 것을 '문명한 인종이 반드시 밟아야 할 과정'이라고쯤
믿고 있는 연실이는 그날 서로 히닥거리며 잡담을 하다가 이런 말을 하
였다.

"언니, 참 옛날 여인들은 어떻게 살았겠수?"

"왜?"

"연애두 한 번두 못 해보구."

명애는 여기서 한 번 크게 웃었다.

"하하하하. 저리드냐? 재리드냐?"

"아찔아찔합디다."

"그것만?"

"오금이 녹아옵디다."

"엑이 망할 기집애. 한데 너 뒤집어씌웠다구 소문이 자자하든구나."

뒤집어씌워? 남녀 학생 간에 소문은 높았던 바지만 연실이의 귀에까지
는 아직 오지 않았던 바라 뜻을 알 수가 없었다.

"그게 무슨 말이우?"

"듣기 싫다."

"참말…… 그게 무슨 말이유."

명애는 의아히 잠깐 연실이의 얼굴을 보았다. 그런 뒤에 설명하였다.

"아, 네가 능동적이란 말이지. 네가 사내를 ○단 말이지."

"언니두!"

연애의 과정으로 당연히 밟은 과정이라는 신념은 가지고 있었지만 이
렇듯 지적을 받으매 연실이는 아뜩하였다.

"그런데 얘."

"······."

"내 언제 너 조용히 만나면 이야기할라구 그랬다마는 청춘 남녀가 연애야 안 하겠니마는 연애를 한대두 신성한 연애를 해라."

순간적 부끄럼 때문에 머리를 수그리었던 연실의 귀에도 이 말은 들어갔다. 소설에서 많이 읽은 바였다. 그러나 어떤 것이 신성한 연애인지는 실체를 아직 연실이는 알지 못하였다. 소설에 그런 대목이 나올 때마다 다시 읽고 다시 읽고 하여 실체를 잡아보려 노력하였지만 대체 어떤 것이 신성한 연애인지 알 수가 없었다.

"청년 남녀 누구가 연애를 안 하겠니마는 신성한 연애를 해야 한다."

"언니, 어떤 게 신성한 연애유?"

연실이는 드디어 물었다.

"얘두, 그럼 너 지금껏 뭘 했니. 남녀가 육교를 하지 않고 사랑만 하는 게 신성한 연애지. 말하자면 서루 마음과 마음이 통해서 사랑하구 사랑받구 하는 게 신성한 연애가 아니냐."

이것은 연실이에게는 새로운 지식인 동시에 이해하기 어려운 일이었다. 만약 명애의 말로서 옳다 할진대 이창수와 자기와의 것은 무엇으로 해석을 할 것인가. 마음과 마음이 서로 통한다 하면 자기와 이창수는 전혀 마음은 서로 통치 못하였다.

소설이며 엘렌 케이와 구리가와 박사의 말에는 그런 뜻이 있었던 듯싶다. 그러나 사람의 사회에 실제로까지 그런 꿈의 나라가 있으리라고는 연실이에게는 믿기지 않았다.

그날 명애는 이런 말도 하였다.

"내 애인은 말이다, 지금 W대학 문과에 다니는 사람이야. 본시 송안나, 너도 알지. 그 여자 친목회 회장 말이다. 그 송안나허구 이러구저러구 하던 사람이란다. 그걸 내가 알았지. 첨에는 송안나 그담에는 최××, 또 그담에는 박△△, 그걸 내가 알았구나. 말하자면 최후의 승리자지."

그리고 그 열변과 엄숙한 표정으로 친목회에서 지도자 노릇을 하던 송안나도 연애 찬미자의 한 사람이라는 것이 기이해서 연실이가 물어볼 때에 그는 이렇게 대답하였다.

"얘, 너두 철이 있느냐 없느냐. 이 동경 여자유학생치구 애인 없는 사람이 어디 있다디. 옛날 구식 여자는 모르겠다마는 신여성치구 애인 없이 어떻게 행세를 한단 말이냐."

누구는 누구가 애인이고 누구는 누구가 애인이고 한참을 꼽아내렸다.

연실이는 그러려니 하였다. 이 동경까지 와 있는 선각 여성이 자유 연애도 하지 않고 어쩔 것이냐. 사실에 있어서 연실이는 최근엔 단지 이창수뿐만 아니라, 음악학교에 다니는 여러 남학생들과 단 하룻밤씩의 연애를 하고 있었다. 한 사내와만 연애를 한다 하는 것조차 그에게 있어서는 유치한 감이 없지 않은 것이었다.

11

크리스마스 방학도 끝나고 개학이 된 지 며칠 뒤의 일이었다.

그날은 연애할 대상도 구하지 못해서 하학한 뒤에 곧 집으로 돌아오매 그의 책상에는 우편물이 하나 놓여 있었다.

잡지였다. 뜯어보니 동경 유학생의 기관 잡지인 ×××였다.

면첨 호에 문틈으로 스며드는 달빛을 노래한 시를 이 잡지에 보내어 채택이 된 연실이는 그다음에도 또 한 편 보내었던 것이었다. 그것이 났는지 어떤지를 알아보기 위해서 연실이는 옷도 갈아입지 않고 즉시 봉을 뜯었다.

무식한 그 잡지의 편집인은 이번은 연실이의 시를 몰서하여*버렸다. 그래서 목록의 아래의 이름만 읽어보아 자기의 이름이 없으므로 불쾌감이 일어나서 책을 접으려 할 때에 제목란에 계집녀女 자가 걸핏 보이는 듯하므로 다시 주의하여 거기를 보매 거기는,

"여자 유학생에게 경고하노라."

하는 제목이 있었다.

무슨 이야긴가. 호기심이 났다. 책으로서는 자기의 명작 시가 발표되지 않았으므로 불쾌하기 짝이 없는 잡지였지만 그 제목의 페이지를 뒤적이어서 펴보았다.

첫 줄에서 연실이의 얼굴은 검붉게 되었다.

"××음악학교에 다니는 모 양은."

운운으로 시작한 그 글은 연실이와 이창수와의 새의 소위 '뒤집어씌운' 이야기를 폭로시키고 이런 음탕한 여자가 동경에 와 있기 때문에 다른 학생들에게도 물들 뿐 아니라 더욱이 고향에 계신 학부형들은 딸을 동경으로 유학 보내기를 무서워한다는 뜻을 쓰고 이어서 이런 더러운 학생은 마땅히 매장하여버려야 하는 것이 유학생의 의무라고 많은 '!'며 '!?'를 늘어 놓아가지고 두 페이지나 널어놓았다.

읽는 동안 연실이의 얼굴은 검게 되었다 붉게 되었다 찌푸려졌다 찡그려졌다, 별의별 표정이 다 나타났다.

읽으면서 동댕이 치고 싶었다. 그러나 끝까지 다 읽고야 말았다. 다 읽

---

* 신문이나 잡지에 보낸 글을 싣지 않다.

고 나서는 드디어 동댕이쳤다.

　무엇이라 형용할 수 없는 감정이었다. 억분하다 할까. 노엽다 할까. 부끄럽다 할까. 얼굴이며 손발의 근육이 와들와들 떨렸다. 머리로서는 아무것도 생각지를 못하였다.

　한 시간? 아마 두 시간도 넘어 지났겠지. 집주인 마누라가,

　"긴상, 오메시이카가(김 양, 식사 어떡해요)?"

하고 들어올 때야 연실이는 비로소 자기의 이성을 회복하였다.

　이성이라 하나 지극히도 흥분된 이성이었다.

　"다쿠산요(필요없어요)."

　저녁이 입에 달지는 않을 것이므로 거절함에 있어서 이런 거절까지 않아도 좋을 것이거늘 연실이는 이런 악의 품은 거절을 한 것이었다.

　어떤 노염일까. 욕먹은 데 대한 분함이 물론 가장 강하였다. ××음악학교에 다니는 조선 여학생은 자기밖에 없다. 그런지라 누구든 이 글을 읽기만 하면 거기 쓰인 모 양이라는 것은 자기를 지적한 것임을 알 것이다.

　처녀 십팔(새해에 열아홉)은 손톱눈만 한 일에라도 부끄러워하는 시절이라 하나 연실이는 요행 부끄럼에 대한 감수성은 적게 타고난 사람이었다.

　그 대신 분하였다. 글자가 표현할 수 있는 가장 악의로 찬 욕을 퍼부은 것이었다. 이것이 분하였다.

　어때? 그래. 이만 뱃심이 없지 않았다. 그 글의 필자는 아직 구사상에 젖은 유치한 녀석이라는 경멸감도 물론 났다. 자유 연애를 이해하지 못하고 이렇듯 어리석은 소리를 흥얼거리는 숙맥이라는 우월감(자기에 대한)도 섞이어 있었다. 그런지라 욕먹은 내용—사실에 대해서는 연실이는 천상천하 부끄러울 데가 없었다. 이 정정당당하고 가장 새롭고 가장 선각적인 행동을 욕하는 자의 어리석음이 미웠고 그런 것에게 욕먹은 것이

분하였다.

두 시간 세 시간 동안을 분한 감정 때문에 몸만 떨고 있던 연실이는 밤이 차차 들어감에 따라서 얼마만치 머리도 식어가며 식어가느니만치 대책도 생각났다.

어떻게든 거기 대하여 항의를 하여야 할 것이다.

글로?

말로?

항의문을 그 잡지에 써 보내서 자기를 욕한 필자의 무식을 응징하나.

혹은 그 사람을 찾아가서 도도한 웅변으로 그의 구식 두뇌를 깨쳐주나.

자리에 들어서도 그 생각을 하고 또 하고 한 끝에 연애라 하는 일에 퍽 이해를 가진 최명애를 찾아서 그와 의논하여 어떻게든 결정하리라 하였다.

이튿날 이른 새벽에 연실이는 자리에서 일어났다. 조반도 먹지 않고 하숙집에서 나왔다. 최명애를 찾기 위해서였다.

최명애의 하숙(영업적 하숙이 아니라 사숙이었다)에 들어서서 주인 마누라에게 오하요(안녕하십니까)를 부른 다음에 연실이는 서슴지 않고 명애의 방으로 갔다. 당황히 따라오는 주인 마누라의 눈치도 못 보고.

가라카미(장지문)를 쭉 밀어 열었다.

—?

연실이는 도로 가라카미를 닫아버렸다. 명애 혼자인 줄 알았던 방에 명애는 웬 남학생과 함께 자고 있다가 이 침입자 때문에 번쩍 눈을 뜨는 것이었다.

"누구?"

방 안에서는 명애가 침입자의 정체를 캐면서 일변으로는,

"긴상, 인전 일어나요. 누구 왔어요."
하며 연애의 상대자를 흔드는 모양이었다.

연실이는 멍하였다. 자기의 취할 거처를 몰랐다. 돌아가자니 싱거웠다. 들어가자니 어려웠다. 이미 이런 일은 처음 당하는 일이 아닌 연실이라 부끄럼이라든가 거기 유사한 감정은 느끼지 않았지만 일전에도 '신성한 연애'를 운운하던 명애의 자리에서 사내를 발견하였는지라 잠시 뚱하였다.

"누구야."

"나."

드디어 대답하였다.

"연실이로구나. 긴상, 어서 일어나요. 연실이, 조금만 있다가 들어와."

그런 뒤에는 안에서는 일어나서 옷을 가다듬는 듯한 버석거리는 소리가 들렸다. 그러기를 사오 분이나 하고 나서,

"이와, 오하우이리(좋아요, 들어와요)."
하고 청을 하였다.

연실이는 들어갔다. 내어주는 자리에 앉았다.

"새벽에 웬일이야. 응 소개해야겠군. 이이는 대학에 다니시는 김××씨. 이 애는 늘 말씀드린 연실이."

연실이는 가볍게 머리를 숙였다. 김모라는 학생은 연방 교복 단추를 맞추면서 허리를 굽석하였다.

"헌데 새벽에 웬일이냐. 이상(이창수)네 하숙에서 오는 길이냐."

"아냐."

연실이는 부인하여버렸다. 부인하며 얼핏 김모라는 학생을 보았다. 처음은 송안나의 애인 그다음은 누구의 애인 또 그다음은 누구의 애인, 이

라 하여 지금은 최명애의 애인이 된 그 학생은 그의 염복적艷福的* 눈을 들어 연실이를 보고 있는 것이었다.

그날 김모는 학교에 가야겠다고 조반 전에 돌아갔다. 사립 여자전문학교에 다니는 두 처녀는 오늘은 학교 집어치우기로 하고 김모가 돌아간 뒤에 (세수도 안 하고) 자리에 도로 들어가 누웠다.

연실이가 가지고 온 잡지를 내어들고 명애에게 자기의 분함을 하소연하고 그 대책을 의논할 때에 명애는 그따위 문제는 애당초 중대시하지도 않았다.

"거기 어디 김연실이라고 이름을 밝히기라도 했니?"

"밝히진 않았어두 ××음악학교 재학생이라면 이십여 명 유학생 중 나밖에 어디 있수?"

"긁어 부스럼이니라. 우습지 않으니? 김연실이라구 밝히지두 않았는데 김연실이가 웬 까닭으루 나 욕했소 하구 덤벼드느냐 말이다. 얘, 수가 있느니라. 이렇게 해라."

"어떻게."

"아까 그 긴상 말이야. 긴상두 ××회(유학생회) 감찰부장이란다. 그 긴상이 말이야. 내가 요전에 △△학교에 다니는 강상이라는 학생하구 이렁구저렁구 할 때 뭐 유학생계에 풍기를 문란케 하느니 어쩌니 해가지구 매장을 한다 어떤다 야단이란 말이지. 그래서 그 긴상의 내막을 알아보니 자기도 송안나하고 그 꼴이지. 그래서 말이로다. 만일 긴상이 참말루 샌님 같은 사람이면 할 수 없지만 자기도 그러는 이상에 무슨 낯으루 큰말이냐 말이다. 그래서 이 여왕께서 찾아가주었구나. 한번 부비어 대줄

* 아름다운 여자가 잘 따르는 복이 있는.

셈이었지. 그랬더니 고냐쿠*란 말이지. 흐늘흐늘, 지금 내 애인이 되지 않았니?"

연실이는 멍하니 명애를 보았다. 경이驚異라는 것을 모르는 연실이는 놀랄 줄을 모른다. 감동이라는 것을 모르는 연실이는 감동할 줄도 모른다. 그러나 이야기는 연실이에게는 다만 예사로운 이야기는 아니었다.

"언니, 그럼 나 어떡허면 좋수."

"너두 나같이 그, 너 욕한 사람 말이다, 그 학생을 찾아가려무나. 상판대기에 분칠이나 곱게 하구 연지나 찍구 찾아가서 이건 왜 이러우 하구 한마디만 턱 던지구 생긋 웃어만 보려무나. 그러면 나 잘못했소. 여왕님 하구 네 발 아래 꿇어 엎드리지 않으리."

"그러면?"

"그러면 됐지, 그 뒤가 있을 게 뭐람. 그러면 그 모 도학 청년이 네 애인이 되지."

"이상은 어쩌구."

"차버리려무나. 차버리기가 아까우면 애인 두어 개 두구."

"언니, 남자란 여자를 보면 그렇게두 오금을 못 쓰우?"

"맛이 좋거든."

"맛이 좋단 어떻게 좋우?"

"그게야 남자가 아니구야 어떻게 알겠니마는 여자는 또 남자를 보면 그렇지 않더냐. 아유. 흥 흥."

명애는 무엇을 생각함인 듯이 힘 있게 연실이를 쓸어안고 신음하면서 꺽꺽 힘을 주었다.

———

* 곤약. 우뭇가사리 따위를 끓여서 식혀 만든 끈끈한 식품.

"언니, 내 진정으로 말한다면 나는 어디가 좋은지 몰라. 소설에 보면 말도 마음먹은 대로 못 하고 고이비도(애인)의 얼굴두 바루 못 본다는 등 별별 신비스러운 이야기가 다 있는데 나는 아무리 그렇게 마음먹으려 해두 진정으로는 안 그래. 웬일일까. 그게 거짓말일까?"

"그건 모르겠다만 얘 잠자리 맛이란…… 아유 흥 흥, 아유 죽겠다."

"잠자리 맛이라는 것두 따루 있수?"

"아이 망측해. 우화등선 천하제일감. 네 것두 아직 모르니?"

"몰라."

"그럼 이상허구 뒤집어씌우기는 어떻게 했느냐."

"그게야 그럭허는 게니 그랬지."

"얘두, 그럼 너 불구자로구나."

단지 사내와 여인―애인끼리는 그런 노릇을 해야 하는 것으로 알고 있는 연실이에게는 이 말은 알지 못할 말이요 겸하여 불안스러운 말이었다.

그는 이날 명애에게서 '성'에 대한 여러 가지의 지식을 알았다. 하늘은 종족의 단멸斷滅을 막기 위해서 성교에 특수한 쾌심을 주어 이 쾌감 때문에 종족이 끊기지 않고 그냥 계속된다는 이야기며 과부가 수절을 못 하는 것은 이 쾌감을 잊을 수 없어서 그렇게 된다는 이야기 등을 듣고 그로 미루어보자면 그것은 상식으로 판단키 힘들 만치 유쾌로운 일인데 아직 그것도 모르는 자기는 적지 않게 부족된 사람인 듯싶고 이 때문에 마음도 적지 않게 무거웠다.

명애는 연실이에게 대해서 장차 그 남학생(잡지에서 욕한)을 찾아가는 경우에 그와 대응할 책략을 여러 가지로 가르쳤다.

결코 이렇다 저렇다 싸우지 말라 하였다.

"이건 왜 이러세요."

이 한마디만으로 웃기만 하라 하였다. 손님이 왔으니 과일이라도 사오라고 명령하라 하였다. 그리고 당신과 같은 장차 조선의 지도자 될 사람이 왜 그리 사상이 낡으냐고 산보를 청하고 활동사진 구경을 동반하고, 그리고 마지막에는 네 하숙으로 끌고 들어가라 하였다.

그로부터 수일 후 연실이는 명애의 지휘가 너무도 정확히 들어맞으므로 도리어 놀랐다. 연실이가 찾아왔다는 하숙 하녀의 보고를 들을 때 그렇게도 울그럭불그럭하였고 서로 대좌하여서도 눈을 퉁방울같이 굴리던 그 남학생이,

"이건 왜 이리서요."

의 한마디에 멋쩍은 듯이 좀 누그러지고, 그다음에,

"과일이나 부르세요."

할 때에 하녀를 불러서 과일을 사왔고, 그다음에는,

"하나 드십시오."

라는 권고가 그의 입에서 먼저 나왔고, 산보를 청할 때는 얼굴에 희색이 나타났고, 활동사진을 구경한 뒤에 집에까지 바래다 달라니까 분명히 홍분까지 되었고, 잠깐 들어오기를 청할 때에 열적은 듯이 따라 들어왔고, 시간이 늦어서 마지막 전차까지 끊어지매 도리어 저쪽에서 기괴한 뜻을 암시하였고…….

이리하여 연실이는 또 한 사람의 애인을 두게 되었다.

새 애인의 이름은 맹호덕孟浩德이었다.

연실이가 새 애인을 둔 뒤에 이전보다 적이 기쁨을 느낀 것은 맹은 이전의 이창수와 같이 소극적이 아니었다.

역시 ××회의 회집이 있을 때마다 단상에 올라서서 조선 청년의 갈 길을 부르짖고 학생계의 나약과 타락을 통탄하고 '우리'의 중대한 임무를

사자후하고 하였지만 그러한 적극성이 있느니만치 연실이에게 대해서도 적극적으로 따라다니고 불러내고 호령하고 명령하고 하였다.

연실이의 마음은 차차 맹에게로 기울지 않을 수가 없었다.

"이것이 진정한 연애로다."

연실이는 이것으로서 비로소 자기는 진정한 연애를 하는 사람으로 믿었다. 그리고 인제는 온갖 점이 다 구비된 완전한 조선 여성계의 선구자라 하는 신념을 더욱 굳게 하였다.

"갈 길을 몰라서 헤매는 일천만의 조선 여성에게 광명을 보여주기로 단단히 결심하였습니다."

과거 진명학교 시대의 동무에게 자랑삼아 한 편지 가운데 이런 구절이 있었다.

—이 소설은 이것으로 일단락을 맺는다. 이 갸륵한 선구녀가 장차 어떤 인생행로를 밟을지 후일담이 무론 있을 것이다. 약속한 지면도 다하고 편집 기일도 지나고 붓도 피곤하여 이 선구녀가 자기의 인격을 완성하는 기회로서 일단락을 맺는 것이다.

—《문장》, 1939. 3.

반역자

천하에 명색 없는 '평안도 선비'의 집에 태어났다. 아무리 날고 기는 재간이 있을지라도 일생을 진토에 묻히어서 허송치 않을 수 없는 것이 '평안도 사람'에게 부과된 이 나라의 태도였다.

그런데, 오이배吳而陪는 쓸데없는 '날고 기는 재주'를 하늘에서 타고나서, 근린 일대에는 '신동神童'이라는 소문이 자자하였다.

쓸데없는 재주, 먹을 데 없는 재주, 기껏해야 시골 향수 혹은 진사쯤밖에 출세하지 못하는 재주, 그 재주 너무 부리다가는 도리어 몸에 화가 미치는 재주, 그러나 하늘이 주신 재주이니 떼어버릴 수도 없고 남에게 물려줄 수도 없는 재주였다.

대대로 선비 노릇을 하였다. 그랬으니만치 시골서는 도저한* 가문이었다. 그러나 산업産業과 치부致富 방면에 유의留意하지 않았으니만치, 재산은 연년이 줄어서 이배의 아버지의 대에는 드디어 파산을 면치 못하였다.

대대로 부리던 세도가 있느니만치, 그래도 근처에서 존경받은 지위는 간신히 지켜왔지만, 재산 없고 산업을 모르고 그냥 그 '점잖음'을 지키노

---

* 학식이나 생각이 깊은.

라니 여간 살림이 이상야릇하지 않았다.

불행한 신동 이배를 시험하심에 하늘은 더 어려운 고초를 내렸다. 이배가 열한 살 잡히는 해에, 신동 이배의 양친이 한꺼번에 세상을 떠났다. 천하를 휩쓴 '쥐통'*에 넘어진 것이었다.

여러 대를 이 동네에 살았지만 자손 번창치 못하는 집안이라, 여러 대 계속하여 외꼭지**로 내려왔으니만치, 일가친척이라는 것이 전연 없었다. 이렇게 외롭게 될 때는 그래도 일가라는 것이 있으면 얼마만치 힘입을 수도 있고, 믿고 의지할 수도 있지만, 일가라는 것이 전연 없는 오씨 집안에서 양친이 한꺼번에 세상 떠났으매, 이 넓은 천하에 이배 단 혼자가 덩그렇게 남았다. 겨우 열한 살 난 코흘리개 소년이.

그래도 대대로 동네의 인심은 잃지 않고 내려왔으니만치, 동네의 동정심은 자연 이배에게 부어졌다. 그러나 인심은 안 잃었다 할지라도, 이쪽은 그래도 선비요 동네 사람은 모두가 이름 없는 농꾼들이라, 자연 교제가 없었다. 그래서 마음껏 동정을 나타내기도 쑥스러웠다.

동네 사람의 조력을 빌려, 양친을 한꺼번에 장례를 치르기는 하였다.

그러나 상여를 따르는 상제는, 소년 상주喪主 하나뿐 동네 사람 서넛이 함께 묘지까지 가기는 갔지만, 이 쓸쓸한 상여를 모시고 가는 소년 상주의 눈에서는 눈물이 샘솟듯 솟았다.

*

이 세상에 단 혼자 남은 이배.

부모를 안장하고 집에 돌아오매, 오막살이에서 마주 나오는 것은 개 한

---

* 콜레라.
** 몇 대 동안 외자식으로 이어진 가문의 외자식.

마리뿐이었다.

아버지, 어머니, 이배 단 셋이서 살던 쓸쓸한 오막살이에, 아버지 어머니조차 영원의 세상으로 보내고 보니, 세상에는 이배 한 사람에, 인종人種이 없는 듯, 밖의 길에는 사람들이 지나다니는 기척도 있지만, 이배에게는 그것이 다 환몽이요 자기 혼자만이 이 너른 세상에 살아 있는 유일인인 듯싶었다.

한심하고 기막혀 한 사나흘은 밥도 짓지 않고, 따라서 먹지도 않고, 집안에 쓰고 누워 있었다.

그 오막살이에 하도 인기척이 없으므로 동네 할머니가 미심질로 들여다보아서, 며칠이나 굶었는지 굶어서 거의 죽게 되어 정신을 못 차리는 이배 소년을 발견치 않았다면 이배도 제 부모 가신 나라로 갔을 것이다.

"아이구, 이게 웬일이냐. 무슨 일이냐? 정신 차리거라."

*

이배는 그 할머니의 성의 있는 간호로써 다시 소생하였다.

소생한 며칠 뒤, 이배는 그 동네에서 일백오십 상거되는 곳에 있는 학교를 목적하고 제 고향을 떠났다.

일백오십 리 밖에 있는 T라는 학교는, 위치는 산골에 있으나 전 조선에 이름 높은 학교였다.

그 학교의 설립자가 유명한 애국지사였다. 신학문과 아울러 애국사상을 소년들의 마음에 뿌려주기 위해서 세운 학교였다.

옷 두어 가지를 넣은 보따리 하나를 끼고 학교까지 이르렀다. 그러나 여전히 의지할 데 없고 믿을 데 없는 소년이라, 어떻게 해야 할지 두서를 못 차려서, 학교 문밖에 배회하다가 그 학교 교장에게 발견되었다. 교장이라는 이가 또한 전국에 이름 높은 선각자요 애국지사로서, 설립자의 뜻을 받아 장차 자랄 어린 싹에 좋은 교훈을 하고자 일부러 이런 시골의 학교장으로 와 있는 이였다.

교장은 이배 소년의 슬기로움을 알아보았다. 그래서 이 소년을 장차 나라의 큰 그릇을 만들고자, 자기 집에 데려다 두고 잔심부름이나 시키며 교육 일체의 책임을 졌다.

구학문에 있어서 신동이었던 이배는 신학문으로 돌아서서도 그의 천품을 충분히 발휘하였다. 이 학교를 사모하여 전국에서 모여든 수재秀才들 가운데 섞이어서도 이배는 가장 빼어난 성적을 보였다.

농촌의 선비 집안에 한 신동으로 태어나서, 동양 전통의 윤리를 닦고, 이것만이 학문이거니 여기고 있던 이배는 이 학교에서 비로소 놀랄 만한 지식 분야에 발을 들여놓았다.

이 세상에는 '청국淸國'이라는, 지금은 호인胡人의 나라가 본시 하우씨*의 직계로서 만국을 다스리고 있다―이쯤밖에는 모르던 이배는 여기서 비로소 한국韓國이라는 본시는 조선이라는 나라가 있는 것을 알고, '왜倭'로만 알고 있던 일본이 놀랄 만한 신문화를 흡수하여가지고 동양 천지에서 세도하려는 것이며, 그 일본이 현재 한국에게 대하여 어떤 야심을 품고 있다는 것이며, 이런 때에 임하여 한국인은 어떤 길을 밟아야 할 것인가는 큰 과제 등을 비로소 알고 경악하였다.

교장은 이배 소년의 비상히 영특한 재질을 크게 평가하여, 이런 재질에다가 민족 관념을 옳게** 지도하면 나라에 얼마나 유용한 인물이 되랴는 기대 아래 소년을 훈육하였다.

---

* 중국 고대 하나라의 우임금을 일컫는 말.
** 옳아가게.

이 학교에 의탁한 지 일 년 뒤에는 이배는 학문으로는 교사와 어깨를 겨눌 만하게 되었다. 애국사상으로는 모르긴 몰라도, 이 학교에서 교장에 버금가는 사상가로 변하였다.

학교도 무사히 졸업을 하였다. 졸업하고는 더 높은 학교로 가고자 하였다.

그러나 그를 유난히 사랑하고 촉망하던 교장이 놓아주지 않았다.

"네가 더 높은 학교에서 학업을 닦는다는 건, 본시 같으면 되레 내가 권할 일이지만, 지금 우리나라의 형편이 더 높은 학교를 나온 훌륭한 지도자보다도, 이 맛 정도의 지도자가 더 필요해, 그리고 급해. 이 학교에 머물러 후배들을 지도하는 교원이 돼다고. 나라를 위해서든, 너 개인을 위해서든 너 같은 총명한 사람이 세계의 우수한 학문을 닦아서 나라에 이바지하면 오죽이나 좋으랴마는, 그런 먼 장래보다도 눈앞에 다닥쳐 있는 소년 지도의 책무를 감당할 일꾼이 더 급하구나. 그러니까, 좀더 이 학교에 그냥 있어서 교원이 돼다고. 국사가 매우 위태롭게 된 이 판국에, 먼 장래는 더 뒤에 생각하고, 목전의 급한 일부터—."

과연 시국은 가장 어지럽게 되어 있었다. 일본은 그 마수를 차차 노골적으로 펴서 동학당東學黨이라는 당을 손아귀에 넣고, 한국을 삼키려고 공작이 나날이 더 심해갔다.

반역당파의 동학당은 일본의 농락 아래 들어서, 내 나라를 일본의 마수 안에 넣어주려고 맹렬히 활동하고 있었다. 경향을 무론하고 일본 세력을 배격하려는 국민 운동이 요원의 불같이 일어서 퍼져나간다.

이런 판국에 국민은 아직 몇 해 전의 이배나 마찬가지로 한국이라는 국가가 무엇인지도 모르는 요순 시절의 꿈에 잠겨 있는 무리가 태반이다.

하다못해 '내 나라'가 무엇이며 어떤 의의를 가진 것인지, 이 개념만이라도 온 국민에게 부어 넣어주는 것은 여간 급한 일이 아니다.

그러기 위해서는 장래의 위대한 지도자보다 현재의 대중적 지도자가 더 급하고, 더 긴하다.

내 한 몸 더 훌륭한 학업을 닦고자 은혜 깊은 교장의 슬하를 떠나고자 하던 이배는, 교장의 이 말에 크게 깨달은 바 있어서, 그냥 이 학교에 주저앉아서 장래 국민을 지도하는 대중적 역할을 맡기로 교장 앞에 맹서하고, 다시 주저앉았다.

*

운명의 힘은 막을 수 없다.

한국은 드디어 일본과 보호 조약을 체결치 않을 수 없었다. 한국의 외교권은 동경에 있는 일본 정부가 대행하며 한국의 모든 기관에 일본인을 고문으로 두어서 그 지도를 받는다는 조약이었다.

보호 조약에 한국의 상하가 욱적할 동안, 일본은 한 걸음 더 나가서 한국을 병합하여버렸다.

일본은 외국에 선전하기를, 한국 황제가 그 통치권을 일본 천황에게 호의로 넘긴 것으로 무혈병합無血倂合이라 한다.

하기는 그렇다. 미리 군대를 해산하고 무기를 걷어올려서 촌철寸鐵을 못 가진 한국인이매 맞싸울 수는 없었다.

그러나, 각지에 의병義兵이 궐기하였다. 근처의 열혈 애국자를 수령으로 조직된 의병은, 감추어두었던 낡은 총이며 포수砲手의 엽총들을 무기로 하여, 이 병합에 반대하는 의사를 나타내었다.

다만 끓는 피, 힘주어지는 주먹만을 무기로, 일본의 정예한 군대를 당할 수가 도저히 없었다. 의병 자신들도 그것은 잘 안다. 알기는 아나 참을 수 없는 분격심은, 이 당할 수 없는 싸움이나마 하지 않을 수가 없었기 때문이었다. 이것은 민족의 의사였다.

*

소년 교원 이배는, 자기보다 훨씬 나이 많은 제자들의 위에서, 교장의 뜻을 받아 민족 사상을 기르기에 여념이 없었다. 자기 스스로가 교장의 아래서 몇 해 지나는 동안, 민족을 알고 '애족사상'을 느낀 뒤에, 자기의 심경의 변화를 돌보아서, 이 제자들로 하여금 내 민족을 사랑할 줄을 알고, 내 민족을 위하여서 사는 사람이 되게 해보려고, 자기의 성심을 다하였다.

이 귀중한 사업에 종사하는 동안, 자기의 애족심도 나날이 가속도로 늘어가는 것을 알았다.

지금의 그에게는 다만 민족밖에 아무것도 없었다.

민족 문제가 가장 귀하였다. 민족 문제와 관련이 없는 학문은 존재할 가치도 없었다.

열정적이요 감격적인 그는 느끼느니 민족이요 생각하느니 민족이요, 오직 민족밖에 아무것도 없었다.

순정적으로 애족사상에 잠긴 이배라, 그에게서 흘러나오는 것은 죄 애족사상에 관한 것뿐이었다. '애족광愛族狂'이란 칭호를 듣도록 오직 민족 문제에 빠져 있었다.

이 정열의 소년 교사의 순정적 교육은, 제자들로 하여금 진정한 애국자로 변하게 하였다. 이 학교의 출신자들이 후일 일본 관헌의 가장 미워하는 '요보'*가 되었으며, 무슨 일이 있을 적마다 이 학교의 출신자들은 죄 없이 일본 관헌이 내리는 벌을 받고 한 그 원인은 이때에 씨 뿌려진 것이

---

* 일제 때 일본인들이 조선인을 멸시하여 부르던 말.

었다.

전국에 이름난 학교라, 생도들은 전국에서 모여들었다. 그들이 졸업하고는 각각 고향으로 돌아가는지라, 이 학교의 지도 사상은 전국에 널리 퍼졌다. 동시에, 소년 교사 오이배의 명성은 전국에 퍼지고, 그 정열과 애국심을 사모하는 숭배자가 전국에 산재되었다.

이 학교의 이름과 이배 선생의 이름은 전국의 애국 사상가의 위에 뚜렷한 존재로 되었다.

그런 차라 후일 한국이 일본에게 삼키우자, 이 학교는 곧 폐쇄 명령으로 장구한 명예 있는 전통을 지켜 내려온 이 학교는 폐쇄되어버렸다.

*

학교가 폐쇄되자 이배에게는 곧 후원자가 나섰다. 이 후원자의 원조로써, 그는 일본 동경으로 유학의 길을 떠났다. 오랜 숙망이었다. 그러나 제자 양성이 더 급선무이므로 아직껏 달達치 못하고 있던 바였다.

'네 칼로 너를 치리라. 네게서 배워서 너를 둘러엎으리라.'

이러한 포부로 그는 적도敵都 동경으로 길을 떠났다.

그로부터 십 년, 이배는 적도에서 적의 칼로 적을 찍을 심산으로 열심으로 공부하였다. 중등학교의 교원이던 그는, 동경에서 중학교에 입학하여 코 흘리는 일본 애들과 책상을 나란히 공부하였다. 중학교를 마치고는 어떤 사립대학의 정치과에 적을 두었다.

여전히 마음속에는 불타는 민족애의 사상을 품은 채 학업에 정진하면서 그가 가장 강렬히 느낀 바는 무한한 실망이었다. 실망에 따르는 마음의 고통이었다.

일본은 나날이 자란다. 그런데 조국 조선은 일본의 고약한 정책 교육 아래 나날이 위축되어 들어간다.

조선도 자란다 할지라도 앞서 자란 일본을 따르기 힘들겠거늘, 이렇듯 나날이 위축되어 들어가니, 일본과 조선과의 간격의 차이는 나날이 멀어 간다.

조국의 회복? 그것은 지금의 형편으로 보아서는 절대로 희망이 없었다.

이것은 이배에게 있어서는 끝없는 실망일밖에 없었다. 일본이 자진하여 조선을 놓아주기 전에는, 조선은 언제까지든 일본의 더부살이를 면할 날이 없을 것이다.

하숙에서 학과를 복습하다가도 이 생각이 문득 나면 책을 집어던지고 하였다. 그리고 멍하니 시간 가는 줄을 모르고 앉아 있고 하였다.

세계 제일차 대전이 일었다가 끝났다. 그때 미국 대통령 윌슨이 '민족 자결주의'라는 간판을 내걸었다.

스스로의 힘으로 국권을 회복할 수 없고, 일본은 자진하여 조선을 놓아주지 않을 형편에서, 이 윌슨 대통령의 제창 같은 것은 조선 민족에게 있어서는 다시 잡을 수 없는 천래의 호기회다. 온 조선은 이 기회에 일본의 굴레를 벗어보고자, 세계를 향하여 '조선 독립 만세'를 외쳤다.

이배도 꿈 밖에 생긴 이 좋은 기회를 이용하고자, 선두에 서서 만세를 외치며 국민을 선동하였다.

그러나 일본의 실력은 너무도 강하였다. 강자의 앞에서는 인류는 굴복하는 법이다. 약자인 조선이 남의 등쌀에 독립을 해보고자 야단하였지만 강자인 일본이 승낙지 않으매 이 사건도 흐지부지해버렸다. 전 조선의 감옥만 만세 죄인으로 가득 채워놓고서…….

윌슨 대통령의 선언도 강자 일본에게는 아무 효력을 못 보였다는 이 비통한 현실 앞에 이배는 처음에는 낙담하고 다음에는 생각하였다.

일본은 인제는 세계에서 도저히 어찌할 수 없는 커다란 존재다. 조선 민족은 일본의 굴레를 도저히 벗을 수 없다.

그러면 조선 민족은 언제까지든 일본의 한 식민지 민족으로 참담한 생활을 계속하여야 하는가.

조선 민족을 내 몸같이 사랑하는 이배로서는, 이것은 도저히 견딜 수 없는 노릇이다. 한 민족이 영원히 다른 민족의 종살이를 해? 더구나 내가 가장 사랑하는 우리 민족이…… 이 불행을 벗고 행복된 민족으로 되게 할 무슨 수단은 없을까.

＊

이배는 학업을 끝내고 귀국하였다.

쓰라린 회포를 품고 귀국하는 이배를 온 조선은 환영하여 맞았다.

옛날의 T학교의 출신자가, 조선의 각 부문에 중요한 자리를 차지하고 있으니만치 열혈의 교사 이배를 환영하여 맞은 것은 조선의 각 사회의 각 부문에 걸치어서였다. 어떤 대신문은 그를 위하여, 부사장 겸 주필의 자리를 비워두고 기다렸다.

이배는 중요한 지도자의 자리에 서게 되었다. 그러나 무엇을 지도하랴. 일본의 굴레는 도저히 벗을 수가 없는 바이며, 일본에 반항하기를 시도하는 것은 공연히 감옥으로 갈 사람을 늘리는 데 지나지 못한다. 이것은 도리어 민족적 불행이다.

조선 안의 민족적 행복을 따기 위해서는, 첫째로는 조선 민족의 문화적 향상을 도모하여야 할 것이다. 물질적으로 인제는 도저히 일본을 뒤따를 수 없다. 그러나 일본인이 물질 문화의 발전에 주력하는 동안 조선인은 문화 향상에 전력을 다하면 문화 방면으로는 일본과 대등의 민족이 될 수도 있을 것이다.

움직일 수 없는 큰 자리를 차지하고 있는 이배의 지도 호령은, 조선 민

족의 위에 퍼져나갔다. 존경하는 지도자 이배의 지도에 조선 민족은 고요
히 따랐다.

*

일본은 또 전쟁을 시작하였다. 중국*을 상대로 삼아 일격에 부서질 줄
알았던 중국은 의외에도 완강히 저항하였다. 차차 일본이 육해공의 전부
의 병력을 집중하여도 좀체 부서지지 않았다.

우습게 여기고 시작하였던 전쟁이 이렇게까지 되어 일본은 땀을 뻘뻘
흘리면서 싸웠다. 종내 하릴없이 조선에까지 조력을 빌렸다.

이배는 조선 민족의 행복을 위하여 이 기회를 놓치지 않았다. 일본이
이렇듯 악전고투할 때에, 조선에 약간의 무력적 실력만 있더라도, 일본에
대항하여 일어서면 일본의 굴레를 벗을 길이 생길는지도 알 수 없다. 그
러나, 조선의 현황은 그새 문화 방면에만 주력했더니만치, 무력적으로는
일본 군인의 고함 한마디만으로 삼천만 조선 민족은 질겁을 할 것이다.
그 대신 또한 그 반대로 조선이 일본에 약간의 협력이라도 하면 승리의
아침에는, 여덕이 조선에도 흘러 넘어올 것이다. 조선 민족의 행복을 위
하여, 이 기회를 놓치지 말고 일본에 협력하자.

협력의 깃발은 높이 들리었다. 협력의 호령은 크게 외쳐졌다.

조선 민족은 어리둥절하였다. 지금껏 민족주의자로 깊이 믿었던 이배
가 일본에게 협력하자고 외칠 줄은 천만뜻밖이므로.

그러나 이 길만이 조선 민족을 행복되게 할 유일의 길이라 깊이 믿는
이배는, 그냥 성의를 다하여 부르짖었다.

일본은 미국과 영국에까지 선전을 포고하였다. 만약 이 전쟁에 이기기

---

* '일본'의 오류로 보임.

만 하면 일본은 세계의 패자覇者가 된다.

조선이 일본에 협력을 하여, 전승자의 하나가 되면 그때 조선의 몫으로 돌아올 보수는 막대할 것이다. 한 빈약한 독립국가로 근근이 생명만 부지하기보다는 일본의 일부로서 승리의 보좌에 나란히 해 앉는 편이 훨씬 크리라.

이배의 협력 운동은 차차 더 급격화하였다. 본시부터 큰 영향력을 가지고 있던 이배라 성의로써 대중에게 부르짖을 때는 그 영향이 적지 않았다. 차차 조선도 성의로써 일본 전쟁에 협력하는 무리가 늘어갔다.

이런 가운데서, 이배는 단지 전도前途의 승리만 바라보았다. 반드시 이길 것이라 굳게 믿었다. 그리고 일본이 이기는 날에는, 조선의 몫에도 돌아올 행복을 바라보며 기뻐하였다.

어째서 일본이 이기겠느냐. 거기에 대해서도 독자의 대답을 가지고 있었다.

숙명적으로 일본은 패배를 모르는 나라이다. 게다가 또한 숙명적으로 서양은 인젠 쇠운에 들고 동양 발전의 새 세상이 전개될 차례다.

*

전쟁도 최고도에 달한 때에 적국 세 나라(미, 영, 중)의 대표자는 카이로에 모여서 한 가지의 선언을 하였다.

이 선언의 내용을 어떤 길로 통하여 안 이배는, 처음은 딱 숨이 막혔다.

일본에 대한 항복 권고, 게다가 조선의 독립까지 그 조건의 하나였다.

딸 수 없는 독립으로 알았기에 일본의 일부분으로서나마 조선 민족의 행복을 구해보려 한 것이다.

그러나 이 카이로 선언을 보매, 일본은 인젠 다 진 것으로 여기는 모양이다. 그리고, 거기 조선의 독립이 있었다.

오직 조선 민족의 행복을 위하여 오십 년간 건투해왔고, 조선 민족의 행복을 위하여 일본에 협력하기를 주장하여왔거늘, 아아.

조선 민족의 행복을 위해서면 무엇이든 아끼지 않는 그 노력이 오늘날 모두 반대의 결과로 나타나는가. 만약 이 카이로 선언대로 일본이 항복을 하고 조선이 일본에게서 해방이 된다 하면, 자기는 그날에는 반역자가 될 것이다. 그렇듯 사랑하고 그렇듯 귀히 여기던 조선의—내가 반역자?

일찍이 추호도 조선을 반역할 생각을 품어본 일이 없고, 내 생명보다도 귀히 여기던 조국 조선이거늘, 반역이란 웬 말인가.

독립되는 조국에 나는 반역자로 그 기쁨을 함께할 권리도 없는 인생인가.

*

1945년 8월 보름날 정오에, 일본 천황 유인裕仁이 울음 섞인 소리로 온 일본인에게 부득이 항복한다는 포고를 할 때에, 라디오 앞에 이배도 울면서 그 방송을 듣고 있었다.

—《백민》, 1946. 10.

인상기

자기의 창조한 세계

지난 시절의 출판물 검열

여의 문학도 삼십 년

자기의 창조한 세계

─ 톨스토이와 도스토예프스키를 비교하여

김동인

1

예술藝術이란 무엇이냐? 여기 대한 해답은 헬 수 없이 많지만 그 가운데 그중 정당한 대답은,

'사람이 자기 그림자에게 생명을 불어넣어서 활동케 하는 세계─다시 말하자면 사람이 자기가 지어놓은 사랑의 세계─그것을 이름이라.'

하는 것이다. 어떠한 요구로 말미암아 예술이 생겨났느냐, 한마디로 대답하려면 이것이다. 하느님의 지은 세계에 만족지 아니하고, 어떤 불완전한 세계든 자기의 정력과 힘으로써 지어놓은 뒤에야 처음으로 만족하는, 인생의 위대한 창조성에서 말미암아 생겨났다.

예술의 참뜻이 여기 있고 예술의 귀함이 여기 있다. 어떻게 자연히 훌륭하고 아름다우되, 사람은 마침내 자연에 만족지 아니하고 자기의 머리로써 '자기가 지배한 자기의 세계'를 창조하였다. 사람이 사람다운 가치도 여기 있거니와, 사람다운 사람의 예술에 대하여 막지 못할 집착을 깨닫는 점도 여기 있다.

이렇게 예술이 생겨날 필요는 있지만 '필요'뿐으로는 생겨나지 못한다. 여기는 생겨날 만한 요소가 있어야 한다. 그러면 그 요소는 무엇이냐? 아

무 사람에게도 가득 차 있는 에고이즘—즉 자아주의自我主義 이것이다. 극도의 에고이즘이 한 번 변화한 것이 참사랑—자기 있고야 나는 참사랑이다—이것—이 사랑이 예술의 어머니라면 어머니라 할 수도 있고, 태胎라면 태라 할 수도 있다. 자기를 대상으로 한 참사랑이 없으면 자기를 위하여 자기의 세계인 예술을 창조할 수 없다. 자아주의가 없으면 하느님이 지은 세계에 만족하였을 것이다. 따라서 예술이 생겨날 수 없다.

세계에 만족지 못한 '사람'은 국가를 만들었고 여기도 못 만족한 '사람'은 가정을 만들었고, 여기도 만족지 못하여 마침내 자기 일개인의 세계이고도 만인萬人이 함께 즐길 만한 세계—예술이란 것을 창조하였다. 이렇게 자기의 통절한 요구로 말미암은 '예술'은 이것, 즉 인생의 그림자요, 인생의 무이無二한 성서聖書요, 인생에게는 없지 못할 사랑의 생명이다.

그러면 이와 같은 논리의 안경을 쓰고 이 세상의 문예文藝, 예술가를 내어다보면, 참예술가다운 예술가는 과연 몇 사람이나 있느냐? 인생을 자기 손바닥 위에 올려놓고(인생이 지은 세계는 즉 인생 그것이 아니면 안 되니까) 이리 굴리고 저리 굴릴 만한 능력을 가진 문학자가 몇이나 되는가? 어떤 문학자는 '인생'을 멀리서 바라보고 감히 손을 대려고도 못 하였다. 어떤 문학자는 "인생의 문은 열리지 않는다"면서 문만 두드리고 있었다. 어떤 문학자는 인생이란 것을 쿡쿡 찌르면서 자세히 관찰을 하였다. 그렇지만 어린애도 하느님의 세계에 만족지 않고 인형이라는 자기의 세계를 사랑하는 이 인생에서, 이 누리에서, 오해한 인생이든 어떻든 '자기가 창조한 인생, 자기가 지배권을 가진 인생'을 지어놓고, 자기 손바닥 위에 뒤채어본 문학자는 이 세상에 과연 몇이나 되는가? 나는 이즈음 참 위대하다는 문학자를 붙들어서 이 두 사람의 참 예술적 가치를 비판하려 한다.

2

톨스토이는 특히 그 숭배자밖에 공정한 비평가에게는 모두 질책을 받았다. 무론 그의 청년기의 작품 『유년, 소년, 청년』 『코카서스의 포로』 『안나 카레니나』 『전쟁과 평화』 『세바스토폴 이야기』 등—그가 심기 변화하기 전의 작품은 아무도 이렇다 저렇다 하지 않았지만, 그의 만년의 작품과 논설은 모든 공평한 비평가에게 채찍을 맞았다. 실상으로 그의 만년은 미치광이다. 『예술론』에서는 모든 예술가, 특별히 영국 셰익스피어와 독일 베토벤을, 그 큰 작곡가와 작극가를 매도하고 시성詩聖 단테까지 버리라고 세계에 요구하였다. 그리고 그 논리는 세계에서 아무도 비웃지 않는 사람은 없었다. 이것은 어디서 나왔느냐? 톨스토이의 귀족적 교만과 자기밖에는 세상에 사람이 없다는 자만심에서 나온 것이다.

『크로이처 소나타』를 읽고는 아무도 떨지 않는 사람은 없다. 어두운 거실 안에서 무서운 이야기를 신비적으로 하는 곳을 읽을 때는 부르르 안 떨 수가 없다. "이것 보아라. 이것 보아라" 톨스토이는 인생의 가장 악한 면을 붙들어가지고 우리 앞에 내댄다.

「이반 일리치의 죽음」에서 톨스토이는 죽기 전에 뉘우치라고 무섭게 우리에게 달려든다.

『빛은 어둠 속에서 빛난다』에서는 너희의 재산은 모두 가난한 사람에게 주라고 톨스토이는 호령을 한다.

다 예를 들 수 없으되, 실로 만년의 톨스토이는 횡포한 설교자이었다. 그는 우리의 먹살을 끌어 쥐고 "이놈, 사랑하여라"라고 명령한다. 그는 우리를 밟고 "겸손하여지겠느냐, 안 지겠느냐?" 토사를 받는다. 그는 우리 머리채를 잡고 일 년에 두 번 이상은 부부동금夫婦同衾을 하지 말라고 엄명을 내린다. 그는 도끼를 쥐고 우리 앞에 막아서서 예배당에 가지 말고 예수를 믿으라고 위협을 한다. 참으로 『참회록』을 쓴 다음의 톨스토이는 '이상한 경험의 세계로 말미암아 건전한 재능과 건전한 예술의 분야를 내던졌다'. 그리고 자기의 재능에 대한 자신으로 말미암아 중심을 잃고 필요 없는 한 횡포한 설교자가 되어버렸다. 비평가들에게 힐책을 안 받으려야 안 받지 못할 경우에 빠져버렸다. 이와 반대로 도스토예프스키는 이와 같은 악평을 안 받았다. 그는 모든 사람에게 존경을 받고 사랑을 받았다. 그의 작품이 발표될 때마다 군중이 열광하여 그를 환영하였다. "사랑의 철학자여" "성인이여" 모든 사람은 그를 존경하였다. "도스토예프스키는 금세今世에는 이해 못 하는 사람이 있으되, 그는 오는 세기의 문학자이다. 선지자이다" 모든 사람은 그에게 찬사를 바쳤다. 톨스토이는 그의 숭배자에게만 "위대한 인격자"라고 칭송을 받고 그 밖 사람에게는 "악마여" "사회의 죄인이여" "그의 교훈은 모두 노파의 헛소리로다" 등으로 악매惡罵를 받을 때에 도스토예프스키는 만인의 환영을 받았다.

톨스토이는 너무 극단으로 나갔다. 너무 미술적美術的으로 나갔다. 그러니까 그에게는 반대자도 많았거니와 또 숭배자도 많았다. 그들은 톨스토이를 "구세주"라 부르고 위대한 인물이라 불렀다. 이와 반대로 도스토예프스키는 특별히 숭배자라는 것을 못 가졌다. 만인이 그를 존경하고 사랑하였지만 특별히 숭배는 안 하였다.

톨스토이는 '사랑'의 가면을 쓴 '위협자'이었고 도스토예프스키는 온건한 '사랑'의 지도자이었다. 물론 그들의 길의 차이점도 이것이거니와 세상에 비친 그림자의 각각 다른 점도 여기 있다.

그렇지만 이 위의 평론은 세상 사람이 다 아는 바요, 그 두 위대한 문학자를 사상思想—주의상主義上으로 논한 점에 지나지 못한다. 한층 더 들어가서 이 두 문학자의 예술적 가치를 논하면 어찌될고? 예술이란 자아적 사랑이 낳은 '자기를 위하여 자기가 창조한 자기의 세계'라는 정의를 세워놓고—즉 예술가란 '한 개의 세상—혹은 인생이라 하여도 좋다—을 창조하여가지고 종횡자유縱橫自由로 자기 손바닥 위에서 놀릴 만한 능력이 있는 인물'이라는 정의를 세워놓고, 도스토예프스키와 톨스토이를 비교하면, 그들은 과연 어느 편이 승勝하고 어느 편이 열劣한고?

3

먼저 도스토예프스키를 보자. 그는 마침내 '인생'이란 것을 창조하였느냐?

하였다. 그것도 훌륭한—참인생의 모양에 가까운 인생을 창조하였다. 그렇지만 그 뒤가 틀렸다. 그는 자기가 창조한 인생을 지배치 않고, 그만 자기 자신이 그 인생 속에 빠져서 어쩔 줄을 모르고 헤매었다. 『죄와 벌』에서 그는 차차 자기가 빠졌던 자기 인생 가운데서 떠오르다가 또 맥없이 푹 빠지며 "모든 죄악은 법률로써 해결된다"와 "맑은 사랑이 제일이다"라는 큰 모순된 부르짖음을 당연한 듯이 발하였다. 『카라마조프의 형제』도 이와 같이 되어버렸다. 『악령』도 그렇고 『백치』 『학대받는 자들』 『가난한 사람들』 모두 이와 같이 되었다. 자기가 창조한 인생을 지배할 줄을 몰랐는지 능력이 없었는지 모르되, 어떻든 그는 지배를 못 하고 오히려 자신이 거기 지배를 받았다. 극단으로 말하자면 그는 자기가 지은 인생에게 보기 싫은 패배를 당하였다. 그러면 톨스토이는 어떠냐? 그도 한 인생을 창조하였다. 하기는 하였지만 그 인생은 틀린 인생이다. 소규모의 인생이다. 그는 범을 그리노라고 개를 그린 화공과 한가지로, 참인생과는 다른 인생을 창조하였다. 그러고도 그는 그 인생에 만족하였다. 그리고 그 인생을 자유자재로, 인형 놀리는 사람이 인형 놀리듯 자기 손바닥 위에 놓고 놀렸다. 거꾸로도 세워보고 바로도 세워보고 웃겨도 보고 울려도 보고 자기 마음대로 그 인생을 조종하였다.

톨스토이의 위대한 점은 여기 있다. 그가 창조한 인생은 가짜든 진짜든 그것은 상관없다. 예술에서는 이런 것의 구별을 허락지 않는다. 뿐만 아니라, 자기의 요구로 말미암아 창조한 그 세계가 가짜든 진짜든 무슨 상관이 있을까? 자기의 요구로 말미암아 생겨났으니까. 톨스토이의 주의主義가 암만 포악하고 도스토예프스키의 주의가 암만 존경할 만하더라도 그들을 예술가로서 평할 때는 도스토예프스키보다 톨스토이가 아무래도 진짜이다. 톨스토이는 자기가 창조한 자기의 세계를 자기 손바닥 위에 올려놓고 자기가 조종하며 그것이 가짜든 진짜든 거기 만족하였다. 이것이 톨스토이의 예술가적 위대한 가치일 수밖에 없다.

—《창조》, 1920. 7.

지난 시절의 출판물 검열

김동인

그 참담하고 끔찍하던 세계대전도 연합군의 승리로 일본군의 패퇴로 끝이 나고, 따라서 전쟁 종결 조건인 '카이로' 회담, '포스담' 회담의 약속, 조선이 독립될 터이고 좌우간 우선 언론 집회 출판의 자유만은 벌써(남조선에 한해서는) 우리 손에 들어왔다.

그러나 아직 완전 독립이 못 된—다른 민족 지배하의 조선이라, 우리의 획득하였다는 그 자유가 지극히 모호하고 여전히 제한이 많이 붙은 것이지만, 적어도 일제시대보다는 얼마만큼 낫다.

나는 붓〔筆〕으로 살아가는 사람이다. 과거의 삼십 년도 전혀 붓으로 붓과 씨름하며 살아왔거니와, 장차도 죽는 날까지 여기서 벗어나지는 못하기도 하고 안 하기도 할 것이다.

과거 삼십 년간을 붓과 씨름하며 살아왔으니만큼, 그동안의 온 기간은 '조선 총독부 경무국 도서과 출판물 검열에 조선문부'와의 씨름의 생활이었다. 글 쓰는 것을 업業으로 삼는 직업 가운데도 여러 가지가 있다.

대서업代書業, 서기書記, 등사업謄寫業, 문사文士(그 가운데도 소설) 등. 그러한 가운데서 가장 글을 많이 쓰고 또 그 쓴 글을 세상에 공개하는 자는 소설가로 으뜸을 삼을 수밖에 없다. 재판소의 서기며 대서인이 제아무리 글을 많이 쓴다 할지라도 소설가의 쓰는 분량을 도저히 따를 수 없을 것이다.

그 소설가(소설의) 가운데서 나보다 연조가 오랜 사람은 단 한 사람 있을 뿐, 내가 연조로 보아서 둘째다. 따라서 내가 쓴 글의 분량이 조선 삼천만 국민 중에 둘째 순위로 많이 쓴 사람이다.

소설가가 쓴 글은 대서인이나 서기의 글과 다르다. 서기나 대서인이 쓴 글은 써놓기만 하면 그것으로 끝막음이 되고 그 뒤가 없으나, 소설가가 쓴 글은 세상에 발표되고야 쓴 보람이 생긴다. 세상에 공공히 발표하기 위해서는 출판을 해야 하고, 출판을 하기 위해서는 조선에서는 경무국 도서과의 검열을 받아서 허가를 받아야 한다.

나도 과거 '글쓰기' 삼십 년간을 꾸준히 써서는 검열을 받아온 사람이다.

그리고 그 쓴 분량의 약 삼 분의 일은 검열에 통과되지 못하고 사제 혹은 압수되어, 정성 들이고 공력 들인 그 결정의 약 삼 분의 일은 거저 어둠 속에서 소멸되고 만 것이다.

삭제 혹은 압수가 되려니 그것은 좀 유다른 글이었다. 이렇듯 좀 유다른 글이 죄 삭제되었거나 압수되어 아주 세상에서 소멸되고 말았으니, 작자로서의 심경은 여간 아깝고 분하지 않다.

과거 삼십 년간을 검열관들과 씨름을 하면서 지내왔으니만큼, 검열에 대한 경험이며 경험의 산물인 지식도 조선인 중에 가장 풍부하다고 스스로 믿는 바이다.

이 아래 검열관의 검열 태도를 좀 몇 가지 적어보려 하지만, 이러한 난관들을 뚫고 그 난관을 극복하면서 그래서 삼십 년간을 꾸준히 '글'의 한 길만을 밟아와서 오늘날의 해방을 맞이하고 보니, 그 감개가 무량한 바 있다. 오늘날 빈약하나마 조선에 건설이 되어서 장차의 비약을 약속하는

'조선 문단'은 다른 수많은 지장이며 곤란을 둘째 두고, 우선 이런 검열의 난관을 그냥 싸우며 극복하며 혹은 교묘히 피하면서 쌓아올린 것이다.

검열관 혹은 검열계의 계원은 글 혹은 글의 내용만 검열하는 것이 아니다. 그 글 쓴 사람의 호적이며 생김생김까지도 검열하여,

"다른 사람의 글이면 이만 것은 그저 넘길 것이지만 그 사람의 아버지가 모某이니 계통의 터가 불온한지라 압수해야 하겠다."

혹은,

"놈팽이 태도(혹은 생김생김)가 건방지고 불쾌하여 삭제로다."

등등, 개인적 감정이며 판단 등으로까지 삭제며 압수가 실행되며, 게다가 조선인은 행정재판의 재판을 받을 특권을 못 가진 민족이니만큼 이러한 횡포스러운 처리에 대해서도 항의할 수단이 봉쇄되었는지라, 하릴없이 혼자서 분해하고 혼자서 분개할 밖에는 도리가 없는 가련한 민족이었다. 스스로 돌아보아서 이런 강압과 제지의 아래서나마 그래도 오늘만 한 문단이라도 이루어놓은 그 성과에 대하여 스스로 긍지를 금하지 못하는 동시에, 과거의 그 탄압의 아래서 어떻게 그래도 글을 써왔는가 돌아보고는 커다랗게 가슴을 쓰다듬을 뿐이다.

그러면 우리는 과거의 어떠한 상태 아래서 글을 써왔는가? 대서인이나 서기보다도 더 많이 글을 써야 하는 그 다량의 글을 어떻게 써왔는가?

조선의 출판물을 취체하는 데 '출판법'과 '출판 규칙'이라는 두 가지 법률이 있다. 하나는 조선에 거주하는 일본인이나 혹은 외국인의 출판물을 취체하는 규칙으로서, 그것은 일본 안에서의 취체법이나 매한가지의 법으로, 출판물을 출판(인쇄)하여서 발행하기 사흘 전에 내무성(조선에서는 경무국 도서과)에 두 책을 납본納本하면 된다. 납본한 뒤에 아무 말도 없으면 그냥 발행하면 된다. 그러니만큼 내무성(조선은 경무국)에서도 약간

은 불온한 데가 있어도 기위 인쇄된 책이니 압수는 안 하고 다만 금후今後의 주의쯤으로 뒷말이 없다.

그런지라, 일본인이나 외국인은 약간한 위법 문구도 쓸 수 있었고, 그 위에 검열하는 날짜가 따로이 필요치 않으니만큼 출판물을 민속하게 발행할 편의도 있다. 거기 반하여 조선인은 어떠한 제재 아래 출판을 하였던가? 우선 출판하려는 출판물의 원고를 검열받아야 한다. 그런데 그 검열관이 그 검열 원고를 쭉 내려 읽으며 검열하는가 하면 그렇지 않아, 한 자씩 한 자씩을 진실로 상세히 검사한다.

이렇듯 한 자씩 한 자씩 검토하여 내려가다가 추호만치라도 수상한 곳이 있으면 붉은 줄(적선赤線)을 그어놓는다. 이런 검열관 보조원(조선인)은 상관의 꾸중을 면하기 위하여 그들의 상식이며 판단으로 수상하다 생각되는 데는 함부로 적선의 필적을 하는지라, 한심하고 폭소할 표적이 부지기수다.

그러니만큼 실상에 있어서 수상한 대목은 한 곳이라도 빼놓는 일이 없다. 검열받는 사람이 오탄하지 않을 수 없으리만큼 검열관을 속일 수는 절대로 없다.

이렇듯 많은 적선을 그어서 엉망진창이 된 '원고'를 이번은 상관(일본인)에게 검사를 받는다. 일본인 검열관(조선인은 고원雇員이지 검열관이 못 된다)은 그 조선인 고원이 붉은 표를 한 데를 재검토하여 사실 삭제할 만한 것이면 삭제의 도장을 찍고 그다지 관계없는 데면 버려둔다.

조선인 검열보조원이 붉은 줄로 표적한 가운데서도 사실 삭제되는 것은 약 삼 분 내지 사 분의 일이지 나머지는 그냥 '패스'가 된다.

조선인 보조원은 '삭제치 않고 될 것'까지도 넘기지 않고 붉은 표를 하느니만큼 충실되다. 그렇지 않자니 그것이 출판되어 책으로 나와서 삼천리에 퍼지는 날에는 그 책을 볼 사람은 이천여만 명이다. 그 독자 가운데 충성된 황국신민이 있어서 "이런 불온한 문구가 있는 책을 어찌하여 출판 허가를 하였는가" 하는 우국지심憂國之心이 생겨서 그런 말이 경찰에 들어 가면, 경찰에서는 경무국으로 보고하고 그런 보고를 받은 경무국은 그 책을 검열한 검열보좌관을 조사하고—이렇게 될 터이니 한 귀, 한 자라도 허수로이 볼 수는 도저히 없는 노릇이다.

이리하여 일단 출판 허가까지 되어서 출판 발행했던 책자가 지방 경찰의 주의로서 갑자기 발매 금지 혹은 압수되는 일도 자주 있었다. 이렇듯 '검열'이라는 난관을 겪고 나서야 비로소 인쇄하게 되는 것이다. 그런데 그 검열의 날짜가 얼마나 걸리느냐 하면, 이는 대중할 수가 없는 바로서, 검열관의 호의로서 일주일 이내에 허가되는 수도 있지만, 검열 당국이 원 저작자에게 가지는 인식 또는 감정 등으로 한 달 두 달, 심한 자는 일 년 나마를 끄는 것도 수두룩하다.

그런지라, 무슨 책을 저술하였다 할지라도 그것이 검열을 받고 발행되려면 얼마의 세월이 걸릴지는 아무도 예측하지 못한다.

예전 팔일오 이전에 발행된 책에는 이러한 고심과 노력이 포함되어 있는 것이다. 독자는 아무 뜻도 없이 읽어버리는 가장 평범한 책에까지도 이러한 노력이 들어 있는 것이다.

그러면 내용 검열에 대해서는 어떤 취체가 있었는가? 물론 일본과 조선의 관계라든가, 조선 민족의 문제라든가 하는 중대하거나 '델리케이트'한 문제에 관해서는 작가(혹은 필자)도 애당초 쓸 생각도 안 하거니와, 문구 문구의 세세한 취체 방법을 보더라도 대체 '일본'이라는 말을 쓸 권한이 없고 '내지內地'라 쓰지 않으면 안 되며 서력西曆의 연수年數를 못 쓰며 '명치明治, 대정大正, 소화昭和, 혹은 황기皇紀'의 연수를 써야 한다. 물론

'왜倭'자는 엄금이다.

어떤 젊은 소설 작가가 이것을 조롱하는 의미로 '일로전쟁日露戰爭'을 '내로전쟁內露戰爭'이라 쓴 일이 있었다.

경무국에서는 그 작가를 일부러 호출하여 '내로전쟁'이 무엇이냐 물었다.

"명치 삼십칠, 팔 년의 전쟁을 말함이다."

"그것은 일로전쟁이 아니냐?"

"그러니 내지內地와 로서아露西亞의 전쟁이니 내로전쟁이 아닌가?"

"그런 것은 일로전쟁이라 써야 한다."

"그랬다가는 삭제하고 정정 명령을 받을 터이니 그런 불쾌한 일을 겪기 전에 애초 내로전쟁이라 하면 그뿐이 아닌가?"

"일본이라는 국가와 노서아라는 나라의 전쟁이니 일로전쟁이다."

"그래도 일본인 가운데 조선인은 그때 아직 독립국이었으니 관여하지 않았고 내지인內地人과 노서아인만의 전쟁이 아닌가?"

"너와 언쟁하려는 바가 아니다. 상식으로 생각하라. 네가 이런 우스운 일로 당국을 우롱하려면 당국에도 생각이 있다."

그 모 군은 물론 출판에는 일로전쟁이라 하였다.

그러나 당국을 '우롱'하려한 '죄'에 대한 보수는 그 뒤 한동안 계속되어 모 군이 쓴 작품은 무조건하고 삭제하고 하여, 다른 검열관이 오기까지 모 군은 '집필정지 처분'을 받은 것이나 일반인 억울한 세월을 보냈다.

*

국책상 '만주국'이라 해야지 그저 '만주'라 하면 반드시 정정 처분이다.

'황량한 만주의 벌판'

이라 쓰면

'황량한 만주국의 벌판'

이라 고치라 한다.

*

이러한 글자 개개의 취체도 취체려니와 암시暗示의 취체라는 것이 있다.

통독해보고 재독, 삼독 해본다. 한 곳에 한 글자도 불온한 데를 발견할 수가 없다. 그러나 전체를 통독하고 나면 어디인지 불온한 데가 있다. 불온한 인상을 남기는 데가 있다. 이런 것은 악질의 사기 행위다. 자구字句의 삭제는 할 곳이 없지만 그 대신 불온한 인상을 남기는 자이니 전문 삭제다. 작가도 응당 처벌해야 할 것이지만 이번에 한하여 특별히 용서한다─.

이런 처분이 간간 있다.

한 글자, 한 문구도 불온한 데를 발견할 수는 없지만, 다 읽고 나면 무슨 불온한 사상이 마음에 저절로 스며들고 생겨난다는 것이다.

하도 검열이 심하니까 어떤 꾀 있는 작자는 교묘히 검열 당국의 트집을 피하고, 자기의 하고 싶은 뜻을 은연중 암시하는 새로운 수단을 안출하였다. 그런 암시에까지도 취체는 미친 것이다. 이런 고심 난투에도 불구하고 독자층에서는 간간 문단의 부진不振을 부르짖고 문단인의 맹성猛省을 호령하는 소리가 들릴 때에는 진실로 한심스러웠다. 사상 취체는 단지 선일鮮日 간의 정치적이며 민족적 문제에만 국한된 것이 아니었다.

검열관(보조원)들도 조선인(작가)에게는 행정재판을 구할 권리가 없고, 따라서 무리한 삭제나 검열에도 시비를 할 권리가 없다는 것을 알아채면서는 취체의 범위는 확대되어서

"이것이 나약하다."

"이것은 부도덕하다."

"이것은 비위생적 문구다."

"이 작품 내용은 시장을 교란할 염려가 있다."

등 온갖 기기괴괴한 근거로서 삭제 압수의 무기를 휘두른다.

어떤 보조원(이름은 감추지만 검열 받아온 사람은 대개 짐작할 것이다)은 자기가 맡아서 검열한 작품을 첫머리부터 꼬리까지를 죄― 제 뜻에 맞도록 고쳐놓는다. 어떤 시인의 '시'까지 통 고쳐놓아서 말썽을 일으킨 일까지 있다.

이것이야말로 질색이었다. 간간 이곳저곳을 삭제나 해주면 '약略' 자를 끼워가며 병신 작품이나마 출판할 수가 있지만, 이렇듯 고친 작품은 아주 폐문廢文이 된다. 지금도 의심되거니와 그(검열보조원)는 문사보다도 자기가 조선문이 우수하다는 자신으로 그런 일을 했는지, 혹은 이렇게 작품을 망쳐주어서 출판이 불가능하게 하려고 그런 일을 했는지 모르거니와, 문장이며 문구까지를 죄 고쳐놓는다.

가령 작가가 어떤 대목을 특별히 강조하여 좀 강렬히 인상 주기 위하여,

―그는 분연히 달려가서 분필을 잡았다. 그의 분필에서 씌어지는 글
문구 가르치어
'우리는 힘을 합하자.'

이러한 글이 있다 치면 이 갸륵한 검열(보조)관은 원고를 붉은 잉크로 지우고 자기 뜻에 맞는 글을 대신 넣는다.

―그는 분판으로 가서 '우리는 힘을 합하자.'

고 써넣는다.

뜻은 같다. 다만 원작자가 주입하려던 기분과 힘을 뽑아버린 것뿐이다.

지금 이런 글을 쓰는 나도 그 검열(보조)관 때문에 작품 몇 개를 잃었는지 모른다. 다만 '삭제'의 붉은 도장이나 꾹꾹 눌러 나온 것이면 그냥 보관해서 좋은 세월이나 기다리게 되지만, 작품 자체를 알아볼 수 없도록 지우고 제 마음대로 곁에 다시 쓴 원고는 아주 폐기廢棄하게 된다. 그것을 다시 정리하는 노력을 가졌으면 아주 새것을 쓸 수가 있겠으므로, 그것은 아주 휴지로 내버린다. 나만 아니라, 그런 일을 겪기 때문에 작품을 아주 내버린 작가가 여럿이 있을 것이요, 따라서 그 검열(보조)관 때문에 아주 매장당한 작품이 적지 않을 것이다. 이 점으로 보아서는 그 검열(보조)관은 조선 문화를 적지 않게 말살해버린 문화 반역자로서, 그 검열(보조)관에게 말살된 조선 문화를 다 쌓아놓으면 지금 우리가 경탄불이하는 고대 문화 몇 개에 넉넉히 필적할 것이다. 가지가지의 제약 밑에서 그 제작 행동도 활발스럽지 못하여, 따라서 제작된 수량도 아주 엉성한 팔일오 이전의 우리 문학 문화 중에 또한 이런 갸륵한 검열인의 무지한 행위 때문에 적지 않은 문화재가 말소된 것을 생각하면 통분하기 한이 없는 노릇이다.

그도 조선인이다.

조선인인 이상은 밥을 먹자니 상관의 제약하는 방침의 정도에서 취체는 '할 수 없는 일이라' 용서도 하겠지만, 상관의 지휘에서 썩 다른 검열원들은 행하지 않는 '원고 정정'까지 하여 우리 문화재를 적지 않게 말살한 것은 웬 까닭인지?

*

검열원의 검열 방침이 그만큼 까다로우면 검열받는 사람도 그 예봉을 피하기 위하여 머리를 짜내지 않을 수 없다.

암시 제작도 그 하나이지만 아래 한 가지의 예를 또한 들어보기로 하자.

한말의 지사로 독립협회의 거두로 윤효정이라는 노인(작고했지만)이 있다. 그이의 유저遺著로 『한말비사』가 있다.

그 비사悲史의 한 구절, 그것은 일본이 한국 침략의 손을 비로소 펴기 시작할 무렵의 일로서 이런 기록이 있다.

'제101절, 초록 군복으로 사관생들을 교련할 때 교관은 굴본예조掘本禮造*이고 교련 당상堂上은 민영익이라 하도감下都監에 교련소를 정하기 전에 잠시 창의문 밖 평창으로 처소를 정하고 피로연을 열새, 일면 개화에 귀를 기울여 새 사상이 있는 인사들이 약간 왔었다. 문에 들어올 때 굴본예조는 석탄산수石炭酸水를 통에 담아 문 곁에 놓고 들어오는 사람에게마다 비로 석탄수를 하나도 빼놓지 않고 뿌렸는데 그 모양이 사뭇 희롱같이 심히 무례하였다. 내객 중에 김노안이 묻기를 "이게 무슨 일이뇨?"하매 굴본이 대답하기를 "이것은 석탄산수라는 소독하는 약으로서 온갖 미균을 죽이는 것이라, 지금 나쁜 병이 유행하매 그대들을 위하여 소독하노라" 하더니 이때 당상 민영익이 남창의 도홍대 직사립藍氅衣 桃紅帶 直絲笠으로 초헌에 높이 타고 수십 명의 하인을 거느려 내문內門에 들어 뜰에 내려서 마루에 오르니 굴본이며 다른 손님들도 따라서 들어갔다. (略) 좌중에 홀연히 대성호하여 가로대 "요 생쥐 같은 놈 굴본예조야" 하는데 돌아보니 김노안이었다. 김은 이어 가로되 "굴본아, 언충신 행독경言忠信 行篤敬**은 남아의 처세하는 본령일 뿐 아니라 외교의 제일 묘결이거늘, 충신 독경을 모르고 네 어찌 외교관이라 하랴. 우리가 문에 들어올 때는 네가 석탄산

---

* 호리모토 레이조. 1881년(고종 18년)에 설치된 별기군의 일본인 훈련 교관.
** 말을 정성스럽고 믿음성 있게, 행동은 도탑고 상대를 공경하는 마음으로.

수를 뿌리며 미균을 소독한다 하기에 고맙기는 하나 그 행동이 충신 독경의 의사가 없었고 또 소독이라 하면 당상이 들어올 때는 어찌 뿌리지 않았느냐? 당상이 미균이 없다는 증거가 없을진대 더 잘 뿌리는 것이 옳지 않으냐? 네 행위가 전혀 가증하다" 하니 굴본이 짐짓 웃으며 "당상께서 들어오실 때는 수인사修人事에 미처 깜빡 잊었노라" 하고 민영익도 "만약 옷이 좋으면 미균도 범접지 못한다면 나도 이후에는 좋은 옷만 입으리다" 하여 이 자리는 그냥 웃음판으로 지나갔다.

굴본은 찬수용으로 쇠고기 한 근을 사다가 대청 기둥에 걸어두었더니 어제 고양이가 와서 그 고기를 훔쳐 먹은 일이 있는데 그 고양이가 지금 여기에 나타났다.

굴본은 미끼를 가지고 고양이를 유인하여 잡아가지고 뜰에 내려가 고양이의 사지를 결박하고 (이하 굴본이가 고양이를 먼저 코를 베고 혀를 끊고 차차 참혹하게 형벌하며 문초해 내려가는 장면을 여실히 묘사하여 독자로 하여금 소름 끼치도록 하였다) 그리고 인젠 거진 죽게 된 고양이를 목을 잘라 죽였다. 그러고서 굴본은 피 묻은 손을 닦고서 다시 마루에 올라와 여전히 담소가 자약하는데 손님들은 하두 끔찍한 일을 목격하였는지라 아무 말들도 못 하고 있다가 석양녘에 작별하고 각각 귀가하였는데……(下略)'

그런데 그때는 검열이 약간 완화된 시절이라 기언미언하면서도 이것을 그대로 검열에 넣었다.

그랬더니 아니나 다를까, 전문 삭제였다. 생각한 뒤에 다시 좀 고쳐서 재검열을 넣었다.

즉 우선 김노안이 '이놈 생쥐 같은 놈'이란 호령을 지우고 그 아래 '네가 네가' 한 것을 '군이 군이' 등으로 고치니 훨씬 문장이 완화되었다. 그다음에 굴본이 고양이를 악형惡刑하는 가지가지를 모두 애초에 삭제하고 더욱이 101절 한 절을 '쇠고기 사다둔 것을 고양이가 먹었다'는 데서 꺾어서 양兩 절로 만들어서 설마 삭제된다 할지라도 102절만 삭제되고 101절만이라도 살리려 하여 다시 기회를 기다려서 검열원들의 기분이 좋은 듯한 기분을 타서 넣었더니 이번은 101, 102의 두 절이 그대로 패스를 하였다.

그 윤효정 씨의 원고 원본이 지금도 내 손에 그냥 있다. 같은 원고로도 이런 기괴한 수단을 써가면서 간신히 출판 허가를 얻은 사오 년, 팔일오 이전의 우리의 고심이란 참 눈물겨운 일이다.

더욱이 근년에 들어서 불급불요不急不要한 출판은 절대로 허가하지 아니하고, 소설 따위는 불급불요한 중의 가장 큰 것으로 인정될 때에, 더욱이 당국의 방침이 조선문 전면적으로 금지를 목표로 할 때에, 당시의 검열과장을 겸한 정보과장인 모某를 찾아다니며 탄원, 언쟁, 논쟁, 있는 수단을 다하여 그냥 조선문을 살리며 소설을 쓰겠다는 무리, 무모한 투쟁을 계속하여 일정日政 당국의 방침을 얼마만큼 고치도록까지 만든 의리의 노심은 세상의 가장 침통한 노력이며 운동이었다.

국어 해방이 이렇듯 급속히 이를 줄은 꿈에도 몰랐다. 언제까지 일정의 조선어 탄압 정책이 계속될지, 이 기약 모를 기한 동안은 그냥 조선 국어를 꽉 붙들고 그 생명을 그냥 계속시키는 것은 우리의 중대한 책무로 자각하고서, 누구 하나의 정신적으로건 물질적으로건의 원조도 없이 도리어 조롱과 비소 가운데서, 더욱이 당국의 탄압을 받아가며(여기 대한 미움이 증장되고 증장되어 나는 종내 딴 문제에 걸려들어서 불경죄라는 명목으로 팔 개월의 징역까지 살았다), 그래도 우리 국어만은 끝까지 우리 손으로 붙들어 살리려 노력하다가 팔일오 해방 이후에는 천하에 고함치고 우리 국어도 각광 가득히 받고 세계 무대에 나서게가 되었다. 지금 우리의 문학

운동과 국어 운동에 그토록 방해하고 탄압하던 갸륵한 검열(보조)원들은 이날 어떠한 심경으로 있을까?

"김동인이는 사람이 왜 그리 거만하게 생겼어."

성대城大 출신의 법학사로 당시 니시무라西村 통역 겸 검열관의 아래서 보조관으로 내가 간간 검열 관계로 들어가면 '니시무라'와만 이야기하고 하므로, 나를 거만하다고 만나는 사람에게마다 평하고 하던 K 씨. 그 뒤 검열관으로 승차하여 내 원고는 무조건하고 삭제해버리고 하더니 팔일오 이후에는 전향을 한다는 게 출판업으로, 과거에는 그가 삭제하고 검열하고 그러고도 남아 있는 저작물을 지금은 도리어 '출판해먹는 직업'으로 180도 전향한 K 씨.

내 작품뿐 아니라, 적지 않은 문사들의 작품을 제 식으로 고치고 제 문장으로 제 사상으로 개작하여 '허가'하여서 수많은 작품들을 매장한 (창씨로) '이와봄岩峰' 무엇이라는 사람—.

작가에게 작법을 교수하던 역시 다른 K 씨, 누구 누구, 이 모든 일본의 충신들은 그들이 매몰한 조선의 문화재는 얼마나 많으며, 그것을 어떻든 빼내든가 살리든가 속이려고 쓰던 사기꾼들의 고심은 얼마나 컸던가?

지금도 우리 글 쓰는 사람 앞에 막혀 있는 장벽은 꽤 높다. 무엇을 평하는 말은 못 쓰리라.

무엇을 비판하든 혹은 무엇을 좋지 않게 못 쓰리라. 법률로 막은 장벽도 꽤 높거니와, 우리의 단결과 독립 전취를 위하여 스스로 삼가서 꾀하는 글 그 밖 정치적 사상이며 다른 사정 때문에 우리 스스로 피하느라고 못 쓰는 글도 퍽 많다.

게다가 또한 상식으로 판단키 힘들 정도의 종이 부족 때문에 쓸지라도 발표할 수 없으니 그냥 묵혀두는 글의 소재는 또한 일제시대에 쓸 수 없기 때문에 묵혀둔 분량에 못하지 않다.

이 모든 정세가 소멸되고(혹은 극복하고) 제한 없이 마음 놓고 쓸 수 있는 시절이 언제나 이를까? 내내 구속 아래서 움돋아서 자라서 오늘까지 이른 우리의 글이 완전히 해방이 되는 날이 언제나 이르려는가?

진실로 클클한 일이다. 일제시대에 비기면 천양지판으로 낫다 할 수 있지만, 글이란 것은 사람의 온 감정의 표현이라, 어느 구석에 약소한 제한이라도 있다 하면 거기서 받은 영향은 막대한지라, 따라서 그런 제약 아래서 생겨나는 글은 상상 이상으로 제약 영향을 받게가 된다.

한글 문화가 발생되는 맨 처음부터 애당초 제약을 받기 시작한 것이니, 한글 문화는 숙명적으로 제약을 쓰고 다니어야 하는가? 그렇지 않으면 장래에는 완전 해방될 날이 이르기도 하려는가?

한글 문화의 보존자요, 유지자요, 장래 발전 책임자인 우리가 따라서 여기 관심되는 바가 크다.

삼십 년 전 문학으로서의 한글 문화에 몸을 바친 지 이렁저렁 삼십유여 년, 그 처음부터 오늘날까지를 내내 가시의 길 가운데서 가시밭을 들추며 캐어오던 우리, 처음부터 사회의 동정은커녕 이해도 못 받고 도리어 멸시와 조소의 가운데서 개척한 이 밭, 캐고 보니 밑은 옥토지만 우리의 노력이 부족하고 주위의 거름(이해와 원조)이 하나도 없다.

양전이요 옥토라 할지라도 거름이 전혀 없이 농부의 힘이 아주 부족해도 넉넉히 좋은 수확을 바랄 수가 있을지? 우리는 가진 힘 다 써서 노력하지만 하다못해 약간한 거름이라도 여기 더하면 얼마나 좋은 수확을 기대할 수 있을까?

—《해동공론》, 1946. 12.

여余의 문학도文學道 삼십 년

김동인

　몇 해 전에 주요섭 군이 "문학은 오락"이라는 소리를 어디다가 썼다가 젊은 계열에게 공격받고 비난받은 일이 있다. 그러나 세상의 사물을 대별大別하여 '유용물有用物'과 '무용물無用物'로 나눌 때에 문학은 유용물의 부류에 들 것이요, 다시 유용물을 대별하여 실용물實用物과 오락물娛樂物로 나눌 때에 문학(넓게는 예술)은 오락물이지 결코 실용물이라 할 것이 아니다.

　주요섭 군의 '오락물' 설說을 반박 공격한 계열은 문학을 신성시 하는 일부 젊은 계열과 문학을 선전무기시宣傳武器視 하는 일부 좌익 계열이었다.

　'문학'을 무용물이라고 무시하려는 층의 무지나 비오락물이라는 층의 무지나 매한가지로서, 문학이 무엇인지를 모르기 때문이다.

　여余는 문학—그중에서도 소설도道에 처음 손을 붙일 그때는 조선 신소설의 스타일이며 문장이며 소설 용어 등에 모두 아무 기준이며 형型이 생기지 않은 뒤죽박죽의 시절이었다. 여의 전인前人으로는 이춘원과 또 그 전인 이인직의 단 두 사람이었다. 그러나 이인직은 그 천재적의 직관으로서 리얼리즘의 수법을 후인後人에게 보여주었지, 리얼리즘의 본체를 붙들고 완전한 이해하에 그 길로 들어선 것이 아니었다. 그런 뒤를 이은 이춘원은 새로운 교육과 새로운 이데올로기를 가지고 문학도文學道에 첫 가래질을 시작하였지만, 표현 수법이며 문장이 여전히 과도기적의 것이었다.

1918년 겨울, 여등余等의 손으로 비로소 이 땅에는 신문학의 밭이 개간되었으며 신소설 수립의 길이 개척되었다.

그 뒤 삼일 만세운동과 민족 광복운동이 일며 그 신흥 기분에 어울리어 신문학운동이 따라 일매, 우선 현빙허, 나도향이 생기고 염상섭이 소설로 개가改嫁를 하며, 또 수년 뒤 최서해 등이 생겨서 우리의 소설도는 착착 서까래 보짱* 등이 생겨난 것이다.

채만식, 최독견 등이 뒤이어 참가하고 이성해, 이민촌 등도 이 건설 공사에 일역一役을 하였으며, 일중전日中戰 초기경부터 박월탄이 궁정정화소설(월탄은 《백조白潮》계의 사람으로 회구懷舊적 수필과 시조 등으로 문단적 존재는 유지하여왔다)로 독단장獨壇場을 점하였다. 안회남 소설 진출이 월탄의 직전이었다.

이러는 동안 우리의 정치적 치자治者 일본이 전쟁을 하느라고 신문, 잡지며 그 용지의 제한이 가중됨을 따라서 그다지 큰 활약을 못 보면서 소극적 생장生長을 계속하면서 오늘날에 이른 것이다.

*

1918년 여가 소설도에 손을 붙인 이래 삼십여 년, 1930년경 여가 《조선일보》지상에서 명언明言한 바 같이 조선 소설의 윤곽이며 스타일이며도 인제는 섰다.

한 가지의 길에 정진하기 삼십여 년, 인제는 그 착수한 일에 얼마만한 성과도 본 오늘, 여는 정正히 인퇴하여도 좋을 시기다. 그 연조로 보나 성

---

* 들보.

과로 보나.

공 이루고 나이 차면 마땅히 인퇴하기도 해야 할 시기다. 그러나 연연히 여가 차마 이 길을 버리지 못하는 연유는 마땅한 후계자가 아직 발견되지 않기 때문이다.

대해大海도 없고 대륙大陸도 아닌 우리 반도의 반도적인 특유한 지리적 인연 때문인지는 모르겠지만, 왜 모두 그렇듯 가늘고 약하고 가벼운지? 선이 굵고 스케일이 크고 무거운 작품 작가는 왜 생겨나지 않는지? 정精치 못하고 조粗*하여도 좋으니 굵고 큰 작가와 작품이 생겨주기를 여는 바랐다. 그러나 한때 한때의 소재小才 기재奇才는 있었지만 마음 놓고 뒤 맡길 거재巨才는 상기 보이지를 않는다.

여가 마음 놓고 뒤를 맡기기에는 여보다 굳세고 우수한 사람이 생겨야할 것이다. 할아버지만 한 손주가 없고 스승만 한 제자가 없다는 속담 말은 있지만, 자식이 어버이보다 승하고 후계자가 전인보다 승하여야 어버이나 전인前人은 안심하고 뒤를 맡기고 물러날 것이다. 그런데 인재가 결핍한 이 땅은 소설도 생긴 지 삼십 년, 여와 동렬同列까지 이른 사람은 혹 있었겠지만 여를 압도하고 올라선 사람은 아직 기억이 없다.

여는 일찍이 모 군을 매우 촉망하고 그 선이 굵어지기만 기다렸는데, 그는 선이 굵어지지 못한 채 북조선으로 도피해버렸고, 또 촉망하던 일인도 북조선은 아니지만 이데올로기 다른 축에 본의 아닌 참가를 하여 현재는 중국 야담쯤으로 본질을 속이고 감추고 있는 형편이요, 또 촉망하던한 젊은 소설가는 본도인 소설보다도 시비욕설도是非辱說道에 힘을 기울이고 있는 모양이니, 이런 외도에서 벗어나서 우리 소설도의 거역巨役에 굵

---

* 거칠다.

은 서까래가 되어주기를 절망하여 마지않는다.

*

다시 말하거니와 문학은 오락물이다.

아이들의 유희물 가운데 교육 유희물이며 체육 조장 유희물이 있는 것과 마찬가지로, 문학에도 실용적 가치를 가진 자가 있을 수 있다. 그러나 유희물은 유희물로서의 가치만 넉넉하면 다른 실용적(체육적이거나 교육적이거나)의 부산적 가치가 없을지라도 넉넉함과 마찬가지로, 문학은 인생에 즐거움을 주기만 하면 그것으로 문학적 사명은 다한 것이지 그 밖의 그 이상의 다른 것을 바라는 것은 바라는 사람의 망발이다. 우리가 꽃을 사랑하는 것은 그 아름다운 모양 때문이요, 소경이 꽃을 사랑하는 것은 그 향기로운 냄새 때문이다. 그러니까 소경에게는 향내 없는 꽃은 무의미한 것이요, 예사 사람에게는 모양 없는 꽃(예컨대 옥수수꽃 등)은 꽃으로는 무의미한 것이다.

우리가 꽃을 심는 것은 무슨 실용적 의미에서가 아니라 아름다운 꽃을 보기 위함이요, 그 씨를 받는 것은 명년明年에도 그런 아름다운 꽃을 보기 위해서다.

양귀비나 무, 배추를 심어서 꽃보다도 꽃 뒤에 다른 실익을 취하려는 사람은 장사꾼이나 농부이지 화초 재배자가 아닌 것과 마찬가지로, 문학—소설에서 오락 이외의 다른 의의를 강멱强覓하는 사람은 우리는 역시 비웃을 밖에 없다.

다만 문학이 우리에게 줄 즐거움이란 것은 비속지 않고 건전하여야 할 것이며 우아한 정서를 길러줄 고상한 것이어야 한다. 이것이 보통 저속한 다른 오락물과 다른 문학의 자랑이요, 문학이 존귀한 소이所以다.

여도 한때는 문학에서 오락 이외의 오락 이상의 다른 의의를 발견하려고 노력하였다. 그러나 결론은 요컨대 역시 다른 아무 의의도 찾아내지 못하고, 결국 문학은 오락이요, 우리 인생생활에 오락 이상의 존귀물을 찾아낼 수가 없었다. 오락이 없는 순수한 실용물만의 세상은 텁텁하고 따분하여 우리가 살아갈 수가 없는 것이다. 방정식상의 자양물만의 음식은 먹을 수 없고 맛이라는 오락물이 가미되지 않으면 안 되는 것과 마찬가지로, '맛'이란 것이 음식물의 불가결의 존귀한 일면이다. 맛 가운데는 좋은 맛과 나쁜 맛의 구별이 있는 것과 마찬가지로, 문학 가운데는 고상한 것과 저속한 것의 구별이 있을 것은 또한 물론일 것이다.

문학이 미치는 교양력이라든가 선전宣傳은 '맛'이 미치는 '구미口味'와 마찬가지로 강하고 큰 것으로서, 고래로 민족 교화, 사상 선전 등에 이 문학력文學力이 많이 이용된 것은 문학이 본질 이외에 갖는 다른—또한 몰각沒覺할 수 없는 힘일 것이다.

—《백민》, 1948. 10.

작가 연보

1900년	10월 평양에서 기독교 장로인 대지주 김대윤과 후실인 옥玉씨 사이에서 차남(3남 1녀)으로 출생. 호는 금동琴童. 이복형은 초대 국회 부의장을 지낸 김동원임.
1912년	기독교 계통인 평양 숭덕소학교를 졸업하고 평양 숭실중학에 입학.
1914년	도쿄학원 중학부에 입학.
1915년	도쿄학원 폐쇄로 메이지학원 2학년에 편입.
1917년	부친 별세. 쌀 3천 석에 해당하는 엄청난 유산을 상속받음.
1918년	평양의 수산물 도매상인의 딸 김혜인과 결혼. 다시 일본으로 건너가 가와바타미술학교川端畵學校에 입학. 그러나 문학에 깊이 빠져 독서와 습작에 열중함.
1919년	2월에 주요한, 전영택, 김환 등과 함께 도쿄에서 한국 최초의 순문예 동인지 《창조》를 발간. 처녀작인 단편 「약한 자의 슬픔」을 《창조》 창간호에 발표. 히비야 공원에서 있었던 유학생 독립선언 행사에 참여했다가 붙잡혔으나 하루 만에 풀려남. 귀국하여 아우 동평의 요청에 따라 3·1운동 격문을 써주었다가 출판법 위반으로 투옥. 이때의 경험을 담은 작품이 단편 「태형」임.
1920년	염상섭(제월)과 비평가의 태도에 관해 논쟁을 벌임. 《창조》에 수필 「자기의 창조한 세계」 발표.
1921년	「배따라기」 발표. 명월관 기생 등과 방탕한 생활에 빠짐.
1923년	단편 「태형」 발표. 첫 작품집 『목숨』을 창조사에서 간행.
1924년	《창조》의 후신인 《영대》 발간.
1925년	「감자」 발표.
1926년	수리 사업에 실패하고 서울로 올라와 하숙 생활을 하며 지냄.
1927년	파산. 부인이 네 살 난 딸을 데리고 가출. 일본으로 간 부인을 찾아가 딸만 데리고 돌아옴.
1928년	동생 동평과 함께 영화 흥행업에 손을 댔다가 실패.
1929년	재혼을 앞두고 신문에 소설을 연재함. 중편 「여인」, 미완의 장편 『태평행』 등 연재. 평론 「조선근대소설고」 발표.
1930년	프로문학을 의식하고 쓴 「배회」 발표. 「광염 소나타」 발표. 첫 장편 역사소설 『젊은 그들』 연재 시작. 중편 『여인』을 펴냄.
1931년	열한 살 아래인 김경애와 재혼. 서대문구 행촌동으로 이사함.
1932년	단편 「발가락이 닮았다」 발표. 이 작품으로 인해 염상섭과 모델 문제로 논전을 벌임. 「잡초」, 「붉은 산」 발표.
1933년	40일간 《조선일보》 학예부장으로 재직. 장편 역사소설 『운현궁의 봄』 연재 시작.
1934년	모친 옥玉씨 사망. 아편중독 증세를 보임. 「춘원 연구」 연재 시작. 단편 「대동강은 속삭인

다」, 「몽상록」 발표.

1935년 《야담》을 발간. 《야담》 창간호에 「광화사」 발표. 이후 야담 창작에 주력함.

1936년 『이광수·김동인 소설집』 간행.

1937년 극도의 신경증, 불면증에 시달림. 《야담》을 다른 사람에게 인계하고 형이 경영하는 평남 영원의 탄광촌으로 감. 이 무렵 형은 이광수와 함께 동우회 사건으로 구속됨.

1938년 정신착란 증세 나타남. 총독부 관리가 곁에 있는 줄 모르고 한 말 때문에 천황모독죄로 반년간 헌병대에 갇힘. 「대탕지 아주머니」 발표.

1939년 『김동인 단편집』 간행. 박영희·임학수 등과 북지황군위문단에 들어 만주까지 다녀옴. 건강 악화로 돌아온 뒤 열린 환영회에 참석하지 않았으며 글자 상실증 때문에 보고서를 작성하지 못함. 「김연실전」 발표. 수필 「처녀 장편을 쓰던 시절」 발표.

1943년 조선문인보국회 조직 개편에서 제외되었으나 징용을 면하려고 간사 정인택에게 부탁하여 간사 자리를 얻음.

1945년 중앙문화건설협의회 발족회에서 이광수 제명에 반대하고 스스로 퇴장함. 군정청 광공국 장의 호의로 일본인 사장 사택을 불하 받음. 이 사정은 「망국인기」에 자세히 그려져 있음.

1946년 우익 문인 단체인 전조선문필가협회 결성에 깊이 관여. 불하 받은 집이 미군정청에 접수되어 하왕십리로 이사. 「반역자」 발표. 수필 「3·1에서 8·15」, 「지난 시절의 출판물 검열」 발표. 작품집 『태형』 간행.

1947년 「망국인기」 발표. 작품집 『광화사』 간행.

1948년 글씨를 제대로 쓰지 못하고 가족을 분별하지 못할 정도로 건강 상태가 악화됨. 수필 「여의 문학도 삼십 년」 발표. 회고록 「문단 삼십 년의 자취」 연재 시작. 작품집 『발가락이 닮았다』, 장편 역사소설 『운현궁의 봄』 간행.

1949년 야담집 『동인사담집東人史譚集』 간행.

1950년 건강 악화로 움직이기가 어려워 피란을 못 함. 서울 함락 뒤에 인민군에게 심문을 받음. 형 김동원은 납북됨.

1951년 1월 5일 서울 성동구 하왕십리동 110-65(현現 홍익동 35-3)에서 별세.

한국현대문학전집 14- 김동인 단편선

감자

지은이 ㅣ 김동인
엮은이 ㅣ 정호웅
펴낸이 ㅣ 양숙진

초판 1쇄 펴낸 날 ㅣ 2011년 9월 1일

펴낸곳 ㅣ (주)현대문학
등록번호 ㅣ 제1-452호
주소 ㅣ 137-905 서울시 서초구 잠원동 41-10
전화 ㅣ 02-2017-0280
팩스 ㅣ 02-516-5433
홈페이지 www.hdmh.co.kr

ⓒ 2011, 김동인

ISBN 978-89-7275-557-9 04810
ISBN 978-89-7275-470-1 (세트)